Mark Billingham

Die Handschrift des Bösen

Der neue Fall für Tom Thorne

Kriminalroman

Aus dem Englischen von Stefan Lux

Kampa

Die englische Originalausgabe erschien 2022 unter dem Titel
The Murder Book im Verlag Little, Brown, London.

Für den Blick hinter die Verlagskulissen:
www.kampaverlag.ch/newsletter

First published in the UK in 2022 by Little, Brown Book Group

www.kampaverlag.ch
Lektorat: Andreas Feßer
Satz: Tristan Walkhoefer, Leipzig
Gesetzt aus der Stempel Garamond LT / 240140
Druck und Bindung: GGP Media GmbH, Pößneck
Auch als E-Book erhältlich
ISBN 978 3 311 12085 8

Prolog

Er beobachtet das Tor und wartet. Fünfzehn Minuten sind vergangen, seit die alte Frau mit den anderen hineingegangen ist. Die Zeit müsste eigentlich reichen. Er raucht – was er nur selten tut – und versucht, die Ruhe zu bewahren.

Seine Gedanken kreisen um Schmerzen.

Um die vielen Dinge, die Schmerzen verursachen oder nehmen. Um Schwellenwerte und um Menschen, die glauben, sie wüssten, was Schmerzen sind – und eigentlich von Glück sagen können, dass sie nicht die geringste Ahnung haben. Seine Gedanken kreisen um ein Leben mit Schmerzen. Oder mit der Erinnerung an Schmerzen, was, wie er aus Erfahrung weiß, genauso schlimm sein kann. Aber angesichts des Ortes, an dem er sich aufhält, und dessen, was hoffentlich auf der anderen Seite des Tors passiert, denkt er vor allem an Menschen, die dafür leben, anderen solche Schmerzen zuzufügen.

An einen Mann, der das viel zu lange getan hat.

Er dreht sich um und tritt ein Stück zur Seite, als die ersten Besucher herauskommen. Durch die dramatischen Ereignisse dort drinnen wurde ihnen die kostbare Zeit mit den Liebsten beschnitten. Eine Frau quasselt in ihr Handy – »Du *glaubst* es nicht« –, zwei andere murmeln kopfschüttelnd vor sich hin. Auf dem Weg zu seinem Auto, mit dem gezackten Schattenriss des Gefängnisses im Rücken, hört er Gesprächsfetzen und gibt sich keine Mühe, ein Grinsen zu verbergen. Nur ein Wort hier und dort, aber es reicht, um zu wissen, dass die

Sache erledigt ist. Nicht *komplett* erledigt vielleicht, aber bald wird alles vorbei sein.

Die alte Frau hat das Zeichen seiner Bewunderung weitergegeben.

Eine Opfergabe, die dankbar angenommen wurde.

All das knifflige Hantieren mit Nadel und Lebensmittelfarbe hat sich gelohnt …

Er weiß nicht präzise, wie lange es dauern wird, denn normalerweise spielen das Körpergewicht und der Stoffwechsel eine entscheidende Rolle. Aber angenehm ist es auf keinen Fall. Er hat im Netz ein paar rucklige Videos gesehen und Beschreibungen gelesen. Während er die Türen seines Wagens entriegelt, erinnert er sich an einige Begriffe, die ihn aus verschiedenen Artikeln angesprungen haben – *Keuchen, Anfall, Koma.* Er nimmt sich vor, seinen Suchverlauf zu löschen.

Aber das eilt nicht. Vorher will er mit ein paar Drinks feiern.

Er wirft den Rest seiner Zigarette zu Boden.

Enttäuschend ist einzig und allein, dass er nicht dabei sein und zusehen konnte. Immerhin kann er es sich problemlos ausmalen, in letzter Zeit hat er kaum etwas anderes getan. Die plötzliche Panik in den Augen des Mannes, bevor sie glasig wurden und die Krämpfe begannen. Wahrscheinlich Wut auf die verängstigte alte Frau, die zu diesem Zeitpunkt entsetzt aufgeschrien haben dürfte. Vor allem aber auf sich selbst, weil er ein derartiger Idiot war, viel zu gierig und zu gutgläubig.

Er dreht das Lenkrad, setzt aus der Parklücke zurück und hofft, dass es nicht zu schnell gegangen ist. Dass der Mann noch genug Zeit hatte, um zu begreifen, wer sein letzter Besucher war. Dass der Tod, nachdem er dem Drecksack auf die Schulter geklopft hatte, noch für ein paar Minuten die Füße hochgelegt und es sich bequem gemacht hat.

Vor allem hofft er, dass es nicht schmerzfrei vonstattengegangen ist.

TEIL EINS

Ein glückliches Ende

1

Detective Inspector Tom Thorne sah sich im Schlafzimmer um. Von der Leiche abgesehen machte das Haus in Gospel Oak einen bemerkenswert unauffälligen Eindruck. Er seufzte mit einem leisen Rasseln in der Kehle, sein Schutzanzug knisterte beim Drehen des Kopfes. Die Kleidung des Mannes lag unordentlich am Fußende des Bettes – Hose, Hemd, Socken und Unterwäsche –, aber ansonsten deutete das Zimmer auf Bewohner hin, die großen Wert auf Sauberkeit und Ordnung legten. Auf einem Nachttisch entdeckte Thorne sorgfältig gestapelte Autozeitschriften, auf dem anderen mehrere Taschenbücher, ein Schminktäschchen und eine Reihe Tablettenfläschchen. Die Schranktüren waren vermutlich von den Kollegen geöffnet worden, die als Erste am Tatort eingetroffen waren. Dahinter sah er nach Farben sortierte Hemden, sorgfältig gefaltete Pullover und blank polierte, in einer perfekten Reihe aufgestellte Schuhe. Ein kurzer Blick in den Schrank daneben reichte, um festzustellen, dass die Frau genauso penibel war. Während ein halbes Dutzend Polizisten, Fotografen und Kriminaltechniker im ganzen Haus ihrer Arbeit nachgingen, beschlich Thorne das Gefühl, dass der Mann und die Frau sich in ihrem einstmals warmen und einladenden Haus in einer eher trostlosen Routine arrangiert hatten. Vor seinem inneren Auge sah er, wie die beiden sich in sanftem Ton stritten, während sie die Kleidung aufhängten oder in den Korb für die Schmutzwäsche legten, bevor sie zu Bett gingen.

Ein geordnetes Leben, das für einen von ihnen in Chaos und einem Blutbad geendet hatte.

Ein Kriminaltechniker, der einen ähnlichen Schutzanzug trug wie Thorne, stellte sich neben ihn. Nach ein oder zwei Sekunden sagte er: »Ich hoffe *wirklich*, dass der arme Kerl nicht im Callcenter arbeitet.«

»Wie bitte?«

Der Kriminaltechniker deutete mit dem Kopf zum Bett hin, wo der diensthabende Rechtsmediziner sich Notizen machte. Einmal mehr starrte Thorne auf den leblosen Körper. Das Bettzeug war himmelblau und trug ein verblasstes Muster aus flauschigen Wolken, die jetzt voll dunkelroter Spritzer waren. Weiter oben sah es so aus, als hätte jemand über der Brust des Mannes eine Flasche Rotwein verschüttet. Aber es war kein Wein, der aus der klaffenden Wunde in seiner Kehle geflossen war und beiderseits des Kopfes kleine Pfützen gebildet hatte.

»Kapiert?«, fragte der Kriminaltechniker.

»Ich kann Ihnen nicht folgen«, sagte Thorne.

Der Kriminaltechniker hob die Arme und deutete auf beide Seiten seines Kopfes, nur für den Fall, dass Thorne eine Erklärung brauchte. »Dann wäre er seinen Job auch noch los.« Er starrte Thorne an und wartete auf ein Lachen oder wenigstens ein schiefes Grinsen. Als weder das eine noch das andere kam, zog er sich kopfschüttelnd zurück, traurig, dass sein Witz nicht auf die verdiente Resonanz gestoßen war.

Sondern auf taube Ohren.

Thorne drehte sich zu Nicola Tanner um, die gerade mit einer zweiten Kriminaltechnikerin im Schlepptau ins Zimmer trat. Sie schien Thornes fragende Miene zu bemerken und schüttelte den Kopf. »Keine Spur von ihnen.«

Die Kriminaltechnikerin mimte ein Schaudern. »Sieht aus, als hätte der Täter die Ohren mitgenommen.«

»Oh, Scheiße.«

»Einer von denen«, bemerkte Tanner.

»Eine gute Nachricht gibt es allerdings.« Die Kriminaltechnikerin – sie erinnerte auf verstörende Weise an Theresa May, wobei sie deutlich weniger furchteinflößend wirkte – hielt mehrere Beweismittelbeutel aus Plastik hoch. »An Spuren herrscht kein Mangel.« Sie nahm einen der Beutel und präsentierte ihn wie einen Schatz. »Dieses kleine Haarbüschel war nicht schwer zu finden. Es klebte auf der Brust des Opfers in getrocknetem Schweiß.« Grinsend fügte sie hinzu: »Und wir haben Wurzeln.«

Thorne beugte den Oberkörper vor, um die anscheinend blonden Haare besser sehen zu können. Ihm war klar, warum die Frau sich so freute. Aus der intakten Wurzel eines einzelnen Haares ließ sich die DNA isolieren. »Wahrscheinlich bei einem Kampf ausgerissen, was meinst du?«

»Oder bei etwas anderem«, bemerkte Tanner.

Thorne warf ihr einen Blick zu, dann sah er wieder den Toten an.

Die Kriminaltechnikerin trat einen Schritt zurück. »Ich vermute, wir sollen dem Labor Druck machen?«

»Da vermuten Sie richtig«, sagte Thorne.

Die Frau drehte sich um und machte sich wieder an die Arbeit. Als Tanner kurz darauf zu Thorne hinüberschaute, las sie in seiner Miene den unausgesprochenen Wunsch, sich etwas ungestörter zu unterhalten. Also ging sie zur Tür und wartete, dass er ihr folgte. Die beiden blieben im Treppenhaus stehen, nahmen die Kapuzen ab und drückten sich an die Wand, um zwei weitere mit Ausrüstung beladene Techniker ins Schlafzimmer zu lassen.

»Vielleicht Bandenkriminalität«, sagte Thorne.

»Wirklich?«

»Warum nicht? Wäre nicht das erste Mal.« Er hob die Hand und tat, als würde er sich die Kehle durchschneiden. »Wir haben schon schlimmere Fälle gesehen.«

»Ernsthaft?«

»Jemand will mit dem Verbrechen ein Exempel statuieren oder etwas in der Art.«

»Bandenkriminalität?« Tanner machte eine Kopfbewegung Richtung Schlafzimmertür. »Auf mich wirkt er wie jemand, der sogar seinen Schlafanzug bügelt.«

»Vielleicht hat er sich auf etwas eingelassen, wovon er die Finger hätte lassen sollen.«

»Oh, das glaube ich allerdings auch.«

»Ich sag ja nur, wir sollten nichts ausschließen.«

»Und *ich* sage, wir sollten nicht rumquatschen und das Offensichtliche aus den Augen verlieren.«

Der Kriminaltechniker, der sich für einen Comedian hielt, kam mit einem Plastikkoffer aus dem Zimmer. Thorne sagte: »Nette Art, das Wochenende abzuschließen.« Zur Antwort bekam er nur ein flüchtiges Nicken. Thorne fand, er habe es nicht besser verdient. Schließlich hatte er schon schlechtere Witze gehört. Krankere Witze, jede Menge. Das Geplänkel und der schräge Humor waren wichtig, sogar *nötig*. Er ging davon aus, dass diese Art Pfeifen im Walde in den kommenden Tagen und Wochen noch ziemlich viel Raum einnehmen würde.

Er wandte sich an Tanner und sagte: »Ja, schon …«

Er wusste selbst nicht, wem er etwas vormachen wollte, denn Nicola Tanner und er kannten sich gut genug.

Einer von denen.

Ihm war sofort klar gewesen, was sie meinte, denn er hatte dasselbe gedacht. Jeder Mord veränderte einen, aber es gab Fälle, die ein bisschen tiefer unter die Haut gingen. Die größere Schrammen hinterließen und mehr Schorf, an dem man herumspielen konnte. Manche Mörder, die meisten sogar, waren gewöhnliche Menschen, die aus gewöhnlichen Gründen töteten: Sie waren wütend, sie waren eifersüchtig, sie waren gierig, sie tickten aus.

Aber das galt nicht für alle.

Als er schwitzend in dem rechteckigen, in blassem Pink gehaltenen Zimmer gestanden und den Gestank verfaulenden

Fleischs gerochen hatte, hatte Thorne auf der Stelle begriffen, dass die Person, die er würde jagen müssen, nicht aus einem Grund gemordet hatte, den er je würde nachvollziehen können. Oder nachvollziehen wollen. Der Kriminaltechniker von vorhin hatte versucht, dem Schrecken, mit dem sie alle konfrontiert waren, ein wenig die Schärfe zu nehmen, sonst nichts. Aber in Thornes Innerem hatte sich bereits eine Art lautloser Schrei angestaut, der es ihm unmöglich gemacht hatte, die gewünschte Reaktion zu zeigen.

Er hatte dem Grauen mitten ins Gesicht geschaut und gewusst, dass noch Schlimmeres kommen würde.

»Wo ist …«

Tanner trat ans Geländer und deutete nach unten. »Sie ist in der Küche. Die Kollegen bringen sie für die Nacht zu Freunden und informieren die Angehörigenbetreuung, dann können wir sie morgen befragen.«

Thorne war schon auf dem Weg nach unten. »Mal sehen, ob sie vorher zu einem kurzen Gespräch in der Lage ist.«

Andrea Sumner saß an einem langen Küchentisch, links und rechts von uniformierten Constables flankiert. Als Thorne und Tanner eintraten, standen die beiden Kollegen auf. Sie traten vom Tisch weg und boten an, Tee zu machen, aber Andrea Sumner schüttelte den Kopf. Thorne wartete, bis Tanner Platz genommen hatte, setzte sich neben sie und dachte, dass Andrea Sumner inzwischen genug Tee für den Rest ihres Lebens intus haben dürfte. Nicht zum ersten Mal fragte er sich, warum so viele Menschen in Krisenzeiten instinktiv zu den kleinen Beuteln griffen. Er selbst würde sicher nicht auf diese Idee kommen.

»Etwas Stärkeres?«, fragte er.

Wieder schüttelte die Frau den Kopf, als hätte sie die Frage überhaupt nicht registriert.

»Unser herzliches Beileid zu Ihrem Verlust«, sagte Tanner.

Andrea Sumner lächelte und nickte, als ginge sie davon aus, dass Polizisten in solchen Situationen eben so redeten. Das taten sie natürlich auch, und Thorne sträubte sich innerlich jedes Mal gegen diese Worte, denn nichts, und ganz bestimmt nicht das Leben eines Mannes, war *verloren gegangen*. Es war ausgelöscht worden. Trotzdem hatte er bisher von keiner sinnvollen Alternative gehört. Und er wusste, dass Tanner es aufrichtig gemeint hatte. Er hatte es ihrer Stimme angemerkt. Susan, ihre Partnerin, war vor einigen Jahren vor der Tür des Hauses erstochen worden, in dem sie erst kurze Zeit zusammen gewohnt hatten. Sie trauerte noch immer, und auch wenn sie es manchmal nicht ausdrücken konnte, war sie der einzige Mensch in diesem Haus, der begriff, wie Richard Sumners Frau sich fühlte.

Richard Sumners Witwe.

Thorne schätzte sie auf Mitte fünfzig. Wegen der Entstellungen durch Leichenstarre und Totenflecken hätte er nicht sagen können, ob der Mann oben im Bett älter oder jünger gewesen war. Jedenfalls war sie groß und schlank und trug eine cremefarbene Bluse unter einem braunen Pullover mit V-Ausschnitt. Ihre Haut war blass, die rotgeränderten Augen wirkten durch die Drahtgestellbrille größer, und sie war sehr still.

Allerdings war sie nicht blond.

»Ich habe gehört, Sie waren übers Wochenende verreist«, sagte Tanner.

Wieder nickte die Frau.

»In Liverpool, richtig?«

Die ganze Zeit über hatte die Frau auf einen Punkt irgendwo zwischen ihnen oder durch die offene Tür gestarrt, aber jetzt begegnete ihr Blick langsam dem von Tanner. »Bei einer Lehrerkonferenz«, sagte sie. Ihre Stimme klang flach, ein leichter Akzent aus dem Norden schimmerte durch. »Nur für die beiden Nächte. Wir fahren jeden November mit einer kleinen Gruppe hin.«

»Und Sie sind am späten Vormittag zurückgekommen?«

»Das hab ich denen schon gesagt.« Sie machte eine Kopfbewegung Richtung Hausflur, wo die beiden Beamten warteten. »Ich hab ihnen schon alles gesagt.«

Das Wenige, was sie wussten, hatten Thorne und Tanner von den Kollegen erfahren. Aber beiden war bewusst, dass Geschichten sich häufig änderten – vielleicht nur minimal –, wenn Menschen einige Stunden mit Situationen wie dieser hatten umgehen müssen. Thorne beugte sich vor. »Es tut uns wirklich leid, dass wir Ihnen jetzt diese Fragen stellen müssen, Andrea. Wir würden es sicher nicht tun, wenn es nicht sehr wichtig wäre ... Aber könnten Sie vielleicht mit dem Zeitpunkt ein bisschen genauer sein?«

Sie schüttelte den Kopf, hob die Hände vom Tisch und ließ sie wieder fallen. »Kurz nach zwölf vielleicht. Viertel nach ... so ungefähr. Ich hab mir im Auto irgendeine Comedyshow angehört. Auf Radio 4.«

»Das ist großartig«, sagte Tanner. »Damit können wir die Uhrzeit ermitteln. Danke.«

»Ist das die Zeit, zu der Sie von Anfang an zurückerwartet wurden?«, fragte Thorne.

»Wie bitte?«

»Sie wurden nicht früher erwartet?«

Sie sah ihn an und schwieg einige Sekunden, als versuche sie herauszufinden, worauf er mit seiner Frage hinauswollte. »Nein. Es war von Anfang an so geplant. Ich muss morgen arbeiten ...« Sie hielt inne und begriff, was sie gesagt hatte. Und dass sie wahrscheinlich für längere Zeit nicht mehr arbeiten gehen würde, wenn überhaupt.

»Gut. Wann haben Sie zuletzt mit Richard gesprochen?«

»Gestern Abend.« Andreas Mund öffnete sich, sie schien ihn nur mit Mühe wieder schließen zu können. »Er hat mich gegen sieben im Hotel angerufen. Wir haben nicht lange geredet. Er hat gesagt, er würde früh ins Bett gehen.«

»Danke«, sagte Tanner und warf Thorne einen Blick zu. Beiden war klar, dass der Rechtsmediziner nur eine grobe Schätzung für den Todeszeitpunkt abgeben würde. Jetzt hatten sie wenigstens einen ungefähren Rahmen. »Das hilft uns wirklich.«

Thorne schaute an Andrea Sumner vorbei durch die verglaste Hintertür nach draußen. Noch keine sechzehn Uhr, und es war fast schon dunkel. Trotzdem konnte er am hinteren Ende des kleinen Gartens einen Zaun mit einem schmalen Tor erkennen. Er war zu weit entfernt, um zu sehen, ob die Riegel oben und unten offen waren oder nicht. Das würde er später nachprüfen. »Das Tor da hinten führt auf eine Gasse oder so etwas, stimmt's?«

Andrea nickte. Plötzlich drehte sie sich um und starrte selbst hinaus, als hätte Thorne dort etwas Konkretes entdeckt. Als wäre dort noch eine Spur der Person zu erkennen, die von der Polizei verdächtigt wurde, das Tor benutzt zu haben. »Die Gasse zieht sich an der Rückseite der ganzen Häuserzeile entlang. Warum? Was denken Sie?«

»Ich denke nichts«, erklärte Thorne. »Noch nicht.«

Jetzt beugte Tanner sich zu der Frau vor, streckte eine Hand aus und berührte beinahe ihre. »Andrea ... Sie haben unseren Kollegen gesagt, bei Ihrer Rückkehr hätte alles ganz normal ausgesehen.«

»Genau.«

»So wie Sie es zurückgelassen hatten, haben Sie gesagt.«

»Ja, alles war wie immer.« Wieder nickte sie und fing an, mit dem Goldkettchen an ihrem Handgelenk herumzuspielen. »Jedenfalls habe ich das gedacht. Alles, wie es sein sollte ... Verstehen Sie?«

»Okay.«

»Erst als ich nach oben gegangen bin ...«

Tanner hörte, wie die Stimme der Frau brach, und sah, wie sie den Kopf sinken ließ. Also gab sie den Polizisten vor der

Tür ein Zeichen, dass Thorne und sie fertig waren. Thorne schob seinen Stuhl zurück und verzog bei dem schabenden Geräusch das Gesicht. Tanner sagte etwas über weitere Unterstützung und Beratungsmöglichkeiten. Er ließ sie machen, denn in solchen Dingen war sie wesentlich besser als er.

»Unbedingt«, sagte er nur, als Tanner fertig war. »Zögern Sie bitte nicht.«

Thorne war nicht überrascht, dass Andrea Sumner sich einmal mehr entschieden hatte, die offene Weinflasche und die beiden Gläser nicht zu erwähnen, die von den zuerst eingetroffenen Beamten im Wohnzimmer entdeckt worden waren. Es war *möglich*, dass sie nichts davon bemerkt hatte, aber Thorne war vom Gegenteil überzeugt. Die Flasche und beide Gläser waren vorsichtig eingetütet und von den Kriminaltechnikern verstaut worden. Thorne war verdammt sicher, dass sie vor zwei Tagen, als Andrea Sumner aufgebrochen war, nicht dort gestanden hatten.

Zu verarbeiten, dass ihr Mann ermordet worden war, würde ihr schwer genug fallen – und *wie* er ermordet worden war. Sie würde nicht allzu viel darüber nachdenken wollen, was an dem Abend passiert war, an dem er früh ins Bett hatte gehen wollen.

Die Kreuzungen in beiden Richtungen der Straße waren blockiert, außerdem war links und rechts des Sumner-Hauses Absperrband gespannt worden. Ein halbes Dutzend Streifenwagen stand mitten auf den Straßen und auf den Bürgersteigen, viele Schaulustige wurden höflich auf Distanz gehalten. Während er an dem mit »Met Police« beschrifteten Verpflegungswagen auf seinen Kaffee wartete, bemerkte Thorne eine Frau, die eine Lücke zwischen den Autos und den Uniformierten gefunden hatte, nach dem Absperrband griff und zufrieden nickte.

Mit den Kaffeebechern in der Hand machten er und Tanner sich auf den Weg zu ihrem Wagen. Da entdeckte Thorne eine Frau, die ihm aus dem Garten des gegenüberliegenden Hauses zuwinkte. Er überquerte die Straße und fragte, ob er ihr helfen könne.

Die Frau musterte den Dienstausweis, den Thorne sich umgehängt hatte. »Ist mit Richard und Andrea alles in Ordnung?«

Sie würde es sowieso bald erfahren. Zwar konnte die Polizei anordnen, dass die Anwohner vorübergehend in ihren Häusern bleiben mussten, aber sie konnte kaum darauf bestehen, dass auch noch die Vorhänge zugezogen wurden.

»Ehrlich gesagt, nein«, sagte Thorne.

»O Gott«, sagte die Frau. »Das ist ja schrecklich.«

»Dann kennen Sie die beiden?«

»Na ja, wir sind Nachbarn. Ich meine … Ich kenne sie nicht *gut*. Nur hier und da ein paar Sätze auf der Straße oder ein kurzer Besuch auf einen Drink an Weihnachten, so etwas.« Dann sagte sie noch einmal: »O Gott.«

»Haben Sie Richard gestern Abend gesehen?«

»Geredet haben wir nicht, nein.«

»Ist jemand gekommen oder gegangen?«

Die Frau ließ sich einen Moment Zeit, als müsste sie nachdenken, aber Thorne vermutete, sie wolle einfach nicht übereifrig wirken. »Ich hab gesehen, wie sein Wagen aus der Einfahrt gefahren ist … Ich weiß nicht, so um sieben oder halb acht? Später hab ich gehört, wie er zurückgekommen ist, vielleicht zwei Stunden später. *Genau genommen* hab ich gehört, wie sein Garagentor aufging. Er hat so eine Fernbedienung, und das Tor ist verdammt laut.«

»Aha.«

»Ich weiß nicht, wann er es zum letzten Mal benutzt hatte, denn normalerweise parken er und Andrea auf der Einfahrt. Aber als ich gestern den Lärm gehört und rausgeschaut habe, fuhr er gerade in die Garage. Vielleicht wollte er an dem Auto arbeiten oder so etwas.«

Thorne hatte schon eine einigermaßen klare Vorstellung, warum Richard Sumner den Wagen abgestellt hatte, wo niemand ihn sah. Aber er sagte: »Ja, vielleicht.« Natürlich stand das Auto noch in der Garage. Thorne hatte schon gesehen, dass es an der Rückseite eine Tür gab, die direkt in den Garten der Sumners führte. Er bedankte sich bei der Frau für ihre Hilfe, kehrte zu Tanner zurück und berichtete ihr von den Beobachtungen der Nachbarin. Und den Schlüssen, die daraus möglicherweise zu ziehen waren.

»Wo wären wir bloß ohne neugierige Nachbarn?«, sagte Tanner.

»Genau.« Sie würden so schnell wie möglich mit einer Haustürbefragung beginnen, aber es war hilfreich, Informationen wie diese schon ganz am Anfang zu haben.

Eine Weile standen sie schweigend da und tranken Kaffee.

»Dann tippst du also auf eine Frau?«, fragte sie schließlich.

Thorne sah sie an. Vielleicht hatte es eine Zeit gegeben, in der ein durchschnittlicher Ermittler – obwohl er theoretisch wusste, dass Frauen nicht weniger mörderisch sein konnten als Männer – angesichts des Ausmaßes an Gewalt, mit dem sie es hier zu tun hatten … zumindest gezögert hätte. Thorne erinnerte sich an die letzte Mordserie, an der sie zusammengearbeitet hatten. Und an die Frau, die im Zentrum gestanden hatte.

»Es sieht danach aus«, sagte er.

»Natürlich *muss* es nicht unbedingt eine Frau gewesen sein«, wandte Tanner ein. »Vielleicht hat Mr Sumner eine andere Art von Doppelleben geführt.«

»Vielleicht.«

»Wir finden es heraus, wenn wir das nächste Mal mit der Ehefrau sprechen.«

Thorne kippte den Rest seines Kaffees in den Rinnstein

und malte sich das extrem unangenehme Gespräch aus, das ihnen bevorstand. »Das wird ein Riesenspaß.«

»Für sie wahrscheinlich auch«, bemerkte Tanner.

Thorne wandte sich um, als ein Kollege vor der Haustür der Sumners winkte, um zu signalisieren, dass sie bereit waren, die Leiche hinauszutragen.

»Wo du recht hast ...«, sagte er.

2

Auf dem Heimweg nach Kentish Town rief er Melita an.

»Ich fahre zur Wohnung zurück.«

»Wirklich? Okay …« Am Morgen hatten sie vereinbart, dass er die Nacht bei ihr in Crouch End verbringen würde. Sie klang enttäuscht.

»Wir haben einen üblen Fall erwischt, in den nächsten Tagen wird die Hölle los sein«, sagte Thorne. »Überstunden, die nicht beantragt werden müssen, das volle Programm. Morgen geht es früh los, also ist es besser …«

»Kein Problem, Tom.«

»Ich denke, ich sollte versuchen, früh ins Bett zu kommen.« Zumindest hatte er das vor. Allerdings hatte er bereits Zweifel, dass er bei allem, was ihm durch den Kopf ging und dort für ein beständiges Rauschen sorgte, tatsächlich den nötigen Schlaf finden würde.

»Willst du darüber sprechen?«

»Kann ich dich anrufen, wenn ich nach Hause komme?«

»Klar.«

»Wahrscheinlich sollte ich dich sowieso auf dem Laufenden halten, denn es würde mich nicht wundern, wenn Russell dich hinzuzieht. Falls es nicht gut läuft.«

»Oh«, sagte Melita. »Einer von denen.«

Der Timer war so programmiert, dass die Heizung am frühen Abend für einige Stunden lief. Aber als Thorne nach Hause kam, war es in der Wohnung schon wieder kühl, sodass er die Heizung noch einmal hochdrehte. Er stellte ein Fertiggericht in die Mikrowelle, öffnete die Post vom Vormittag und warf sie ins Altpapier. Dann nahm er eine Dose Lager aus dem Kühlschrank, brachte sein »Chinesisches Luxus-Chow-mein mit Hühnchen« ins Wohnzimmer und zappte beim Essen durch die Sportsender. Er entschied sich gegen Golf und Tennis, ignorierte die Formel 1 – auch wenn sie ihm vielleicht beim Einschlafen geholfen hätte – und blieb bei einer Sportart aus den USA hängen, bei der bärtige Männer mit Äxten auf hölzerne Ziele warfen.

»Mein Gott«, sagte er, schaute aber weiter zu.

»Hast du was gegessen?«, fragte Melita, als er sie anrief.

Thorne bejahte. Dann lehnte er sich mit seinem Lager zurück und erklärte, er sei dankbar, dass der Supermarkt extra »chinesisch« auf die Verpackung seines Hühnchen-Chowmein gedruckt hatte. Ahnungslos, wie er sei, habe es für ein für ein typisch französisches Gericht gehalten.

Melita lachte. »Schade, dass du nicht vorbeikommen konntest«, sagte sie. »Ich hab ein Curry gemacht.«

»Hält es sich? Ich meine, jetzt wo ich es sage, wird mir klar, dass es vielleicht ein paar Tage dauern kann.«

»Keine Sorge. Ich bin schon in der Lage, das ganze Ding selbst aufzuessen.«

Thorne wusste sehr gut, dass seine Freundin das Essen liebte und wie viel sie verdrücken konnte. Nicht dass man es ihr angesehen hätte, was ihm natürlich besonders gut gefiel.

»Sie spielt in einer dermaßen anderen Liga, dass es schon lächerlich ist«, hatte Phil Hendricks ihm immer wieder gesagt. »Wenn wir in der ersten Runde des FA Cups wären, würde ich sagen, sie ist Arsenal, und du …«

»Ja, ich weiß schon, Wigan Athletic oder so. Echt witzig.«

»Ich dachte eher an ein Team aus dem Mittelfeld der achten Liga, Kumpel. Grantham Town vielleicht, oder Witton Albion.«

Die Erinnerung entlockte Thorne zum ersten Mal seit Stunden so etwas wie ein Lächeln. Die Amateure von Witton Albion behaupteten sich jetzt schon ein gutes Jahr lang gegenüber dem jüngeren, fitteren Arsenal, was nach Thornes Einschätzung nicht zuletzt daran lag, dass sie sich gegen das Zusammenziehen entschieden und ihre jeweiligen Wohnungen behalten hatten. Sodass sich Heim- und Auswärtsspiele abwechselten. Sie hatten sich gegenseitig ihre Hausschlüssel gegeben, aber bisher keinen Gebrauch davon gemacht.

Thornes »Heimatstadion« war die Erdgeschosswohnung, die er vor mehr als zwanzig Jahren gekauft hatte. Seitdem hatte er die meiste Zeit dort gewohnt, mit Ausnahme einer Phase, in der er längerfristig mit einer Kollegin namens Helen Weeks liiert gewesen war und seine Wohnung vermietet hatte. Als diese Beziehung dasselbe Schicksal erlitten hatte wie seine anderen längerfristigen Beziehungen und die vorangegangene Ehe, war Thorne nach Kentish Town zurückgekehrt, ehrlich erleichtert, dass er die Wohnung nicht verkauft hatte.

Er war glücklich darüber, wertvolle Zeit mit Dr Melita Perera verbringen zu können – ja, er sah sich tatsächlich als Glückspilz –, aber genauso glücklich darüber, einen Ort ganz für sich zu haben. Wo er sich so wohlfühlte, wie es eben ging, und wo er etwas Zeit ganz allein verbringen konnte.

Auch wenn er nicht immer die angenehmste Gesellschaft war.

Er erzählte Melita vom Tatort in Gospel Oak.

»Ich verstehe, was du meinst«, sagte sie. »Ihr schließt aus, dass er von einem Räuber misshandelt wurde?«

»Die Frau sagt, dass nichts fehlt.«

»Vielleicht ging es den Tätern nur um irgendwelche Informationen ... finanzielle Details. Vielleicht ist das Konto des Paares leergeräumt worden.«

Thorne war nicht sicher, ob sich um diesen Punkt schon jemand gekümmert hatte. Jedenfalls würde er dafür sorgen, dass es geschah. Trotzdem bezweifelte er, dass Richard Sumner wegen seiner PIN abgeschlachtet worden war. Er erzählte

Melita von dem Wein und den benutzten Gläsern. »Wer immer bei dem Opfer im Haus war, wurde eingeladen.«

»Oder zumindest willkommen geheißen.«

»Eine Frau, wie es aussieht.«

»Na ja, genau danach sieht es eigentlich *nicht* aus«, wandte Melita ein. »Ich sage natürlich nicht, dass du dich irrst, aber das Ausmaß an Gewalt, das du beschreibst, wäre für eine Täterin schon ziemlich ungewöhnlich.«

»Ja, aber du und ich wissen doch ...«

»Ich sage ja nicht, dass du falschliegst, Tom. Es ist einfach ... selten.«

Thorne warf einen Blick auf seinen stumm geschalteten Fernseher. In einer dramatischen Zuspitzung des Wettbewerbs waren die Ziele ein paar Meter weiter von den Axtwerfern weggerückt worden. Er fragte sich, ob es wohl eine Variante gab, bei der die Männer Augenbinden tragen oder – noch besser – sich gegenseitig mit den Äxten bewerfen mussten. »Was sagst du zu den Ohren?«

»Trophäen?«

»Ich hab befürchtet, dass du das sagst.«

»Komm schon, dass denkst du doch selbst.«

Das Rauschen in seinem Kopf wurde eine Spur lauter. Der von Melita geäußerte und ein Dutzend ähnlich unwillkommener Gedanken wagten sich aus der Deckung und spukten durch sein Hirn. Er trank die Dose leer und atmete tief durch. »Und wie war *dein* Tag?«

Sie lachte. »Ich will dir nicht die Laune verderben, aber er war herrlich. Nur Privatpatienten, ich musste nicht mal die Wohnung verlassen.«

»Glückspilz«, sagte Thorne.

Wenn sie nicht gerade als forensische Psychiaterin für verschiedene Polizeidienststellen arbeitete oder Gefängnisse und Hochsicherheitskliniken besuchte, behandelte Melita zu gleichen Teilen Privatpatienten und solche des Nationalen Gesundheitsdienstes. Die Tage, an denen sie zu Hause Patienten behandelte, finanzierten ihre sonstige Arbeit. Zwar sorgte sich Thorne, dass sie in ihrer Wohnung potenziell gefährliche Klienten empfing, aber er hatte gelernt, solche Gedanken für sich zu behalten. Als er das Thema vor einigen Monaten angesprochen hatte, war es nicht besonders gut gelaufen.

»Das ist mein Job«, hatte Melita gesagt, als spräche sie mit einem Sechsjährigen. »Klienten mit bestimmten ... Neigungen oder einer gewalttätigen Vorgeschichte gehören nun mal dazu.«

»Das ist mir klar.« Thorne hatte auf der Stelle bereut, den Mund aufgemacht zu haben, schaffte es aber nicht, das Thema auf sich beruhen zu lassen. »In einem Krankenhaus mit Sicherheitspersonal ist das ja auch schön und gut, aber wenn die Typen dir einfach in die Wohnung latschen ...«

»Du meinst, ich sollte ein bisschen wählerischer sein?«

»Ja, sie vielleicht vorher ein bisschen abchecken.«

»Ich checke sie ab, Tom, denn ich bin nicht blöd und muss natürlich genau wissen, mit wem ich arbeite. Wenn es sich dabei um jemanden handelt, den du als gefährlich einordnen würdest, lege ich diese Informationen dem Ausschuss vor. Wenn nötig, wird mein persönlicher *und* professioneller Umgang mit dem Klienten dann entsprechend angepasst. Okay?« Sie hatte ihn einige Sekunden angestarrt, um sicherzugehen, dass ihr Standpunkt angekommen war. Dann war ihr Blick eine Spur weicher geworden. »Abgesehen davon: Erzähl mir nicht, dass die gefährlichen Menschen, die *du* jagst, die *richtig* gefährlichen, nicht auch die interessantesten sind.«

Thorne hatte lieber den Mund gehalten.

Jetzt riss Melita ihn aus seinen Gedanken: »Ich glaube nicht, dass *Glückspilz* der richtige Begriff ist. Nicht nachdem ich eine Stunde lang einem klinisch depressiven Klismaphilen zuhören musste.«

»Einem was?«

»Jemandem, den es sexuell erregt, einen Einlauf zu bekommen oder bei anderen durchzuführen. Dieser spezielle Gentleman bevorzugt die aktive Seite.«

»Oh, da hat er sich offensichtlich für die bessere Alternative entschieden«, sagte Thorne.

Melita lachte, aber Thorne wusste, dass sie viele Klienten behandelt hatte, deren Vorlieben alles andere als witzig waren. Zwar konnte sie mit Thornes Musikgeschmack nichts anfangen – einer der Gründe, warum Phil Hendricks so begeistert von ihr war – und war viel ordentlicher als er, aber sie hatten weit Wichtigeres gemeinsam. Beide hatten oft genug gesehen und gehört, was Menschen einander Schreckliches antun konnten. Wenn sie nicht gerade zusammen an einem solchen Fall arbeiteten, sprachen sie selten darüber – über die Bilder in ihren Köpfen, über die Stimmen derjenigen, die für diese Bilder verantwortlich waren.

Auch das war eine vernünftige Entscheidung.

Wenn er an die letzten Monate dachte, konnte er die Anlässe, bei denen Melita ohne erkennbaren Grund die Beherrschung verloren oder auch nur in mieser Stimmung gewesen war, ohne dass er ihr einen Grund dafür gegeben hätte, an den Fingern einer Hand abzählen. Daher fragte er sich manchmal, wie viel sie innerlich unterdrückte.

Wie laut *ihr* Rauschen sein mochte.

»Ich lasse dich jetzt besser in Ruhe«, sagte sie. »Damit du ins Bett gehen kannst.«

»Also gut, aber du weißt, dass ich an dich denke.« Thorne senkte die Stimme. »Ich meine, an das, was ich tun werde, wenn ich das nächste Mal zu dir komme.«

»Gleichfalls«, sagte sie.

Er wartete ein paar Sekunden. »Dir ist klar, dass ich von dem Curry in deinem Kühlschrank spreche, oder?«

3

Wenig überraschend wirkte Andrea Sumner nicht so, als hätte sie eine auch nur annähernd erholsame Nacht hinter sich. Ihr Gesicht war blass und knittrig wie altes Papier, die Ringe unter ihren Augen sahen aus wie Blutergüsse.

»Haben Sie überhaupt ein bisschen schlafen können?«, fragte Tanner.

Andrea Sumner brauchte ein oder zwei Sekunden, bevor sie antwortete, als wäre sie per Video-Link aus einem entlegenen Winkel der Erde zugeschaltet. »Meine Schwester hat mir ein paar pflanzliche Schlaftabletten gegeben.«

»Das ist gut.«

Die Frau setzte sich ein Stück gerader auf und versuchte sich an einem Lächeln, aber es sah fast aus, als hätte sie diesen Gesichtsausdruck nicht im Repertoire. Sie gab den Versuch schnell auf. »Es hat kein bisschen geholfen.«

»Das tut mir leid«, sagte Thorne, auch wenn er nicht überrascht war. Vor seinem inneren Auge tauchte eine ungebetene und – typisch für solche Situationen – völlig unangemessene Erinnerung auf. Vor einigen Jahren hatte er selbst Schlafprobleme gehabt. Phil Hendricks, dem Insomnie nicht fremd war, hatte ihm empfohlen, zum besseren Einschlafen die Menschen aufzuzählen, mit denen er geschlafen hatte, am besten in chronologischer Reihenfolge. Hendricks hatte erklärt, das mache viel mehr Spaß als das Zählen von Schafen und habe ihm selbst immer geholfen. Thorne hatte es versucht, aber als er nach dreißig Sekunden das Ende der Liste erreicht hatte, war er immer noch hellwach – und leicht deprimiert.

Tanner beugte sich vor, um Wasser in die Gläser zu schenken. »Wir danken Ihnen ganz herzlich, dass Sie hergekommen sind, vor allen Dingen so schnell. Ich weiß, dass Sie eine schreckliche Zeit durchmachen, aber es ist wichtig, dass wir so viele Informationen wie möglich bekommen. Und so schnell wie möglich.«

Andrea nickte. »Okay.«

Es war kurz nach neun am Montagmorgen. Sie saßen in einem der informellen Befragungsräume auf dem Revier in Colindale. Ein dunkelbraunes Sofa und dazu passende Lehnstühle standen um einen niedrigen Tisch herum. Es gab einen Teller mit Keksen, einen Wasserkrug und drei Gläser. Eine Schachtel Papiertaschentücher stand in Reichweite. Im Unterschied zu den offiziellen Vernehmungsräumen lagen auf den Stühlen Kissen, und der einzige unangenehme Geruch war der eines billigen Raumsprays. Es gab weder einen Panikstreifen, noch war das Mobiliar im Fußboden verankert. Zwar wurde die Befragung für den unwahrscheinlichen Fall, dass irgendetwas für eine spätere Gerichtsverhandlung Relevantes gesagt wurde, auf Video aufgenommen. Als Thorne Andrea allerdings darauf aufmerksam machte, starrte sie nur für einige Sekunden zur Kamera hoch, bevor sie nickte und sich ihm wieder zuwandte.

»Wissen Sie, was passiert ist?«, fragte sie in sachlichem Ton, als säßen sie wegen eines tragischen Unglücksfalls beisammen, zu dem er ihr etwas Beruhigendes mitteilen konnte: *Ich fürchte, Ihr Mann hat am Steuer einen Herzinfarkt erlitten* oder *Anscheinend haben die Bremsen versagt. Was* Richard Sumner zugestoßen war, war auf schreckliche Weise offensichtlich, aber darum ging es bei ihrer Frage auch nicht. »Wir stehen leider noch ganz am Anfang.«

»Mit Richard, meine ich … Was ist mit Richard passiert?«

»Ich verspreche Ihnen, dass wir Sie über alle neuen Erkenntnisse auf dem Laufenden halten«, sagte Tanner.

Andrea brummte und sah sich blinzelnd im Raum um. Sekundenlang starrte sie erst die eine, dann die andere Wand an. Die Stühle, den Tisch, als würde sie etwas suchen, irgendetwas, das ihr Antworten auf die Fragen liefern konnte, zu denen diese beiden Detectives ihr nichts sagen konnten oder wollten.

»Andrea? Mrs Sumner …?«

Seufzend und schicksalsergeben wandte sich die Frau Tanner zu.

»Wir haben uns gefragt, ob Sie uns vielleicht sagen können, ob Richard davon gesprochen hat, dass er am Wochenende Besuch bekommen würde.« Tanner ließ es nett und beiläufig klingen. »Vor allem am Samstagabend.«

Sie schüttelte den Kopf. Mit dieser Antwort hatten Thorne und Tanner gerechnet, aber natürlich wurden die Fragen, die sie ihr stellen mussten, dadurch nicht leichter.

»Wie gesagt, ich habe am Samstag mit ihm gesprochen. Er wollte früh ins Bett gehen.«

»Natürlich«, sagte Thorne.

»Das hat er mir gesagt.«

»Ja, und das könnte er auch vorgehabt haben.« Ein bisschen Honig, um die Medizin nicht so bitter schmecken zu lassen. »Aber ich muss leider sagen, dass es so aussieht, als sei es anders gekommen.«

Andrea Sumner schniefte und griff nach einem Papiertaschentuch, das sie sicher bald brauchen würde.

»Es gibt Hinweise darauf, dass Richard am Samstagabend Besuch hatte.« Kaum hatte Thorne den Satz ausgesprochen, wurde ihm klar, wie dämlich er klang. Natürlich hatte der Mann Besuch bekommen, sonst wäre er nicht tot. Aber das hatte er nicht gemeint, was Andrea offensichtlich bewusst war.

»Was für Hinweise?«

»Eine halb leere Flasche Wein und zwei benutzte Gläser«, sagte Tanner.

»Sie standen in Ihrem Wohnzimmer«, fügte Thorne hinzu.

»Das habe ich nicht gesehen.«

Thorne nickte und lehnte sich zurück. Dass sie eine Frage beantwortete, die weder Tanner noch er gestellt hatten, reichte aus, um seinen Verdacht zu bestätigen. Andrea Sumner log sie eindeutig an. Aber für ihre Ermittlungen spielte das keine große Rolle, und ihr war es offenbar wichtig. Sie hatte sowieso schon jede Menge zu verarbeiten. Solange der Schmerz noch viel zu frisch war, als dass sie die Trauer auch nur an sich heranzulassen vermochte, konnte sie nicht darüber nachdenken, dass der Mann, um den sie irgendwann trauern *würde*, nicht ganz der Mann war, für den sie ihn gehalten hatte.

Natürlich würde sie sich der schwer erträglichen Wahrheit irgendwann stellen müssen. Thorne hatte schon früher erlebt, wie sich die nächsten Angehörigen eines Mordopfers mit Händen und Füßen wehrten, wenn die dunkleren Geheimnisse eines geliebten Menschen ans Licht kamen. Andrea Sumners Zweifel an der Treue ihres verstorbenen Mannes waren für sie sicher ein Schock, aber Thorne hatte Schlimmeres erlebt. Er dachte an den unvergesslichen Fall, bei dem sich herausgestellt hatte, dass das unschuldige Opfer einer Kneipenschlägerei – ein sanftmütiger und glücklich verheirateter Vater zweier Kinder – nicht nur eine oder zwei, sondern *drei* weitere, übers ganze Land verteilte Familien hatte, die nichts voneinander wussten. Ein Trio anderer Ehefrauen, ein knappes Dutzend anderer Kinder, von denen seine Witwe nichts ahnte.

Seine *Witwen*.

»Wissen Sie, ich bin gleich nach oben gegangen.« Andrea beugte sich vor und griff nach einem zweiten Taschentuch.

»Okay«, sagte Thorne.

»Ich hatte nicht den Eindruck, dass irgendetwas nicht stimmte. Das Haus wirkte wie immer.«

»Traurigerweise wissen wir, dass es nicht so war. Deshalb

müssen wir jetzt diese Fragen stellen.« Tanner beugte sich vor und wartete so lange, bis Andrea sie ansah. »Haben Sie irgendeine Idee, wer Richard besucht haben könnte? Vielleicht hat er jemanden erwähnt, bevor Sie nach Liverpool aufgebrochen sind.«

»Tut mir leid«, sagte Andrea. »Ich weiß es wirklich nicht. Ich meine, natürlich könnte einer seiner Kumpels vorbeigekommen sein, um sich zusammen Fußball oder Rugby anzuschauen. Jemand von der Arbeit oder so. Aber das erklärt nicht, was passiert ist, stimmt's?«

»Nein«, sagte Tanner. »Das tut es nicht.«

Natürlich war es nur ein Schuss ins Blaue gewesen. Die Art von »Besuch«, die Richard Sumner erwartet hatte, hätte er seiner Frau gegenüber wohl kaum erwähnt.

Viel Spaß in Liverpool, Schatz. Oh, übrigens, ich dachte, ich rufe an einem der Abende mal bei einer Escort-Agentur an. Ist das okay für dich?

Fünf Minuten im Haus hatten Thorne gereicht, um sicher zu sein, dass die beiden keine solche Ehe führten. Er war nicht mal sicher, ob es solche Ehen überhaupt *gab*, und wenn, dann hielten sie wahrscheinlich nicht lange.

Bis Sonntag dann ... Viel Spaß. Mach dir um mich keine Sorgen, am Samstagabend leistet mir meine langjährige Freundin/mein langjähriger Freund/mein Sexsklave Gesellschaft. Das hab ich wohl noch nicht erwähnt ...

»Wann kann ich wieder ins Haus?«, fragte Andrea.

»Das geht leider noch nicht«, antwortete Thorne.

»Aber wenn ich länger bei meiner Schwester bleibe, muss ich ein paar Sachen holen.«

»Wenn Sie jemandem von der Angehörigenbetreuung eine Liste geben, holt man Ihnen alles aus dem Haus.«

Andrea nickte resigniert und sagte »Gut«, auch wenn es das offensichtlich nicht war.

»Wo wir gerade davon sprechen: Es gibt ein oder zwei

Dinge, die *wir* aus dem Haus brauchen. Vielleicht können Sie uns dabei helfen.« Thorne lächelte, als wäre es keine große Sache. »Richards Handy und Computer. Ich meine, wir gehen davon aus, dass er Handy und Computer *hatte,* weil, na ja … Heute hat jeder so etwas, aber wir konnten nichts finden.«

»Die Sachen habe ich.« Sie spielte mit dem feuchten, zum Klumpen geknüllten Papiertaschentuch in ihrer Hand, zupfte kleine Fetzen heraus und ließ sie zu Boden fallen. »Sie lagen auf dem Küchentisch, also habe ich sie in meine Tasche gesteckt, während ich auf die Polizei gewartet habe. Es war ein Reflex. Ich wollte darauf achtgeben, für ihn.«

»Okay.« Thorne sah Andrea Sumner an, dass sie, als sie am gestrigen Morgen zurück ins Haus gekommen war, sofort Bescheid gewusst hatte. Nicht über das, was sie oben erwartete, aber über das Vorspiel. Sie hatte Bescheid gewusst, sobald sie die Weinflasche und die Gläser gesehen hatte. Ihr Verhalten danach hatte der Ermittlung nicht unbedingt geholfen, sie aber auch höchstens um einige Stunden verzögert. Und sie hatte nichts Illegales getan. Das Handy und den Computer an sich zu nehmen, war ein Versuch gewesen, ein bisschen Würde zu bewahren, mehr nicht. Sie hatte genau gewusst, was sich auf ihnen befinden konnte: die Art Informationen, auf die es auch Thorne und Tanner abgesehen hatten.

»Wir müssen Sie bitten, sie uns zu übergeben«, sagte Tanner.

»Aber warum?« Eine genuschelte Bitte, aber trotzdem eine Bitte. »Ich meine, mir ist klar, dass Sie so etwas tun. Ich habe es in den Nachrichten und in Krimis gesehen, aber normalerweise durchsucht man die Computer von Verdächtigen, oder?«

»Normalerweise«, bestätigte Thorne.

»Richard war ein Opfer.«

»Es ist verrückt, oder? Ich meine, heutzutage speichern die Menschen ihr ganzes Leben auf dem Handy, stimmt's?« Thorne warf Tanner einen Blick zu, sie brummte zustimmend. »Auf dem Laptop oder wo auch immer. Ich weiß, dass ich es selbst so mache, und ich bin sicher, dass Sie es auch tun.« Andrea schüttelte den Kopf, aber Thorne ließ nicht locker. »Wenn wir Zugriff auf diese Informationen haben, erfahren wir eine Menge mehr über Richard und sehen hoffentlich ein wenig klarer, warum ihm so etwas Schreckliches angetan wurde.«

»Wenn Sie etwas über Richard erfahren wollen, können Sie mich einfach fragen.«

»Dafür sind wir Ihnen dankbar«, sagte Tanner. »Und das werden wir auch tun, aber …«

»Ich kannte ihn am besten von allen. Ich wusste alles über ihn.«

»Natürlich«, sagte Thorne.

Tanner beugte sich vor und sprach ganz langsam. »Wir brauchen auch eine DNA-Probe von Ihnen, falls das in Ordnung ist.« Sie würden sich auch problemlos eine Haarbürste oder etwas anderes besorgen können – in den Beweismittelbeuteln würde sich schon etwas Brauchbares finden –, aber ein schneller Abstrich, wo die Frau sowieso schon im Haus war, wäre der direktere Weg. Von der DNA ihres Mannes brauchten sie ganz sicher keine weitere Probe. »Natürlich nur zum Ausschluss.« Tanner wartete. »Ich hoffe, Sie sind einverstanden. Es würde uns wirklich sehr helfen.«

Es war schwer zu sagen, ob Andrea irgendetwas von ihren Worten aufgenommen hatte. Noch immer sah sie Thorne mit weit aufgerissenen Augen an. Auf ihrem Schoß und zu ihren Füßen lagen die feuchten Papierfetzen.

»Ich *kannte* ihn.«

Zwanzig Minuten später standen Thorne und Tanner vor dem Eingang zum Revier und sahen zu, wie eine Kollegin von der Angehörigenbetreuung Andrea Sumner zu dem Auto brachte, mit dem sie abgeholt worden war. Der starke

Frost, der über Nacht gekommen war, schien sich auf einen längeren Besuch eingestellt zu haben. Anderthalb Stunden zuvor hatte Thorne gebückt und fluchend draußen vor seiner Wohnung gestanden und die Wagenscheiben mit Frostschutzmittel eingesprüht. Inzwischen sah es so aus, als wäre das die angenehmste Aufgabe des ganzen Tages gewesen.

Als ihr die Wagentür aufgehalten wurde, warf Andrea Sumner ihnen noch einen Blick zu, dann stieg sie ein. Tanner hob eine Hand, winkte und sah Thorne an. »Nach dem Mord an Susan hatte ich das Gefühl, *ich* wäre tot«, sagte sie. »Jedenfalls tot in jeder Hinsicht, die zählt. Ich bin wie ein Zombie herumgelaufen und wusste morgens beim Aufwachen nicht, wozu ich da war. Damals habe ich geglaubt, dass man sich wahrscheinlich nicht schlimmer fühlen kann.« Sie deutete mit dem Kinn auf den Wagen, der gerade auf die Hauptstraße bog. »Aber wie kommt man *darüber* hinweg?«

Thorne war sich nicht sicher, ob das überhaupt möglich war. Aber er glaubte, dass es zumindest ein Anfang sein könnte, Richard Sumners Mörder oder Mörderin zu schnappen.

Aber natürlich war auch *das* nur eine Vermutung.

»Keine Ahnung«, sagte er.

Sie drehten sich um, zitternd und dankbar, wieder zurück ins Warme zu dürfen. Tanner schaute auf ihr Handy. »Du legst besser einen Zahn zu.«

Thorne sah auf die Uhr, sein Atem bildete Wölkchen. Fluchend ging er zur Toilette, holte dann Mantel und Tasche aus dem Büro und machte sich eilig auf den Weg zur Obduktion.

Er konnte ein bisschen Aufheiterung gebrauchen.

4

Eine einzige Obduktion war für die meisten Menschen mehr als genug, und Thorne war bei einer ganzen Menge dabei gewesen. Bei Hunderten wahrscheinlich. Auch wenn er sich an die einzigartigen Anblicke und Gerüche und das grässliche Kreischen der Knochensäge … gewöhnt hatte, benutzte er immer noch jedes einzelne Mal Vick und Ohrstöpsel. Im Gegensatz zu dem über und über tätowierten Mann, der ihm gegenübersaß, war er auch definitiv nicht in der Lage, gleich im Anschluss ein Full English Breakfast herunterzubringen.

Full English Breakfast Nummer drei, genauer gesagt: mit zwei Eiern, doppelt Würstchen und einer Extraportion Kartoffelbrei mit Rosenkohl.

Der Mann war ein Tier.

Mit Messer und Gabel war Phil Hendricks nicht ganz so feinfühlig wie mit dem Sezierbesteck und der Rippenschere. Beim Anblick seines Freundes, der das Essen in sich hineinschaufelte, fühlte Thorne sich flauer im Magen als zwanzig Minuten zuvor, als er ihm bei der Arbeit an Richard Sumners Leiche zugesehen hatte. Mit lautem Stöhnen machte er seinen Gefühlen Luft.

Der Rechtsmediziner hob eine Gabel mit Baked Beans hoch und stieß sie in Richtung der einsamen Toastscheibe auf Thornes Teller.

»Schlappschwanz«, sagte er.

»Schwein«, erwiderte Thorne.

Angewidert schüttelte Hendricks den Kopf, wobei die an seinen Ohren baumelnden Ringe, Kreuze und Totenköpfe klimperten. »Ich schätze, es hätte schlimmer kommen können. Wenn ich Müsli bestellt hätte, könnte ich für nichts mehr garantieren.« Er drehte sich zu dem langsam kahl werdenden Koloss hinter dem Tresen um und reckte einen Daumen hoch. Grinsend erwiderte der Mann die Geste. Das Café lag fünf Minuten zu Fuß vom Leichenschauhaus in Hornsey entfernt, Hendricks war Stammkunde. Er hob die Stimme, sodass der Besitzer ihn hören konnte. »Aber wenn sie hier verdammtes Scheißmüsli anbieten würden, würde ich sowieso nicht mehr kommen.«

Die Obduktion selbst war relativ unkompliziert verlaufen. »Keine riesigen Falter, die man dem Opfer in den Rachen gestopft hätte«, hatte Hendricks nach kurzer Zeit gesagt. »Das ist schon mal ein Pluspunkt, stimmt's?« Wie immer lieferte der trockene, für seine Heimatstadt Manchester typische Humor ein Gegengewicht zu dem Grauen. Wobei er natürlich nicht in der Lage gewesen war, sich beim Anblick der Leiche den einen oder anderen Gag zu verkneifen. »Verdammte Scheiße. Lieber ohrlos als humorlos.« Als er Thornes Miene bemerkte, hatte er hinzugefügt: »Reg dich ab, Kumpel, es ist ja nicht so, dass er uns hören könnte, oder?«

»Schlechtes Argument«, hatte Thorne gesagt. »Er ist tot, da hätte er uns sowieso nicht gehört.«

»Verdammt, du hättest Lehrer werden sollen.«

Richard Sumner war am Samstagabend irgendwann zwischen neun und Mitternacht gestorben, hatte Hendricks erklärt. Todesursache war eine einzelne Schnittwunde am Hals gewesen. »Hat ihm die Kehle aufgeschlitzt, mit einer sehr dünnen Klinge … einem Skalpell, Teppichmesser oder etwas in der Art. Er muss ziemlich schnell verblutet sein. Mit derselben Waffe wurden auch die Ohren entfernt. Glaub mir, ich würde gern sagen, dass sie post mortem abgeschnitten wurden, aber die Menge Blut auf dem Kissen lässt auf etwas anderes schließen.«

»Mein Gott.«

»Wahrscheinlich hat er sich wegen des Rotweins, der ihm aus dem Hals gesprudelt ist, genug Gedanken gemacht und sich nicht weiter daran gestört.«

Thorne kam der Gedanke, dass Richard Sumner am Ende seine eigenen Schreie nicht hatte hören können. Ob das ein Segen war oder nicht, wagte er nicht zu beurteilen. »Wie sieht es mit Drogen aus?«

»Ja, wahrscheinlich. Rohypnol, Ketamin ... irgendwelche Benzos. Genau weiß ich es erst, wenn ich den toxikologischen Befund bekomme, aber ich würde darauf wetten. Vor allem, wenn du davon ausgehst, dass der Mörder eine Frau war.« Er hatte die Leiche auf dem Obduktionstisch betrachtet. »Er war ziemlich groß.«

Etwas im Wein, vermutete Thorne und hoffte, sie würden die Resultate bald bekommen.

»Oh, und dann hab ich eine ordentliche Menge halb verdaute Spaghetti im Magen gefunden«, hatte Hendricks gesagt. »Es sei denn, er hätte besonders eklige Würmer gehabt. Wie es aussieht, waren er und der Mörder beim Italiener. Wo wir gerade davon reden, hast du Lust auf ein spätes Frühstück ...?«

Gerade machte sich der Cafébesitzer mit den benutzten Tellern und Bestecken davon. Kurz darauf kam er mit frischen Bechern Tee zurück.

»Und, wie geht es Melita?«

»Gut.« Thorne nickte lächelnd. Er hoffte, sie später noch sehen zu können.

»Anscheinend so gut, wie es jemandem mit niedrigen Ansprüchen und ernsthaften Sehstörungen gehen kann. Ich wundere mich immer wieder, dass die Gläser ihrer Brille nicht ein ganzes Stück dicker sind.«

Thorne spielte den Entrüsteten.

»Aber immerhin kann sie eine Brille *tragen.*« Hendricks

wandte den Kopf Richtung Leichenhalle. »Im Gegensatz zu dem armen Kerl da drüben.«

»Das ergibt schon wieder keinen Sinn«, sagte Thorne. »Er ist tot, was sollte er mit einer Brille?«

»Du hast keinen Sinn für Humor, stimmt's? Ich meine, Engländer, Iren und Schotten gehen selten zusammen in Bars.«

Nachdem Thornes Liebesleben abgehakt war, sprach Hendricks eine Weile über seinen eigenen Partner, Liam. »*Mein* Ire.« Er wirkte in dieser Hinsicht so beständig wie schon lange nicht mehr. Thorne vermutete, nur der unwahrscheinliche Fall, dass Arsenal in absehbarer Zeit irgendeinen Pokal gewinnen könnte, würde seinen Freund glücklicher machen. Hendricks' Tätowierungen und Piercings waren zum großen Teil Kerben an seinem Bettpfosten, wie er es nannte. Inzwischen war es länger her, dass er ein Tätowierstudio von innen gesehen hatte. Thorne konnte nur hoffen, dass es so blieb. Allzu viele freie Körperstellen gab es sowieso nicht mehr.

Beim Gedanken daran, dass ein solches Hautstück seines Freundes vor Jahren gewaltsam entfernt, in einen Briefumschlag gesteckt und persönlich bei Thorne abgeliefert worden war, zuckte er zusammen.

Er versuchte möglichst selten an den Mann zu denken, der das getan hatte.

»Dann arbeitet Nicola also zusammen mit dir an dem Fall?«

Thorne musterte Hendricks, aber dessen Miene gab nichts preis.

An sich war die Frage unkompliziert, aber Thorne zögerte ein oder zwei Sekunden mit der Antwort. Ein oder zwei Sekunden, in denen ihre Blicke sich trafen und wortlos verständigten.

»Ja, klar.«

»Gut so«, sagte Hendricks, womit die vorübergehende Befangenheit sich legte.

Auch wenn Nicola Tanner, die gelegentlich zimperlich sein konnte, sich über den einen oder anderen ... Exzess von Phil Hendricks mokieren konnte, hatten die drei sich immer nahegestanden. Jetzt waren sie unweigerlich durch etwas verbunden, das sie vor zwei Jahren getan hatten. Durch das, was mit einem Mann namens Graham French geschehen war, der zu Tode geprügelt worden war, *nachdem* er geschnappt und gefesselt worden war. Durch die Geschichte, die ein Mitglied des Trios ausgeheckt hatte, um das zweite zu schützen. Und durch die berufliche Mauschelei des dritten, die dafür sorgte, dass die beiden anderen ihre Jobs nicht verloren. Ihr gemeinsames Geheimnis wurde kaum je erwähnt oder auch nur angedeutet, stand aber immer im Raum, vor allem, wenn sie zu dritt zusammen waren. In solchen Momenten glaubten sie, Blut und feuchte Haare riechen zu können.

»Denn ich nehme an, du brauchst jede Hilfe, die du kriegen kannst.« Hendricks schlürfte geräuschvoll an seinem Tee. »Jedenfalls wenn ich mir unseren hörgeschädigten Freund in der Leichenhalle anschaue. Sie ...«

Thornes Handys summte auf dem Tisch. Er warf einen Blick aufs Display. »Wenn man vom Teufel spricht ...« Dann las er die Textnachricht.

DNA-Ergebnisse aus dem Sumner-Haus sind da. XX

»Eine Sekunde.« Thorne wählte Tanners Nummer. »*So* zärtlich bist du sonst nicht«, sagte er, als sie sich meldete. »Gleich zwei Küsse?«

»Das sind keine Küsse, du Arsch. Sondern Chromosomen.«

»Ich verstehe nicht ...«

»Zwei X-Chromosomen, was bedeutet, dass unser Täter definitiv eine Frau ist.«

Thorne sah, dass Hendricks, der eindeutig mitgehört hatte,

kicherte. Dann schob er seine Zunge unter die Oberlippe und verdrehte die Augen.

»Ja, offensichtlich.« Thorne presste sich das Gerät dicht ans Ohr und wandte sich ab. »Mir war schon klar, was du gemeint hast.«

5

Als sie zurück im Becke House waren und Thorne ihr von der Obduktion berichtet hatte, leitete Tanner die erste Teamsitzung. Während sie, an einen Schreibtisch gelehnt, den bisherigen Stand zusammenfasste und an einigen Stellen auf das Whiteboard deutete, gingen die rund zwanzig im Einsatzraum versammelten Männer und Frauen die jeweils relevanten Unterlagen in den Fallakten durch, die Detective Sergeant Samir Karim vorab verteilt hatte. Einige schüttelten beim Anblick der Tatortfotos den Kopf oder holten tief Luft. Karim würde im Team auch für die Beweismittel zuständig sein, während andere sich um externe Ermittlungen, um die Koordination von Befragungen und die Analyse von Informationen kümmerten. Tanner persönlich hatte zwei zivile Mitarbeiter ausgewählt – beide fast so analfixiert wie sie – und damit beauftragt, jede Aussage, jede eingegangene Nachricht und jedes mithilfe des HOLMES-Computersystems erstellte Täterprofil zu katalogisieren.

Es gab eine Menge zu tun.

Tanner und mehrere andere hatten den Vormittag damit zugebracht, Material aus Überwachungskameras und der automatischen Nummernschilderkennung durchzugehen. Es war ein mühseliger Prozess, dessen Hauptteil sie noch vor sich hatten. In der Straße, in der die Sumners wohnten, waren die Haustürbefragungen inzwischen abgeschlossen, aber sie hatten schon entschieden, auch die benachbarten Straßen abzuklappern. Routinemäßig war in den nationalen Polizeidatenbanken eine Suche nach Einträgen über einen Richard Anthony Sumner angestoßen worden. Außerdem warfen sie einen gründlichen Blick auf die Finanzunterlagen des Paares, nahmen sich Clubs und Vereine vor, denen sie angehörten, und hatten angefangen, möglichst viele Freunde und Arbeitskollegen des Opfers aufzuspüren und zu befragen.

In diesem Stadium wurde das Netz weit ausgeworfen, aber nicht übermäßig tief.

»Wir stehen ganz am Anfang«, sagte Tanner. »Sobald die kompletten forensischen Ergebnisse vorliegen, müssen wir uns tiefer in einige Punkte einwühlen, und wenn die Techniker erst mit dem Handy und dem Computer des Opfers fertig sind, stecken wir bis über beide Ohren in Arbeit. *Hoffentlich.* Also werden sich alle den Arsch aufreißen, und jeder, der dazu keine Lust hat, sollte sich einen Moment fragen, ob es sich lohnt, mich richtig sauer zu machen. Keine dummen Fehler, nichts Halbgares und keine Abkürzungen, klar? Jetzt muss ich nur noch hinzufügen, dass wir uns richtig beeilen müssen …«

Sie ließ ihre Worte einen Moment wirken.

Dann nahm sie mit mehreren Kollegen Augenkontakt auf, um sicherzugehen, dass sie gewirkt *hatten.*

Natürlich, fuhr Tanner fort, bestand ihr Job wie der jeder Mordkommission darin, den Täter so schnell wie möglich zu schnappen. Und meistens war Tempo die entscheidende Waffe. Die ersten vierundzwanzig Stunden, heiße Eisen und so weiter … Immerhin gab es Neulinge im Team, und auch wenn Tanner deutlich weniger dramatisch – jedenfalls weniger aggressiv – sprach, als Tom Thorne es getan hätte, machte sie Druck, indem sie ihnen ganz genau erklärte, warum die Zeit in einem Fall wie diesem gegen sie arbeitete.

Zehn Minuten später schlossen Thorne und Tanner die Tür zum Büro des Detective Chief Inspector hinter sich. Russell Brigstocke, der offizielle Ermittlungsleiter in ihrem Fall, hatte das Briefing vom hinteren Teil des Raums aus verfolgt.

Als sie und Thorne sich setzten, nickte er Tanner anerkennend zu.

»Sir.« Tanner wusste selbst, dass sie gut gewesen war.

»Also, wo stehen wir?« Am Schreibtisch sitzend blätterte Brigstocke die Unterlagen durch. Eine Mordakte, die bis jetzt noch ziemlich dünn war, aber, wie sie alle wussten, schnell anwachsen würde. Die einst üppige Haartolle des DCI wirkte inzwischen ein bisschen wirr, und die Kette an seiner Brille ließ ihn wie einen leicht schrulligen Schuldirektor wirken, der allerdings noch wusste, wie man notfalls zuschlug. Tanner war relativ neu im Team, aber Thorne und Brigstocke arbeiteten schon sehr lange zusammen. Im Lauf seiner zugegebenermaßen bewegten Karriere hatte Thorne den Eindruck gewonnen, dass die meisten Beamten vom Rang eines DCI aufwärts eher Politiker als Polizisten waren. Brigstocke stellte die löbliche Ausnahme dar. Sie hatten sich heftige, in einigen Fällen spektakuläre Streite geliefert, natürlich. Trotzdem war Thorne sicher, dass sein Chef und er sich, wenn es darauf ankam, aufeinander verlassen konnten.

Einigermaßen sicher jedenfalls.

»Wie es aussieht, haben sie sich verabredet, und Sumner hat sich ins Auto gesetzt, um sie zu treffen«, sagte Thorne. »Zum Abendessen.«

»Spaghetti«, stellte Brigstocke nach einem Blick in die Unterlagen fest. »Könnte es sich lohnen, mit den Italienern in der Gegend zu sprechen?«

»Wahrscheinlich waren sie in einem Lokal, aber ich würde auf eins weiter draußen tippen. Sicher wollte sie nicht das Risiko eingehen, mit ihm gesehen zu werden.«

»Scheiß nicht dahin, wo du isst.« Brigstocke nickte, offenbar vom tieferen Sinn seiner Bemerkung überzeugt.

»So kann man es ausdrücken.«

»Wir haben sein Auto kurz nach halb acht an der U-Bahn-Station Gospel Oak auf Video«, sagte Tanner.

»Dann zehn Minuten später auf dem Weg nach Norden, Richtung Highgate. Um Viertel vor zehn kommt er wieder an der Haltestelle vorbei, mit einer Person auf dem Beifahrersitz, die leider nicht deutlich zu erkennen ist.«

»Murphy's Gesetz«, bemerkte Brigstocke.

»Er öffnet seine Garage mit der Fernbedienung und fährt sofort rein«, sagte Thorne. »Weil er nicht will, dass seine neugierige Nachbarin oder irgendjemand, der weiß, dass seine Frau verreist ist, mitkriegt, dass er eine andere mit nach Hause bringt. Die beiden nehmen den hinteren Ausgang der Garage und gehen dann durch die Küchentür ins Haus.«

»Dann setzt sie ihn unter Drogen«, sagte Brigstocke.

»Na ja, genau genommen warten wir noch auf die Bestätigung durch die Gerichtsmedizin, aber ich schätze, sie kippt ihm etwas in den Wein. Vielleicht knutschen sie noch eine halbe Stunde auf dem Sofa oder was auch immer, bis sie sicher sein kann, dass die Droge wirkt. Dann bringt sie ihn nach oben und tut das, was sie von Anfang an vorhat.«

»Was uns noch fehlt«, übernahm Tanner, »ist ein Hinweis auf eine Frau, die in der fraglichen Zeit zu Fuß die Gegend verlassen hat. Auf keiner der Kameras, die Sumner aufgenommen haben, ist etwas zu sehen.«

Thorne schaute zu ihr hinüber. »Ich glaube nicht, dass sie zu Fuß abgehauen ist. Eher ist sie hinten durchs Gartentor raus, in die Gasse, und dann zu ihrem Auto, das irgendwo in der Nähe abgestellt war.«

»Von oben bis unten voller Blut?«

»Es ist dunkel, und sie trägt einen Mantel.« Er wartete. »Warum nicht?« Tanner wirkte noch nicht überzeugt, also warf er Brigstocke einen fragenden Blick zu.

»Okay, dem würde ich mich anschließen.«

»Sie weiß, wo er wohnt, und kundschaftet die Gegend aus. Wo die Kameras sind und das alles. Sie fährt vorher hin und stellt den Wagen an einer Straße in der Nähe ab. Dann kehrt sie nach Hause zurück und macht sich für ihr Treffen mit Sumner fertig.«

»Dann hätte sie alles im Voraus geplant?«

»Kommen Sie, geht irgendjemand von uns von einer spontanen Tat aus?«

Die darauffolgende kurze Stille und das unbehagliche Hin- und Herrutschen auf den Stühlen verrieten, dass keiner von ihnen es tat. »Wie hat er sie kennengelernt?«, fragte Brigstocke.

»Wir warten noch auf die Nerds«, sagte Thorne.

»Falls Sie von der Digital Forensics Unit sprechen: Diesen *Nerds* haben wir schätzungsweise fünfundsiebzig bis achtzig Prozent unserer Ermittlungserfolge zu verdanken.«

Thorne nickte beeindruckt. »Nerds sind sie trotzdem.«

Tanner lächelte, und auch Brigstocke konnte sich ein Grinsen nicht verkneifen.

»Sie haben einen vorläufigen Bericht bis spätestens heute Abend versprochen.«

»Dann wissen wir Bescheid«, sagte Thorne. »Es wird alles auf dem Handy sein, oder auf dem Laptop. Oder beides.«

Dies waren die Informationen, auf die sie wirklich warteten und von denen sie sich etwas versprachen. Die mit den Tatortspuren befassten Forensiker hatten schnell gearbeitet und ausreichend Material für eine spätere Verurteilung gesammelt, aber das nützte nichts, solange sie keine Festnahme vorweisen konnten. Am Tatort hatte es reichlich DNA-Spuren und Fingerabdrücke gegeben, aber ein Abgleich mit ihren Datenbanken hatte zu keinen Resultaten geführt. Im Badezimmer war auch der Teilabdruck eines Dr-Martens-Schuhs in Größe neununddreißig gefunden worden, der mit Sicherheit nicht Andrea Sumner gehörte.

Thorne malte sich schon aus, wie dieser Schuh nervös auf den Fußboden eines Vernehmungsraums tippte.

Bis dahin …

»Sie gehen also von einer dieser Dating-Apps aus?« Brigstocke schaute die beiden fragend an. »Oder eine Online-Escort-Agentur?«

»Die naheliegende Möglichkeit«, sagte Thorne.

Tanner nickte zustimmend. »Er wollte vor allem Sex. Mit einem Abendessen und einer Flasche Merlot aufgehübscht, aber letztlich ging es um nichts anderes. Also glaube ich nicht, dass unser Opfer die Frau an einer Bushaltestelle oder in der Schlange am Postschalter kennengelernt hat.«

Brigstocke brummte zustimmend und nickte. Dann nahm er die Brille ab und rieb sich die Augen. »Was glauben Sie, warum die Täterin oder der Täter die Ohren mitgenommen hat?«

»Tja.« Thorne stieß langsam den Atem aus.

»Vielleicht brauchen wir Ihre Dr Perera auf Stand-by, Tom. Falls und wenn wir eine Verhaftung vornehmen.«

»Sie ist nicht *meine* Dr Perera.«

»Nicht?«

Thorne bemerkte, dass Tanner ein Grinsen unterdrückte. »Sie wissen schon, was ich meine. Wenn es um den Job geht.«

Der DCI legte die Akte auf seinen Schreibtisch und stieß sich mit dem Stuhl ab. Thorne drehte sich um und starrte aus dem Fenster, über das üppige Grün der Sportanlage und den pulsierenden Verkehr auf der M1 hinweg bis zum trostlosen Industriepark auf der anderen Seite. Dann legte er den Kopf in den Nacken und sprach zu den schmutzigweißen Deckenfliesen. Seine Worte klangen … dramatischer als die, die Tanner dem Team gegenüber gewählt hatte, aber sie kamen ihm so selbstverständlich über die Lippen, als würde er um ein Stück Zucker für seinen Tee bitten.

»Wenn wir sie nicht schnappen, wird sie es wieder tun.«

6

Als Tanner nach Hause gekommen war, hatte sie in der Küche die kopflose Leiche einer Maus gefunden. Zur Abwechslung ein Fall, den sie mühelos aufklären konnte. Eine Zeit lang war sie auf die Katze nicht gut zu sprechen, aber als Mrs Slocombe ihr etwa eine Stunde später auf den Schoß sprang, war alles verziehen, auch wenn es sich bei der Schuldigen um eine notorische Wiederholungstäterin handelte. Tanner gestattete der Katze, es sich bequem zu machen, während sie selbst den letzten Schluck aus ihrem Glas trank. Der Rotwein und die Wärme der Katze wirkten zusammengenommen angenehm einschläfernd, sodass sie bald Mühe hatte, die Augen offen zu halten. Das rhythmische Schnurren und das leise Trommeln des Regens übertönten den schnöseligen Trottel im Fernsehen, der Alan Sugar anbettelte, ihn nicht zu feuern.

Ich würde ihn feuern, dachte Tanner und ließ zu, dass ihre Augen sich schlossen. *Ohne mit der Wimper zu zucken. Nutzloser Schwachkopf.*

Ihre Gedanken schweiften zu der Ansprache, die sie am Nachmittag vor dem Team gehalten hatte, ihre aufrüttelnde Heinrich-V.-Nummer. Besser als der verdammte Lord Sugar, keine Frage. Ihr Appell an Engagement und Tempo, den Tom Thorne später in Brigstockes Büro noch wesentlich direkter formuliert hatte. Sie erinnerte sich an die verschleierten Drohungen mit disziplinarischen Maßnahmen, falls irgendein Idiot sich nicht am Riemen riss oder seine Aufgaben nicht korrekt erledigte.

Falls irgendjemand nicht nach Vorschrift arbeitete.

Wie so oft hörte sie plötzlich Susans Stimme: *Wem willst du eigentlich etwas vormachen?* Tanner fuhr mit einem Ruck hoch, als sie auf ihrer Brust Krallen spürte. Die Katze sprang ihr vom Schoß, der Regen hatte aufgehört, und sie konnte nur noch an die warmen Spritzer in ihrem Gesicht und das Gewicht des Schürhakens in ihrer Hand denken.

Mit einem Mal war ihr kalt. Sie stand auf und folgte der Katze in die Küche, wo sie eine halbe Minute herumstand und sich fragte, was sie hier gewollt hatte. Dann kam ihr der Gedanke, dass ein Kräutertee ihr beim Einschlafen helfen könnte. Kamille vielleicht oder einer dieser fruchtigen Tees, mit denen Tom Thorne sie so gern aufzog. Sie lehnte sich an die Arbeitsplatte und dachte an ihr Gespräch vor dem Haus der Sumners. Über das Ausmaß der Gewalt und die Frage, ob wirklich eine Frau dafür verantwortlich sein konnte. Als der Wasserkocher hinter ihr zu blubbern begann, sah Tanner das Blut vor sich, das die Wolken auf der Bettdecke durchtränkt hatte, und ein Opfer, das sich nicht hatte wehren können.

Bin ich besser als …?

Sei nicht albern. Nic … Schluss mit dem dummen Zeug.

Wieder Susans Stimme. Was weder gruselig war noch darauf hindeutete, dass Tanner den Verstand verlor. Sie erwischte sich einfach immer wieder dabei, wie sie sich vorstellte, was ihre tote Partnerin in der jeweiligen Situation sagen würde. Wenn sie im Verhörraum vor die Wand lief und ständig *Kein Kommentar* zu hören bekam. Wenn das Auto nicht ansprang. Oder wenn im Supermarkt die Kekse ausgegangen waren, die sie beide liebten.

Der Wasserkocher schaltete sich aus.

»Ja, du hast recht«, sagte Tanner.

Susan redete immer auf den Punkt, genau wie sie selbst es meistens tat. Tanner war mit der Frau, die sie zu schnappen versuchten, kein bisschen zu vergleichen, nicht mal ansatzweise. Was geschehen war, war geschehen – ein Moment des

Wahnsinns, in dem ihre Wut die Oberhand gewonnen hatte. Die beste Art, es wiedergutzumachen, bestand darin, sich in den Dienst derjenigen zu stellen, die durch dieselbe Hölle gingen, die *sie* durchgemacht hatte. Menschen wie Andrea Sumner.

Gerechtigkeit war das Beste, was Tanner im Moment anzubieten hatte. Jedenfalls musste es damit genug sein. Gerechtigkeit war … Sühne. Nicht wahr?

Sühne. Hör dich bloß reden.

Tanner lächelte. So affektiert hätte Susan sich niemals ausgedrückt.

Sie drehte sich um, machte den Tee und scheuchte die lästige Katze weg, die ihr um die Beine strich und hartnäckig miaute. Als wären ein Napf voll Felix Double Delicious und ein Mäusekopf nicht genug gewesen.

Thorne und Melita lagen lesend im Bett. Beide hatten viel zu viel von Melitas Meeresfrüchte-Curry gegessen, um an etwas körperlich Anstrengenderes auch nur zu denken. Melita las einen Roman über alte Menschen, die einen Mordfall aufklärten, während Thorne die neueste Ausgabe von *Country Music* durchblätterte, die der notorisch schlecht gelaunte Zeitungshändler gleich um die Ecke von seiner Wohnung für ihn bestellt hatte.

Ernsthaft? Sie mögen dieses Gejaule?

Ja, das tue ich.

Typen mit großen Hüten?

Er freute sich, als er sah, dass bald ein neues Album von Sturgill Simpson herauskommen würde, und beschloss, es zu kaufen. Er würde in einen Laden gehen und es kaufen. Ihm war klar, dass er es sich aufs Handy downloaden konnte, oder streamen, was auch immer, aber er kriegte einfach nicht den Hintern hoch, wenn es darum ging, wie das alles funktionierte. Er kaufte weiterhin CDs, hörte sie im Auto oder spielte sie auf seiner – wie er es störrisch nannte – »Stereoanlage« ab. Hin und wieder hörte er auch noch Platten. Er würde noch viel mehr Vinyl kaufen, wenn es nicht so verdammt teuer geworden wäre. Vor ein paar Monaten hatte er sein gnadenlos zerkratztes Exemplar von *Johnny Cash at San Quentin* ersetzen wollen. Die neue Platte hätte über vierzig Pfund kosten sollen, und Thorne hatte gelernt, mit den Kratzern zu leben.

»Wie ging es Phil?«

Thorne drehte den Kopf. »Gut.«

Sie schaute ihn an. Er konnte ihren fragenden Blick nicht entschlüsseln und wollte auch nicht zu lange darüber nachdenken.

»Na ja, du kennst ihn ja. Großmäulig und längst nicht so witzig, wie er glaubt. Er lässt dich grüßen.«

Melita blätterte lächelnd um. »Grüß ihn zurück.«

Thorne hatte es eilig, das Thema zu wechseln. »Wie war es heute mit deinem … was hast du noch gesagt … deinem Kistophilen?«

Sie schüttelte den Kopf. »Es heißt klismaphil, und ich hab ihn heute nicht gesehen. Er ist Privatpatient.«

»Okay.« Thorne widmete sich wieder seiner Zeitschrift und suchte nach einem guten Spruch. »Der Einlaufkönig.«

Melita brummte, wie um zu sagen, sie wolle in Ruhe lesen.

»Ach ja … Brigstocke hat davon gesprochen, dich bei dem Fall zu Rate zu ziehen.«

Sie ließ ihr Taschenbuch sinken und drehte sich zu ihm um. »Gut. Dann muss ich mal im Kalender nachsehen, ob ich Zeit habe.« Sie boxte ihn in den Arm. »Das war nicht ernst gemeint.«

»Falls und wenn die Zeit kommt, du weißt schon.«

»Klar.«

»Ich meine, ich gönne dir das Honorar, aber ich hoffe, dass es nicht dazu kommt.«

»Nein, hoffen wir das Beste. Aber auf jeden Fall ist es

gut, dass *er* das Thema aufgebracht hat.« Sie kniff die Augen zusammen. »Du hast doch vorher keine Andeutungen gemacht …«

»Nein, ich schwör's.«

»Also gut.« Melita legte ihr Buch auf den Nachttisch und knipste das Licht aus. »Niemand soll denken, dass es um Vetternwirtschaft geht. Oder dass ich als Gegenleistung für sexuelle Gefälligkeiten von einem bestimmten Detective Inspector arbeite.«

Thorne rieb sich den Bauch. »Heute Abend jedenfalls nicht.«

»Na, mal sehen, wie wir uns morgen früh fühlen«, sagte Melita.

Thorne schaltete seine Lampe aus. Die Umrisse der Glühbirne zeichneten sich noch auf den Innenseiten seiner Lider ab. Er hatte es so gemeint, wie er es gesagt hatte: Er hoffte, der Fall werde nicht das Stadium erreichen, in dem Melitas Dienste gebraucht würden. Es ging nicht darum, dass er sich nicht zugetraut hätte, die Täterin zu fassen. An Selbstvertrauen – berechtigt oder nicht – mangelte es ihm nicht. Das Problem lag in der Natur der Fälle, bei denen das Fachwissen seiner Freundin nötig war. Schließlich wusste er aus Erfahrung, wie er sich hinterher – unabhängig vom Ergebnis seiner Arbeit – fühlen würde. Er kannte die Wunden, die ein solcher Fall unweigerlich hinterließ. Und hinterlassen *hatte*.

»Nacht«, sagte Melita.

Letztlich konnte er an alldem herzlich wenig ändern. Ihm blieb nichts anderes übrig, als seinen Job zu machen. Also versuchte er sich davon zu überzeugen, dass es sinnlos war, darüber nachzugrübeln.

Thorne drehte sich auf die Seite und zog seine Decke zurecht.

Er hatte gelernt, mit den Schrammen zu leben.

7

Im Schlafzimmer einer kleinen Wohnung auf der anderen Seite des Flusses saß Rebecca Driver hellwach an ihrem Computer und dachte sich Geschichten aus.

Das tat sie schon, so lange sie zurückdenken konnte. Zuerst hatte sie versucht, Sachen aufzuschreiben, die sie lustig fand, über die ihre Mitschüler sich amüsieren würden, wenn sie das Glück hatte, vor die Klasse gerufen zu werden. Meistens lachten sie tatsächlich, und das war das schönste Gefühl der Welt. Ein bisschen später, als zu Hause alles den Bach runtergegangen war, hatte sie sich nicht mehr so witzig gefühlt.

Alter: 26.
Wohnort: Essex, aber mobil.

Sie starrte auf den Bildschirm und zermarterte sich das Gehirn. Für die neue Figur hatte sie schon einen Namen gefunden, jetzt arbeitete sie an ihrer Beschreibung, an den Dingen, die sie mochte. Das war der Teil, der ihr den größten Spaß machte und bei dem sie sich die meiste Mühe gab. Nicht dass es sie viel Mühe gekostet hätte. Auf die Geschichte kam es letztlich an. Auf die Details, die ins Auge sprangen, auf die Botschaft, die sie vermittelte. Die passenden Bilder konnte sie überall auftreiben, und damit wartete sie bis ganz zum Ende. Es war nie ein Problem gewesen, die Diskrepanz wegzuerklären.

Raucherin: Nein. Schreckliche Angewohnheit.
Eigenschaften, die bei einem Partner inakzeptabel wären:

Sie tippte *Erektionsstörung*, kicherte und löschte es wieder.

Geschichten zu erfinden, machte ihr immer noch Spaß, im Kopf tat sie es ständig. Trotzdem reichte es nie an das Vergnügen heran, das sie beim Lesen verspürte. Als alles hässlich geworden war, hatte sie viel Zeit in ihrem Zimmer verbracht, hinter verschlossener Tür, und immer, *immer* mit einem Buch, in dem sie sich verlieren konnte. Im Kopfhörer Metal, um den Lärm von unten zu übertönen. Trotzdem spürte sie es noch immer: das Vibrieren in den Wänden, wenn unten Gegenstände zertrümmert wurden und ihre Mutter ihn wegen Dingen anbrüllte, die letztlich unbedeutend waren.

Sich zu verlieren, war damals kein Vergnügen, sondern eine Notwendigkeit gewesen.

Von dem Moment an brauchte sie das unheimliche Zeug, wobei ihr nichts davon wirklich unheimlich war. Sie fürchtete sich vor nichts. Diese Bücher boten die beste Fluchtmöglichkeit, das war alles, also konnte sie nicht genug davon bekommen. Thriller mit blutüberströmten Leichen, düstere Fantasy, Horror natürlich … bis sie irgendwann auf True Crime gestoßen war.

Lächelnd tippte sie weiter.

Damit hatte letztlich alles angefangen.

Suche nach: Spaß. Leidenschaft. Gebrauch deine Phantasie!

Sie trank einen Schluck kalt gewordenen Kaffee und sah auf die Uhr an ihrem Monitor. Sie würde noch zwei Stunden weitermachen und versuchen, so viele Figuren wie möglich in die Welt zu setzen, bevor sie zu müde würde. Schließlich musste sie morgen früh arbeiten.

Bis heute hatte sie immer ein Buch in der Handtasche und nutzte jede Chance, in allen möglichen fremden Welten herumzustöbern. Sie war nicht mehr das verstörte Teenagermädchen von damals, aber manche Dinge änderten sich nie.

Auch wenn die Kopfhörer inzwischen nur noch dazu dienten, die anderen Kassentrottel davon abzuhalten, sie in der Mittagspause zu stören.

Warum liest du?

Was für eine schwachsinnige Frage!

Vor langer Zeit hatte sie aus dem dringenden Bedürfnis heraus gelesen, sich zu verlieren. In einer dunklen, stürmischen Nacht, in einem Land des Feuers und der Dämonen, wo auch immer. Im Rückblick wusste sie verdammt genau, dass es auch um den Versuch gegangen war, sich zu finden.

Rebecca liebte eine gute Geschichte bis heute, aber sie war froh, dass sie diesen Teil hinter sich hatte. Sie hatte herausgefunden, wer sie war.

8

Als Tanner an diesem trockenen Nachmittag Richtung Muswell Hill fuhr, herrschte auf der North Circular ungewöhnlich wenig Verkehr. Aber das war nicht der Grund, aus dem sie und Thorne deutlich positiver gestimmt waren als noch vor vierundzwanzig Stunden – oder zu irgendeinem anderem Zeitpunkt, seit sie den Fall übernommen hatten. Vielleicht hätte Richard Sumners Frau die Informationen sogar übersehen, falls sie tatsächlich sein Handy und Laptop gecheckt hätte, aber die Digital Forensics Unit hatte problemlos gefunden, worauf sie gehofft hatten.

Die Nerds hatten geliefert.

»Also … wischt er sie einfach?« Thorne unterstrich seine Frage mit der entsprechenden Geste.

»Genau, so einfach läuft das«, sagte Tanner. »Dann wischt ›Jasmine‹ oder wie immer sie wirklich heißt ihn einfach zurück. Bevor wir mit den Leuten von der App gesprochen haben, können wir die genaue Reihenfolge nicht rekonstruieren, aber ich schätze, so ist es gelaufen. Dass Sumner den ersten Schritt gemacht hat.«

»Jedenfalls war er offensichtlich scharf auf das Date.«

»Natürlich ist es trotzdem denkbar, dass es von ihr ausgegangen ist.«

»So oder so«, sagte Thorne. »Er muss das Gefühl gehabt haben, dass Ostern und Weihnachten auf denselben Tag fallen.«

»Mal ganz davon abgesehen, wie es genau gelaufen ist: Warum hat sie sich Sumner ausgesucht?« Tanner war eine extrem vorsichtige Autofahrerin – auf jeden Fall fuhr sie besser als Thorne – und nahm selten den Blick von der Straße. Jetzt aber sah sie zu ihm hinüber. »Ich meine, er war weder reich, noch hat er für meinen Geschmack gut ausgesehen.«

»Da kannst du wohl kaum mitreden«, bemerkte Thorne.

Tanner nahm die Hand lange genug vom Lenkrad, um ihm den Mittelfinger zu zeigen.

»Abgesehen davon spielte so etwas für diese ›Jasmine‹ wohl keine Rolle, oder? Wir wissen nicht, an welchen bizarren Kriterien sie sich orientiert hat.«

»Trotzdem.« Tanner schüttelte den Kopf. »Ich wette, sie wurde von Dutzenden verzweifelten Typen gewischt. Warum ausgerechnet er?«

Thorne drehte den Kopf und starrte ein Kind an, das im Rückfenster des Wagens links vor ihnen Grimassen schnitt. »Ich würde gern sagen, dass du die Vierundsechzigtausend-Dollar-Frage gestellt hast, aber du weißt ja, wie knapp unser Budget ist. Allerdings kann ich dir anbieten, dass ich ein Pint und eine Pastete im Oak ausgebe, wenn du die richtige Antwort findest.«

Richard Sumner hatte sich vor etwa einem Monat bei einer Online-Dating-App namens *Sugar-Dad-E* registriert. Sie schien speziell auf verheiratete Männer und auf Frauen abzuzielen, denen es darum ging, dass sich »um sie gekümmert« wurde. Sumner hatte sich nicht für die Premium-Option entschieden (£ 9,99 im Monat für unbegrenztes Wischen), wahrscheinlich, weil er keine Konto- oder Kreditkarten-Informationen hatte preisgeben wollen. Aber die Basisvariante hatte ihren Zweck erfüllt.

Für die Frau, die sich mit ihm verabredet hatte, auf jeden Fall.

Sobald die Telefonnummern ausgetauscht worden waren, hörten die Aktivitäten in der App selbst auf. Allerdings war es den »Nerds« gelungen, eine größere Menge an gelöschten Textnachrichten zu rekonstruieren, die das Opfer in der Zeit zwischen der Abreise seiner Frau am Freitagnachmittag und seiner Fahrt nach Muswell Hill am Abend des darauffolgenden Tages verschickt und empfangen hatte.

Also, Jasmine, hast du Lust auf ein Treffen?
ok
Am Samstag vielleicht?
warum nicht
Abendessen?
klingt gut
Du magst Italienisch. Ich kenne ein schönes Lokal in Muswell Hill …

In neun von zehn Fällen wäre der Fall damit erledigt gewesen: Nummer, Mobilfunkanbieter, Name, Adresse, Konfektionsgröße. Dann wären Thorne und Tanner jetzt auf dem Weg zu einer Festnahme. Worauf die Frau, nach der sie suchten, verständlicherweise wenig Lust hatte, sodass sie Vorsichtsmaßnahmen ergriffen hatte. Die Nummer, von der ›Jasmine‹ getextet hatte, gehörte zu einem Handy mit Guthabenkarte, das seit dem Abend des Mordes inaktiv war.

Zehn Minuten später bog Tanner auf den Muswell Hill Broadway. Sobald sie das Arturo entdeckt hatten, suchte sie nach einem Parkplatz. »Was auch immer der Grund war, warum sie ihn ausgesucht hat: Der arme Kerl musste die Initiative übernehmen.«

»Glaubst du?«

»Lies einfach die Nachrichten«, sagte sie. »Er hat die Zeit vorgeschlagen, das Restaurant ausgesucht.« Sie hielt im Parkverbot und zog das Polizeischild aus der Türablage. »Er hat das Tempo bestimmt.«

»Sie hat ihn glauben lassen, dass er das getan hat«, sagte Thorne. »In Wirklichkeit war sie von Anfang an diejenige, die sich ›gekümmert‹ hat.«

Ihre telefonische Voranmeldung hatte dem Besitzer ausreichend Zeit verschafft, ihnen die relevanten Ausschnitte der Überwachungskamera herauszusuchen. Luca Gemelli, der bereits am Telefon erklärt hatte, bei Arturo habe es sich um seinen verstorbenen Vater gehandelt, nahm in einem kleinen Büro hinter der Küche Platz und zeigte Thorne und Tanner, wie sie sich durch das Material auf seinem Computer arbeiten konnten. Er war derart aufmerksam und hilfsbereit, dass Thorne sich fragte, ob der Mann in seiner Calzone Kokain vertickte. Gemelli erklärte, er und seine Mitarbeiter seien gern bereit, sämtliche Fragen zu beantworten, die die Polizisten im Anschluss an ihre Arbeit noch haben mochten. Als ein Kellner eine Kanne Kaffee und einen Teller Biscotti gebracht hatte, forderte er Thorne und Tanner auf, sie zu »genießen«. Dann verließ er das Büro.

Tanner setzte ihre Lesebrille auf und machte sich an die Arbeit, während Thorne sich in ihrem Rücken um den Kaffee kümmerte. Er streckte ihr den Teller entgegen. »Nimmst du ein Biscotti?«

»Es heißt Biscotto.« Ohne den Blick vom Bildschirm abzuwenden, griff Tanner zu. »Biscotti ist der Plural.«

Thorne sagte, sie sei eine Klugscheißerin. Er war drauf und dran, das noch weiter auszuführen, als er einen Schluck Kaffee nahm und vergaß, was er hatte sagen wollen. »Verdammt, ist der lecker.« Als Mensch, für den Bohnen vor allem auf den Toast gehörten, war Thorne alles andere als ein Kaffee-Snob. Aber er war den dünnflüssigen Schlamm im Becke House gewöhnt und merkte sofort, wenn etwas wirklich schmeckte. »Nic, du solltest einen Schluck …«

Tanner brachte ihn mit einer Handbewegung zum Schweigen. »Da sind sie …«

Es hatte nur ein oder zwei Minuten gedauert. Thorne stand auf und sah ihr über die Schulter. Sie hatte das Video bei einer Schwarz-Weiß-Aufnahme des kurz vor der Ermordung stehenden Richard Sumner angehalten. Er hob sein Glas und lächelte seiner Begleiterin zu.

»Armes Schwein«, bemerkte Thorne.

Tanner ließ die stumme Aufnahme weiterlaufen und beschleunigte sie. Während des Essens lächelte Sumner ziemlich oft. Er hörte zu, nickte, lachte ein- oder zweimal über etwas, das seine neue Freundin sagte, und schenkte ihr Wein nach. Unglücklicherweise saß die Frau, die ihn binnen Stunden verstümmeln und ermorden würde, mit dem Rücken zur Kamera, was sie resolut bis zum Ende der Mahlzeit beibehielt. Es gab einen flüchtigen Augenblick der Hoffnung, als sie vom Tisch aufstand und sich umdrehte, wahrscheinlich, um zur Toilette zu gehen. Tanner und Thorne beugten sich dicht an den Monitor heran, aber auf dem kurzen Weg zur Toilette und – wenige Minuten später – zurück hielt »Jasmine« den Kopf gesenkt und das Gesicht verborgen.

»Sie weiß, wo die Kamera ist«, stellte Tanner fest.

Thorne setzte sich wieder hin, schenkte Kaffee nach und nahm sich das letzte Stück Gebäck. »Wann hat Sumner den Text geschickt, in dem er das Restaurant erwähnt hat?«

Tanner überlegte einen Moment. »Am Freitagnachmittag.« Sie schnaubte. »Als seine Frau gerade im Zug nach Liverpool saß.«

Thorne ging hinaus, holte Gemelli und erklärte ihm, sie müssten sich auch sämtliche Aufnahmen zwischen dem frühen Freitagabend und Samstagnachmittag anschauen. Kein Problem, sagte der Lokalbesitzer. Sobald er den Biscotti-Teller wieder gefüllt hatte, stellte er ihnen die Videos hin, setzte sich und sah zu, wie Thorne und Tanner sie durchgingen.

Diesmal dauerte es etwas länger, aber nach ungefähr einer halben Stunde, als sie sich dem Ende der Mittagessenszeit näherten, forderte Thorne seine Kollegin auf, den Film zu stoppen. Er deutete auf eine Frau im Hintergrund, die allein in der Nähe des Eingangs stand. »Was passiert da gerade?«

Gemelli stand auf und warf einen Blick auf den Bildschirm. »Das ist unser Takeaway-Schalter. Sieht aus, als würde sie eine Pizza abholen.«

Anders als die Frau, die sie auf den abendlichen Aufnahmen gesehen hatten, trug die Gestalt am Tresen das Haar offen. Praktischerweise verdeckte es ihr Gesicht. Als wäre das nicht genug, trug sie eine Baseballkappe und eine Sonnenbrille, obwohl die Sonne während der vergangenen Woche nie länger als eine halbe Stunde am Stück herausgekommen war. Auch diesmal hielt die Frau den Kopf gesenkt, aber als ihr die Pizza ausgehändigt wurde und sie das Geld über den Tresen schob, drehte sie für einen Moment den Kopf, um sich im Restaurant umzusehen. Für wenige Sekunden, unmittelbar bevor sie hinausging, starrte sie direkt in die Überwachungskamera.

»Das ist sie.«

»Sicher?« Tanner starrte auf den Monitor.

Thorne hielt das Bild an und fragte Gemelli, ob er es ihnen ausdrucken könne. Der Mann stimmte sofort zu und tippte auf einige Tasten, bis der Drucker mit einem Surren zum Leben erwachte. »Nachdem Sumner das Lokal vorgeschlagen hatte, ist sie auf der Stelle hergekommen, um es auszukundschaften. Wahrscheinlich ist sie dann nach Gospel Oak gefahren, um auch dort nach den Kameras zu sehen. Dann hat sie den Wagen in der Nähe von Sumners Haus abgestellt und ist noch einmal zurückgekommen … um sich in Stimmung zu bringen.«

Tanner sagte, sie sei nicht sicher. Gemelli zuckte bloß die Achseln.

»Glaub mir.« Da sei etwas in der Körperhaltung der Frau, sagte Thorne, in der Art, wie sie sich bewegte. Am Tresen und später, als sie nach dem Essen aufstand und sich vom Tisch wegdrehte. Auch die Gestalt passte. Klein und … nicht dick, aber eigentümlich stabil.

Er forderte Tanner auf, sich noch einmal das Abendessen

anzuschauen, um sich bestätigen zu lassen, was er sagte. Sie solle die beiden Bilder direkt vergleichen. Sobald sie das getan hatte, sagte sie, er habe recht.

»Allerdings hat es kein bisschen mit ihrer Körperhaltung zu tun, was immer du damit gemeint hast. Sondern damit, was sie an den Füßen trägt.«

Jetzt war es an Thorne, ein zweites Mal hinzusehen. Die blonde Frau, die am Samstagmittag ihre Bestellung abholte, hatte einen langen Mantel getragen, darunter – da war er sicher – das schicke rote Kleid, das sie fürs Abendessen ausgewählt hatte. Aber beide Male steckten ihre Füße in einem glänzenden Paar Doc Martens.

Gemelli hatte sein Personal an den runden Tisch in der Mitte des Restaurants gebeten. Das halbe Dutzend Männer und Frauen wirkte ein bisschen nervös, als wären sie in eine Folge von *Gordon Ramsay: Chef ohne Gnade* geraten, die damit enden würde, dass einer von ihnen gefeuert wurde. Auf Italienisch – und dann für Thorne und Tanner noch einmal auf Englisch – erklärte Gemelli, worum es ging. Aus dem Büro hatte er einen zweiten Ausdruck mitgebracht, der Sumner beim Essen zeigte. Als alle einen Blick auf das Bild geworfen hatten, hob die junge Frau, die das Paar an dem Abend bedient hatte, schüchtern die Hand.

Thorne bat sie, alles zu erzählen, woran sie sich erinnerte.

»Sie haben sich amüsiert.« Obwohl die junge Frau eindeutig Italienerin war, hörte Thorne nicht den Anflug eines Akzents heraus. »Eigentlich hab ich nicht viel gehört … Ich meine, Lauschen gehört sich nicht, stimmt's?« Sie warf ihrem Chef einen Blick zu, der sie mit einem Lächeln und einer aufmunternden Handbewegung zum Weiterreden ermunterte. »Ich erinnere mich, dass der Mann gesagt hat, sein Job sei ein bisschen langweilig, woraufhin die Frau meinte: ›Meiner auch‹, oder etwas in der Art.« Sie nickte nachdenklich. »Oh, ich weiß noch, dass sie über Bücher gesprochen haben … ihre Lieblingsbücher oder so.«

Thorne sah zu Tanner hinüber. Vor zwei Tagen hatte er in Sumners Schlafzimmer gestanden, um den Raum auf sich wirken zu lassen. Wenn er sich nicht täuschte, hatten sämtliche Bücher auf der Bettseite von Andrea Sumner gelegen.

»Es hat nicht wie ein erstes Date gewirkt«, fuhr die Kellnerin fort. »Normalerweise merkt man das, aber die beiden waren ziemlich entspannt.« Nach kurzem Nachdenken schüttelte sie den Kopf. »Vielleicht war sie ein bisschen entspannter als er.«

»Wie haben sie bezahlt?«, fragte Thorne. Ein unterschriebener Kreditkartenbeleg mit dem Namen der Frau wäre natürlich allerliebst gewesen, aber diese Hoffnung brauchten sie sich nicht zu machen.

Die junge Frau lächelte. »Sie haben sich drüber gestritten … im Spaß, meine ich. Das tun Paare oft. Sie wollte die Hälfte bezahlen, aber er hat nicht mit sich reden lassen.«

Thorne sah, wie Tanner die Augen verdrehte. Wenn man bedachte, über welche App sie sich kennengelernt hatten, kam Sumners Beharren, die komplette Rechnung zu bezahlen, kaum überraschend. Jeder Sugar Daddy mit ausreichend Selbstrespekt hätte genau gewusst, was die junge Dame wollte. Und dass sie nur pro forma protestiert hatte.

Wie ganz normale kichernde Sugar Babys es eben tun.

Er bedankte sich bei der Kellnerin und bat sie, später am Tag kurz auf dem Revier vorbeizuschauen, um bei der Erstellung eines Phantombilds zu helfen. Zwar hielt er noch immer den körnigen Ausdruck von »Jasmine« mit Kappe und Sonnenbrille in der Hand. Aber die Beschreibung durch eine Person, die einen guten Blick aus der Nähe auf sie hatte werfen können, war deutlich vielversprechender. Die Kellnerin sah fragend zu Gemelli hinüber, der daraufhin schnell nickte.

Okay, vielleicht keine Drogen. Aber bei den Steuern trickste er auf jeden Fall.

Fünf Minuten später stiegen sie ins Auto, und Tanner schlug den Weg zurück zum Becke House ein. »Ich frage mich, was passiert wäre, wenn Sumner dem Teilen der Rechnung zugestimmt hätte.«

Thorne checkte gerade die Nachrichten auf seinem Handy. »Sie hätte bar bezahlt. Dumm ist sie nicht.«

»Weil sie Bücher liest?«

»Wegen der Kameras.« Thorne zog die Aufnahme der Frau mit Sonnenbrille aus der Tasche. »Allerdings frage ich mich schon, welche Art Bücher sie liest. Sicher nichts Schmalziges. Kennst du romantische Komödien, in denen die eine Hälfte des Paars die andere brutal ermordet?«

»Dass sie nicht dumm ist, wussten wir schon vorher.« Tanner brummte unwillig und schlug auf das Lenkrad ein, ein deutliches Zeichen, dass sie von dem Fahrer vor ihr genervt war. »Ehrlich gesagt hab ich das Gefühl, dass wir nichts Neues erfahren haben, außer dass der Laden einen phantastischen Kaffee serviert.«

»Das wird schon«, sagte Thorne.

»Tatsächlich?«

»Ich glaube schon.«

Tanner sah ihn fragend an. »Seit wann spielst *du* den Optimisten? Gibt's hier im Wagen eine versteckte Kamera?«

»Ich sage nur, dass wir positiv rangehen müssen.«

Tanner schüttelte nur den Kopf.

Praktisch niemand, der Tom Thorne kannte, würde eine solche Einstellung mit ihm in Verbindung bringen. Er selbst würde als Erster zugeben, dass sein Glas oft halb leer war. Meistens sogar. Ein halb leeres Glas heißer Pisse, um genau zu sein. Wenn er tatsächlich einmal … zuversichtlich an einen Fall heranging, dann meistens in Augenblicken wie diesem.

Wenn die Person, hinter der er her war, in seiner Vorstellung ein Stück lebendig wurde. Wenn es nicht mehr nur darum ging, nach Spuren zu suchen, die ein Täter hinterlassen hatte, sondern darum, wer dieser Mensch war.

Thorne hielt den Ausdruck hoch und starrte ihn lange an.

»Wir haben endlich ihre Witterung aufgenommen«, sagte er.

9

Die Zeit mochte ja dahinfliegen, wenn man sich amüsierte, dachte Thorne, aber auch wenn man das nicht tat, verstrich sie nicht notwendigerweise in Zeitlupe. Wenn das Leben gerade kein Zuckerschlecken war. Wenn man aufwachte und plötzlich sechs Tage seit einem Mord vergangen waren, ohne dass man der Lösung einen Schritt näher war als in dem Augenblick, wo man selbst noch gar nichts geahnt hatte und das arme Opfer gerade seinen letzten Atemzug tat.

Nun ja, *einen winzigen Schritt* näher vielleicht, aber das war relativ, nicht wahr?

Man kann sich einem Strand auf den Malediven einen Schritt nähern und sich trotzdem noch in West Hendon den Arsch abfrieren.

»Willst du eigentlich irgendwann mal deine Jacke ausziehen?«, fragte Tanner.

»Ob die irgendwann mal die Heizung in Ordnung bringen?«

»Du kannst es einfach nicht lassen. Das würde meine Mutter jetzt sagen.«

Thorne ignorierte sie.

»›Ein Gesicht wie ein geprügelter Arsch.‹ Auch einer ihrer Sprüche.« Tanner wartete einen Moment. »Zieh das verdammte Ding wenigstens aus, wenn wir zu Russell reingehen. Sonst glaubt er, du wärst gerade erst gekommen.«

Thorne und Tanner hockten in ihrem Büro. Sie sollten den DCI auf den neuesten Stand bringen, ihm von den Fortschritten berichten, die das Team machte. Keiner von ihnen freute sich auf dieses Gespräch.

»Es ist, wie es ist«, stellte Tanner fest.

Thorne seufzte. »Stammt der auch von deiner Mutter?«

»Der Boss weiß, dass es manchmal so läuft.«

»Tatsächlich? Da geht's mir ja gleich besser.«

»Na komm, wir sitzen uns hier nicht die Ärsche platt, oder?« Tanner gab sich Mühe, ihre Gereiztheit zu verbergen. Das war Tom Thorne, wie sie ihn kannte. Wenn er nicht da war, vermisste sie seine mürrische Art, aber in seiner Gegenwart war es jedes Mal ein Kampf. Dann war seine Stimmung finster wie die Nacht, aber nicht halb so verlockend. Er war stur und neigte eindeutig zum Selbstmitleid, gleichzeitig hatte er ein gutes Herz und noch bessere Absichten. Sie gab sich alle Mühe, aber manchmal wurde das Bedürfnis, ihm die Scheiße aus dem Leib zu prügeln, beinahe übermächtig. »Alle haben sich die Ärsche aufgerissen. Wir haben getan, was wir konnten, und werden vor Gericht eine gute Figur machen, das weißt du genau.«

»Sogar die Pyramiden wurden schneller gebaut.«

»Hör dir zu.« Himmel, sie konnte sich kaum noch beherrschen. »Es ist jetzt eine Woche her, noch nicht mal. Wir werden liefern.«

»Das hast du schon gesagt.« Thorne schob die Hände tief in die Taschen seiner Lederjacke wie ein launischer Teenager. »Wir haben getan, was wir konnten. Wir brauchen … etwas anderes.«

Tanner sah ihn fragend an.

»Nein, nicht das.« Sie hatten beide denselben Gedanken, natürlich, und das vom ersten Tag an. Die Art Chance für ihren Fall, die niemand sich wünschte, an die man nicht mal denken durfte.

Eine weitere Leiche.

Thorne sah auf die Uhr. Er wusste, dass Brigstocke schon wartete. »Na ja, lange wird es nicht dauern«, sagte er. »Man muss sich auch an kleinen Dingen freuen.« Er schenkte

Tanner ein resigniertes Lächeln, aber immerhin ein Lächeln. »Also, was sollen wir ihm sagen?«

Tanner hatte keine Idee, ob klug oder nicht. Sie kramte in der Handtasche und fing an, ihren Lippenstift aufzufrischen.

»Keine Sorge, Nic, senk einfach den Kopf und lass mich machen … ›Okay, Russell, reden wir Klartext. Ich weiß, dass es um ein Update gehen sollte, aber wir haben beschlossen, eine neue Richtung einzuschlagen, unkonventionell zu denken … Also erzählen wir Ihnen jetzt ein Menge Zeug, dass Ihnen schon die ganze Woche klar ist.‹« Er sah, wie Tanner den Kopf schüttelte. »›Entschuldigung … eine knappe Woche. Ich würde also eher von einem Downdate sprechen.‹« Er fing an, im kleinen Büro auf und ab zu gehen und einen Vortrag zu üben, den er nie im Leben halten würde. Nur um Dampf abzulassen. »›Also, im Grunde suchen wir nach einer Verrückten, die zu einem heißen Date geht, schick aufgebrezelt mit ihren besten Dr Martens und einem Messer in der Tasche.‹«

»Und einer Flasche K.-o.-Tropfen.« Tanner ließ sich nicht lange bitten und machte mit. Um ihm entgegenzukommen. Und um das richtige Meeting noch einen Moment hinauszuschieben.

»Klar, *die* dürfen wir nicht vergessen.«

Die Ergebnisse der toxikologischen Untersuchung waren am selben Tag gekommen, an dem sie das italienische Restaurant besucht hatten. Die in der Leiche entdeckten Spuren von Rohypnol passten zu denen an einem der Weingläser, die sie am Tatort gefunden hatten.

»Genügend ›Mexican Valium‹, um einen Elefanten von den Beinen zu holen«, hatte Hendricks gesagt. »Oder zumindest einen Darts-Spieler.«

Thorne war jetzt in Fahrt. »›Wir haben forensische Beweise ohne Ende, Riesenmengen digitale Spuren und ein wirklich erstklassiges Phantombild von einer Augenzeugin. Vor allem … vor *allem* haben wir ein Team mit Feuer unter dem Hintern. Gar nicht zu reden davon, dass DI Tanner und ich komplett unter Strom stehen. Sie müssen sich also wirklich keine Sorgen machen, es ist … nur eine Frage der Zeit.‹« Er drehte sich zu Tanner um und breitete die Arme aus. »Was sagst du?«

Tanner ließ den Lippenstift in ihre Tasche fallen. »Es gibt nur einen Weg, es rauszufinden.«

»Wenn du mich fragst, sehe ich zwei Möglichkeiten.« Thorne schnappte sich die Fallakte von Schreibtisch und folgte ihr zur Tür. »Entweder schütteln wir uns alle die Hände, und nachher gibt es Drinks und Beförderungen für uns beide …«

Tanner wartete.

»Oder er sagt, wir sind nutzlose Deppen, und ruft lieber einen Hellseher.«

10

Von: Hari harihari1995@hotmail.com
An: JennyG brghhtm@anonymail.com

*Hey Jenny, wollte nur hören, ob es bei später bleibt. Es war toll, dich über E-Mails und so kennenzulernen, aber ich hab wirklich Lust, dich IRL zu treffen! *Versucht, nicht übereifrig zu klingen* H x*

Von: JennyG brghhtm@anonymail.com
An: Hari harihari1995@hotmail.com

Ha! Ich freue mich auch, dich kennenzulernen. Und dass du übereifrig bist. Hoffe, du wirst nicht enttäuscht! Du weißt ja, Kameras lügen! Xoxo

Von: Hari harihari1995@hotmail.com
An: JennyG brghhtm@anonymail.com

Ich bin sicher, du enttäuschst mich nicht. Aber gut, dass du die Fotos erwähnst. Bin auch nicht sicher, ob ich der Aufnahme ähnele. Außerdem musst du wissen, dass ich nicht gerade reich bin. Ist es ok wenn wir in einen normalen Laden gehen? Wir wär's mit Nando's? Nicht schick, ich weiß, hoffentlich stört's dich nicht. H x

Von: JennyG brghhtm@anonymail.com
An: Hari harihari1995@hotmail.com

Echt süß von dir, aber ich bin keine von denen, die was Schickes brauchen. Ich LIEBE *Piri Piri, also keine Sorge! Es geht um die Gesellschaft und wo das alles hinführt. Meld dich und sag wo. Bis dann. Xoxo*

Von: Hari harihari1995@hotmail.com
An: JennyG brghhtm@anonymail.com

Kann es kaum erwarten! Hx

11

Thorne hatte in *seine* Stammkneipe gehen wollen, aber Hendricks hatte erklärt, er komme viel öfter in Thornes Gegend als umgekehrt, also … sei es nur fair. Am Telefon, kurz vor Feierabend, hatte Thorne eine Weile dagegen argumentiert, es dann aber aufgegeben. Der Laden, den Hendricks vorschlug, lag am Camden Parkway und war nur fünfzehn Minuten zu Fuß von Thornes Wohnung in Kentish Town entfernt – nah genug, um in beiden Kneipen jeweils zwei Gläser zu kippen und trotzdem vor der Sperrstunde zu Hause zu sein. Nachher hatte Thorne sich gefragt, warum sie diese sinnlose Diskussion überhaupt geführt hatten.

»Weil ich miese Laune hatte«, sagte Hendricks jetzt. »Außerdem ist es nicht gesund für dich, wenn du zu oft deinen Willen bekommst.«

»Oh, dann hat es immerhin einen guten Grund gegeben«, sagte Thorne.

Hendricks nickte. »Glaub mir, Kumpel, du bist viel netter, wenn du ab und zu einen Dämpfer bekommst.« Er deutete mit der Gabel auf das Essen. »Außerdem sind diese Dinger wirklich großartig.«

Sie saßen an einem Ecktisch im Spread Eagle am Camden Parkway, hatten jeweils ein Pint Guinness bestellt und sich darauf geeinigt, sich zwei der hausgemachten Snacks zu teilen. Hendricks hatte am Telefon davon geschwärmt. »Wahrscheinlich zählt ein halbes Schottisches Ei nicht als ›vollwertige Mahlzeit‹.« Er biss ab und redete beim Essen weiter. »Kannst du dich an diesen ganzen Quatsch erinnern?«

Thorne nickte und schnitt ein Stück von dem halben

Wurstbrötchen auf seinem Teller ab. Es war einfach ein gutes Gefühl, wieder in einem Pub zu *sein*. Ein echter Genuss.

»Ich war nie ein großer Fan von Kneipenessen«, sagte Hendricks. »Richtigen Mahlzeiten, meine ich. Wenn man Hunger hat, gibt es Nüsse und Chips, stimmt's? Das gehört zum Bier, keine … Chicken Nuggets oder schicke Fish Finger Sandwiches. Wenn du mich fragst, ist Gastropub bloß ein anderes Wort für schlechtes Restaurant.«

»Na ja, gefragt hab ich dich nicht, Philip«, erwiderte Thorne. »Aber wie immer hänge ich an jedem Bröckchen Esprit und Weisheit aus deinem Mund.« Er schob sich einen Happen Wurstbrötchen in den Mund und fing sofort an, zu nicken und genüsslich zu brummen.

»Sag ich doch«, bemerkte Hendricks.

Schnell und, abgesehen von den leisen Gesprächen an den Nachbartischen, in andächtiger Stille aßen sie ihre Teller leer. Die Ruhe war für Thorne ein weiterer Grund, sich den Laden unbedingt zu merken. Egal, wie gut das Essen war, wurde es normalerweise von »atmosphärischer« Hintergrundmusik ruiniert. Ein paar Minuten Ed Sheeran oder – Gott bewahre! – *Ambient* konnten bereits ernsthafte Verdauungsstörungen zur Folge haben.

»Warum hattest du schlechte Laune?«, fragte er.

»Wegen einem dämlichen Streit mit Liam.« Hendricks hob sein Glas, schüttelte den Kopf und trank einen Schluck.

»Worum ging's?«

»Worum geht's bei Streitereien schon? Um alles und nichts, oder?« Hendricks seufzte und schwenkte das Bier im Glas. »Er hatte den ganzen Morgen mit einem Kreuzworträtsel verbracht. Hat sich richtig darauf konzentriert. Also fand ich es witzig … Als er zur Toilette ging, hab ich mir seinen Stift geschnappt und ein paar Wörter ergänzt, auf die er nicht gekommen war.«

Thorne zuckte zusammen. »Was hast du geschrieben?«

Hendricks nickte langsam, um die Pointe hinauszuzögern. Er gab sich Mühe, ein bisschen beschämt zu wirken, hielt es aber nicht durch, weil sein Drang, darüber zu lachen, unwiderstehlich war. *»Hodensack«*, sagte er. »Und *Schwanzjockey*.«

»Du bist so *kindisch*.«

»Ich sag's dir, Kumpel, er hat voll überreagiert.«

»Meinst du?«

»*Richtig* übertrieben.«

Thorne versuchte, die junge Frau am Tresen auf sich aufmerksam zu machen. »Zufälligerweise war ich selbst nicht in der besten Stimmung.« Er stellte Augenkontakt zu der jungen Frau her und bestellte zwei weitere Pints. »Bin Nicola Tanner ein bisschen blöd gekommen.«

Hendricks sah ihn fragend an. »Ach ja?«

Da war es wieder. Die kleine atmosphärische Veränderung, der Umschwung. So stark und so plötzlich wie nach der Autopsie, als Hendricks Tanners Namen ausgesprochen hatte. »Keine große Sache. Wir drehen uns beim Sumner-Fall im Kreis. Ich war frustriert und hab es an ihr ausgelassen. Hab mich einfach wie ein Arsch aufgeführt.«

»Vielleicht sollte ich mal mit ihr reden«, sagte Hendricks.

»Worüber?«

Thorne konnte sich nicht erinnern, wann Nicola und Phil sich das letzte Mal gesehen hatten. Aber wahrscheinlich war die Annahme, dass er davon wissen würde, ziemlich arrogant. Natürlich gab es keinen Grund, warum sie sich nicht auch ohne beruflichen Anlass treffen sollten, und das ganz unabhängig von Thorne. Trotzdem fühlte er sich mit der Vorstellung nicht mehr wohl. Er fragte sich, ob seine Begegnungen mit Nicola bei Phil ähnliche Gefühle auslösten. Und was sie denken würde, wenn sie ihn und Phil jetzt in diesem Pub sähe.

Alles völlig normale Situationen. Und trotzdem.

Würde sie sich fragen, ob sie über sie redeten? Flüsternd das Für und Wider durchgingen, trotz der unausgesprochenen und schwer zu ertragenden Übereinkunft, das nie zu tun?

»Worüber, Phil?«

Zum Glück lächelte Hendricks. »Ich könnte ihr meine Theorie darlegen, dass du ab und zu einen Dämpfer brauchst.«

Thorne nahm den Rest Bier in den Mund und wartete einige Sekunden mit dem Schlucken. »An deiner Stelle würde ich meine Zeit nicht vergeuden, Kumpel. Wahrscheinlich ist sie längst selbst dahintergekommen.«

Vor Nando's auf der Clapham High Street hatte sich eine kleine Schlange gebildet, nur ein halbes Dutzend Leute, und wahrscheinlich würden sie nur fünfzehn Minuten warten müssen. Trotzdem war es Hari unangenehm. Es war kalt, ein leichter Nieselregen hatte eingesetzt, und Jenny trug nur eine dünne Jacke.

Er sah sie zittern und von einem Fuß auf den anderen treten. Obwohl sie ihn netterweise anlächelte, war ihm klar, dass der Abend schlecht lief, schon bevor er richtig angefangen hatte. »Tut mir echt leid«, sagte er. »Wenn du willst, gehen wir woandershin.«

»Red keinen Quatsch, ist ja nicht deine Schuld«, sagte sie.

»Sicher? Ich hab nicht damit gerechnet, dass es so voll ist.«

»Samstagabend, hm?«

»Wahrscheinlich.« Hari sagte sich, er hätte ein bisschen gründlicher nachdenken sollen. Dann rief er die Wetter-App auf seinem Handy auf. Er war zu sehr damit beschäftigt gewesen, durch die Wohnung zu flitzen, nach einem passenden Hemd zu suchen, sich um seine Haare zu kümmern. Aber als sie aufgetaucht war, hatte sie nicht abgeschreckt gewirkt, und man merkte immer, wenn sich jemand verstellte. Wenigstens etwas.

»Ein paar Minuten sind wirklich kein Problem, oder?«

Wieder lächelte sie ihm zu. »Dann sind wir eben ein bisschen hungriger.«

Hari warf einen Blick durchs Fenster hinein. »Da stehen noch ein paar Leute von ihren Tischen auf.«

»Hey.« Sie streckte ihm die Hand zum Abklatschen entgegen. Als ihre Handflächen sich berührten, umschloss sie seine Finger, nur für ein paar Sekunden. Obwohl sie dabei ein bisschen verlegen wirkte, hielt Hari es für ein ziemlich gutes Zeichen.

Das Paar vor ihnen wurde hineingerufen. Als Hari aufschloss, winkte ein Kellner sie in den Wartebereich. Er gab ihnen Speisekarten und sagte, es werde nur ein paar Minuten dauern, bis der nächste Tisch frei sei.

Hari wedelte mit seiner Speisekarte herum. »Um ehrlich zu sein, brauche ich die nicht. Ich bin fast schon Stammkunde.«

»Oh, dann lädst du sicher massenweise Mädchen hierher ein, stimmt's?«

»Nein.« Hari spürte, wie er rot anlief. »Ich meine … Nein, normalerweise komme ich nur mit meinem Mitbewohner. Und nein, es gibt auch keine … Massen von Mädchen.«

»Ich mach nur Spaß«, sagte sie. »Entspann dich.« Sie lehnte sich an ihn und drehte den Kopf, bis ihr Mund dicht an seinem Ohr war. Dann flüsterte sie seinen Namen, als würde sie ihn für sich ausprobieren; als würde sie ihn süß oder vielleicht sogar sexy finden. »Wir machen uns einen tollen Abend.«

Thorne und Hendricks gingen den Parkway in Richtung Camden High Street. Es nieselte, und Thorne schlug den Kragen hoch, während Hendricks den schwarzen Porkpie spazieren trug, den er sich vor Kurzem zugelegt hatte.

»Was willst du darstellen?«, hatte Thorne gefragt, als er ihn das erste Mal damit sah. »Einen Rude Boy?«

»Leck mich«, hatte Hendricks gesagt.

»Ich meine ja nur.«

Als sie die U-Bahn-Station erreichten, hatte der Regen zugenommen. Hier würden sich ihre Wege trennen, aber Hendricks, der ganz gelegentlich eine Zigarette rauchte, trat in den überdachten Eingang und zündete sich eine an. Thorne hatte nichts dagegen, ihm noch eine Zigarettenlänge Gesellschaft zu leisten, bevor sie sich auf den Heimweg machten. Sie hatten es beide nicht weit.

»Bedauerlich, dass es mit dem Fall nicht gut läuft«, sagte Hendricks.

Thorne erinnerte sich an das, was Tanner gesagt hatte. »Es ist, wie es ist.«

»Aber deswegen fühlt es sich nicht weniger beschissen an.«

»Ich erlebe das nicht zum ersten Mal«, sagte Thorne.

»Wenigstens läufst du noch rum, Kumpel. Mit beiden Ohren. Für *den* armen Kerl ist es wirklich schlecht gelaufen.«

»Klar, ganz zum Schluss ist er ausgerechnet auf deinem Tisch gelandet.«

»Was redest du da?« In gespielter Entrüstung breitete Hendricks die Arme aus. »Ich bin der Beste. Er hat in der Autopsie-Lotterie das große Los gezogen.«

»Sicher.« Thorne hatten seinem Freund oft genug bei der Arbeit zugesehen, um zu wissen, dass die Prahlerei berechtigt war, aber das gegenseitige Beleidigen und Aufziehen gehörte zu den Dingen, die ihre Freundschaft ausmachten. »Mit Stevie Wonder wäre er besser dran gewesen.«

»Vielleicht sollte ich in Zukunft eine Art … Signatur hinterlassen. Wie jeder andere große Künstler auch. Wenn dann in hundert Jahren eine meiner Leichen ausgegraben wird, weiß jeder sofort, dass Der Meister an ihr gearbeitet hat.«

»Der Meister-*Irgendwas*, auf jeden Fall.«

»Ich könnte ein paar Visitenkarten laminieren lassen und jeweils eine in der Brusthöhe zurücklassen, bevor ich sie wieder zunähe.«

»Manchmal fürchte ich, du meinst es tatsächlich ernst.«

»Oder ein Plastikspielzeug, so eine Art Überraschungsei.«

»Du bist wirklich eine Schande für deinen Berufsstand.«

Mit vier Pints im Plus war Hendricks bisher irritierend aufgekratzt gewesen, aber jetzt verwandelte sich das Grinsen in eine Grimasse, so als würde die Zigarette plötzlich bitter schmecken.

Er ließ den Stummel auf den feuchten Bürgersteig fallen und trat ihn aus.

»Wo du recht hast …«

Sie hatten *eine Menge* Hühnchen gegessen – Beine, Flügel, Lebern –, dazu Pommes, Erbsen und Krautsalat. Anschließend war irgendwie noch Platz für zwei portugiesische Puddingtörtchen gewesen, die Hari vorher noch nie probiert hatte. Dazu hatten sie jeweils zwei Flaschen Lager getrunken und mehr oder weniger ununterbrochen geredet.

Hari starrte auf die abgenagten Knochen und schlug sich mit der Hand auf den Bauch. »Ich weiß nicht, ob ich noch gehen kann.«

»Ja, das war großartig«, sagte sie.

»Tut mir leid, dass es nicht ein bisschen …«

»Wie gesagt, was zählt, ist die Gesellschaft. Und die Gesellschaft ist … ziemlich toll.«

Sie hatte ihm ein bisschen von ihrem Job im Supermarkt erzählt, von dem Bruder, mit dem sie sich nicht verstand. Dann hatte sie gefragt, welche Art Bücher er möge. Sie selbst lese ständig, erklärte sie. Es sei wie eine Tür in eine andere Welt. Er sagte, er müsse für seinen Kurs so viele Lehrbücher lesen, dass er kaum Zeit für Romane habe. Sie sagte, das sei schade.

»Mein Mitbewohner liest ohne Ende«, sagte Hari. »Meistens Science-Fiction.« Er verzog das Gesicht. »Was Musik angeht, haben wir auch nicht denselben Geschmack. Er ist toll, wahrscheinlich mein allerbester Kumpel, aber er hört sich wirklich abgedrehtes Zeug an.«

»Ich mag abgedrehtes Zeug«, sagte sie.

»Oh, dann würdet ihr euch sicher gut verstehen. Er ist heute Abend übrigens auf einem Konzert. Irgendeine Band mit einem dämlichen Namen.«

»Echt?«

»Ja, irgendwo im Westen. Wahrscheinlich geht er nachher noch in irgendeinen Club. Wer weiß, wann er wieder aufkreuzt.«

Danach schwiegen sie eine Weile, aber es war nicht unangenehm. Sie kamen praktisch das erste Mal zum Luftholen, außerdem war Hari schon froh, wenn er sie eine Zeit lang einfach anschauen konnte. Und genießen, wie gut der Abend lief.

»Ich glaube, wir haben totales Glück gehabt«, sagte sie. »Na ja, *ich* jedenfalls. Ich meine, man erstellt ein Profil und haut ein paar E-Mails raus, aber man weiß nie, mit wem man es am Ende zu tun bekommt.«

Hari nickte. *Glück* war gar kein Ausdruck. »Was ich fragen wollte … Was hat diese seltsame Mailadresse zu bedeuten, von der du geschrieben hast.«

»Ach ja.«

»Anonymail?«

Sie senkte den Blick und fing an, mit dem Besteck herumzuspielen. »Na ja, das alles ist ein bisschen … peinlich.« Als sie Haris Miene bemerkte, streckte sie gleich die Hand aus. »Nicht *das* hier … das ist spitzenmäßig. Ich meine, dass man überhaupt auf so eine Website geht. Vielleicht fürchte ich, dass ich dadurch ein bisschen traurig oder verzweifelt rüberkomme. Außerdem bleibt alles, was man sendet, irgendwo *da draußen*, stimmt's? Wahrscheinlich hab ich deswegen ein Foto hochgeladen, das mir nicht ähnlich sieht. Um mich zu schützen und nicht wie eine Idiotin dazustehen.«

Hari lachte, noch bevor sie den Satz zu Ende gebracht hatte. »Du hattest Angst, *du* würdest verzweifelt rüberkommen?

Außerdem siehst du tatsächlich nicht aus wie auf dem Foto … sondern viel besser.«

Sie lachte. »Schmeicheleien hast du wirklich drauf.«

»Ja, nicht wahr?«

»Vor allen Dingen die kleine Pause, die du gelassen hast.«

»Um ehrlich zu sein, das hab ich geübt.«

Wieder lachte sie. »Wie weit weg von hier wohnst du?«

Hari deutete auf die High Street. »Nur fünf Minuten. Ich weiß, es gibt aufregendere Spaziergänge.«

Sie drehte sich um und nahm ihre Jacke von der Stuhllehne. »Dann komm. Ich meine, natürlich nur, wenn du *doch* gehen kannst.«

Hari starrte sie an und mühte sich verzweifelt, cool zu wirken. »Willst du damit sagen, dass du mit zu mir kommen willst?«

»Natürlich nur, wenn du auch willst.«

»Ähm … klar. Klar will ich das.«

»Du warst doch derjenige, der gesagt hat, dass dein Mitbewohner erst spät nach Hause kommt.«

»Ja, aber das war nur Konversation, ehrlich. Ich wollte nichts … andeuten.«

Sie zog die Jacke an, griff grinsend nach einem kalten Stück Pommes und schob es sich in den Mund. »Wenn man bedenkt, wie wir uns kennengelernt haben, sollten wir keine Zeit damit verschwenden, uns künstlich zu zieren.«

12

Für die Schlussfolgerung, dass uns noch mindestens *eine* Leiche ins Haus steht, gibt's keinen Preis«, sagte Thorne. »Oder wenn du erratst, was *dem* armen Schwein fehlen wird.« Er starrte aus dem Fenster. Die Umgebung war deutlich grüner geworden, seit sie bei Dartford die Brücke überquert hatten. Hinter dem Ortsschild von Sevenoaks wurden auch die Häuser größer und standen weiter auseinander. »Nichts hören, nichts sagen, nichts sehen. Himmel …«

Tanner schüttelte den Kopf. »Kommt *sehen* nicht als Erstes?«

»Was?«

»Die drei Affen. Sehen, hören. Und dann erst sagen.«

Thorne war nicht erstaunt, dass Tanner so etwas wusste und dass sie Wert auf Korrektheit legte. Schließlich sortierte sie ihre Bücher nach Farben und legte vor dem Zubettgehen die Kleidung für den nächsten Morgen raus. »Ich glaube nicht, dass ›Jasmine‹ oder ›Jenny‹ oder wie immer sie sich beim nächsten Mal nennt, sich Gedanken über die Reihenfolge macht.«

»Da könntest du recht haben.«

Als das Navigationssystem verkündete, sie hätten ihr Ziel erreicht, fuhren sie langsamer und näherten sich einem großen Haus im Neu-Tudorstil, das ein Stück abseits der Straße stand. Tanner fuhr auf die Einfahrt und hielt hinter einem schwarzen Geländewagen.

»Hübsch«, stellte Thorne beim Aussteigen fest. »Hier kann man es sich wirklich gemütlich machen.«

Luke McGovern, der Vierundzwanzigjährige, den sie befragen wollten, hatte am Sonntagmittag die Leiche seines Freundes Hari Reddy in der gemeinsamen Wohnung in Clapham gefunden, vor zwei Tagen also. Seitdem hielt er sich bei seinen Eltern auf.

»Glaubst du, ein großes Haus macht es leichter?« Tanner schloss den Wagen ab. »Wahrscheinlich findet er alles ›gemütlich‹, wo es keine Blutflecke gibt.«

Die Frau, die an die Tür kam, betrachtete prüfend ihre Dienstausweise und stellte sich als Lukes Mutter vor. Sie führte Thorne und Tanner ins Wohnzimmer und erklärte, sie werde ihren Sohn holen, der in seinem Schlafzimmer sei. Seit er am Sonntagabend von der Polizei nach Hause gebracht worden sei, habe er das Zimmer praktisch nicht verlassen.

Thorne und Tanner nahmen auf einem riesigen Sofa Platz und warteten.

»Ich meine nur, er hätte sich einen schlimmeren Ort aussuchen können«, sagte Thorne und sah sich im Zimmer um. »Es ist gut, dass er jemanden hat, der sich um ihn kümmert.«

Tanner nickte. »In solchen Zeiten zieht es einen nach Hause. Wenn man noch ein Zuhause hat.«

Ein paar Minuten später kam Luke McGovern ins Zimmer und ließ sich in einen Sessel fallen. Seine Mutter sah von der Tür aus zu. Luke war barfuß und trug etwas, das sich, wie Thorne später erfuhr, Onesie nannte. Obwohl es fast Mittag war, machte er den Eindruck, gerade aufgewacht zu sein. Er wirkte eher wie ein Schüler als wie ein Student im zweiten Jahr.

»Ich lasse Sie dann allein.« Seine Mutter starrte Luke an. »Sag Bescheid, wenn du irgendwas brauchst.« Thorne war überzeugt, dass die Frau ihnen Getränke angeboten hätte, wenn sie aus irgendeinem anderen Anlass gekommen wären. Aber die Sorge um ihr Kind wog schwerer als Gastfreundschaft. Er sollte nicht länger als unbedingt nötig mit dem konfrontiert werden, was eindeutig eine traumatische Erfahrung gewesen war.

»Danke.« Tanner wartete, bis die Tür zu war, dann wandte sie sich an den jungen Mann ihr gegenüber. Er hatte die Knie hochgezogen und umschlang sie mit den Armen. »Nun, Luke … Ich weiß, dass Sie in Clapham schon mit mehreren Beamten gesprochen haben, aber wir wurden leider erst gestern Morgen informiert. Wir möchten gern mit Ihnen sprechen, weil wir glauben, dass das, was Hari zugestoßen ist, mit einem anderen Fall in Verbindung stehen könnte, an dem wir arbeiten.«

Im Versuch, Morde mit vergleichbaren Tatumständen zu identifizieren, war der Police National Computer in den Tagen nach der Entdeckung von Richard Sumners Leiche mit verschiedenen Merkmalen gefüttert worden. *Halswunde. Hinweise auf eine romantische/sexuelle Begegnung. Fehlende Körperteile.* Am gestrigen Tag hatte der Computer eine Übereinstimmung in sämtlichen Punkten registriert. Daraufhin waren die genaueren Einzelheiten vom Tatort in Clapham ins Becke House weitergegeben worden.

Thorne hatte sofort Bescheid gewusst.

»Ich weiß, dass es schrecklich für Sie ist«, sagte er. »Und ich schwöre, dass wir Sie nicht belästigen würden, wenn es nicht absolut notwendig wäre …« Er hörte ein Knarren vor der Tür und fragte sich, ob die Mutter des jungen Mannes lauschte. »Aber können Sie uns erzählen, wie Sie Hari gefunden haben?«

Luke ließ das Kinn auf die Knie sinken und sah hinaus in den Garten. »Samstagnacht bin ich sehr spät nach Hause gekommen und hatte reichlich getrunken, sodass ich erst mittags aufgestanden bin.« Seine Stimme klang flach und ohne jeden Akzent, dabei sprach er so leise, dass Thorne und Tanner sich vorbeugen mussten, um alles mitzubekommen. »Ich hatte keine Ahnung, dass irgendwas … Ich meine, ich bin in die Küche gegangen, hab Kaffee gemacht und ihn gerufen. Dass er seinen faulen Arsch aus dem Bett bewegen soll. Ich hab mehrmals an seine Tür geklopft, dann bin ich reingegangen.«

Tanner sah, wie der junge Mann die Augen schloss. Sie hatte sich die Tatortfotos angeschaut und wusste genau, was er vor Augen hatte – und noch lange vor Augen haben würde. Bis heute sah sie manchmal, wenn sie die Haustür öffnete, das Blut auf dem Teppich im Flur, die weißen Flecke von dem Bleichmittel, das ihrer Partnerin in die Augen gespritzt worden war.

»Und in der Nacht?«, fragte sie. »Als Sie nach Hause gekommen sind?«

»Ja, ich hab schon gemerkt, dass er jemanden aufgegabelt hatte«, sagte Luke. »Dass er sie mit nach Hause gebracht hat. Sie hatten sich über den Wein in der Küche hergemacht.« Tanner sah zu Thorne hinüber. Luke hatte dieselben Hinweise auf einen romantischen Abend entdeckt wie Andrea Sumner, nur seine Reaktion war deutlich anders aufgefallen. »Ich hab mich echt für ihn gefreut. Es war das erste Mal, seit ich ihn kenne, dass Hari Glück gehabt hat.« Er zog die Arme fest um die Knie, als wolle er sich so klein wie möglich machen. »Jedenfalls hab ich gedacht, er hätte Glück gehabt.«

»Natürlich«, sagte Tanner.

»Glauben Sie, er wurde geködert?« Plötzlich wandte Luke ihr das Gesicht zu und sah ihr in die Augen. »Dass die Frau überhaupt keine Frau war?«

Tanner zögerte, also übernahm Thorne. »Wenn Sie mit ›ködern‹ meinen, dass die Person, mit der Hari sich verabredet hat, in Wirklichkeit jemand anders war, dann ja. Er wurde geködert.«

Thorne hatte keine Ahnung, was Luke McGovern studierte und ob er ein guter Student war, aber dumm war er offensichtlich nicht. Seine Miene verriet, dass ihm klar war, dass Thorne und Tanner etwas für sich behielten. »Dann war es *tatsächlich* eine Frau?«

Die Polizei würde den Fall sowieso nicht mehr lange aus der Presse halten können, Thorne sah also keinen Grund zu übermäßiger Zurückhaltung. »Das glauben wir, ja«, sagte er.

»Scheiße.« Luke schüttelte den Kopf. »Ich meine ... Scheiße.«

»Dann wussten Sie Bescheid?«, fragte Tanner. »Darüber, was Hari an dem Abend vorhatte?«

Luke schüttelte immer noch den Kopf. »Ja, wir hatten jeder ein Profil auf der Seite angelegt. Haben uns die ganzen Fotos angeschaut. Das war ein Riesenspaß.«

Die Nerds hatten schon die relevanten Informationen von Hari Reddys Telefon und Computer überspielt und analysiert. Thorne und Tanner waren über Hookupz.com im Bilde. Sie hatten die Mails gelesen, die über einen der zahllosen frei zugänglichen Guerilla-E-Mail-Dienste verschickt worden waren.

Sie wussten alles über »Jenny«.

»Hari war ... richtig aufgeregt. Er hat mir ihre Nachrichten gezeigt, hat mir gesagt, wo sie sich treffen wollten, mir ein Bild von ihr gezeigt. Oh, warten Sie ...« Plötzlich setzte Luke sich gerade auf und wühlte in seiner Tasche herum. »Ich hab es auf dem Handy ...«

Thorne sah geduldig zu, wie der junge Mann tippte und scrollte.

»Hier.«

Er beugte sich vor, um einen Blick auf das Foto zu werfen. »Ja, die Aufnahme kennen wir.«

»Er hat auch mit ihr telefoniert«, sagte Luke.

Thorne nickte. Die Nerds hatten es überprüft. Wieder ein Wegwerfhandy.

»Hari hat gesagt, sie klinge nett, wissen Sie?« Luke stand auf und ging vor seinem Sessel auf und ab. »Er war richtig scharf auf das Treffen. Ich meine, die Seite heißt Hookupz, und ich behaupte nicht, dass er zu einem einfachen Fick oder was auch immer Nein gesagt hätte, aber er hat wirklich gehofft, dass sich mehr daraus ergibt.«

Thorne sagte nichts. Er dachte: Das *hatte* es auch. Dann sah er Luke hinterher, der zur Verandatür ging, hinausschaute und die Stirn gegen die Scheibe drückte. Er riss an seinen Haaren, als würden irgendwelche Tiere in ihnen herumkriechen.

»Warum …?« Er drehte sich um und hob die Arme, dann liefen die Tränen. »Ich meine, ich hab das ganze Blut um seinen Mund herum gesehen. Was zum Teufel sollte das bedeuten?« Er nickte und rang mit den Worten. »Sie hat ihm die Zunge rausgeschnitten, stimmt's? Sie hat seine verdammte Zunge rausgeschnitten?«

»Luke«, sagte Thorne. Tanner stand auf, als er zu schluchzen anfing. Kurz darauf öffnete sich die Tür, und Lukes Mutter trat ein. Sie ging bis in die Mitte des Zimmers und blieb dort stehen. Als der junge Mann zu schreien begann, weinte auch sie. Diesmal hatten Thorne und Tanner kein Problem, ihn zu verstehen.

»Was für ein Mensch *macht* so etwas?«

»Gute Frage«, sagte Tanner und sah in den Rückspiegel. Dann setzte sie aus der Einfahrt der McGoverns hinaus.

Thorne suchte etwas auf seinem Handy. »Selbst wenn wir die Antwort wüssten, würde sie uns nicht weiterhelfen.« Er öffnete einen Mailanhang und starrte das Foto an, das Luke ihnen unbedingt hatte zeigen wollen. Das Foto, das sie Hari Reddy geschickt hatte.

»Sie hat Spaß daran«, sagte Tanner. »Da bin ich sicher.«

Die Frau war blass und hatte dunkle Augen. Die blonden Haare waren jetzt schwarz gefärbt und kürzer geschnitten als bei ihrem Besuch im Arturo vor einer Woche. Ihr Lächeln war schüchtern, mehr der Anflug eines Lächelns.

Inzwischen verfügten sie über reichlich Fotos.

Abgesehen von dem Bild in ihrem Account auf der Hookupz-Website hatte Thorne sich Standbilder aus der Kamera im Nando's angesehen, die gleich nach Lukes erster Aussage überprüft worden war. Außerdem die körnigen Aufnahmen der Überwachungskameras um das Restaurant herum und in der Nähe des Tatorts. Bilder von Hari und seinem Date beim Eintreffen an der Wohnung, dann, ein paar Stunden später, von der Frau, die allein wegging.

Das alles war sehr nützlich, und trotzdem. Thorne fragte sich unwillkürlich, warum die Täterin – ihren nicht nachzuverfolgenden Anrufen und Mails zum Trotz – sich kaum noch Mühe zu geben schien, unerkannt zu bleiben.

13

Thorne saß am kleinen Tisch in seiner Küche vor dem Laptop. Melita hatte einen Stuhl herangerückt und ließ sich von ihm die Inhalte der Hookupz-Website präsentieren. Langsam scrollte er durch Hunderte Fotos.

»Kein Mangel an Kundschaft, hm?«

»Überrascht mich nicht«, sagte Melita. »Sie machen es einem ziemlich einfach.«

»Ich weiß nicht, ob ich das könnte«, sagte Thorne. »Selbst wenn ich auf dem Markt *wäre* für …« – er betrachtete den unverblümten Leitspruch der Website – »›Bumsen ohne Wenn und Aber‹.«

»Glaubst du?« Sie lehnte sich an seine Schulter. »Ich schaue übrigens nur zu, damit du dich nicht ›versehentlich‹ mit jemandem verabredest.«

»Ja, das könnte passieren. Ein falscher Klick.« Er hob die Hand. »Mit meinen großen Wurstfingern.«

Melita schaute auf den Bildschirm. »Aber ehrlich gesagt bin ich überrascht, dass die Frauen nicht in der Minderheit sind.«

»Na ja, es ist nicht *ganz* fifty-fifty.«

»Trotzdem. Für Frauen ist es viel leichter, einfach loszuziehen und Sex zu haben, wenn sie welchen wollen.«

»Genau«, sagte Thorne. »Das fand ich schon immer ein bisschen unfair.«

»Und in einer Bar oder wo auch immer kann man sich den anderen vorher wenigstens ansehen.«

Thorne öffnete ein paar Tabs, die er vorher herausgesucht hatte. Zusammen gingen sie ein paar ähnliche Seiten mit vergleichbaren Angeboten durch. »Schau dir das an«, sagte

Thorne. Viele waren noch weniger subtil als Hookupz, wenn es darum ging, was vermittelt werden sollte. Adult Pursuits, Get-Off, ShagNow. Einige waren speziell auf bestimmte Zielgruppen zugeschnitten – Milfs, Dilfs und Gilfs –, wieder andere sprachen Menschen mit bestimmten sexuellen Vorlieben an. Thornes Favorit richtete sich an ältere Kunden, die auf Bondage ohne Einschränkungen standen, und nannte sich Instant Whip.

»Für alle was dabei«, stellte Melita fest.

»Wahrscheinlich auch für deinen Einlauf-Mann.« Thorne grinste. »FastFlush.com?«

Melita seufzte. »Er ist nicht mein einziger Klient, weißt du. Zufällig habe ich gerade eine ganze Reihe interessanter Charaktere in meinem Terminkalender.«

»Zum Beispiel?«

»Du weißt, dass ich darüber nicht rede.«

»Von dem Einlauf-Typen hast du mir erzählt.«

»Was ich inzwischen bereue«, sagte sie. »Ich hab ihn nur erwähnt, weil er relativ harmlos ist und ich wusste, dass du es witzig findest. Du hast einen Humor wie ein Pubertierender. Glaub mir, die Probleme, mit denen sich meine anderen Klienten herumschlagen, sind teilweise viel ernster.«

Thorne klickte die offenen Tabs weg, bis er wieder auf der Hookupz-Seite war und das Profil und das Foto der Frau vor sich hatte, die sich Jenny nannte.

»Also, was glaubst du?«, fragte Thorne. »Beim ersten Mal hält sie sich von allen Kameras fern, aber jetzt zeigt sie sich gleich mehrmals. Wird sie unvorsichtig?«

Melita starrte das Bild an. Sie hatten schon vor einer Stunde bei ihrer Pasta darüber gesprochen, aber sie zog es vor, eine Weile über die Dinge nachzudenken. »Du könntest recht haben, aber nicht so, wie du es meinst. Nicht unvorsichtig in dem Sinn, dass sie nachlässig wird und Fehler macht … Vielleicht schert sie sich einfach nicht mehr darum.«

Thorne sah sie fragend an.

»Ich sage nicht, dass es ihr egal ist, ob sie geschnappt wird. Jedenfalls entdecke ich keine Anzeichen dafür, dass sie es darauf anlegt. Vielleicht geht es ihr eher darum, beachtet zu werden. Die angemessene Aufmerksamkeit zu bekommen.«

»Dafür sorgen wir schon.« Thorne klappte den Laptop zu. »Meinst du, lebenslänglich ohne Chance auf Bewährung wäre ihr Anerkennung genug?«

Melita schenkte sich Wein nach, Thorne holte eine Flasche Lager aus dem Kühlschrank. Dann gingen sie zusammen ins Wohnzimmer.

»Ich hatte noch einen anderen Gedanken.« Melita setzte sich. Thorne schaltete das bemerkenswert langweilige Spiel zwischen Southampton und Leicester aus, das er sich zuvor angesehen hatte, und leistete ihr auf dem Sofa Gesellschaft. »Diese Sache mit den drei Affen.«

»Falls wir da richtig liegen.«

»Nehmen wir an, das tut ihr. Das ist ein bisschen … angeberisch, oder? Ein bisschen theatralisch. Als hätte sie viel über solche Morde in Erfahrung gebracht, die, wie du weißt, eigentlich ziemlich selten sind. Und jetzt … versucht sie, den Eindruck einer Serienmörderin zu erwecken.«

»Sie erweckt keinen Eindruck«, wandte Thorne ein. »Sie *ist* eine Serienmörderin.«

»Ja, natürlich, aber nur unter statistischen Gesichtspunkten. Ich glaube nicht, dass sie sie selbst ist, wenn sie das tut, mehr will ich nicht sagen. Ich glaube, sie spielt eine Rolle.«

»Jemanden aus einem dieser Bücher, die sie offenbar so liebt.«

»Vielleicht«, sagte Melita.

Thorne lehnte sich zurück und starrte auf den leeren Bildschirm. »Aber was ist mit den Opfern? Wir haben einen weißen Buchhalter mittleren Alters und einen Studenten asiatischer Herkunft. Sie ist eindeutig nicht auf einen bestimmten

14

Wenige Minuten Fußweg vom Bahnhof Thornton Heath entfernt blieb Detective Sergeant Dipak Chall stehen und deutete auf ein Gebäude. »Glauben Sie, das könnte es sein?«

»Ich denke schon«, erwiderte Thorne.

Genau genommen war ihr Ziel kaum zu übersehen. Der strahlend weiße Pavillon zog die Blicke eher auf sich als das benachbarte Nagelstudio, das Secondhand-Möbelgeschäft und die »Beste manuelle Autowäsche im UK«. Was am deutlichsten ins Auge sprang und jedem Passanten ohne ernsthafte Sehstörung die Funktion des Gebäudes offensichtlich machte, waren die riesigen, cartoonartigen Buchstaben, die sich rings um den Eingang zogen.

bibliothek

Thorne und Chall zeigten am Empfang ihre Dienstausweise vor und warteten.

Die offensichtlichen Gemeinsamkeiten zwischen den Mordfällen in Clapham und Gospel Oak hatten dazu geführt, dass der Fall offiziell dem Team im Becke House übertragen worden war. Trotzdem waren es die Nerds südlich des Flusses gewesen, die als Erste Hari Reddys Handy und Computer untersucht hatten. Nachdem schnell klar geworden war, dass »Jenny« einen Guerilla-Mailaccount benutzt hatte, hatten sie die Spur bis zu einem öffentlich zugänglichen Computer in der Bibliothek von Thornton Heath zurückverfolgt.

»Ich begreife nicht ganz, was der Sinn von Bibliotheken ist«, hatte Chall im Zug gesagt.

Dipak Chall war ein junger Beamter, den Nicola Tanner an Bord geholt hatte, als sie zum Team gestoßen war. Obwohl ihm die Begeisterung für den Job noch nicht völlig ausgetrieben worden war, hielt Thorne ihn für einen guten Polizisten und einen netten Kerl. Allerdings hatte er schon klügere Bemerkungen von ihm gehört.

»Was der *Sinn* ist?«

»Ich meine, warum soll man ein Buch ausleihen, wenn man es in einem Wohltätigkeitsladen oder wo auch immer fast umsonst bekommt?«

»Wenn man wenig Geld hat, ist der Unterschied zwischen *fast* umsonst und *umsonst* nicht ganz unwichtig.«

»Gut, aber viele kann man zum Beispiel umsonst aufs Handy downloaden.«

»Wenn man ein Handy *besitzt*. Und sich mit so etwas auskennt.«

Chall sah ihn an, als hätte er angedeutet, dass es noch Menschen gäbe, die den aufrechten Gang nicht beherrschten.

»Außerdem geht es ja nicht nur um Bücher«, sagte Thorne. »Die Leute nutzen Bibliotheken für alles Mögliche.« Als er merkte, dass Chall auf eine Erklärung wartete, hatte Thorne nach der Mappe gegriffen, die auf dem Sitz neben ihm lag und die Abschriften der Mails enthielt, die Hari Reddy erhalten hatte. »*Hierfür*, zum Beispiel.«

»Es tut mir sehr leid, aber so sind die Vorschriften der Gemeinde.« Die Frau am Empfang der Bibliothek schob ihnen ein Formular über den Tresen. »Bevor wir Ihnen den Zugriff auf unsere Überwachungsaufnahmen gestatten können, müssen Sie einen Antrag ausfüllen, den wir an die IT-Abteilung des Bezirks weiterleiten.«

»Ach, kommen Sie.« Thorne lächelte ihr zu, merkte aber sofort, dass er damit keinen Erfolg haben würde. »Ernsthaft?«

ras nicht erfassten Bereich mit den öffentlich zugänglichen Computern machte.

»Inzwischen könnte sie einen richtigen Bewerbungsfilm zusammenstellen«, sagte Chall. »Wenn die Geschworenen sich das alles ansehen, müssen wir mittendrin eine Pause machen. Und Popcorn verteilen.«

»Hoffen wir, dass es so weit kommt«, sagte Thorne.

Sie scrollten sich durch die Aufnahmen, bis »Jenny« eine halbe Stunde später zurück zum Empfangstresen kam, noch einmal kurz mit dem Mitarbeiter sprach und an ihren Computer zurückkehrte. Nach weiteren fünfzehn Minuten verließ sie die Bibliothek.

»Himmel«, sagte Thorne. »Bilde ich es mir ein oder …?«

Chall schüttelte den Kopf, um zu zeigen, dass er es auch gesehen hatte. Auf dem Weg nach draußen hatte die Frau, hinter der sie her waren, zur Kamera über dem Ausgang hochgeschaut. Nur eine oder zwei Sekunden – gerade lange genug für ein Lächeln.

Zusammen mit der Leiterin – einer Frau in den Dreißigern namens Melanie – und einem älteren Mann namens Robin saßen sie im kleinen Café der Bibliothek. Robin war Bibliotheksassistent und bestätigte, dass er derjenige war, der am vergangenen Samstag mit »Jenny« gesprochen hatte.

Chall breitete ein halbes Dutzend Fotos von verschiedenen Überwachungskameras auf dem Tisch aus, dazu das Bild, das sie auf der Hookupz-Website gepostet hatte.

Thorne ließ ihnen Zeit, sich die Aufnahmen in Ruhe anzuschauen, dann deutete er auf das Hookupz-Foto. »Können wir für den Anfang klären, dass dies die Frau ist, die am letzten Samstagnachmittag einen Ihrer Computer benutzt hat?«

»Jedenfalls sieht sie so aus«, sagte Melanie.

Robin nickte. »Ja, das ist sie.«

Auf einem Sitzsack an der Wand hatten sich zwei Kinder

mit einem Buch aneinandergekuschelt. Als sie zu kichern begannen, zischte eine Frau an einem Tisch in der Nähe und hob den Finger an die Lippen. Eins der Kinder streckte ihr die Zunge hinaus, woraufhin die Frau, vermutlich die Mutter, dasselbe tat.

»Dann muss sie sich doch vermutlich irgendwie ausgewiesen haben«, sagte Chall. »Um die Einrichtungen der Bibliothek nutzen zu können.«

»Ja, theoretisch«, sagte Robin.

Melanie schüttelte den Kopf. »Nicht, wenn sie hier Mitglied war.«

An diese Möglichkeit hatte Thorne nicht einmal gedacht. Dass sie auf dem Rückweg zum Bahnhof eine Kopie des Bibliotheksausweises der Frau dabeihaben würden – komplett mit Namen und Adresse –, war weit mehr, als sie sich erhoffen durften. »Allerdings kennen wir ihren Namen nicht und wissen deshalb nicht, nach wem wir suchen.«

»Nein.« Melanie hielt einen Plastikbecher mit Kräutertee in beiden Händen. »Und selbst wenn es so wäre, würde es Ihnen wahrscheinlich keinen Spaß machen, all die Formulare auszufüllen, die nötig sind, bevor Sie in unsere Mitgliedsunterlagen schauen dürfen.«

Thorne hing innerlich noch an einer Bemerkung, die Robin gemacht hatte. »Was meinen Sie mit ›theoretisch‹?«

»Na ja, sie wollte nur den Computer benutzen. Das weiß ich, weil ich mit ihr gesprochen habe …«

»Können Sie sich genauer an die Unterhaltung erinnern?«, fiel Chall ihm ins Wort.

»Ja, wie gesagt, sie wollte den Computer benutzen.«

»Und sonst?«

Mit einem Mal wirkte Robin unruhig. »Tja, ich glaube … nur das übliche kurze Geplauder, während ich den Code generiert habe. Ich kann mich an nichts Genaues erinnern. Tut mir leid.«

»Schon gut«, sagte Thorne. »Was wollten Sie eben sagen?«

»Nur dass … also, theoretisch muss man sich irgendwie ausweisen, um einen Zugangscode zu bekommen, aber … so läuft es nicht immer.« Ein wenig kleinlaut sah er zu seiner Chefin hinüber, als fürchte er, Probleme zu bekommen. Aber Melanie nickte, als wolle sie signalisieren, es sei kein Problem.

»Früher lief es viel strenger«, sagte sie. »Nachweis der Adresse, Ausweis mit Foto, all das. Aber heutzutage geht es eher darum, die Leute zum Kommen zu ermuntern. Wir wollen ja, dass die Menschen unser Angebot nutzen, und nicht jeder hat eine feste Anschrift oder ein Bankkonto. Wenn jemand den Computer benutzen will und irgendein Dokument mit Namen vorlegen kann, eine Bankkarte oder was auch immer … dann bezahlt er oder sie einfach ein Pfund und bekommt einen Gastcode für eine halbe Stunde.«

»Okay.« Thorne bekam mehr und mehr den Eindruck, dass sie erfahren hatten, was es zu erfahren gab.

»Ich habe tatsächlich nach einer Bankkarte gefragt«, sagte Robin. »Sie hat mir ganz sicher eine gezeigt.«

»Können Sie sich an irgendein Detail erinnern?«, fragte Chall. »An den Namen der Bank vielleicht? Oder den Namen auf der Karte? Haben Sie sich etwas notiert?«

Robin schüttelte den Kopf. »Nur, dass ich sie gesehen habe.«

»Warum haben Sie zweimal miteinander gesprochen?«, fragte Thorne. »Sie ist doch noch einmal zum Empfang gekommen?«

»Weil sie das Zeitlimit erreicht hatte«, sagte Robin. »Sie hat noch ein Pfund bezahlt, um weitere dreißig Minuten am Computer zu bekommen.«

»Okay.«

Während Chall die Fotos einsammelte, griff Thorne nach seiner Lederjacke. Die Kinder auf dem Sitzsack lachten wieder.

»Ich nehme an, Sie wollen ihn mitnehmen«, sagte Melanie. »Den Computer.«

»Wir nicht.« Auch in diesem Fall war das Forensikerteam südlich des Flusses zuständig. »Aber unsere Kollegen holen das Gerät später ab.« Thorne hatte das Gefühl, die Untersuchung könne wichtig sein. Der E-Mail-Austausch mit Hari Reddy hatte nur fünfzehn Minuten in Anspruch genommen, aber jetzt war klar, dass »Jenny« die halbe Stunde am Computer voll ausgeschöpft und weitere Zeit dazugebucht hatte. »Wir müssen herausfinden, was die Frau sich in der Zeit, in der sie das Gerät genutzt hat, angesehen hat. Websites, Kontakte, was auch immer.«

»Vermutlich verschwenden Sie damit Ihre Zeit«, sagte Melanie. »Unser System nutzt Deep Freeze.«

Thorne hatte keine Ahnung, wovon sie sprach, aber Dipak Challs Miene verriet, dass *er* es begriffen hatte.

»Das ist eine Software, die sämtliche vom Benutzer hinterlassenen Spuren löscht, sobald er sich ausloggt. Den Browserverlauf, Zahlungsdaten, alles.« Chall schüttelte den Kopf. »So gesehen hätte sie nicht mal die Guerilla-Mailadresse gebraucht.«

»Wir müssen unsere Benutzer schützen«, sagte Melanie. »Tut mir leid.«

Thorne dankte beiden für ihre Hilfe, überreichte ihnen seine Visitenkarte und bat sie, sich zu melden, falls ihnen noch etwas einfiel – obwohl er bezweifelte, dass sie noch irgendwelche nützlichen Informationen liefern konnten. Melanie kehrte an den Empfang zurück, Robin begleitete Thorne und Chall zum Ausgang. Thorne fragte sich, warum sie überhaupt hergekommen waren, warum sie nicht einfach zwei Uniformierte vom nächstgelegenen Revier geschickt hatten. Außer ein paar zusätzlichen Überwachungsaufnahmen hatte der Ausflug in den Süden praktisch nichts gebracht. Er wollte Robin gerade nach dem Buch fragen, das seine Mutter damals ausgeliehen hatte, als der Assistent »Oh« sagte und seine Hand auf Thornes Arm legte.

»Jetzt fällt mir *doch* ein, worüber wir gesprochen haben, als ich den Zugangscode generiert habe.«

Thorne blieb stehen und sah ihn fragend an.

»Na ja, nicht alles … Aber ich hab auf jeden Fall eine Bemerkung zu ihren Haaren gemacht.«

»Was war mit ihren Haaren?«

»Sie waren so anders als vorher, wissen Sie? Ich meine, wahrscheinlich hab ich es nicht so direkt gesagt, aber das Blond hatte ihr viel besser gestanden.«

Thorne starrte ihn an.

»Sie war vorher schon hier gewesen.« Thorne drückte sich das Handy fest ans Ohr. Auf dem Rückweg zum Bahnhof hatte der jüngere und fittere Chall Mühe, mit ihm mitzuhalten. »Mehrmals, meint der Kerl aus der Bibliothek. Das heißt doch, es besteht zumindest die Möglichkeit, dass sie in der Gegend wohnt.«

»Die Möglichkeit, ja«, sagte Brigstocke. »Auf jeden Fall sollten wir dem Ansatz nachgehen.«

»Wir müssen dafür sorgen, dass jeder Beamte im Bezirk möglichst schnell eine Kopie dieses Fotos bekommt«, sagte Thorne. »Jeder Uniformierte … Es muss in jedem Mannschaftsraum an der Wand hängen. Und beim Briefing jeder Schicht der erste Tagesordnungspunkt sein.«

»Sie rennen offene Türen ein, Tom, das alles ist sowieso geplant.«

Thorne bremste leicht ab. »Aha …«

»Ich habe mich mit dem Deputy Chief Constable und der Presseabteilung zusammengesetzt. Wir haben beschlossen, die Medien einzubeziehen.« Brigstocke brummte ungehalten. »Na ja, *sie* haben das beschlossen, aber es kommt aufs Selbe raus.«

»Wann?«

»Morgen. Zeitungen, Fernsehen, das volle Programm.«

Thorne war eigentlich überrascht, dass es so lange gedauert hatte. Es war ein einschneidender Schritt, der sich nicht immer positiv auf die jeweilige Ermittlung auswirkte, aber im Moment glaubte er nicht, dass sie eine andere Wahl hatten. Es war Zeit, die Öffentlichkeit um Mithilfe zu bitten. So würde jedenfalls die offizielle Formulierung lauten. Sie brauchten die Hilfe von außen, aber wie bei allen Halbwahrheiten ging es auch hier um das, was nicht ausgesprochen wurde.

Es war an der Zeit, die Öffentlichkeit zu warnen.

15

In einem kleinen Zimmer über einer Reinigung in Crystal Palace saß Rebecca Driver an ihrem Computer, aß Chips und dachte: *Inzwischen könnte ich das im Schlaf.* Also ließ sie ihre Gedanken frei umherwandern, während sie automatisch ein paar Lügen erzählte (einfach, weil sie es konnte), nutzlose Fragebögen ausfüllte und einen neuen Satz Fotos hochlud.

Sie versuchte sich zu erinnern, seit wann es nur noch um die Monster gegangen war.

Wahrscheinlich seit dem ersten Mal, als sie von dem schabenden Geräusch der Tür auf ihrem Schlafzimmerteppich geweckt worden war. Das war die plausibelste Antwort, auch wenn sie nicht mehr wusste, wie alt sie damals gewesen war. Wie jung. Von diesem Moment an waren die Monster überall. Sie hatte gesehen, wie sie in den dunklen Ecken des Hauses kauerten und ihr aus den Ästen in den Bäumen am Ende des Gartens zuwinkten. Sie starrten sie aus vorbeifahrenden Autos an, lauerten ihr heimlich auf dem Rückweg von der Schule auf, und natürlich waren sie auf jeder Seite jeder einzelnen Geschichte aufgetaucht, die sie je geschrieben hatte.

Meermonster, Eismonster, Weltraummonster.

Immer waren sie tödlich, und immer brauchte es jemand ganz Besonderen, um sie zu besiegen. Sie waren Jäger, die ihre Beute gnadenlos verschlangen. Manchmal waren sie unsichtbar, und die Schlimmsten waren in der Lage, ihre Form zu verändern und sich in etwas völlig harmlos Wirkendes zu verwandeln. Aber egal ob sie Klauen wie Messer oder Greifzangen wie Roboter oder die kalten Finger einer Leiche hatten, all diese Monster liebten es, sie *anzufassen.*

Erst als sie angefangen hatte, über Monster zu *lesen*, lernte sie wirklich, sie auch zu schätzen. Jedenfalls die wirklich Furchteinflößenden, die fröhliche Ärzte oder Hausmeister oder Automechaniker waren. Die ihr klarmachten, dass sie erwachsen werden musste. Denn die Monster, die wirklich draußen herumliefen und beim Einkaufen hinter einem standen, waren eigentlich keine Monster. Sie waren einfach ... ganz gewöhnlich. Und letztlich doch nicht so furchteinflößend, denn je mehr sie erfuhr, desto mehr begriff sie auch und desto mehr Mitgefühl empfand sie. Nicht mit *ihm* natürlich ... Aber doch ein wenig mit diesen armen Seelen, die gezwungen waren, an den Rändern zu leben. Warum sollte man nicht den Schmerz derjenigen nachempfinden, die schon so lange als Außenseiter lebten, als Freaks, dass sie den einzig möglichen Weg eingeschlagen und das getan hatten, was ihre Rolle in der Welt war. Sich in diese Leben zu vertiefen, in diese *Halbleben*, ohne irgendeine Form von Mitleid zu empfinden ... *das* wäre wirklich monströs.

An einem ansonsten öden Tag vor einigen Jahren hatte sie das richtige Buch aufgeschlagen, und ihre dumme kleine Welt war durch die Begegnung mit einem sehr speziellen Leben auf den Kopf gestellt worden. Einem Leben, das noch immer gelebt wurde, einzigartig, *glorreich*. Die Möglichkeit, zumindest ein kleiner Bestandteil dieses Lebens zu werden, war für sie zum entscheidenden Puzzleteil geworden, das an seinen Platz gerutscht war. Das hatte nichts mit etwas Religiösem zu tun, mit diesem Unsinn hatte sie nichts am Hut, aber sie begriff, was die Leute meinten, wenn sie davon sprachen, wiedergeboren zu sein. Oder auserwählt, was auch immer. Als ob jemand bei *Britain's Got Talent* auf den goldenen Buzzer hämmert, und von oben regnet Glitzerzeug herunter, und das ganze Leben ändert sich.

Rebecca lächelte und lutschte das Salz von ihren Fingern. Nein, kein Glitzerzeug. Ohren und Zungen.

Am Ende war alles ziemlich offensichtlich gewesen. Ganz einfach. Wenn man ein Monster werden wollte, wenn dieser Weg einem vom Schicksal bestimmt war, warum sollte man dann nicht vom Besten lernen?

16

Und … was hast du an?« Die Stimme klang heiser, verführerisch.

Thorne stellte den Fernseher leise. Axtwerfen auf Topniveau wurde durch fehlenden Ton nicht weniger aufregend.

»Okay … im Moment trage ich eine Jogginghose mit einem Fleck im Schritt, wahrscheinlich Chili-Sauce. Und ein verschlissenes Townes-Van-Zandt-T-Shirt, das ich schon vor Jahren hätte wegwerfen sollen. Kann ich damit punkten?«

»Mein Gott, ja«, sagte Tanner, »das könnte mich anmachen.«

Thorne schnappte nach Luft. »Immer mit der Ruhe.«

Als Tanner zu lachen aufgehört hatte, gönnten sie sich ein behagliches Schweigen. Thorne sah, wie ein Mann mit der Axt ins Ziel traf. Wahrscheinlich war der Kerl mit sich zufrieden, was wegen der üppigen Gesichtsbehaarung schwer zu erkennen war.

»Dann bist du bereit für morgen?«

»Aber immer«, sagte Thorne. Ihnen beiden war klar, dass in dem Moment, wo die Fotos der Hauptverdächtigen in den Morgensendungen gezeigt, von den Zeitungen abgedruckt und auf sämtlichen Nachrichten-Websites gezeigt wurden, ihr Einsatzraum sich in ein Callcenter verwandeln würde. Die Spinner auszusortieren und allen halbwegs koscher klingenden Hinweisen nachzugehen, würde sie zumindest für einige Tage pausenlos auf Trab halten. Aber genau darum ging es ja.

»Was glaubst du, welche Krawatte Russell bei der Pressekonferenz tragen wird? Ich setze auf die dunkelblaue.«

»Die rote mit den kleinen Golfspielern nimmt er sicher nicht.«

Wieder stieß Tanner ein kehliges Lachen aus, wieder schwiegen sie im Anschluss. Thorne hörte, wie Tanner leise »Hör auf damit« sagte. Weil er nicht glaubte, dass sie Gesellschaft hatte, nahm er an, sie spreche mit ihrer Katze.

»Glaubst du *wirklich*, dass sie in der Gegend wohnt?«, fragte Tanner schließlich.

»Mir fällt kein anderer Grund ein, warum sie mehrmals in Thornton Heath auftauchen sollte.«

»Vielleicht finden wir es morgen raus …«

»Drei Tage noch, Nic.«

Tanner sagte nichts.

»Drei Tage, dann ist der nächste Affe dran. Wer weiß, was sie danach vorhat, aber es ergibt doch Sinn, oder? Samstagabends wird gedatet, und es sieht nicht so aus, als wollte sie es ruhiger angehen lassen.«

»Immerhin machen wir es ihr schwerer«, sagte Tanner.

»Tun wir das?«

»Indem wir ihr Gesicht öffentlich zeigen.«

Thorne starrte auf den Fernseher, dann auf die Wand darüber, auf das große Spinnennetz in der Ecke, wo Wand und Decke zusammentrafen. »Na denn … ich gehe ins Bett. Nichts zu machen, ist total anstrengend, findest du nicht?«

»Dann bist du allein? Keine sexy Seelenklempnerin heute Abend?«

»Wir verbringen nicht *jede* Nacht zusammen.«

»Also ein gemütlicher Abend mit Fertigessen und Internetpornos?«

»Jetzt, wo du es erwähnst«, sagte Thorne. »Vor deinem Anruf hab ich tatsächlich ziemlich lange an meinem Laptop gesessen.«

»Ich möchte lieber nicht raten, welche Art Dreck du dir reinziehst«, sagte Tanner.

»Oh, du würdest auch nicht darauf kommen, denn es war *unglaublich* bizarr. Ich hab versucht, dem Drang zu widerstehen, aber was soll ich sagen? Zwanzig Minuten online, dann hab ich es geschafft.«

»Ich glaube nicht, dass ich …«

»Ich hab mich bei meiner örtlichen Bibliothek angemeldet.«

17

Ihr Name fällt mir nicht ein, aber ich bin sicher, dass ich mit ihr zur Schule gegangen bin.

Sie sieht genau wie dieses Mädchen aus, mit dem ich mal zusammen war.

Ich weiß nicht, wer sie ist, aber man spürt sofort, dass sie wirklich böse ist …

Seit Stunden wurden sie mit Rückmeldungen aus der Bevölkerung überschüttet. Von Menschen, die den Aufruf in den Morgensendungen gesehen, Nachrichtenseiten im Netz angeklickt oder einfach die Meldungen gelesen hatten, die auf ihren Handys eingegangen waren. Andere waren in ihrer Tageszeitung auf das Foto gestoßen oder hatten im Bus oder Zug zur Arbeit nach einem eselsohrigen Exemplar der *Metro* gegriffen. Die Telefonistinnen und Telefonisten in der Zentrale in Lambeth hatten alle Hände voll zu tun, denn eine ganze Reihe sozial gesinnter Männer und Frauen riefen, wie in solchen Fällen üblich, einfach an, um ihre Meinung zum Ausdruck zu bringen oder falsche Informationen weiterzugeben. Wenn diese Spaßvögel oder ernsthaft Böswilligen aussortiert waren, blieben immer noch reichlich Hinweise, um das eine oder andere Ermittlerherz höherschlagen zu lassen.

Um die weniger erfahrenen Teammitglieder in Aufregung zu versetzen.

Mehrere Namen waren genannt worden – wenn auch unglücklicherweise keiner mehrfach. Die Verdächtige war in praktisch allen Landesteilen gesehen worden, wobei der Schwerpunkt im Süden Londons lag. Diese Hinweise würden als Erste überprüft werden, bevor nach und nach auch sämtlichen anderen Tipps nachgegangen würde.

»Irgendwo südlich des Flusses«, hatte Thorne gesagt. »Achten Sie darauf besonders. Ganz oben auf der Liste steht die unmittelbare Umgebung der Bibliothek. Croydon, Bromley, Crystal Palace.«

Mürrisch und gereizt hatte er den ganzen Morgen im Einsatzraum verbracht und sich auf die aus Lambeth eintreffenden Informationen gestürzt. Immer wieder ermahnte er sich, keinen allzu großen Enthusiasmus im Hinblick auf diesen oder jenen Hinweis aufkommen zu lassen, denn er wusste, wie schlecht er sich fühlen würde, wenn die Spur im Sande verlief. Diese Taktik war ihm auch in Gesprächen mit Vorgesetzten oder verzweifelten Angehörigen von Opfern zugutegekommen. Mit allen, die energisch auf ein Ergebnis drängten. Aber sie funktionierte auch in den manchmal kniffligen Abmachungen, die er mit sich selbst aushandelte.

Wenig versprechen, viel liefern.

Aus bitterer Erfahrung in allen möglichen Lebenslagen wusste er, dass es ihn selbst und die Menschen, die das Pech hatten, sich in seiner Umgebung aufzuhalten, nur enttäuschte und unglücklich machte, wenn er die Dinge andersherum anging.

»Für Sex gilt das auch«, hatte Hendricks ihm beim Guinness einmal ausführlich erklärt. »Ich meine, es bringt ja nichts, sich künstlich aufzupumpen. Dann kann man die Partner nur enttäuschen. Aber wenn man sagt, dass man einen Schwanz wie ein Hamster hat, höchstens ein paar Minuten durchhält und immer zu früh abspritzt … Dann gibt es immer eine nette Überraschung, egal, wie gut man sich schlägt. Und alle sind zufrieden, stimmt's?«

Thorne sah sich die handschriftlichen Notizen an, hörte dem Klingeln der Telefone zu und versuchte nicht zu sehr daran zu denken, was ihm heute zu seiner Zufriedenheit fehlte.

Kurz vor Mittag zogen er und Tanner aus dem Einsatzraum in ihr Büro um. Tanner setzte sich an ihren Computer und rief Sky News auf, das die Pressekonferenz bei Scotland Yard live übertragen würde.

Sie sahen, wie der Chief Superintendent die einführenden Worte sprach und dann an Russell Brigstocke übergab. Der DCI stand auf und schielte auf seine Notizen.

»Du hattest recht«, sagte Thorne.

Tanner warf ihm einen fragenden Blick zu.

Er deutete mit dem Kopf auf den Monitor. »Die blaue Krawatte.«

Der übliche »Met Police«-Hintergrund war durch ein riesiges Foto der Frau ersetzt worden, die sie letztlich alle zusammengeführt hatte: die Polizisten, die Angehörigen der Presse, das Paar jenseits der fünfzig, das mit Brigstocke und seinem Chef auf dem Podium saß. Andrea Sumner hatte die Teilnahme abgelehnt, aber die höheren Ränge waren dankbar, Hari Reddys Mutter und Vater dabeizuhaben. Fassungslose Eltern erzielten sicher eine größere Wirkung als eine trauernde Witwe.

Thorne fragte sich, ob der übliche Slogan für Anlässe wie diesen angepasst werden sollte.

Metropolitan Police. Wir hoffen, Sie helfen uns, London sicherer zu machen.

»Wir versuchen dringend, den Aufenthaltsort der jungen Frau in Erfahrung zu bringen, die Sie auf dem Foto hinter mir sehen können«, sagte Brigstocke.

Sie hatten sich für die Aufnahme entschieden, die »Jenny« auf der Hookupz-Website gepostet hatte. Zuvor hatte es Diskussionen darüber gegeben, vielleicht auch ein früheres Foto von ihr zu zeigen, als sie noch »Jasmine« gewesen war und lange blonde Haare gehabt hatte. Aber am Ende hatte sich die Überzeugung durchgesetzt, dass zwei so verschiedene Fotos zu Verwirrung führen und die Zahl wenig hilfreicher

Anrufe in die Höhe treiben könnten. Sämtliche relevanten Informationen befanden sie sowieso in der Pressemappe. Die verschiedenen Namen, die Dating-Apps, die Veränderungen ihrer äußeren Erscheinung.

»Wir glauben, dass diese Frau für den grausamen Mord an Hari Reddy am Samstagabend verantwortlich ist. Und dass dieser Fall in Verbindung mit dem eine Woche zuvor begangenen Mord an Richard Sumner steht …«

»Willst du übersetzen?«, fragte Thorne.

»Du weiß doch, wie es läuft.«

»Und nicht zuletzt glauben wir«, sagte Thorne, »dass beide Fälle in Verbindung mit dem in zwei Tagen stattfindenden Mord an einer noch nicht bekannten Person stehen …«

Tanner brachte ihn mit einem Zischen zum Schweigen.

Es entsprach dem üblichen Vorgehen, die grässlichen Einzelheiten der Verbrechen zurückzuhalten. Jedenfalls war die Erklärung des DCI sorgfältig formuliert. *Verantwortlich … in Verbindung mit.* Die erfahreneren Journalisten konnten zwischen den Zeilen lesen, und die, die in Diensten der Boulevardpresse standen, würden ohnehin die Sensationsgier ihrer Leserschaft befriedigen. Das war nicht Brigstockes Job. Der bestand neben der Bitte um Informationen auch darin, die Öffentlichkeit zur Wachsamkeit zu mahnen, ohne sie gleich zu Tode zu erschrecken.

Die Verwendung des Begriffs *grausam* war ausgiebig diskutiert worden.

Aus demselben Grund waren im Anschluss keine Fragen zugelassen.

Reden wir also von einer Serienmörderin, die London unsicher macht? Können Sie erklären, warum es so wenig Fortschritte bei den Ermittlungen gibt? Wie zuversichtlich sind Sie, diese Frau zu schnappen?

Auch unter den Presseleuten gab es Spaßvögel und Böswillige.

Als Brigstocke fertig war, stellte er die Eltern des zweiten Opfers vor. Hari Reddys Vater trank einen großen Schluck Wasser aus dem vor ihm stehenden Glas. Er stand auf, drehte seine Brille hin und her und las eine kurze Erklärung ab. Darin bat er alle, die zusahen, alles ihnen Mögliche zu tun und der Polizei sämtliche Informationen zu geben, die sie beitragen konnten, in der Hoffnung, dass keine Eltern mehr so würden leiden müssen wie seine Frau und er. Die Stimme des Mannes war leise, blieb aber fest. An einer Stelle griff er, ohne das Blatt in seiner Hand aus den Augen zu lassen, nach der Schulter der Frau, die mit gesenktem Kopf und leise weinend neben ihm saß.

»Hari war ein wunderbarer Junge«, sagte Mr Reddy. »Wir haben ihn über alles geliebt, und so etwas hat er nicht verdient. Ihn zu begraben, wird das Zweitschlimmste sein, was wir je tun mussten. Das Schlimmste war, seine Leiche zu identifizieren.«

Thorne und Tanner sahen, wie im unteren Teil des Bildschirms die Kontaktnummer 101 eingeblendet wurde. Dann signalisierte der Detective Superintendent durch sein Aufstehen das Ende der Veranstaltung. Brigstocke beugte sich zu Hari Reddys Eltern hinüber und flüsterte ihnen etwas zu.

»Was glaubst du, was er sagt?«, fragte Tanner.

Thorne schüttelte den Kopf. »Keine Ahnung … Danke oder Gut gemacht oder was auch immer. Nichts, das er besser *nicht* sagen sollte.« Er kannte Brigstocke gut genug. Egal wie die Sache ausgehen würde, er versprach nie zu viel.

Thorne fühlte sich nicht ganz so erledigt wie am Abend zuvor, aber nahe daran. Während Hank Williams *Live at the Grand Ole Opry* sang, schickte er Melita eine SMS, um zu hören, ob sie noch wach sei. Sobald das Emoji eines hochgereckten Daumens zurückkam, rief er sie an.

»Soll das ein Anmachanruf werden?«

»Nein.« Thorne lehnte sich auf dem Sofa zurück. »Es ist … irgendwie das genaue Gegenteil. Eigentlich rufe ich nur an, um Gute Nacht zu sagen. Und was sexuelle Avancen angeht, glaube ich, dass du an der Reihe bist.«

»Und neulich Abend?«

»Oh … ja.«

»Na offensichtlich hat es sich nicht besonders eingeprägt.«

»Doch, auf jeden Fall. Egal … ich wollte gerade einen dämlichen Witz über Ausmachanrufe machen.«

Melita lachte, aber auch sie klang müde. Oder abgelenkt. Thorne fragte, ob sie die Pressekonferenz gesehen habe.

»Sorry, ich hatte heute einen Klienten nach dem anderen. Ich sehe sie mir online an, wenn ich ins Bett gehe. Hat sie irgendetwas gebracht?«

»Schwer zu sagen«, antwortete Thorne. Die Zahl der Anrufe war unmittelbar nach der Übertragung angestiegen. Am späteren Nachmittag, als die Leute nach und nach von der Arbeit nach Hause kamen, war sie noch ein zweites Mal deutlich hochgegangen. Bis zu Thornes Feierabend war eine beachtliche Zahl von Hinweisen eingegangen, dass die Frau im Bezirk Croydon gesehen worden sei – South Norwood, Crystal Palace und zweimal in Thornton Heath. Dazu waren ein halbes Dutzend Namen genannt worden, die im Augenblick von der Nachtschicht überprüft wurden. »Morgen habe ich sicher einiges abzuarbeiten.«

»Lass mich wissen, wie es läuft«, sagte Melita.

»Solange du nicht denkst, ich rufe nur wegen einer schnellen Nummer an.«

»Aber nicht doch!«

Thorne war gerade auf der Suche nach einer witzigen Bemerkung, als ein Ton in seinem Telefon signalisierte, dass ein anderer Anrufer wartete. Er warf einen kurzen Blick auf das Display und sagte Melita, er müsse das Gespräch annehmen.

Dipak Chall war zur Nachtschicht eingeteilt.

»Dipak …?«

»Da ist ein Anruf gekommen, den Sie sich anhören sollten«, sagte Chall. »Vor ungefähr zehn Minuten.«

»Gut …« Thorne hörte ein Klicken und ein Rauschen. Er setzte sich gerade auf. Grundsätzlich wurden sämtliche Anrufe aufgezeichnet, und vermutlich hatte Chall die entsprechende Datei gestartet. Er hörte der zivilen Mitarbeiterin zu, die den eingehenden Anruf annahm und fragte, wie sie behilflich sein könne. Die Stimme klang blechern, vermutlich hielt Chall das Telefon einfach vor den Lautsprecher seines Computers.

Dann hörte er eine zweite Stimme.

»Eigentlich habe ich nur Informationen.« Hoch und leicht, mit einem Akzent aus dem Südwesten. »Ich meine, danach suchen Sie doch, oder?«

»Welche Informationen haben Sie denn, Madam?«

»Nur dass ein Date manchmal ein bisschen aus dem Ruder laufen kann. Mehr nicht. Manchmal fehlt einfach der … zündende Funke. Man merkt sofort, dass die Sache keine Zukunft hat, also macht man das Beste daraus und sieht zu, dass man sich so gut wie möglich amüsiert. Verstehen Sie, was ich meine?«

»Ich höre Ihnen zu …«

»In letzter Zeit hatte ich ein paar solcher Dates, wo ich diejenige war, die sich amüsiert hat. Aber anscheinend sind nur zwei davon bekannt geworden. Es sieht aus, als wäre eins … unter dem Radar geblieben.« Sie wartete. »Sind Sie noch da?«

Die Frau im Einsatzraum bejahte.

»Es gibt ein Haus in Hadley Wood. Ziemlich vornehm.« Sie nannte einen Straßennamen und buchstabierte ihn zur Sicherheit noch einmal. »An die Hausnummer kann ich mich nicht erinnern, tut mir leid, aber es ist das große Haus fast am Ende der Straße. Es hat einen weißen Zaun …«

Wieder klickte es, dann kam Chall an den Apparat. »Boss …?«

Thorne hatte schon die Jacke an. »Haben Sie die Nummer zurückverfolgt?«

»Nicht registriertes Handy mit Guthabenkarte«, sagte Chall. »Wir können nicht viel machen, bis die Techniker morgen zur Frühschicht kommen.«

»Okay, trommeln Sie alle zusammen und schicken Sie sie nach Hadley Wood. Wir treffen uns dort.« Er schnappte sich die Autoschlüssel. »Und rufen Sie DI Tanner an.«

»Glauben Sie, das war *sie*?«

Thorne sagte, das würden sie bald herausfinden. Aber schon als er die Wohnungstür hinter sich zuschlug, fragte er sich, warum er so zögerlich reagiert hatte. Tief im Inneren war er überzeugt, dass der dritte Affe zwei Tage vor der Zeit gekommen war.

18

Vor dem Anruf hatte sie einen großen Wodka getrunken, und seitdem noch mehrere, die sie mit Lager heruntergespült hatte. Im Pub war es laut, aber an ihrem Ecktisch, wo sie das Gerede und die Musik ausblenden konnte, fühlte sie sich wohl. Sie dachte an den Spaß, den sie in diesem wunderbaren Haus gehabt hatte, und fragte sich, ob die Polizei schon dort eingetroffen war.

Das Haus war ihr riesig vorgekommen, vollgestellt mit alten Möbeln und verstaubtem Nippes. Der alte Mann hatte einen netten Eindruck gemacht.

»Ich habe selten weibliche Gesellschaft«, hatte er gesagt.

»Na, dann bin ich hoffentlich keine Enttäuschung.«

»Nein. Wahrscheinlich bin ich derjenige, der dich enttäuscht.«

Sie lachte und legte ihm die Hand aufs Knie. »Das wird schon passen.«

Sie dachte, dass die Flasche Rotwein, die er geöffnet hatte, wahrscheinlich mehr gekostet hatte, als sie in einer Woche verdiente. Der arme alte Kerl trank schnell, es würde also nicht lange dauern, bis er zur Toilette musste und sie ihm etwas ins Glas schütten konnte.

»Ich fühle mich ein bisschen seltsam«, hatte er zwanzig Minuten später gesagt. Er blinzelte sehr langsam und atmete tief. »Schrecklich müde, ganz plötzlich.«

»Na, dann gehen wir besser hoch, bevor du uns noch umkippst.«

»Ich hab so was noch nie gemacht, weißt du?«

»Natürlich nicht.«

»Nein, wirklich. Du sollst nicht denken, dass ich ständig dafür bezahle.« Wieder hatte er mehrmals tief durchgeatmet. »Ich bin nicht mal sicher, ob ich noch weiß, wie es geht, so lange ist es her.«

»Du machst das schon«, hatte sie gesagt. »Es ist wie mit dem Fahrradfahren.«

Er hatte gelacht, gefolgt von einem längeren Husten. »Du wirst ein bisschen Geduld mit mir haben müssen.«

»Keine Sorge, ich sage dir schon, was du tun musst.« Dann hatte sie ihm vom Sofa aufgeholfen.

Jetzt, während sie ihren Wodka austrank, erinnerte sie sich, wie leicht er gewesen war. Und dass sein quer über die Glatze gekämmtes Resthaar so wenig attraktiv gewirkt hatte wie das Übermaß an Aftershave, das er benutzt hatte.

»Du bist sehr lieb«, hatte er gesagt, als sie langsam die Treppe hochgestiegen waren. Sie hatte sich gefühlt, als wäre sie seine Mutter oder so etwas, als sollte sie ihm lieber einen Kakao machen und ihn gut zudecken.

»Ich möchte, dass du zufrieden bist«, hatte sie gesagt.

Als sie ihm aus der Kleidung half, war er praktisch schon eingeschlafen. Danach war alles ganz einfach gewesen.

Sämtliche Häuser an der Claremont Road waren groß, trotzdem hatten sie es leicht gefunden. Von der Straße zurückgesetzt und freistehend, mit einem ansehnlichen Vorgarten und einem teuren Auto in der Auffahrt, unterschied es sich kaum von den meisten Nachbarhäusern, aber es war mit ziemlicher Sicherheit das einzige, dessen Bewohner mausetot war. Vom Wohnwert war der Schauplatz dieser letzten Gewalttat eine Stufe attraktiver als das Haus der Sumners, von Hari Reddys Studentenwohnung gar nicht zu reden. Der eigentliche Tatort allerdings unterschied sich in den wesentlichen Merkmalen kaum von den beiden vorhergegangenen.

Die auf dem Schlafzimmerteppich verstreute Kleidung.

Die Weinflasche und die Gläser in einem Zimmer zwei Stockwerke tiefer. Die von einem Kriminaltechnikerteam entdeckten Haarsträhnen, deren Farbe darauf hindeutete, dass die dunkelhaarige, ehemals blonde Frau zuvor ein Rotschopf gewesen war.

Es war der letzte Tatort, aber nicht die letzte Tat.

Thorne sah Hendricks bei der Arbeit zu, wie er vorsichtig Proben und Maße nahm und dabei in ein Aufnahmegerät murmelte. Er hatte seinen Freund auf dem Weg nach Norden angerufen, brauchte allerdings keinen Rechtsmediziner, um zu sehen, dass das Opfer schon eine Weile tot war. Der Geruch hatte für sich gesprochen, diese Mischung aus reifem Käse und stinkendem Fleisch, die ihnen entgegengeschlagen war, sobald die Kollegen von der Spezialeinheit die Haustür gewaltsam geöffnet hatten.

Die Haut des Opfers war graugrün und marmoriert. Das Gewebe hatte schon an Festigkeit verloren, und Thorne sah auf dem geblähten Bauch und den Oberseiten der Glieder die ersten Anzeichen von Adipocire, auch Leichenwachs genannt. Die Organe waren geplatzt, Fingernägel und Zähne ausgefallen. Rings um die Leiche hatten Blut und diverse Körperflüssigkeiten ein Muster aus rotbraunen Flecken hinterlassen.

Außerdem gab es Insekten.

Unter anderen Umständen hätte Thorne vermutet, dass die Maden die Augen des Toten gefressen hatten. Doch die gezackten schwarzen Löcher verrieten, dass die Tiere dort nichts mehr vorgefunden hatten. Ihm war schon vorher klar gewesen, was die Mörderin diesmal mitgenommen hatte.

»Mindestens drei Wochen.« Hendricks schloss seinen Arztkoffer. »Auch die Heizung hat ihren Beitrag geleistet. Die Todesursache dürfte niemanden überraschen.«

Das Einzige, was Thorne erstaunte, war der Umstand, dass die Verletzung durch die beginnende Verwesung noch deutlich offensichtlicher geworden war. Durch die Ablösung der Haut wirkte die klaffende Halswunde noch breiter.

»Das Opfer heißt Thomas Bristow.« Tanner tauchte in der Schlafzimmertür auf. »Die Frau von nebenan sagt, er lebe seit dem Tod seiner Frau vor einigen Jahren allein und ziemlich zurückgezogen. Ich habe die Telefonnummer einer Tochter in Leeds. Wir suchen gerade nach ihrer Adresse.«

Irgendein unglücklicher Beamter vor Ort würde die Todesnachricht überbringen müssen. Eine viel schlimmere Aufgabe als alles, was sie hier heute zu tun hatten.

»Dann hat sie die Reihenfolge doch eingehalten«, stellte Tanner fest. »Die drei Affen. Erst sehen, dann hören, dann sagen.«

Sie starrten auf das, was von Thomas Bristow geblieben war; das Wenige, was seine Tochter später würde identifizieren müssen. Der Mann war im Verschwinden begriffen und schon zu Lebzeiten keine besonders imposante Erscheinung gewesen.

»Vielleicht ist das Ganze jetzt vorbei«, sagte Thorne.

»Ja, vielleicht.«

Er brauchte Tanner nicht anzusehen, um zu wissen, dass sie davon so wenig überzeugt war wie er.

Als sie ihm beim Verbluten zugesehen hatte, war ihr eine Zeile aus einen Buch oder einem Theaterstück eingefallen, das sie in der Schulzeit gelesen oder vorgelesen bekommen hatte. Jemand hatte sich gewundert, *dass der alte Mann noch so viel Blut in sich hatte*. Drei Wochen später, in diesem Pub, nach ein paar weiteren Drinks, kam ihr das seltsam vor, denn eigentlich erinnerte sie sich an praktisch nichts aus ihrer Schulzeit. Nur dass sie sich ständig angegriffen und abgeschrieben gefühlt hatte. Unterschätzt. Wenn sie ein Klassenzimmer betreten hatte, war ihr jedes Mal klar gewesen, dass die Kinder, die schon dort waren, über sie geredet hatten.

Sie kicherte in ihr Glas hinein.

So viel Blut …

Es war nicht nur darum gegangen, den alten Knacker aufzuschlitzen oder den Typ in Gospel Oak oder diesen verknallten Studenten. Natürlich hatte sie das in erster Linie als eine Art Dankeschön für den Mann getan, der ihr Leben verändert hatte. Aber bei den Taten selbst hatte sie mit großem Vergnügen gleichzeitig die Wichser von damals aufgeschlitzt. Die Kinder, die sie hinter ihrem Rücken ausgelacht oder komplett ignoriert hatten. Sie hatte all denen etwas abgehackt, die ihr gesagt hatten, sie wäre hässlich oder gruselig, oder die sich darüber amüsiert hatten, was bei ihr zu Hause passiert war, obwohl sie praktisch nichts darüber wussten. *Ihnen* hatte sie es angetan, hatte ihre Souvenirs in einen Plastikbeutel getan und war dann zurückgetreten, um zuzuschauen, wie ihr gefühlsduseliger Stiefvater verreckte.

Er hatte um sich geschlagen, als könnte er etwas dagegen tun, aber nicht lange.

So war es in dem schicken Haus in Hadley gewesen, und auch bei den anderen. Eine Monstergeschichte mit Happy End. Eine Geschichte, in der *sie* vorkam. Sie hätte nicht beschwören können, dass der alte Mann am Ende tot gewesen war. Sie hatte ja nicht seinen Puls gefühlt oder so was. Als sie das Skalpell in die Tasche gesteckt und den Löffel herausgeholt hatte, hatte er sich jedenfalls nicht mehr bewegt.

Als sie sich neben ihn gekniet und wie ihr Stiefvater »Sei leise« gesagt hatte.

Rebecca – »Der Bücherwurm«, »Morticia Addams«, »Unsexy Bexy« – sagte sich, dass ihre Tränen dumm waren, dass sie bloß zu viel getrunken hatte und sich in etwas hineinsteigerte. Sie stand auf und ging, ein wenig wacklig, zur Toilette.

»Augen sind glitschige kleine Bastarde«, sagte Hendricks.

Sie saßen in Thornes auf der Claremont Road abgestelltem Auto, Tanner auf dem Beifahrersitz und Hendricks, der an einer rund um die Uhr geöffneten Tankstelle Kaffee geholt hatte, auf der Rückbank. Der Motor lief, die Heizung war eingeschaltet.

Tanner drehte sich zu ihm um. *»Was?«*

Hendricks lehnte sich vor. »Sie bestehen komplett aus Weichgewebe und bilden ständig ein schleimiges Sekret, um die Rotation zu ermöglichen. Dass die Frau keine Handschuhe trägt, wissen wir ja. Ich wollte nur sagen, dass es nicht leicht gewesen sein kann, sie festzuhalten. Wahrscheinlich musste sie ihnen quer durchs Schlafzimmer nachjagen … als ob man ein Stück Seife zu fassen bekommen will, das man unter der Dusche hat fallen lassen.« Er registrierte Tanners Gesichtsausdruck und lehnte sich zurück. »Für dich ist es doch in Ordnung. *Ich* muss es mit mir aushalten.«

Thorne starrte aus dem Fenster und verfolgte das Kommen und Gehen von Beamten, Kriminaltechnikern und sonstigem Personal. Ausrüstung wurde ins Haus hineingetragen, Beutel und Kisten heraus. Noch einmal machte er sich klar, dass sie verwertbare Spuren und Beweismaterial im Überfluss hatten, dass es ihnen aber erst dann etwas nützen würde, wenn es vor Gericht präsentiert werden konnte. Überall im Land stapelte sich Beweismaterial. Festplatten und unanfechtbare Daten, Ermittlungsakten und Kühlschränke voll mit allen möglichen Proben. Aber all das staubte ein und war dem langsamen Verfall ausgesetzt, während Ermittlungen eingestellt wurden und Hinterbliebene mühsam versuchten, irgendwie weiterzumachen. Wertvolles, entscheidendes, *zur Verurteilung reichendes* Material, aber letztlich so wertlos wie all der Mist, den die Leute auf ihren Dachböden deponierten und dort vergaßen.

Auch Tanner sah den Aktivitäten zu. Es fiel ihr nicht schwer, Thornes Gedanken zu erraten, denn sie unterschieden sich kaum von ihren.

»Das alles ist wichtig, Tom«, sagte sie. »Und morgen haben wir sowieso eine Menge Zeug, in das wir uns vertiefen können.«

Thorne sah sie an. »Melita glaubt, sie zieht eine Show ab. Die drei Affen, die Trophäen. Als würde sie in eine Rolle schlüpfen.«

»Klingt plausibel«, sagte Tanner.

»Aber dann macht sie es richtig gut«, bemerkte Hendricks von hinten.

»Was ist mit den Opfern? Es gibt keine Verbindung zwischen ihnen. Diese Mörder, die sie nachahmt, konzentrieren sich meistens auf einen speziellen Opfertypus … Alter, Aussehen, was auch immer. Ich glaube, es reicht nicht aus, dass sie alle Männer sind. Es kommt mir …« Er hielt inne.

»Was ist los?« Tanner starrte ihn fragend an.

»Die *Namen*«, sagte Thorne. Fluchend schlug er auf das Lenkrad. Er warf Tanner einen Blick zu, als wolle er sagen, es sei doch offensichtlich. »Die Namen der toten Männer. Ja, natürlich wirkt es zufällig. Verdammt, es klingt sogar zufällig. Thomas, Richard …«

Hendricks kapierte es und schlug gegen die Rückenlehne. »Ah.«

Eine Sekunde später nickte auch Tanner. »Jeder x-beliebige Tom, Dick und Hari.«

19

Es war Samstag am späten Nachmittag, mehr als sechsunddreißig Stunden nach der Entdeckung von Thomas Bristows Leiche. Draußen vor dem Haus in Hadley Wood hatte Tanner von Hinweisen gesprochen, in die sie sich vertiefen konnten. Aber die Überprüfung all der Informationen, mit denen die Öffentlichkeit sie überschüttet hatte, lief inzwischen notgedrungen ein wenig langsamer. Schließlich hatten sie jetzt noch einen dritten Fall zu bearbeiten. Weil gleichzeitig ein neuer Tatort untersucht und die Spuren dringend gesichert werden mussten, waren die Aufgaben im Team neu verteilt worden. Die ganze Zeit über trafen telefonisch und per E-Mail neue Hinweise ein, aber der Schwerpunkt hatte sich verschoben, und Thorne bekam das Gefühl, dass sie alle den Entwicklungen hinterherhinkten.

Als er Brigstocke in dessen Büro gegenübersaß, ließ er seinen Gefühlen freien Lauf. Der DCI zahlte es ihm mit gleicher Münze heim.

»Ich mache den Job schon eine ganze Weile, Tom …«

»Ich bin auch kein Anfänger …«

»Und ich glaube nicht, dass es so etwas wie ›zu viele Beweise‹ gibt.«

»Sie wissen, dass ich das nicht gemeint habe«, sagte Thorne. »Ich sage, wir haben *genug*. Jedenfalls für den Moment. Wir können hundertmal für eine Verurteilung sorgen. Aber bis wir sie endlich schnappen, nützen uns sämtliche Beweise der Welt nichts.«

»Ich verstehe Ihren Standpunkt, aber deswegen können wir neue Hinweise nicht einfach ignorieren, oder?«

»Nein, aber wir können aufhören, so zu tun, als würden sie uns weiterhelfen.«

Das neue Beweismaterial bestand aus weiteren Überwachungsvideos, auf denen eine Frau zu sehen war, die Thomas Bristows Haus besucht und rund neunzig Minuten später wieder verlassen hatte. In dieser Zeit hatte sie forensische Spuren hinterlassen, von denen schnell klar war, dass sie – was niemanden überraschte – mit denen von den beiden früher entdeckten Tatorten übereinstimmten. Auf dem Computer im häuslichen Büro des Opfers war eine Transaktion vom Tag vor dem Mord gefunden worden. Die entsprechende Website nannte sich euphemistisch *Capital Companions*, kurz darauf war ein Betrag von dreihundertfünfzig Pfund für einen zweistündigen Hausbesuch der *Gefährtin* überwiesen worden, die Bristow sich ausgesucht hatte.

»Dann nutzt sie außer Dating-Apps also auch Seiten, die Escort-Dienste vermitteln.« Thorne zuckte die Achseln. »Ich bin davon überzeugt, dass uns das nicht weiterbringt. Um ehrlich zu sein, hätten wir darauf längst kommen können.«

Brigstocke reagierte in überraschend höflichem Ton. »Sie wissen so gut wie ich, dass *jeder* Hinweis derjenige sein kann, der den Durchbruch bringt. Jede dämliche Kleinigkeit. Man weiß nie, was letztlich entscheidend ist.«

»Ein paar zusätzliche Stunden vor irgendwelchen Überwachungsvideos jedenfalls sicher nicht«, sagte Thorne.

»Das können Sie mit Sicherheit sagen, hm? Was *mich* angeht, bin ich nur sicher, dass wir es mit einem weiteren Mord zu tun haben, den wir gewissenhaft untersuchen müssen. So wie wir es mit den vorherigen auch gemacht haben. Können Sie sich daran noch erinnern?« Brigstocke starrte ihn eindringlich an, dann rieb er sich den Nasenrücken. »Himmel, warum komme ich mir vor, als würde ich mit einem Teenager im Praktikum sprechen? Es tut mir wirklich leid, wenn die Art und Weise, wie die Dinge hier seit … Ewigkeiten laufen, nicht mehr Ihre Zustimmung findet.« Er hob die Hand, als er sah, dass Thorne ihn unterbrechen wollte. »Der einzige Grund, warum ich noch nicht gesagt habe, Sie sollen sich aus meinem Büro verpissen, besteht darin, dass Sie eindeutig frustriert sind. Vielleicht haben Sie auch vergessen, irgendwelche Medikamente einzunehmen … Wie auch immer, es ist, wie es ist.« Brigstocke setzte die Brille wieder auf. »Also finden Sie sich damit ab, klar?«

Thorne sagte nichts. Er wandte sich zum Fenster und schaute hinaus.

»Was ist? Spielen Sie jetzt die beleidigte Leberwurst?«

»Es ist nur … Warum kümmern sich nicht ein paar Leute mehr um die Informationen, die hereinkommen, und ein paar weniger … um die neue Ermittlung?«

»Ihnen ist hoffentlich klar, wie das klingt?« Brigstocke wartete die Antwort erst gar nicht ab. »Stellen Sie diese Frage einfach Thomas Bristows Tochter. Ich denke, wir sind es ihr schuldig, den Mord an ihrem Vater genauso gründlich zu untersuchen wie jeden anderen auch. Genauso korrekt.«

»Ja, schon klar, aber …«

»Vielleicht sollten Sie auch lieber mit den Anzugträgern sprechen, die hier die Ressourcen zuteilen. Oder gleich die Innenministerin anrufen und *ihr* auf den Wecker gehen, weil sie unser Budget gekürzt hat.«

Thornes Handy klingelte. Er zog es aus der Tasche und sah auf dem Display eine Nummer, die er nicht kannte. Daraufhin warf er dem DCI einen fragenden Blick zu.

»Machen Sie schon, Mann.« Als Thorne zögerte, zog er sich demonstrativ die Unterlagen heran, an denen er gearbeitet hatte, bevor Thorne hereingekommen war. »Vielleicht ist das jemand, den Sie nerven können. Dann hab ich eine Weile Ruhe.«

Der Anrufer stellte sich als Detective Sergeant Brunt von einem Revier in Crystal Palace vor und begann mit seiner

Geschichte. Nach dreißig Sekunden wedelte Thorne mit dem Arm, um Brigstocke auf sich aufmerksam zu machen. Weitere fünfzehn Sekunden später sprang er auf. »Hören Sie, hier bei mir sitzt der Ermittlungsleiter, ich stelle Sie mal auf Lautsprecher …« Er legte das Handy auf Brigstockes Schreibtisch.

»Hier ist DCI Brigstocke. Ich höre.«

»Augenblick noch.« Thorne ging schnell zur Tür und rief Tanner aus dem Einsatzraum. Sobald sie das Büro betreten hatte, sagt Thorne: »Okay, erzählen Sie!«

»Also, wie ich DI Thorne eben gesagt habe …« – Brunts Stimme hatte ein leichtes Echo, war aber gut zu verstehen – »… hat eine Streife am Donnerstagabend eine junge Frau wegen Trunkenheit und Erregung öffentlichen Ärgernisses festgenommen. Sie hat vor einem Pub namens Sparrowhawk in Weston Hill auf die Straße gepinkelt, falls Sie es genau wissen wollen. Wahrscheinlich wäre sie nicht mal mit aufs Revier genommen worden, wenn sie nicht nach einem der Kollegen geschlagen und ihm die Nase gebrochen hätte. Jedenfalls wurde sie hergebracht.«

Tanner und Brigstocke sahen Thorne fragend an. Brigstocke schüttelte den Kopf und fragte lautlos *Was soll das?*, aber Thorne hielt die Hand hoch.

»Wir haben ihre Fingerabdrücke und die DNA genommen, und gestern Morgen wurde sie auf Kaution entlassen. Aber jetzt kommt's … Als die Kollegen vor einer Stunde dazu gekommen sind, die Proben mit der Datenbank abzugleichen, habe ich die Querverbindung entdeckt. Ich spreche von den Morden an Sumner und Reddy. Fingerabdrücke *und* DNA. Hundertprozentige Übereinstimmungen.«

»Verdammte Scheiße«, sagt Brigstocke.

Tanner starrte nur vor sich hin.

»Wie heißt sie?« Thorne beugte sich zum Handy hinunter. »Wie heißt die Frau?«

»Rebecca Driver«, sagte Brunt. »Sechsundzwanzig. Arbeitet in einem Supermarkt in der Nähe und wohnt in der Anerley Road.«

Thorne sah zu Tanner hinüber. Sie nickte.

»Ich kann Ihnen die Einzelheiten schicken. Als ihr Rausch ein bisschen nachgelassen hat, war sie ziemlich kooperativ ...«

»Haben Sie eine Ahnung, wo sie jetzt ist?« Brigstocke kam schnell um seinen Schreibtisch herum und stellte sich direkt neben das Handy. »Ist schon irgendetwas in die Wege geleitet?«

»Ich habe vor fünf Minuten zwei Einheiten zur Anerley Road geschickt«, sagte Brunt. »Ich dachte mir, Sie würden es eilig haben. Ich warte noch auf eine Nachricht, aber mit etwas Glück schnappen wir sie zu Hause und bringen sie auf dem schnellsten Weg zu Ihnen.«

Brigstocke bat darum, zu Brunts DCI durchgestellt zu werden. Während er die nötigen Absprachen für die hoffentlich bevorstehende Überstellung der Gefangenen traf, traten Thorne und Tanner hinaus auf den Gang.

»Wir haben den Namen in den Akten«, sagte Thorne. »Jemand hat ihn am Telefon genannt.«

»Gestern, das *glaube* ich jedenfalls.« Tanner sah immer noch aus wie vom Donner gerührt. »Auf jeden Fall habe ich ihn auf einer der Listen gesehen.«

»Aber sie ist noch nicht überprüft worden?«

Thorne brauchte keine Bestätigung für das, was schon offensichtlich war. Für die Erkenntnis, dass sie ... *vielleicht* ... vor einem Desaster bewahrt worden waren. Vor einem Schlamassel von verheerendem Ausmaß, das, allem Gerede von »Ermittlungsprioritäten« und »Zuteilung der Ressourcen« zum Trotz, das Ende gleich mehrerer Karrieren hätte bedeuten können. Vor einem Fehler, der, hätte es diese glückliche Fügung nicht gegeben, noch mehrere Männer das Leben hätte kosten können. Wie es aussah, hatten ein natürliches

Bedürfnis und ein junger Constable mit gebrochener Nase ihnen soeben den Arsch gerettet.

Keine zwei Stunden später lehnte Thorne an der Wand des Zellentrakts auf dem Revier Colindale und sah zu, wie Rebecca Louise Driver wegen der Morde an Richard Sumner, Hari Reddy und Thomas Bristow festgenommen wurde. Erregung öffentlichen Ärgernisses und der Angriff auf einen Polizeibeamten wurden routinemäßig hinzugefügt, auch wenn keiner der beiden Punkte ins Gewicht fallen würde, falls es zu einer Verurteilung kam.

»Danke«, hörte er sie sagen.

Er registrierte ihren desinteressierten Blick, als sie das Angebot eines Rechtsbeistands ablehnte. Als der Sergeant fragte, ob sie sicher sei, nickte sie bloß. Thorne bemerkte auch den leicht amüsierten Gesichtsausdruck, als man ihr erklärte, sie werde in eine Zelle gebracht, wo sie ihre Kleidung für forensische Untersuchungen abgeben müsse und außerdem Abstriche, Blut- und Haarproben genommen würden, bevor sie etwas zu essen bekomme.

»Ich bin allergisch gegen Nüsse und Krustentiere«, sagte sie.

Als der Beamte einen Schritt auf sie zutrat und die Hand auf ihren Arm legte, sah Thorne, wie Rebecca Driver sich zu ihm umdrehte, als sei ihr bewusst, dass er sie die ganze Zeit beobachtet hatte. Sie strich sich durchs kurze dunkle Haar. Unmittelbar bevor sie abgeführt wurde, zeigte sie für ein oder zwei Sekunden dasselbe Lächeln, das sie auch vor der Kamera in der Bibliothek aufgesetzt hatte. Als könne sie sich kaum einen Ort vorstellen, an dem sie lieber wäre, und als sei sie froh, dass Thorne da war, um sie willkommen zu heißen.

Als sei sie froh, ihn zu sehen.

20

Detective Sergeant Dipak Chall und Detective Constable Susan White nannten für die Aufnahme ihre Namen. Chall schaute auf die Uhr, erklärte, es sei 19.36 Uhr, warf einen kurzen Blick auf die Frau auf der anderen Seite des Tischs und öffnete die vor ihm liegende Mappe. Anderthalb Stunden waren vergangen, seit die Beamten aus Crystal Palace Rebecca Driver nach Colindale gebracht hatten.

Eine »Erstbefragung«.

»Sie haben das Angebot eines Rechtsbeistands abgelehnt«, sagte Chall. »Ist das richtig?«

Driver nickte und sah sich im Raum um.

»Sprechen Sie bitte für die Aufnahme laut.«

»Ja, ich habe es abgelehnt. Das trifft es auf den Punkt.«

»Danke«, sagte Chall. »Ich werde Ihnen jetzt Fotos einer Reihe von Gegenständen zeigen, die zum Zeitpunkt Ihrer Festnahme in Ihrer Wohnung gefunden wurden.« Aus der Mappe zog er drei große Farbaufnahmen der Plastiktüten hervor, die sie zwischen Erbsen und Backofen-Pommes im Gefrierschrank von Drivers Wohnung gefunden hatten. Er legte sie in einer Reihe nebeneinander. Der Inhalt der Tüten war vereist, aber – zumindest was die Augen und Ohren anging – gut zu erkennen. »Können Sie erklären, was diese Gegenstände in Ihrer Wohnung zu suchen hatten?«

Driver würdigte die Fotos keines Blickes.

»Kein Kommentar.«

»Können Sie die Flecken hier auf der Klinge erklären, die nach getrocknetem Blut aussehen?« Chall deutete darauf. »Und hier, auf dem Griff?«

Niemand hatte ernsthafte Zweifel, dass das Skalpell, das im Augenblick auf Fingerabdrücke und DNA-Spuren untersucht wurde, für die Morde an Sumner, Reddy und Bristow benutzt worden war. Was die formelle Beschuldigung ihrer Verdächtigen anging, reichten die Beweise längst aus, damit die Staatsanwaltschaft in Rekordzeit grünes Licht geben würde. Aber solange die forensische Bestätigung der Mordwaffe noch ausstand, hatte Brigstocke Driver unbedingt in einen Verhörraum bringen lassen wollen. Um ihre Version der Geschichte zu hören.

»Das Skalpell wird den Deckel draufmachen«, hatte der DCI gesagt. »Aber es kann nicht schaden zu hören, was sie zu sagen hat.«

»Kein Kommentar«, sagte sie auch jetzt.

White beugte sich vor und setzte zu einem Vortrag an, den sie schon häufiger gehalten hatte. Über das Recht der Verdächtigen zu schweigen, und das Recht der Geschworenen, aus diesem Schweigen nachteilige Schlüsse zu ziehen. Die DC war noch nicht weit gekommen, als Driver sich zurücklehnte und die Arme verschränkte.

»Ich mache nur Spaß«, sagte sie. »Ich habe eine Menge zu erzählen.«

In einem ansonsten leeren Büro zwei Etagen darüber starrten Thorne und Tanner auf den Computermonitor, der die Bilder und Töne aus dem Verhörraum live wiedergab. Tanner schüttelte den Kopf. »Ich habe Leute gesehen, die aufgeregter wirkten, obwohl sie bloß ihre Rundfunkbeiträge nicht bezahlt hatten.«

»Sie ist kein bisschen nervös«, stimmte Thorne ihr zu. »Schau sie dir an.« Driver trug das vorschriftsgemäße graue Sweatshirt, eine Trainingshose und statt der Dr Martens weiße Turnschuhe. Die Sammlung dicker Silberringe und Armreifen hatte sie abgeben müssen, aber sie trug noch ihr Make-up. Eine dicke Schicht blasser Grundierung, die sie beinahe puppenhaft aussehen ließ, dick aufgetragene Wimperntusche und Eyeliner, dazu einen purpurroten Lippenstift. Thorne sah, wie ihr Mund sich beim Lächeln leicht verzog. »Sie fühlt sich pudelwohl«, stellte er fest.

»Dann lassen Sie uns auf die Fotos zurückkommen.« Chall schob die ersten drei Aufnahmen ein bisschen enger zusammen. »Fangen wir mit den Gegenständen aus Ihrem Gefrierschrank an.«

»Was ist mit ihnen?«

»Könnten Sie uns vielleicht erklären, warum sie in diesem Gefrierschrank lagen?«

»Meinen Sie das ernst?« Driver zog eine Grimasse. »Sie hätten mir sonst die ganze Bude vollgestunken.«

»Freches kleines Miststück«, sagte Tanner.

»Gönn ihr den Spaß«, sagte Thorne. »Morgen um diese Zeit sitzt sie in Untersuchungshaft.«

»Möchten Sie mir sagen, worum es sich handelt?«, fragte Chall.

Driver beugte sich vor und musterte demonstrativ die Fotos. »Das ist nicht das schwierigste Quiz aller Zeiten …« Nacheinander berührte sie jedes einzelne mit dem Zeigefinger. Eins, zwei, drei. »Augen, Ohren, Zunge. Was kommt als Nächstes?«

»Würden Sie uns vielleicht sagen, woher die Körperteile stammen?«

Seufzend schüttelte sie den Kopf. »Würde das Ganze nicht ein bisschen mehr Spaß machen, wenn Sie mir Fragen stellen, auf die Sie die Antworten noch nicht kennen?«

Thorne griff nach seinem Handy und schickte Susan White eine SMS.

Affen

»Dies sind die Augen, die Sie bei Thomas Bristow extrahiert haben.« Chall deutete auf das entsprechende Foto.

White spürte, dass ihr Handy vibrierte, und zog es aus der Tasche. Sie warf einen kurzen Blick auf die Nachricht.

»*Extrahiert?*« Driver lachte, als hätte sie das Wort noch nie gehört. »Genau genommen hab ich sie mit einem Suppenlöffel entfernt, aber wenn Sie es so hochtrabend formulieren wollen … kein Problem.«

»Wir sehen das Muster«, erklärte White. »Ich meine dieses ›Nichts sehen, nichts hören‹.«

Driver wandte sich ihr zu. »Na, Gott sei Dank. Ich dachte schon, ich hätte meine Zeit verplempert.«

»Und die Auswahl der Namen. Tom, Dick und Hari.«

»Ja, hat Ihnen das gefallen?« Sie wirkte erfreut. »Für meinen Geschmack macht es alles ein bisschen interessanter. Sowohl für Sie als auch für mich.«

»Aber was steckt hinter den drei Affen?« White schaute kopfschüttelnd zu Chall hinüber.

»Haben Sie das vielleicht aus einem Buch?«, fragte Chall. »Wir wissen, wie sehr Sie Bücher lieben. Sie sollen ja Hunderte in der Wohnung stehen haben. Anscheinend sämtliche Bücher über wahre Verbrechen, die je geschrieben wurden, hat einer der Jungs gesagt.«

Driver lächelte nicht mehr.

»Da haben Sie es irgendwo geklaut, stimmt's?« Chall beugte sich ein Stück vor. »Ihre drei Affen, meine ich. Eine alberne Kopie, hm?«

Driver senkte den Kopf und sackte in sich zusammen.

»Jetzt wirkt sie nicht mehr so übermütig«, stellte Tanner fest.

Thorne starrte auf den Monitor. Er sah, wie Driver langsam die Hand hob, als wolle sie eine Frage stellen. Dann wackelte sie mit vier Fingern.

»Was macht sie da?«, fragte Thorne.

»Eigentlich sind es vier.« Driver hob den Kopf und lächelte Chall an, als amüsiere sie sich über einen Witz, den die anderen noch nicht begriffen hatten. »Vier Affen. Nichts sehen, nichts hören, nichts sagen und … nichts *tun*. Vielleicht sollten Sie es nachlesen. Es kommt nur in einigen Geschichten vor … die Statuen und so weiter. Normalerweise wird es ignoriert, weil die Vier in Japan eine Unglückszahl ist. Die ganze Idee stammt aus Japan, aber das wussten Sie schon, stimmt's?«

Chall und White sahen sich an, so wie auch Thorne und Tanner zwei Etagen darüber.

Driver lehnte sich zurück, hob ganz langsam noch einmal die Finger und begann zu zählen. »Eins, zwei, drei … vier.«

»Wovon redet sie?«, fragte Tanner.

»Sedzaru.« Driver sah zwischen Chall und White hin und her, als warte sie auf ein Anzeichen des Begreifens, das sowieso nicht kommen würde. »So heißt der vierte Affe, falls Ihnen das weiterhilft.«

Thorne schnappte sich sein Handy und schickte die nächste Textnachricht.

Pause

Die nächsten zehn Minuten besprach Thorne die neue Entwicklung mit Brigstocke. Nach weiteren fünfundvierzig Minuten hatte der DCI grünes Licht von oben eingeholt und die technischen Vorbereitungen in die Wege geleitet. Dann drückte jemand auf »Send«.

Melita erreichte Thorne auf dem Rückweg nach Kentish Town.

»Hast du es gesehen?«

»Zweimal«, sagte Melita. »Und ich glaube, ihr solltet euch keine allzu großen Sorgen machen. Wahrscheinlich führt sie euch an der Nase herum.«

»Aber es ist immerhin eine Möglichkeit, oder?« Thorne hatte ihr schon erklärt, was er und der Rest des Teams befürchteten. Der vierte Affe konnte eine vierte, bislang unentdeckte Leiche bedeuten. »Vielleicht ist aber auch eine weitere Person im Spiel, die den vierten Mord übernimmt.«

»Genau das will sie euch suggerieren«, sagte Melita. »Es geht um Macht, Tom, und im Moment sind Spielchen das Einzige, womit sie noch Macht ausüben kann. Aber das weißt du eigentlich selbst.«

»Wahrscheinlich hast du recht, aber wir warten immer noch auf das Skalpell, und so lange reden wir weiter mit ihr.«

»Wie du meinst, aber ich glaube nicht, dass die Spielchen aufhören.«

»Könntest du morgen früh vorbeikommen?«

»Ich habe Patienten.«

»Ich würde dich nicht bitten, wenn es nicht wichtig wäre.«

»Meine Patienten sind auch wichtig.«

»Ich glaube ja bloß, dass es helfen würde, wenn du einen Blick auf sie wirfst.« Thorne versuchte, aus dem Polizisten-Modus in einen privaten Ton zu wechseln, auch wenn er nicht recht glaubte, damit mehr Erfolg zu haben. »Komm schon, ich weiß doch, dass es dich interessiert. Vielleicht kannst du am Ende sogar etwas … darüber schreiben. Einen Aufsatz in einem Fachbuch oder so etwas.«

»Das wäre wieder genau das, was sie will.«

»Nur für eine Stunde«, beharrte Thorne.

21

Wo ist der andere Kerl heute?«, fragte Driver, sobald sie die Formalitäten hinter sich gebracht hatten. »Der Inder.«

Nicola Tanner schaute erst gar nicht von ihren Unterlagen auf. »Detective Sergeant Chall hat heute Morgen mit einer anderen Ermittlung zu tun.«

Driver nickte nachdenklich. »Dann rotieren Sie also? Im Prinzip so wie im Supermarkt.«

»Eigentlich nicht.« White sah noch einmal nach, ob ihr Handy stummgeschaltet war, dann ließ sie es in ihre Innentasche fallen.

»Dann kann es also sein, dass ich noch andere Detectives zu sehen bekomme?«

»Andere?«, fragte White.

»Irgendwelche Kollegen. Wenn Sie fertig sind.«

»Möglich«, sagte Tanner. »Falls wir irgendwo gebraucht werden.« Sie beugte sich ein Stück vor. »Ihr Fall ist nicht der einzige, den wir bearbeiten.«

Zwei Stockwerke höher saßen Thorne und Melita vor dem Computer. Als Dankeschön für ihre Zusage hatte Thorne Kaffee und Gebäck bereitgestellt. Melita hatte ihr Notizbuch aufgeklappt und schrieb schon.

»Sehr schön«, sagte sie. »Gebt ihr nicht das Gefühl, allzu wichtig zu sein.«

»Das hat Nicola gut drauf«, sagte Thorne.

»Das muss sie auch.«

»Können wir noch mal auf die Affen zurückkommen?« Tanner warf DC White einen Blick zu, der leicht verwirrt wirken sollte. »Auf die Frage, wie viele Affen es gibt.« White zuckte die Achseln, als wäre sie selbst nicht sicher.

»Es sind vier, das habe ich doch gesagt.« Für einen winzigen Moment wirkte Driver gereizt. »Vier sind es.«

»Ja, wir haben uns gefragt, wie Sie das meinten.«

Driver hatte wie am Abend zuvor vier Finger erhoben, mit denen sie langsam wackelte. Als sie die Kamera entdeckt hatte, schaute sie hoch und winkte.

»Wie haben Sie das gemeint, Rebecca?«

Thorne starrte auf den Monitor, von dem die junge Frau zurückzustarren schien. Sie zog einen Schmollmund, dann eine alberne Grimasse wie jemand, der ein Foto versauen wollte. Sie hatte sich abgeschminkt, und ohne diese Maske wirkte sie wie eine blasse, picklige, widerspenstige, angeberische Teenagerin.

»Sie will deine Aufmerksamkeit«, sagte Melita.

Thorne sah sie fragend an. »Meine?«

»Die von denjenigen, die ihr zusehen. Von allen.«

»Was haben Sie gemeint, als Sie zu DS Chall gesagt haben, es gebe vier Affen?«

Driver konzentrierte sich wieder auf die beiden Detectives, dachte kurz über Tanners Frage nach und zuckte die Schultern. »Nichts hab ich gemeint. Ich hab nur die Wahrheit gesagt. Es ist doch wichtig, die Fakten richtigzustellen, oder? Warum muss alles gleich etwas *bedeuten*?«

»Das ist sehr hilfreich«, sagte White.

»Ich helfe gern, so gut ich kann«, sagte Driver.

»Und das wissen wir zu schätzen.«

»Darum geht es doch, oder?«

Melita kritzelte etwas in ihr Notizbuch und unterstrich es.

»Mich würde interessieren, wie Sie auf die Idee gekommen sind«, sagte Tanner.

Auch Driver wirkte interessiert. Sie trommelte mit den Fingern auf die Tischplatte. »Sprechen Sie von den Morden?«

»Genau, von den Morden … und von den Tatumständen. Das, was Sie im Nachhinein mit den Opfern gemacht haben.«

»Nicht immer im Nachhinein«, erwiderte Driver.

»Nein …?«

»Manchmal bin ich ein bisschen zu aufgeregt.« Wieder sah sie zur Kamera hoch und zuckte kaum wahrnehmbar die Schultern. »Ich konnte es nicht abwarten.«

»Himmel«, sagte Thorne. »Ist sie wirklich stolz darauf?«

»Wahrscheinlich«, sagte Melita. Sie sahen zu, wie Tanner einfach nickte und weitermachte. »Das ist gut.« Wieder machte Melita Notizen. »Es ist wichtig, dass ihr nicht nach dem Köder schnappt …«

»Wir haben schon von den vielen Büchern gesprochen, die wir in Ihrer Wohnung gefunden haben«, sagte Tanner.

»Ich liebe Bücher.«

»Wer tut das nicht?«

»Oh, Sie wären überrascht. Manche Leute sind echte Dumpfbacken.«

»Nur kann ich mich nicht erinnern, dass viele Bücher über japanische Mythologie auf der Liste gestanden hätten. Also …?«

»Das hab ich mal im Fernsehen gesehen«, sagte Driver. »Oder im Internet. Manches schnappt man einfach auf.«

»Wahrscheinlich.«

Jetzt übernahm White. »Gestern Abend wirkten Sie ein bisschen aufgebracht, als DS Chall angedeutet hat, Sie könnten das alles irgendwo … ausgeborgt haben. Sie könnten es kopiert haben.«

Driver schien die Bemerkung witzig zu finden. Jedenfalls zeigte sie kein Anzeichen der Gereiztheit, die noch vor wenigen Minuten aufgeblitzt war. »Es ist ein Unterschied, ob man etwas kopiert oder von etwas beeinflusst wird. Wir sind doch alle die Summe unserer Einflüsse, meinen Sie nicht?«

»Dann haben Sie diese drei Morde begangen, weil Sie von etwas beeinflusst wurden?«

Mit der Andeutung eines Lächelns lehnte Driver sich zurück. »Nun ja, *von etwas* trifft es nicht ganz.«

Thorne setzte sich gerade auf. »Was?«

»Das nächste Spielchen«, stellte Melita fest.

»Von *jemandem*«, sagte Tanner. »Sie wollen sagen, Sie haben diese Verbrechen begangen, weil Sie von jemandem beeinflusst wurden.«

»Nicht beeinflusst«, erklärte Driver. »Gebeten.« Mit zufriedener Miene beobachtete sie, wie Tanner und White sich ansahen. Vielleicht malte sie sich auch die Reaktionen derjenigen aus, die dem Gespräch woanders zusahen. »Nein, *gebeten* ist auch nicht das richtige Wort. Sagen wir, es wurde mir *suggeriert* … Ja, das trifft es besser. Von jemandem, der weiß, dass ich für so etwas offen bin, verstehen Sie? Der wusste, dass ich es im Kopf schon hundertmal getan hatte, eigentlich mein Leben lang.« Lächelnd schüttelte sie den Kopf, als hätte sie gerade gestanden, ihr Leben lang kleine Ladendiebstähle begangen zu haben. »Von jemand Besonderem, der mir nur noch einen kleinen Schubs geben musste. Damit ich mich tapfer genug für den entscheidenden Schritt fühlte.«

Thorne tippte eine Message, die aus zwei knappen Worten bestand, aber Tanner kam ihm zuvor.

»Von wem?«

Driver schüttelte langsam den Kopf, sie konnte oder wollte nicht antworten. Eine halbe Minute starrte sie nur auf die Tischplatte, dann hob sie den Blick. Mit einem Mal wirkte sie unruhig. Blasser als zuvor. »Tut mir leid«, sagte sie. »Ich fühle mich nicht besonders. Ich glaube, ich brauche eine Pause. Ich habe doch Anrecht auf eine Pause, oder?«

22

Zu sechst saßen sie um den Tisch eines überhitzten Konferenzraums im zweiten Stock. Brigstocke sah, wie Melita ihr Notizbuch aufschlug, und sagte: »Ich glaube, es wäre nützlich, Dr Pereras Gedanken zu hören, bevor wir mit der Befragung weitermachen.«

Thorne saß neben ihr. Er spähte auf das einzelne Wort, dass sie eine Viertelstunde zuvor unterstrichen hatte.

»Ihre Verdächtige ist zu *hilfsbereit*«, erklärte Melita. »Sie gibt Ihnen zu viel, und das zu schnell. Ich denke, das könnte ein Grund zur Beunruhigung sein. Jedenfalls würde ich Ihnen empfehlen, das im Kopf zu behalten.«

»Glauben Sie, dass sie uns täuscht?«, fragte Brigstocke.

»Nein, nicht notwendigerweise. Ich behaupte nicht, dass sie Ihnen nicht die Wahrheit sagt, oder zumindest *ihre* Wahrheit. Es kommt mir nur alles ein bisschen zu einfach vor.« Sie wandte sich Thorne zu. »Meinst du nicht?«

»Sie wirkte tatsächlich etwas übereifrig«, räumte Thorne ein.

»Ich habe schon mit Tom darüber gesprochen …« Sie hielt inne und wirkte für einen kurzen Moment irritiert. Dann korrigierte sie sich. »Mit Detective Inspector Thorne, meine ich … Je länger ich darüber nachdenke, desto mehr Diskrepanzen fallen mir auf.«

Tanner warf ihr einen fragenden Blick zu. »In dem, was sie sagt?«

»In allem eigentlich«, sagte Melita. »Von dem Moment an, als die Morde angefangen haben.«

Brigstocke schaute zu Tanner und Thorne hinüber. »Sprechen Sie weiter«, sagte er dann.

»Sie alle stimmen doch darin überein, dass diese junge Frau nicht auf den Kopf gefallen ist, richtig?« Melita sah sich um. Chall und White nickten. »Genau. Ich meine, das gilt für die meisten Menschen, die solche Taten begehen, wobei ich nicht von dem spreche, was landläufig als Intelligenz betrachtet wird. Sie muss nicht gut im Schach oder bei Kreuzworträtseln sein … aber in gewisser Weise ist sie clever. Wie ein listiges Tier, wenn Sie so wollen. Wenn wir nun von dieser Voraussetzung ausgehen, frage ich mich, warum sie sich anfangs mit viel Mühe vor den Kameras versteckt und dann relativ schnell damit angefangen hat, sich ihnen zu zeigen.«

»Genau.« Thorne nickte Tanner und Brigstocke zu. »Plötzlich gibt's mehr Fotos von ihr als von einer Kardashian.«

»Sie benutzt ein Wegwerfhandy, verändert für jeden Mord ihr Äußeres … gibt sich aber keine Mühe, irgendwelche Spuren zu verwischen. Obwohl sie Regale voller Bücher hat, aus denen sie wissen könnte, wie das funktioniert. Es wäre ganz leicht gewesen, die Handys und Computer der Opfer mitzunehmen. Das hätte Ihre Arbeit zumindest deutlich erschwert, trotzdem verzichtet sie darauf. Sie hat sich jedes Mal sehr gut vorbereitet, was die Auswahl der Opfer, die Betäubungsmittel und so weiter angeht. Warum ist sie dann nachher so schlampig?« Sie schaute zu Brigstocke hinüber. »Ich stelle bloß Fragen.«

»Wollen Sie damit sagen, dass sie genau da ist, wo sie hinwollte?«, fragte Tanner.

»Ich möchte die Möglichkeit zumindest in den Raum stellen. Für ein Opfer ist sie eine junge Frau auf der Suche nach Liebe, für ein anderes eine Escort-Lady. Sie schlüpft für die Männer in alle möglichen Rollen, deshalb wäre es möglich, dass sie auch bei Ihnen eine Rolle spielt.«

»Wenn man alle Punkte zusammennimmt, klingt es einleuchtend«, bemerkte Thorne. »Vielleicht hat sie sich nicht so viel Mühe gegeben, nicht erwischt zu werden, wie wir geglaubt haben.«

»Genau«, sagte Melita. »Schauen Sie sich nur an, *warum* sie geschnappt wurde.«

»Dann hatten wir vielleicht nicht so viel Glück, wie wir dachten«, sagte Brigstocke.

Melita klappte ihr Notizbuch zu. »Es ist nur eine Möglichkeit.«

»Festgenommen, weil sie auf der Straße den Arsch blankgezogen hat?« Thorne sah seinen Boss fragend an. »Vielleicht hat sie uns auch damit *verarscht.*«

Brigstocke dankte Melita für ihren Beitrag, dann wandte er sich an Tanner und White. »Wenn Sie mit dem Verhör weitermachen, sollten Sie zumindest im Hinterkopf behalten, was Dr Perera gesagt hat …«

»Könnte ich mit ihr reden?«, fragte Melita plötzlich.

Thorne starrte sie an. Über diesen Punkt hatten sie *nicht* gesprochen.

»Nun, das kann ich nicht einfach so genehmigen«, sagte Brigstocke. »Es … fällt aus dem Rahmen, um es mal so auszudrücken.«

»Ich finde die Idee gut«, sagte Chall.

»Wie stellen Sie es sich konkret vor?«, fragte Brigstocke.

»Ich glaube, es würde keinen Sinn ergeben, mit einem vorgefassten Plan bei ihr reinzumarschieren«, sagte Melita. »Jedenfalls mit keinem Plan, den ich nicht jederzeit über den Haufen werfen könnte. Es gibt sicher Anhaltspunkte dafür, dass die Frau unter einer narzisstischen Persönlichkeitsstörung leidet. In dem Fall wäre es ein sinnvoller Ansatz, ihr das Gefühl zu geben, sie wäre etwas Besonderes, etwas ganz Außergewöhnliches. Aber solange die Diagnose nicht gesichert ist, könnte diese Herangehensweise sich auch kontraproduktiv auswirken. Ich glaube, am liebsten würde ich mich einfach hinsetzen und … mit ihr reden und sehen, wohin es führt.«

»Einfach sehen, wie's läuft, Russell.« Thorne bereute seine Wortwahl sofort, denn nach dieser Devise handelte der DCI bekanntermaßen ungern. »Sie geht sowieso in den Knast. Wenn sie irgendwelche Spielchen abzieht, die wir noch nicht durchschaut haben, kann ein Versuch zumindest nicht schaden.«

»Ich bin dafür«, sagte Tanner.

Brigstocke zupfte an den Resten seiner Haartolle, ein sicheres Zeichen, dass er sich mit der Idee noch immer nicht ganz wohlfühlte. »Na gut, aber sobald es ihr wieder besser geht, müssen wir sie darüber informieren, was wir vorhaben. Und ihr noch einmal einen Rechtsbeistand anbieten. Natürlich muss sie ihre Einwilligung geben.«

»Natürlich«, sagte Thorne. »Aber ich glaube, die Chancen stehen gut.«

»Sie wird es kaum abwarten können«, sagte Melita.

23

Thorne hatte im Laufe der Zeit einigen furchteinflößenden Individuen gegenübergesessen, aber obwohl sie nicht gefährlicher als eine durchschnittliche Sechstklässlerin aussah, fühlte er sich in Gesellschaft Rebecca Drivers definitiv unwohl. Er hielt ihrem Starren so lange wie möglich stand und erinnerte sich an den Blick, den sie ihm am Abend zuvor zugeworfen hatte, bevor sie in den Zellentrakt geführt worden war. Seit seinem Eintreten in den Verhörraum hatte sie ihn keine Sekunde aus den Augen gelassen. Sie hatte sich kerzengerade aufgesetzt und mehrfach genickt, als wolle sie Hallo sagen. Mit einem leichten Lächeln, den Blick starr auf ihn gerichtet, ließ sie die Formalitäten vor der eigentlichen Befragung über sich ergehen.

»Ich bin froh, dass Sie sich in der Lage fühlen weiterzumachen, Rebecca«, sagte er.

»Kein Problem.«

»Der Arzt hat gesagt, es spreche nichts dagegen.«

»Ich hatte doch gesagt, dass ich keinen Arzt brauche.« Noch immer dieses Starren. »Ich brauchte einfach eine Pause.«

Sie brauchte die Kontrolle, hatte Melita gesagt. Wollte die Dinge in ihrem eigenen Rhythmus angehen, den Zeitplan und nach Möglichkeit auch die Themen bestimmen.

»Danke auch, dass Sie bereit zu dem Treffen mit Dr Perera sind.«

»Oh, dann treffe *ich* also *sie*?« Jetzt wandte Driver sich erstmals der Frau zu, die links neben Thorne saß. Ihr Blick war genauso intensiv, genauso hungrig. »Ich hätte es umgekehrt ausgedrückt.«

»Es ist nur eine Formulierung«, sagte Melita. »Wir beide treffen zusammen.«

»Gut. Aber es ist trotzdem anders, als wenn Sie sich mit *ihm* treffen.« Lächelnd nickte sie Thorne zu. Dann formte sie mit Daumen und Zeigefinger ein Loch und schob den Zeigefinger der anderen Hand mehrmals hindurch. »Nicht *so*.«

Thorne fühlte sich, als hätte er einen Hieb in den Magen bekommen. Er sah zu Melita hinüber und spürte den kaum bezähmbaren Drang, sich einzumischen. Er hatte sich einverstanden erklärt, sie machen zu lassen und sich nicht einzumischen. Aber jetzt wollte er unbedingt wissen, woher zum Teufel Driver von ihrer Beziehung wusste. Er holte tief Luft und sagte sich, dass sie es natürlich nicht wusste, sondern bloß etwas angedeutet hatte. Es einfach versuchte. Driver wird ihr Bestes geben, um uns zu provozieren, hatte Melita vorhergesagt.

Beinahe hätte er es selbst geglaubt.

Melita ignorierte Drivers Bemerkung und schlug ihr Notizbuch auf. »Genau wie DI Thorne bin ich froh, dass Sie Ihr Einverständnis gegeben haben. Ich hoffe, es wird hilfreich.«

»Für Sie oder für mich?«

»Nun, wie Sie wissen, arbeite ich mit der Polizei zusammen«, sagte Melita. »Ich bin sicher, dass Sie selbst auf die Antwort kommen.«

»Was heißt das? Wollen Sie mir sagen, Sie hätten kein Interesse an mir? Professionell oder wie auch immer.«

»Ich habe großes Interesse.« Melita sah auf ihre Notizen.

»Soll ich Ihnen einfach ein bisschen Zeit ersparen?«

»Klingt gut«, sagte Melita.

»Prima.« Driver beugte sich vor und räusperte sich. »Wurde ich in der Schule herumgeschubst? Ja, ein bisschen. Hab ich andere herumgeschubst? Ja, das auch. Hatte ich eine glückliche Kindheit? Nein, nicht besonders.« Sie ratterte die Fragen und Antworten herunter, als läse sie die Fußballergebnisse vor. »Haben Mummy und Daddy mir ein Fahrrad gekauft? Gute Frage … Ja, das haben sie, aber es war ein gebrauchtes Mistding ohne Gangschaltung. Wurde als Kind an mir herumgefummelt? Ja, jede Menge Fimmelfummel, besten Dank. Höre ich Stimmen? Ja, klar, aber tun wir das nicht alle? Die Stimme, die mir sagt, dass die Arbeit im Supermarkt echt scheiße ist, aber was soll ich machen, wo ich mit Mühe und Not einen Mittelschulabschluss geschafft habe? Die Stimme, die mir sagt, ich soll mir ein bestimmtes Paar Schuhe kaufen. Und die andere, die sagt, ich soll nicht so blöd sein, weil ich es mir nicht leisten kann. *Meine* Stimme, das will ich sagen. Meine.« Sie lehnte sich zurück und schnalzte zufrieden mit der Zunge. »Also, zur ganz großen Frage: Erklärt irgendetwas von alldem, warum ich hier in diesem grässlichen Trainingsanzug sitze? Warum die Augäpfel des Alten in meinem Gefrierschrank hinter den Zwiebeln lagen? Sagen Sie es mir.«

Thorne starrte sie an. Sie schaute jetzt zur Decke. Melita hatte sich darüber ausgelassen, die Frau wolle alles kontrollieren. Aber er war nicht davon überzeugt, dass Driver so selbstbewusst war, wie ihr Auftreten es suggerieren sollte. Er erinnerte sich an etwas, das Melita vor einigen Tagen gesagt hatte: dass die Mörderin eine Rolle spiele. Ihr Lächeln wirkte gewollt, und er spürte, dass hinter der gleichgültigen Fassade eine Menge in ihr brodelte und kurz vor dem Überkochen stand.

Wut und Scham. Schuldgefühle.

»Eigentlich wollte ich Sie nach etwas fragen, das Sie heute Morgen erwähnt haben«, sagte Melita. »Über Beeinflussung.«

»Oh.« Driver klang ein wenig enttäuscht, aber sie zuckte die Achseln und lehnte sich vor. »Na ja, ich kann ja nicht mal behaupten, dass ich für unsere kleine Therapiesitzung bezahle. Also können Sie wohl fragen, was Sie wollen.«

»Gut.« Melita nickte und schaute wieder in ihre Notizen. »Das Thema kam auf, als es um Ihre Bücher ging … Dass etwas, das Sie gelesen haben, Sie beeinflusst hat? Eine Person, über die Sie gelesen haben. Jemand Besonderes, haben sie gesagt, wenn ich mich richtig erinnere.«

»Genau.«

»Dann handelt es sich vermutlich um jemanden, dem Sie persönlich begegnet sind.«

»Leider nicht.«

»Aber werden wir normalerweise nicht von Menschen beeinflusst, die wir kennen?«

»Man kann jemanden kennen, ohne ihm persönlich zu begegnen.«

»Von den Eltern und von Freunden?«

»Vielleicht, wenn man Glück hat.«

Melita beugte sich ein Stück vor und senkte die Stimme. »Ich möchte wirklich begreifen, was Sie mir zu sagen versuchen, Rebecca. Wie kann man von einem Fremden beeinflusst werden?«

»Worauf wollen Sie hinaus?«

»Ich spreche nicht davon, dass man jemanden einfach mag oder bewundert. Ich spreche von *beeinflussen*, ich meine, so stark, dass man solche Dinge tut wie Sie.«

»Es geht darum, wer jemand ist. Und was er sagt.«

»Was er *sagt*?«

»Seine Ideen.«

»Ja, aber wenn ich an den Frieden glaube und daran, dass man anderen nicht wehtun soll, dann doch nicht, weil John Lennon es mir gesagt hat.«

Driver lachte. »Welcher Loser will schon *daran* glauben?«

Es klopfte an der Tür. Thorne drehte sich um und sah, dass Chall den Kopf hereinsteckte.

»Sir …? Tut mir leid, aber ich muss kurz mit Ihnen reden.«

Melita klappte das Notizbuch zu, Thorne verkniff sich einen Fluch. Dann verkündete er die Unterbrechung des Gesprächs.

»Schade.« Driver schüttelte den Kopf. »Ich hab mich gut amüsiert.«

Während Driver in ihre Zelle gebracht wurde und Melita an der Tür des Verhörraums wartete, folgte Thorne dem DS ans Ende des Gangs. »Ich hoffe, Sie haben einen guten Grund.«

»Na ja, von *gut* würde ich lieber nicht sprechen.«

»Na los, Dipak …«

»Das Labor hat den Bericht über das Skalpell geliefert.«

»War es die Mordwaffe?«

Chall nickte. »Die DNA passt zu Sumner, Reddy und Bristow. Wir haben Blut von jedem der Opfer gefunden.«

Mit diesem Ergebnis hatten sie alle gerechnet, daher fragte sich Thorne, warum Chall nicht einfach eine SMS geschickt oder die nächste Verhörpause abgewartet hatte. Warum er längst nicht so begeistert wirkte, wie es angebracht schien. »Warum habe ich das Gefühl, dass noch ein *Aber* kommt?«

Inzwischen wirkte Chall regelrecht nervös.

»Nun ja, wir haben es natürlich mit einem gemischten Profil zu tun … eine Menge Fingerabdrücke, die wir nicht zuordnen können, aber auf der Klinge wurde das Blut einer weiteren Person gefunden. Es ist ein bisschen stärker zersetzt als das der anderen, aber wir konnten es ebenfalls zuordnen.«

»Und …?«

»Es stammt von Dr Hendricks.«

Thorne starrte ihn an. Natürlich wurde eine Reaktion von ihm erwartet, aber er schaffte es nur, die Hand zum Nacken zu heben, wo die Spinnenbeine zu krabbeln begonnen hatten. Vergeblich versuchte er zu schlucken. Ihm war übel. Schwindlig.

»Vielleicht hat jemand Mist gebaut«, sagte Chall. »Ich meine, es ergibt keinen Sinn, weil Dr Hendricks überhaupt nicht in die Nähe des Skalpells gekommen ist. Er hat es nicht mal zu Gesicht bekommen.«

»Richtig.«

»Sir …?«

Thorne drehte sich um und ging auf den Vernehmungsraum zu. Er hatte begriffen, dass der Fund von Hendricks' Blut auf der Klinge absolut Sinn ergab. Nur eine einzige Erklärung war denkbar. So schrecklich es war, wusste er ganz genau, woher das Skalpell stammte. Er kannte den Namen seines früheren Besitzers.

Er wusste genau, wer Rebecca Drivers besondere Person war.

TEIL ZWEI

Ein Spiel

24

Manchmal fiel es ihm schwer, sich zu erinnern, wer er in einem bestimmten Moment sein sollte.

Er musste so viel jonglieren, so vieles richtigmachen und im Kopf behalten. Namen und Akzente und die Details aller möglichen Kurzbiographien, die er sich ausgedacht und sukzessive mit Leben gefüllt hatte. Am wichtigsten von allem war möglicherweise seine äußere Erscheinung. Das war nicht *übermäßig* kompliziert, schließlich musste er nicht ständig von einer Person zur anderen wechseln. So etwas hätte mehr Probleme geschaffen, als es gelöst hätte. So stellte man sich selbst ein Bein. Nein, er ergriff jeweils nur die Vorsichtsmaßnahmen, die er für vernünftig und notwendig hielt. Aber auch so musste er jederzeit eine Menge Dinge beachten. Abgesehen von den Kleinigkeiten, an die er jedes Mal denken musste, wenn er unter die Leute ging – Brille oder getönte Kontaktlinsen, die jeweilige Länge des Barts, Kleidung, das alles –, hatte er über die Jahre hinweg eine Reihe radikalerer Veränderungen durchgemacht.

Die Zähne und all die Kleinigkeiten, die sich mit kosmetischer Chirurgie erreichen ließen.

Nase und Kiefer und … *Ohren*, verdammt. Dank 3D-Scannern und Gesichtserkennungssoftware waren die einzigartigen geometrischen Merkmale der Ohren inzwischen fast so aussagekräftig wie Fingerabdrücke.

Dann die verdammten Haartransplantationen …

Stuart Nicklin nahm seinen Tee mit zum Sofa und ging mit seinem iPad für einige Minuten ins Internet. Während er sich mit den Händen über die immer noch empfindliche Kopfhaut strich, sah er sich ein paar der Websites an, auf denen er hin und wieder erwähnt wurde. Auf diese Weise schlug er die Zeit bis zum Beginn der nächsten nachmittäglichen Quizshow tot. Er zog die Shows am frühen Abend vor, aber auch die etwas billiger produzierten, die nach dem Mittagessen auf obskuren Kabelsendern liefen, besaßen Unterhaltungswert. Wenn man wollte, konnte man den ganzen Tag vor Quizsendungen zubringen. Er wollte das natürlich nicht, denn er hatte anderes zu tun.

Er musste seine eigene Show organisieren.

Die junge Ms Driver hatte sich alles in allem als phantastische Kandidatin entpuppt, auch wenn sie ein bisschen zu fasziniert vom Moderator gewesen war. Natürlich war ihm klar, dass Leute wie sie in erster Linie aus diesem Grund mitspielten. Er selbst war immer die Hauptattraktion. Aber alle Achtung, sie hätte sich kaum besser schlagen können. Sie hatte es bis zum Ende durchgezogen, jede einzelne Minute genossen und, was am wichtigsten war, den Hauptpreis gewonnen. Sicher würden die meisten Menschen ein Leben hinter Gittern – das sie mit Sicherheit erwartete – nicht als besonders erstrebenswert ansehen, aber die Regeln waren ihr von Anfang an klar gewesen. Sie hatte gewusst, was sie am Ende der letzten Runde erwartete, und trotzdem mit vollem Einsatz gespielt. Braves Mädchen.

Wenn er seine Lieblingssendungen anschaute, hatte er nichts für die Leichtgewichte übrig, die vor der letzten Hürde einen Rückzieher machten. Die »einen tollen Tag gehabt hatten, vielen Dank«. Die kopfschüttelnden Loser, die völlig zufrieden mit dem jämmerlichen Betrag waren, den sie bis dahin gewonnen hatten, und ihn nicht wieder aufs Spiel setzen wollten.

Wo lag der Sinn, wenn man es nicht durchzog?

Wo lag der Sinn in irgendetwas, wenn man nicht bis zum Ende dabeiblieb?

Er stellte seinen iPad beiseite, griff zur Zeitung und schlug die Sportseiten auf, um nachzusehen, wie die Tottenham Hotspurs sich geschlagen hatten. Durchschnittlich, wie sich herausstellte. Fußball interessierte ihn nicht, er kam ihn so witzlos und dumpf vor wie die Leute, die ihn sich anschauten. Aber die Spurs-Resultate schlug er jedes Mal nach.

Schon seltsam.

Er griff nach einer kleinen Dose in seiner Tasche, öffnete sie, nahm eine gelbe Tablette mit aufgeprägtem Schriftzug heraus und schluckte sie schnell herunter. Er hatte es immer schon witzig gefunden, dass aus MDMA durch Hinzufügen zweier Buchstaben MADMAN werden konnte. Nicht dass er selbst einer gewesen wäre, nie und nimmer, aber in der Vergangenheit war er häufig so bezeichnet worden. Es machte ihn nicht wütend, nicht mehr. Jedenfalls wusste zumindest ein bestimmter Mann, mit dem er in Kürze ein interessantes Gespräch haben würde, es besser.

Er fragte sich, wie Rebecca im Knast zurechtkommen würde. Ihm selbst war es ganz gut gelungen; am Ende *sehr* gut, denn er hatte schnell gelernt, die Tage herumzubringen, und außerdem von dem Ruf profitiert, der ihm vorausgeeilt war. Natürlich würde sie länger einsitzen als er und vielleicht nicht ganz so elegant durchkommen. Unabhängig von allen Vorschusslorbeeren war sie letztlich eine junge Frau, die ihm, auch wenn sie sich nie persönlich begegnet waren, nicht besonders … robust vorgekommen war.

Die Sendung ging los, er nickte im Takt der flotten Titelmelodie und dachte an Schaukeln und Karussells. An Silberstreifen. Zumindest würde Rebecca viel Zeit zum Lesen haben.

Am wichtigsten war natürlich, dass die dumme Kuh endlich so bekannt sein würde, wie sie es sich immer ersehnt hatte. Für sie war das der Jackpot gewesen, um den sie gespielt hatte. Jetzt würde sie den Rest ihres Lebens Zeit haben, ihn zu genießen. Sie hatte gewollt, was er schon hatte. Das hatte er auf Anhieb begriffen, denn so ging es vielen Leuten. Der große Unterschied bestand darin, dass *er* nicht mehr hinter Gittern saß und es, wenn er die Wahl hätte, dabei auch gern belassen würde. Am Ende würde die Entscheidung nicht bei ihm liegen, aber das war in Ordnung, denn es war Teil des neuen Spiels. Die große Entscheidung, vor der sich der neue Kandidat am Ende sehen würde.

Nicklin lehnte sich zurück und trank an seinem Tee. Malte sich die verschiedenen Spielverläufe aus.

Alles würde davon abhängen, ob der nächste, ganz besondere Kandidat bereit sein würde, die letzte Runde zu spielen.

25

Du bist schon wieder in mein Lokal gekommen ...« Hendricks sah sich im Spread Eagle um und kniff argwöhnisch die Augen zusammen. »Du hast die erste Runde geholt *und* willst für die Snacks bezahlen.« Nachdenklich trank er den Schaum von seinem Guinness. »Also hast du entweder eine sehr schlechte Nachricht, zum Beispiel, dass du Krebs hast oder religiös geworden bist ... Oder du hast vor, mich mit Alkohol abzufüllen, bis meine Ansprüche immer niedriger werden, weil du endlich deine andere Seite entdeckt hast und ich dich behutsam einführen soll.« Er sah Thorne fragend an. »Kommt das ungefähr hin?«

»Leider nicht«, sagte Thorne.

»Gut, denn glaub mir, Kumpel, behutsam wäre ich nicht.«

Thorne brachte ein mattes Lächeln zustande und ließ Hendricks lachen. Das war in Ordnung, denn Grund zur Heiterkeit würden sie beide in nächster Zeit kaum haben. Es gab zwei Dinge, die sein Freund garantiert niemals lustig finden würde: das Geheimnis, das sie beide mit Nicola Tanner teilten, und den Mann, über den Thorne mit Hendricks sprechen wollte. Den Mann, der anscheinend wiederaufgetaucht war.

Thorne trank einen kräftigen Zug und brachte es hinter sich.

»Scheiße«, sagte Hendricks, als Thorne fertig war. Dabei sprach er leise und mit tonloser Stimme. Er wiederholte seine Bemerkung, kippte die Hälfte seines Biers herunter und machte eine Kopfbewegung zum Tresen hin. »Du holst besser noch zwei, Kumpel.«

»Es tut mir leid, Phil ...«

»Bist du wirklich *sicher*?« Hendricks beugte sich mit dem Oberkörper über den Tisch. »Also gut, sie benutzt *dieses* Skalpell, um die drei Kerle umzubringen … Genau das Instrument, das Nicklins Kumpel bei mir benutzt haben. Aber woher willst du wissen, dass Nicklin etwas damit zu tun hatte?«

»Weil sie es uns mehr oder weniger bestätigt hat«, sagte Thorne. »Sie hat zwar nicht explizit seinen Namen genannt, aber nur deswegen, weil ihr klar war, dass wir selbst dahinterkommen. Spielchen, wie Melita prophezeit hat. Sie quatschte bloß immer weiter über diesen ›besonderen Menschen‹, der sie inspiriert hätte. Als wäre er ein verdammter spiritueller Führer oder etwas in der Art.« Thorne starrte auf das vor ihm stehende Essen und fragte sich, warum er es bestellt hatte, obwohl er bezweifelte, mehr als einen Bissen herunterzubekommen. »Er hat die Fäden gezogen, wie immer. Ich glaube nicht, dass sie sich persönlich begegnet sind, aber genauso gut hätte er ihr das Skalpell in die Hand drücken können.«

»Aber warum?«

»Komm schon, Phil, du kennst ihn so gut wie ich. Es ist seine Art, uns zu zeigen, dass er noch da ist. Mit den Leichen zwinkert er uns zu, sozusagen.«

Hendricks lehnte sich zurück und schloss die Augen, als hätte er Schmerzen.

Aber vielleicht, dachte Thorne, erinnerte er sich einfach an die Schmerzen.

Sechs Jahre zuvor hatte Thorne Stuart Nicklin auf eine entlegene Insel vor der walisischen Küste begleitet. Nach zehn Jahren im Gefängnis hatte Nicklin versprochen, sie zu einer Leiche zu führen. Der junge Mann war vor Jahren auf der Insel getötet und vergraben worden. Natürlich hatte all das zu einem ausgeklügelten Plan gehört, der damit endete, dass Thorne wie ein Idiot dastand und Nicklin aus dem Polizeigewahrsam entkam. Entscheidender Bestandteil des Plans war die Entführung von Phil Hendricks gewesen. Um die Ernsthaftigkeit von Thornes Dilemma zu unterstreichen, hatte Nicklin dafür gesorgt, dass ihm in einem gefütterten Umschlag ein DIN-A4-großes Stück Haut zugeschickt wurde, das mit einem Skalpell aus Hendricks' Rücken entfernt worden war.

Thorne hatte sofort gewusst, was er vor sich hatte.

Er hatte die Tattoos erkannt.

Als er am Ende vor der Wahl gestanden hatte, seinen Freund sterben oder Nicklin laufen zu lassen, hatte Thorne die einzige Wahl getroffen, die ihm möglich war. Natürlich war Hendricks dankbar gewesen, dass Thorne ihm auf diese Weise das Leben gerettet hatte, aber im Hinterkopf lauerte das Wissen, dass Thorne letztlich auch der Grund für seine Entführung gewesen war. Obwohl bei ihrem Wiedersehen Tränen geflossen waren, hatte Hendricks sich nie explizit bedankt. Das Thema war nur in ein paar makabren Witzen zur Sprache gekommen, als Thorne seinem Freund die entfernte Haut zurückgegeben hatte: vorsichtiges Geplänkel und aufgesetzte Macho-Sprüche. Irgendwann war ihnen die Sache nur noch … unangenehm gewesen. Für hochemotionale Nachbesprechungen war damals sowieso keine Zeit gewesen, schließlich hatte sich die Presse auf den Fall gestürzt, eine Karriere hatte am seidenen Faden gehangen, und ein geflüchteter Irrer musste gejagt werden. Und Hendricks hatte mehrere Hauttransplantationen über sich ergehen lassen müssen.

Sie beide hatten eine Weile gebraucht, um sich davon zu erholen.

Die ganze Zeit war es zu keinem ernsthaften Gespräch darüber gekommen, und Hendricks hatte Thorne nie die Narben gezeigt.

»Ich würde es verstehen, wenn du nichts damit zu tun haben willst«, sagte Thorne. »Wenn du eine Weile abtauchen willst oder was auch immer.« Hendricks riss die Augen auf.

»Wenn wir bedenken, was auf Bardsey passiert ist, wäre es wahrscheinlich das Vernünftigste.«

»Du willst mich auf den Arm nehmen, oder?«

»Ich will kein Risiko eingehen, Phil, mehr sage ich nicht …«

»*Du* musst bedenken, was auf Bardsey passiert ist. Ich war nie *dort*. Ich hatte genug damit zu tun, mich tasern und in Handschellen legen und zu einem Bett in einem eiskalten Keller bringen zu lassen. *Daran* werde ich denken, falls es dich interessiert.« Hendricks senkte den Blick. »Und ich habe es nie aus dem Kopf bekommen, seit diese Arschlöcher an mir rumgeschnitten haben.«

Thorne wusste, wann es Zeit war, den Mund zu halten und etwas zu trinken.

Sie saßen eine ganze Weile schweigend da. Hendricks riss einen Bieruntersetzer in ein Dutzend Stücke, dann sagte er noch einmal: »Scheiße.«

»Glaub mir Phil, ich wünschte mir so sehr wie du, dass es einfach nicht wahr wäre. Ich wäre zufrieden, wenn ich den Namen des kranken Schweins nie mehr hören müsste, selbst wenn das bedeuten würde, dass er auf freiem Fuß bleibt.«

»Erzähl mir keinen Scheiß«, sagte Hendricks.

»Ich meine es ernst.«

»Nein, das tust du nicht. Vergiss nicht, wen du hier verarschen willst, Kumpel. Nicklin spukt dir durch den Kopf, solange ich zurückdenken kann. Ich weiß genau, dass du ihn unbedingt schnappen und für den Rest seines unnatürlichen Lebens hinter Gitter bringen willst. Wie sehr du ihm wehtun willst.« Mit der Spur eines Lächelns fügte er hinzu. »Genauso sehr wie ich.«

Thorne wusste, dass er durchschaut worden war. Und wie leicht das in diesem Fall gewesen war. Er nickte, schob langsam sein Glas über den Tisch und stieß es gegen das seines Freundes.

»Na also«, sagte Hendricks. »Es bringt nichts, die Realität zu leugnen.«

»Starke Worte für einen Arsenal-Fan«, bemerkte Thorne.

»Also, zwei Punkte.« Hendricks ignorierte die Stichelei und hob sein Glas. »Erstens, Glückwunsch, dass ihr diese Driver verhaftet habt. Das ist ein schönes Ergebnis, egal was sonst noch passiert, vergiss das nicht!« Wieder stießen sie an, und Hendricks leerte sein Glas. »Punkt zwei – und darüber können wir sprechen, wenn du vom Tresen zurückkommst – ist die ganz entscheidende Frage.« Ganz unerwartet griff Hendricks nach einem Stück Wurstbrötchen und schob es sich in den Mund.

»Wie kam sie an das Skalpell?«

26

Natürlich war es die erste Frage gewesen, die Thorne Rebecca Driver bei der Fortführung der Befragung am Tag zuvor gestellt hatte. Allerdings war schnell klar geworden, dass er keine Antwort bekommen würde. Die Frau war nicht komplett verstummt, schien aber plötzlich längst nicht mehr so viel Interesse am Reden zu haben – über was auch immer – wie direkt nach ihrer Verhaftung. Sie hatte einfach die Achseln gezuckt und vor sich hin gebrummt, ungeduldig darauf bedacht, zum nächsten Punkt zu kommen. Hin und wieder hatte sie ein »Kein Kommentar« eingestreut, um sich die Zeit bis zur formellen Anklageerhebung zu vertreiben. Sie hatte einfach dagesessen, scheinbar zufrieden mit ihrem Schicksal, als sei ihre Rolle in der Angelegenheit an ihr drehbuchgemäßes Ende gelangt. Als sei ihre Aufgabe erledigt.

Thorne beschlich der Verdacht, dass es exakt so war.

Da er keine Möglichkeit hatte, Driver als Gegenleistung für ihre Kooperation eine Reduzierung des Strafmaßes anzubieten – worauf sie vermutlich sowieso nicht eingegangen wäre –, war Thorne nichts anderes übrig geblieben, als sich aufs Wesentliche zu beschränken und die in Drivers Wohnung gefundenen Beweismittel durchzugehen.

Wovon es eine Menge gab.

Außer ihren eingefrorenen »Souvenirs« war das Durchsuchungsteam auf einen kleinen Schatz von Gegenständen gestoßen, die in Bezug zu anderen Serienmördern der Gegenwart oder der Vergangenheit standen: Tatortfotos und Kopien von Autopsieberichten; einen Brief von Peter Sutcliffe an eine Dachdeckerfirma; eine von Ted Bundy signierte Kritzelei; einen Beutel, der laut Etikett die abgeschnittenen Zehennägel von John Cooper enthielt, einem Mann, der in den achtziger Jahren in Wales eine Reihe von Morden verübt hatte und über dessen Taten vor einigen Jahren ein Fernsehfilm gedreht worden war. All das dokumentierte hinlänglich das Ausmaß von Rebecca Drivers makabren Interessen. Und dann gab es noch die Bücher.

Hunderte von Büchern. Eine Sammlung von True-Crime-Bänden, »schockierenden« Enthüllungsbüchern und abgewetzten Memoiren von Mördern. Allein die pure Menge ließ vermuten, dass Driver den Großteil ihres Supermarkt-Gehalts in die Sammlung gesteckt hatte. Einem kleinen Team bemitleidenswerter Beamter war die Aufgabe zugefallen, sämtliche Bücher penibel durchzusehen und vor allem auf Unterstreichungen und an den Rand gekritzelte Notizen zu achten.

Wow, er war so clever!
Das ist ECHT brillant.
SUPER, wie dumm er die Polizei aussehen lässt.

Am zweiten Tag wurde ihre Mühe belohnt. In einem Kapitel gegen Ende einer geschmacklosen Taschenbuch-»Biographie« von Fred und Rose West wurde beschrieben, wie bestimmte morbid veranlagte Personen unter anderem Steine von der Terrasse des Hauses der Mörder an der Cromwell Street gestohlen hatten. Mit selbstgerechter Empörung – und ohne jeden Sinn für Ironie – kommentierte der Autor den ständig wachsenden Markt für solche widerlichen Souvenirs. Der Abschnitt war unterstrichen, am Rand stand ein Name.

Margaret Herbert.

Zur gleichen Zeit hatte die Digital Forensics Unit sich den Computer aus Drivers Wohnung samt Zubehör vorgenommen. Auf dem Laptop waren zahlreiche Belege für ihr Online-Dating und ihre Escort-Aktivitäten gefunden worden, aber weiter nichts. Mehr Glück hatten sie mit einem ungeschickt versteckten USB-Stick gehabt, der ein autonomes Betriebssystem enthielt, das dem User Zugriff auf Websites ermöglichte, ohne Spuren zu hinterlassen. Websites, auf denen sie problemlos Rohypnol oder die Mordwaffe hätte kaufen können. Wie zu erwarten, war es unmöglich, den Suchverlauf zu rekonstruieren. Da Driver – die schon in Bronzefield in Untersuchungshaft saß – sich fröhlich weigerte, das Passwort herauszurücken, waren die Nerds schnell ans Ende ihrer Möglichkeiten gelangt.

Auch Thorne war frustriert. Die einzige Margaret Herbert in der nationalen Polizeidatenbank war eine Dreiunddreißigjährige in Cornwall, die Farbe über den Wagen ihres Partners geschüttet hatte, nachdem sie entdeckt hatte, dass er mit ihrer Schwester geschlafen hatte. Sie war befragt und schnell als irrelevant für den aktuellen Fall aussortiert worden. Thorne wusste genau, dass ein an den Buchrand gekritzelter Name kaum ernsthaft als Hinweis zu bezeichnen war. Trotzdem hatte er ihn in einem Anfall von Verzweiflung an die Digital Forensics Unit weitergegeben, in der Hoffnung auf neue Ermittlungsansätze.

Die ersten Rückmeldungen hatten vielversprechend geklungen, sodass er diese Ansätze nun daraufhin überprüfte, ob sie mehr als neue Sackgassen lieferten.

Am Empfang zeigten Thorne und Tanner ihre Dienstausweise vor, dann wurden sie in ein riesiges Großraumbüro im dritten Stock des wenig bemerkenswerten Büroblocks in Wembley geführt. Er hatte in Islington und in Charing Cross schon Zentren der Digital Forensics Unit besucht, war aber einmal mehr von der puren Menge an Computern beeindruckt. Von der Menge an Bildschirmen zumindest. Er nahm an, dass die eigentlichen Computer wie diese riesigen Hochleistungsmaschinen aussahen, die man bei der NASA oder im Pentagon fand. Vermutlich waren sie unter Tischen oder in verschlossenen Räumen verborgen. Während sie durch das Büro geführt wurden, weihte er Tanner leise murmelnd in seine Gedanken ein, woraufhin sie ihn anschaute wie einen Idioten.

»Ja, was ... Hast du gedacht, hier sitzen ein paar Teenager mit iPads herum?«

»Ich meine ja bloß ... Es ist schon beeindruckend.«

Ein Mann, der an einem Schreibtisch in der Ecke saß, winkte sie zu sich herüber.

»Überlass das Reden besser mir«, schlug Tanner vor.

Wie die meisten, die hier arbeiteten, gehörte Greg Hobbs zum Zivilpersonal. Er und Thorne hatten miteinander telefoniert, wobei der Mann nicht den Eindruck eines Nerds gemacht hatte. Er sah auch nicht wie ein Nerd aus, entschied Thorne, während sie ihm die Hand schüttelten und sich zu beiden Seiten seines Rollstuhls setzten, wo sie drei riesige Bildschirme überblicken konnten. Er hatte die Haare zurückgegelt und trug einen beeindruckenden, akkurat gestutzten Bart und eine Reihe großer silberner Ohrringe, die nur zu sehen waren, wenn er den ebenso überdimensionierten Kopfhörer abnahm. Seine Kleidung bestand aus einer engen Jeans und einer Weste über Hemd und Krawatte. Wahrscheinlich ging er auf die vierzig zu.

»Okay, ich glaube, ich habe verstanden, worum es geht, aber ich möchte noch ein paar Punkte klären.« Er sprach schnell und mit einem leichten Akzent aus dem Norden. »Wir reden immer noch über Mörderabilien, richtig?«

»Sieht so aus«, sagte Tanner.

»Ein hässliches Wort, aber es bringt die Sache auf den Punkt.

Okay, cool … Zweitens, bevor wir zu tief einsteigen: Sind wir absolut sicher, dass Rebecca Driver selbst den Namen in das Buch geschrieben hat?« Er sah sie fragend an und klopfte mit den Handflächen unaufhörlich auf die Armlehnen seines Rollstuhls. »Ich meine, wenn sie es secondhand gekauft hat, könnte es schon dringestanden haben.«

»Sie hat es selbst geschrieben«, sagte Thorne. »Wir haben die Handschrift mit ihren Unterschriften auf den Festnahmeunterlagen verglichen. Wir sind ja nicht blöd.«

»Natürlich sind Sie das nicht, schließlich haben Sie die Frau geschnappt.« Er schüttelte den Kopf und errötete leicht. »Ich bin ein Idiot. Okay, cool, *also* … Margaret Herbert.« Er beugte sich dem mittleren Bildschirm entgegen und begann zu tippen. Seiten tauchten auf und verschwanden wieder, noch ehe Thorne und Tanner sie richtig aufnehmen konnten. »Vermutlich wird sie leicht aufzuspüren sein, ich meine die aktuelle Adresse und diese Dinge. Ich zeige Ihnen das sofort, aber eigentlich nützt es im Moment noch nicht viel, sie sich vorzuknöpfen, oder?«

»Warum nicht?«

Tanner begriff, worauf Hobbs hinauswollte. »Wir müssen beweisen, dass sie das Skalpell verkauft hat.«

»Vor allem will ich wissen, woher sie es hatte«, sagte Thorne.

Hobbs tippte noch immer. »Ja, klar, aber das ist offensichtlich mehr Ihr Job als meiner … Sobald wir geklärt haben, dass sie das Ding tatsächlich verkauft hat, können Sie sie vorladen oder was auch immer.«

»Zeigen Sie es mir«, sagte Thorne.

»Okay, cool.«

Nach einigen weiteren Sekunden Klicken und Tippen erschien auf dem Monitor eine vertraut wirkende Seite. Thorne und Tanner beugten sich vor.

»eBay?«, fragte Tanner. »Sieht irgendwie anders aus.«

»Weil es eine archivierte Seite ist«, sagte Hobbs. »Zwanzig

Jahre alt. Seit 2001 ist es illegal, solche Sachen über eBay und die anderen großen Plattformen zu verkaufen. Aber das hier war nicht schwer zu finden.« Er bewegte den Mauszeiger und markierte den Verkäufernamen, murdermags48. »Das ist sie.« Er scrollte nach unten. »Damit hat sie überwiegend Papierkram verkauft … Fotokopien von Bus-Monatskarten, Stromrechnungen … Schauen Sie, ein altes Schulzeugnis von Ian Brady. Nichts allzu Gruseliges und nichts besonders Teures. Sie hat das Zeug hier noch eine Weile verscherbelt, aber als es illegal wurde …«

»… ist sie woandershin gegangen«, sagte Tanner.

»Genau, und Sie dürfen dreimal raten, wohin. Ich meine, in den USA gibt es noch eine Menge illegale Seiten, die das wirklich üble Zeug anbieten … *Murder Auction, Serial Killers Ink* … jede Menge. Natürlich *könnte* Driver das Skalpell von dort haben, aber Margaret Herbert hat ihre Artikel damals aus Großbritannien verschickt. Nehmen wir also an, dass sie das immer noch tut. Die einzigen noch aktiven Seiten in unserem Land sind wahrscheinlich ein bisschen zu zahm, wenn man bedenkt, was Sie in Drivers Wohnung gefunden haben. Überwiegend wird kitschiger Krimskrams angeboten … Mansons Gesicht auf einem T-Shirt oder einem Kaffeebecher, Handyhüllen mit einem Foto von Ted Bundy … Serienmörder-Malbücher, solches Zeug halt. Inzwischen könnte ich das alles bei Amazon kaufen, wenn ich, Sie wissen schon … ein bisschen *seltsam* wäre. Aber die Art Seiten, nach denen wir suchen und über die Margaret Herbert verkauft, sind in den Untergrund gegangen.«

»Ins Darknet«, sagte Tanner.

Hobbs nickte lächelnd, als hätte sie ein Zauberwort ausgesprochen. »Das würde perfekt passen.« Er tippte auf seine Maus, und die alte eBay-Seite verschwand. Kurz darauf sahen sie etwas ganz anderes vor sich. Hobbs präsentierte ihnen mehrere Seiten, die überwiegend schwarz mit weißer

Schrift waren, aber Thorne war klar, dass der Name Darknet nicht daher rührte. Eine Reihe von Suchkategorien tauchte auf: Finanzdienstleiser, die Krypto- und Pseudowährungen anboten; gewerbliche Dienstleistungen, darunter Hacker, Waffen, Munition und falsche Ausweispapiere aller Art; Seite um Seite, auf denen illegale Drogen angeboten wurden.

»Ich kann Margaret Herberts alte Kontaktdaten den eBay-Protokollen entnehmen«, sagte Hobbs. »Damit dürfte es nicht so schwierig sein, an eine aktuelle Adresse zu kommen. Aber wie gesagt, im Moment hilft uns das nicht weiter. Was sie macht, ist nicht illegal, es gibt also nichts, weswegen Sie sie festnehmen könnten.«

»Wir müssen die Seite finden, über die sie heute verkauft.«

»Genau«, sagte Tanner.

»Wenn wir nachweisen können, dass sie das Skalpell verkauft hat, haben wir die Verbindung zu Nicklin.«

»Stimmt, aber selbst dann bin ich nicht sicher, ob wir sie wegen irgendetwas einbuchten können.«

»Ich denke mir schon etwas aus«, sagte Thorne.

Sie sahen zu, wie Hobbs mehrere andere Seiten lud und zwischen verschiedenen Anbietern hin und her wechselte, als wolle er ihnen eine geführte Tour präsentieren. Mit dem Darknet hatte Thorne bisher kaum zu tun gehabt, aber selbst er wusste, dass man nicht einfach nur einen Namen in eine Suchmaschine eingeben musste. Er war nicht mal sicher, ob es herkömmliche Suchmaschinen überhaupt *gab*. Ganz sicher nicht ohne einen kompatiblen Browser, außerdem wurden kaum Klarnamen verwendet, und den Händlern konnte nicht daran gelegen sein, Werbung zu treiben und in den Suchergebnissen aufzutauchen. Margaret Herbert online aufzuspüren, war, um es auf den Punkt zu bringen, ziemlich unwahrscheinlich.

»Glauben Sie, Sie können die Frau finden?«

Hobbs neigte den Kopf zur Seite und bestätigte damit

Thornes Befürchtungen. Dann aber grinste er. »Da muss ich raffiniert vorgehen«, sagte er. »Aber das ist in Ordnung, denn ich *bin* raffiniert. Ich bin eine Schlange auf Rädern.« Wieder tippte er etwas, eine neue Seite tauchte auf. *Social Networks; Message Boards; Hidden Answers; Intel Exchange.* »Es geht nur darum, sich in den richtigen Foren und den richtigen Chatrooms herumzutreiben. Man gibt ein paar Kommentare ab, um den Leuten zu zeigen, an welcher Art Zeug man interessiert ist. Websites wie die, die wir suchen, sind möglicherweise nur ein oder zwei Stunden täglich online und auf andere Art kaum zu finden. Dann brauche ich eine Empfehlung, jemanden, der für mich bürgt. Wenn ich lange genug an den vielversprechenden Orten herumhänge und das Richtige von mir gebe, finde ich wahrscheinlich jemanden, der mich in die gewünschte Richtung schickt.«

»Dann tun Sie das«, sagte Thorne.

Hobbs setzte den Kopfhörer wieder auf und rollte den Stuhl nach vorn, als wären Thorne und Tanner schon gegangen. »Okay, cool …«

27

Sie holten sich im Bengal Lancer etwas zu essen und verspeisten es an Thornes Küchentisch. Melita fragte ihn, ob sein Garnelen-Masala besser sei als das Curry, das sie gemacht hatte. Er log und versicherte ihr, das wäre es nicht. Sie sagte, ihr sei klar, dass er lüge, aber es mache ihr nichts aus. Inzwischen waren drei Tage vergangen, seit Rebecca Driver formell beschuldigt worden und ihre Verbindung zu Stuart Nicklin ans Licht gekommen war. Es war auch der erste Abend seit über einer Woche, den Thorne und Melita zusammen verbrachten.

Später, als sie ins Wohnzimmer umgezogen waren, erzählte Thorne ihr von dem Ausflug zur Digital Forensics Unit, den er zusammen mit Tanner unternommen hatte. Von ihrer Begegnung mit Gregory Hobbs.

»Meinst du, man kann gleichzeitig Nerd *und* Hipster sein?«

»Ich könnte bei beiden nicht genau sagen, wie sie eigentlich aussehen«, erklärte Melita.

»Na ja, ein Nerd sieht aus wie … ein Nerd«, sagte Thorne. »Und Hipster sind diese Deppen in Dalston oder Shoreditch mit gewachstem Schnurrbart wie bei einem Sergeant Major und Hemden, die bis zum Hals zugeknöpft sind.«

»Und so hat er ausgesehen?«

»Nein, eigentlich nicht.« Thorne nahm einen Schluck aus seiner Flasche Kingfisher und sah zu, wie Melita in ihrem *Standard* blätterte und zum Weinglas griff. Bis jetzt hatte sie keine Einwände gegen das Margo-Price-Album geäußert, das er aufgelegt hatte. Sie wippte sogar ein wenig mit dem Fuß dazu. »Sehe *ich* wie ein Bulle aus?«

Sie wandte sich zu ihm um, musterte ihn aufmerksam und sagte: »Du siehst jedenfalls nicht wie *kein* Bulle aus.«

»Na, das macht die Sache klarer.«

Eine Weile schwiegen sie beide. Melita sah aus, als denke sie über etwas nach. »Glaubst du, er kann diese Margaret Herbert aufspüren?« Sie streifte die Schuhe ab und zog die Füße aufs Sofa. »Mr Hobbs, der nicht ganz wie ein Hipster-Nerd aussieht?«

»Ich glaube, er weiß, was er tut.«

»Und dann?«

»Wenn sie *wirklich* die Frau ist, die Rebecca Driver das Skalpell verkauft hat, holen wir sie ab und finden raus, woher sie es hatte.«

»Bei dir klingt das ziemlich unkompliziert.«

»Ich spreche vom bestmöglichen Szenario.«

»Und wenn sie sich weigert, den Mund aufzumachen?«

»Ich finde schon einen Weg, um sie zum Reden zu bringen.«

»Wirklich?« Melita wirkte nicht überzeugt. »Du darfst nicht vergessen, mit wem du es zu tun hast, Tom. Wenn Margaret Herbert in direkter Verbindung zu Nicklin steht, könnte auch sie bereit sein, das zu tun und zu sagen, was er von ihr verlangt. Du weißt besser als jeder andere, wie geschickt dieser Mann andere dazu bringt, zu tun, was er will. Selbst wenn diese Leute am Ende als Einzige darunter zu leiden haben. Ich hab selbst gesehen, was er mit Rebecca Driver gemacht hat, vergiss das nicht. Wie … *hörig* sie ihm war. Wenn du recht hast, was ihre Beziehung angeht, war sie bereit, drei völlig Fremde abzuschlachten und den Rest ihres Lebens im Gefängnis zu verbringen, nur weil er das wollte. Weil er sie davon überzeugt hatte, dass *sie* es wollte. Ich denke ja bloß, du solltest dich nicht nur auf das … bestmögliche Szenario einstellen.«

»Ist das ein professioneller Ratschlag oder …?«

»Beides.« Melita wandte den Blick kurz ab. »Natürlich

finde ich es wichtig, dass dieser Mann geschnappt wird, aber du bist mir viel wichtiger.«

»Eine besorgte Unheilsprophetin«, erwiderte Thorne.

»Das ist nicht fair.« Sie klang verärgert.

»Okay.« Thorne trank noch einen Schluck. »Tut mir leid.« Natürlich war ihm klar, dass sie recht hatte. So war es meistens. Vielleicht nicht notwendigerweise im Hinblick auf Margaret Herbert, aber sie spürte, wie nahe Thorne daran war, die Todsünde des Zuvielversprechens zu begehen.

Er stemmte sich aus dem Sessel hoch, ging zu Melita hinüber und ließ sich neben sie aufs Sofa fallen.

Er lehnte sich an sie und sagte: »Rutsch mal.«

Melita brummte mit finsterer Miene, machte aber widerwillig Platz. Thorne entdeckte den Anflug eines Lächelns, als sie sagte: »Diese Musik ist übrigens schrecklich.«

Eine unabhängige postkoitale Analyse wäre wahrscheinlich zu dem Schluss gelangt, dass beide Beteiligten schon Besseres geleistet und mehr Engagement bewiesen hatten. Dass, wenn sie ehrlich waren, keiner von ihnen voll bei der Sache gewesen war.

Melita legte ihren Krimi beiseite und sagte: »Einer meiner Klienten verbringt jeden Abend Stunden im Darknet.«

Thorne schaute sie fragend an.

»Er ist völlig auf seine Privatsphäre fixiert. Er glaubt, die Leute spionieren ihm nach.«

»Jedem das Seine.« Thorne wusste, dass auf jeden Spinner, Kriminellen oder »Touristen« im Darknet viele andere kamen, die aus völlig unschuldigen Gründen dort surften. Investigativjournalisten, Aktivisten, die gegen Zensur und für die Meinungsfreiheit kämpften, oder Menschen, die einfach versuchten, ihre Aktivitäten vor einem totalitären Regime zu verbergen. In Russland und China gab es eine Menge solcher Seiten.

»Ich dachte, ich könnte mich selbst mal umschauen«, sagte Melita. »Dann wüsste ich in unseren Sitzungen ein bisschen besser, worüber wir reden.«

»Ich weiß nicht, ob das eine gute Idee ist«, sagte Thorne.

Sie schaute ihn an. »Glaubst du ernsthaft, mich könnte irgendetwas schockieren?«

»Nein, im Gegenteil. Ich glaube, du würdest das alles ziemlich … öde finden.«

»Was du erzählt hast, klang nicht öde.«

»Aber das meiste ist eher langweilig. Für dich wäre es wie deine tägliche Arbeit, nur trostloser. Als hättest du die rasantesten Achterbahnen der Welt ausprobiert und würdest dann in eine beschissene Geisterbahn in Margate steigen.«

Melita lachte. »Ich hab kein Problem mit beschissenen Geisterbahnen.«

»Dann steht unser nächster Wochenendausflug fest«, sagte Thorne. »Preiswerte Dates sind immer prima.«

»Ich dachte bloß, es könnte interessant sein, sich ein bisschen umzuschauen.«

Natürlich war Thorne nicht ganz ehrlich gewesen. Ja, vieles von dem, was er am Vormittag gesehen hatte, war trostlos gewesen, total langweilig sogar. Aber er konnte nicht leugnen, dass es Bereiche gab, die er schrecklich faszinierend fand. Was Melita betraf, meinte er nur, dass jemand, der den ganzen Tag mit … transgressivem Verhalten zu tun hatte, um es vorsichtig auszudrücken, am Feierabend ein bisschen Distanz zu solchen Dingen verdient hatte.

Ein bisschen Raum und Zeit, um Licht hereinzulassen.

Als er sich eine halbe Stunde später auf seine Seite drehte, dachte er immer noch über etwas Spezielles nach, das er bei Hobbs' »Führung« entdeckt hatte. Unter »gewerbliche Dienstleistungen« hatte ein Hacker seine Dienste angeboten. *Für Geld tue ich alles. Ich bin kein Waschlappen. Wenn Sie wollen, dass ich eine Firma oder das Leben eines Menschen zerstöre, bin ich dabei! Ich ruiniere Ihre Gegenspieler oder Leute, die Sie nicht mögen. Wenn Sie wollen, dass jemand als Konsument von Kinderpornographie bekannt wird, kein Problem!* Dieser spezielle Service wurde für den sehr vernünftigen Preis von 500 Euro angeboten. Während Thorne langsam in den Schlaf glitt, machte er eine Liste von Leuten, für die er das Geld lockermachen würde.

Ein Detective Chief Inspector namens Trevor Jesmond.

Der Dozent, für den seine Ex-Frau ihn verlassen hatte.

José Mourinho …

Natürlich gab es einen speziellen Mann, der auf dieser Liste ganz oben stehen würde, auch wenn Thorne hoffte, das Leben dieses Kerls in absehbarer Zeit auch ohne Hilfe von außen ruinieren zu können. Und ohne dass es ihn etwas kostete.

In finanzieller Hinsicht jedenfalls.

28

Natürlich war es dumm, aber Rebecca war ein bisschen enttäuscht, dass Stuart sich nicht gemeldet hatte. Dumm, weil sie erst einige Tage hier war und er sich bereits um andere Dinge kümmerte. Weil es schwierig wäre, selbst wenn er sich melden wollte. Ja, es gab eingeschränkten Internetzugang, aber man konnte keine verschlüsselten E-Mails empfangen, nichts dergleichen, sodass er sie nicht auf dem üblichen Weg kontaktieren konnte.

Sie wollte nicht, dass er etwas unternahm, das ihn selbst in Gefahr brachte.

Sie hatte sich allein an einen Tisch in einer Ecke der Kantine gesetzt. Hin und wieder hob sie den Kopf von ihrem Buch oder dem Essen, aber sie senkte ihn schnell, sobald sie bemerkte, dass jemand in ihre Richtung schaute. Schon nach diesen wenigen Tagen hatte sie gelernt, dass man besser keine Aufmerksamkeit auf sich lenkte. Jedenfalls nicht zu früh.

Vielleicht würde er einen anderen Weg finden, wenn der Staub sich ein wenig gelegt hatte, dachte sie. Vielleicht würde er sogar schreiben und jemanden dazu bringen, den Brief in einem anderen Ort einzuwerfen. Das wäre eine sichere Methode. Natürlich wurde ihre Post hier gelesen, aber er war viel zu raffiniert, um für Außenstehende durchblicken zu lassen, dass der Brief von ihm stammte. Er würde gerade genug Hinweise geben, dass sie Bescheid wusste. Nur darauf kam es an. Zu wissen, dass er würdigte, was sie getan hatte, und ihr zeigte, dass er an sie dachte. Dass sie seinen Respekt gewonnen hatte.

Sie zuckte leicht zusammen, als jemand sich ihr gegenübersetzte. Als sie aufblickte, sah sie eine Frau, die mit einer Plastikgabel lächelnd auf Rebeccas Essen zeigte.

»Ich nehme das, wenn du es nicht aufisst.«

Auf Rebeccas Nicken hin kratzte die Frau die Reste auf ihren eigenen Teller und begann zu essen.

»Oh«, sagte die Frau ein oder zwei Minuten später. »Nur dass du es weißt … Alle hier wissen genau, was du getan hast.« Wieder hob sie die Gabel, diesmal zeigte sie auf Rebeccas Gesicht. »Und wenn du jetzt klugscheißen willst und sagst, du bist in Untersuchungshaft, was bedeutet, dass du offiziell *überhaupt nichts* getan hast, mach ruhig. Alle wissen Bescheid, klar?«

»Okay …«

Vergnügt schob die Frau sich den nächsten Happen in den Mund. »Es hat nichts zu bedeuten, das will ich nur sagen. Es interessiert keinen.« Sie lächelte kopfschüttelnd. »Was du gemacht hast, ist scheißegal. Und es bedeutet nicht, dass du dich sicher fühlen kannst.«

Die Frau war nicht größer als Rebecca und wirkte nicht besonders bedrohlich, aber etwas in ihren Augen – besser gesagt: etwas, das in den Augen fehlte – brachte Rebecca den Tränen nahe.

Sie blinzelte schnell und stand auf.

Schließlich hatte sie auch gelernt, dass es eine schlechte Idee war, Schwäche zu zeigen.

Schnell verließ sie die Kantine und ging zurück in ihren Trakt. Sie wollte nur in die Zelle und die Tür hinter sich zuschlagen. Kaum war sie dort, warf sie sich aufs Bett und ließ den Tränen freien Lauf. Sie dachte an Stuart und an die drei Männer und daran, was der Anwalt ihr bei ihrem letzten Treffen gesagt hatte.

Verrückt ist günstiger für Sie als böse.

Sie beschloss auf der Stelle, ihr Schuldanerkenntnis zu ändern und auf verminderte Zurechnungsfähigkeit zu machen.

Natürlich würde sie Stuart mit keinem Wort erwähnen, niemals, aber der Anwalt hatte gesagt, ihr Handeln habe Gründe gehabt. *Zwingende* Gründe.

Rebecca fühlte sich optimistischer, jetzt wo sie wusste, dass sie eine neue Geschichte würde erzählen können, eine spannendere sogar. Also legte sie sich hin. Schon bald spürte sie weniger Angst und überlegte, auf welche Art sie die Geschichte am besten erzählen sollte.

Ein Hochsicherheitskrankenhaus hatte sie eigentlich nicht auf dem Zettel gehabt, aber sicher war es besser als das Gefängnis. Sie würde behandelt werden, was immer das heißen sollte, und sie wäre in Sicherheit, denn so war es auch bei den Tieren, das glaubte sie jedenfalls. Raubtiere hielten zusammen und beschützen sich. Sie fraßen sich nicht gegenseitig.

Sie *hoffte*, dass es im Krankenhaus auch so war.

Dass die Monster sich gegenseitig in Ruhe ließen.

29

Am Mittwochmorgen, zwei Tage nach ihrem Besuch bei der Digital Forensics Unit, erhielten Thorne und Tanner dieselbe SMS von Gregory Hobbs.

Wir sind im Geschäft.

Unter die Nachricht hatte er das Emoji einer Schlange gesetzt.

Eine Stunde später waren sie erneut in Wembley und ließen sich von Hobbs die Seite zeigen, auf der Margaret Herbert seiner Meinung nach ihre Mörderabilien anbot. »Am Ende war es nicht allzu schwierig«, sagte er. »Ich hab bloß ein paar Kommentare gepostet, an welcher Art ›Souvenirs‹ ich interessiert bin. Schließlich hat mich irgendein Spinner hierauf aufmerksam gemacht.« Er markierte eine Zeile am Kopf der Seite. »Sie benutzt noch immer denselben Namen, sehen Sie?«

murdermags48

Hobbs scrollte nach unten, wo Fotos und Beschreibungen der zum Verkauf stehenden Gegenstände gezeigt wurden. Am preiswerteren Ende der Skala gab es Reisepässe und Führerscheine, die angeblich auf Robert Black, Levi Bellfield und Steve Wright ausgestellt worden waren; ein Stethoskop, dass offenbar einmal Harold Shipman gehört hatte; ein Hundehalsband samt Leine, die laut Beschreibung von Dennis Nilsens »geliebtem Hund Bleep« getragen worden waren.

»Heiliger Strohsack«, sagte Thorne.

»Den gibt's hier wahrscheinlich auch irgendwo zu kaufen«, sagte Tanner.

»Soweit ich es beurteilen kann, ist Margaret Herbert nur eine Zwischenhändlerin. Die Leute schicken ihr das Zeug, damit sie es auf ihre Seite stellt. Wenn es tatsächlich verkauft wird, zieht sie ihre Provision ab und gibt den Rest des Kaufpreises weiter. Also dann ...« Hobbs markierte und vergrößerte einen speziellen Gegenstand. »Ich glaube, nach dem hier suchen Sie.«

Skalpell aus dem Besitz von Stuart Nicklin, für unbekannten Zweck benutzt, VERKAUFT.

Auf den Fotos, die das Skalpell aus verschiedenen Winkeln zeigten, war eindeutig die Mordwaffe zu sehen, die in Rebecca Drivers Wohnung gefunden worden war und jetzt in einem Schrank mit Beweisstücken lagerte. Es war von murdermags48 für zweitausend Pfund verkauft worden, was beinahe exakt mit der Summe übereinstimmte, die vor zwei Monaten von Rebecca Drivers Bausparkonto abgehoben worden war.

»Anscheinend hat sie so lange gespart, bis sie sich etwas Gutes gönnen konnte«, stellte Tanner fest.

»Die meisten Verkäufer lassen die verkauften Gegenstände in ihren Auflistungen«, sagte Hobbs. »Um den Kunden einen Eindruck vom Angebot zu bieten. Gratiswerbung sozusagen. So, das ist Ihr Beweis. Jedenfalls dafür, dass die Frau es verkauft hat.«

»Das hilft«, sagte Thorne.

»Hoffentlich«, dämpfte Tanner die Erwartungen. »Hängt davon ab, ob wir feststellen können, woher sie es hatte.«

»Okay, cool ... warten Sie. Da ist noch eine Sache, die Sie interessieren könnte.« Er scrollte weiter hinunter, bis er den gesuchten Artikel gefunden hatte.

Leeres Tablettenfläschchen, früher im Besitz/Gebrauch von Stuart Nicklin. £750.

»Ist noch zu haben«, sagte Hobbs, vergrößerte das Bild und starrte auf die Fotos. »Kein Etikett. Wer weiß, was unser Freund darin aufbewahrt hat.«

»Fragen wir doch die Frau, die es anbietet.«

»Oh, klar.« Hobbs schloss die Seite und öffnete eine andere. Eine Adresse in Colchester. »Nicht weit weg«, sagte er.

Tanner bedankte sich bei Hobbs für dessen Hilfe, aber Thorne war schon aufgesprungen und griff nach seiner Jacke. »Texten Sie mir die Adresse …«

Margaret Herbert wirkte nicht sonderlich überrascht, dass zwei Detectives vor ihrer Haustür standen. Vielleicht genoss sie aber auch deren schlecht kaschierte Überraschung, als sie sich einer rundlichen weißhaarigen Frau deutlich jenseits der siebzig gegenübersahen. Sie trat zurück, um Thorne und Tanner einzulassen. Dass sie eine Frage beantwortete, die noch gar nicht gestellt worden war, deutete darauf hin, dass sie eine einigermaßen gute Vorstellung vom Grund ihres Besuchs hatte.

»Achtundvierzig«, sagte sie. »Nur falls Sie sich fragen. Mein Username … mein Geburtsjahr.«

Sie führte die beiden in ein kleines Wohnzimmer voller nicht zueinander passender Möbel. Dabei bewegte sie sich langsam und leicht humpelnd. Sie ging schnurstracks auf einen Sessel zu, der offensichtlich ihr Lieblingsplatz war. Auf dem kleinen Tisch direkt daneben lagen ein Zeitschriftenstapel, eine Brille und mehrere Fernbedienungen. Sie setzte sich und wartete.

»Na denn«, sagte sie.

Auf der Suche nach einem geeigneten Sitzplatz schaute Thorne sich schnell im Zimmer um. Ein alter, mit Nippes vollgestellter Schrank mit Glasfront; Tüllgardinen und Schonbezüge; gerahmte Familienfotos auf dem Sims über einem zweifelhaft wirkenden Kaminofen. Das typische Zimmer einer alten Dame. Und wie eine typische alte Dame sah Herbert auch aus, nur dass Thorne sich von der äußeren Erscheinung nicht täuschen lassen wollte.

Ihm fiel eine Frau ein, mit der er einige Jahre zuvor zu tun gehabt hatte. Sie hatte sich die Duchess genannt. Trotz ihres Zuckerwattehaars und des Lavendeldufts, der sie umgab, war die Frau eine geschickte Drogenschmugglerin mit Verbindungen zum organisierten Verbrechen gewesen. Wahrscheinlich trug sie in der Handtasche eher ein Klappmesser als Birnendrops mit sich herum.

»Ich habe nicht den ganzen Tag Zeit.« Ächzend veränderte Herbert ihre Sitzposition. »Ich muss Tee machen und bin nicht mehr allzu flink auf den Beinen.«

»Wir haben uns Ihre Website angeschaut«, sagte Tanner.

»Natürlich haben Sie das, aber ich mache nichts Illegales.«

»Das wird sich noch zeigen.«

»Oder sind Sie vielleicht gekommen, weil ich etwas für Sie verkaufen soll?« Die Frau lächelte und zwinkerte ihnen zu. »Über die Jahre hinweg habe ich für Polizisten schon das eine oder andere angeboten.«

Tanner sagte, sie wollten nichts verkaufen, hätten aber eine Reihe wichtiger Fragen, die sie ihnen hoffentlich beantworten könne. Das sei schade, entgegnete Herbert, aber sie werde ihr Bestes tun. Thorne hatte gerade angefangen, über den Gegenstand zu sprechen, der sie vor allem interessierte, als aus dem Flur ein lautes Geräusch zu hören war und ein ungepflegter weißer Hund ins Zimmer stürzte. Thorne sah zu, wie das Tier sich auf dem Teppich mehrmals im Kreis drehte und sich dann zu Herberts Füßen niederließ.

Die Frau beugte sich hinunter und kraulte ihn hinter den Ohren. »Keine Sorge, er beißt nicht. Nicht mal Polizisten.«

»Wir müssen über dieses Skalpell sprechen«, erinnerte sie Thorne.

»Oh, ja, das. Es hat Ewigkeiten hier herumgelegen. Losgeworden bin ich es erst vor … vor zwei Monaten vielleicht?«

»Das kommt hin«, bestätigte Tanner.

»Wir sind hier, Margaret, weil mit diesem Skalpell, nachdem Sie es ›losgeworden‹ sind, drei Menschen ermordet wurden.«

Herbert starrte Thorne an. »Sie wollen mich auf den Arm nehmen.« Dann schüttelte sie den Kopf. »Das ist natürlich schrecklich, aber ich glaube nicht, dass es meine Schuld ist. Auf keinen Fall. Ich meine, wenn man Leute zur Verantwortung ziehen will, weil sie etwas verkaufen, womit andere … solche Dinge tun, müssten Sie jedes Kaufhaus verklagen, weil es Fleischmesser verkauft, nicht wahr? Jeden Baumarkt. Abgesehen davon bin ich nur die Maklerin. Die Leute schicken mir ihre Sachen, weil ich einen gewissen Ruf habe.«

»Glückwunsch«, sagte Thorne.

Herbert lächelte, wobei sie viele, mit ziemlicher Sicherheit falsche Zähne zeigte. »Ich kümmere mich für andere Leute um den Verkauf, mehr will ich nicht sagen. Dafür ziehe ich eine kleine Kommission ab und leite den Erlös weiter. Sie können mir nichts anhängen, nur weil ein Irrer, der das Skalpell gekauft hat, damit auf jemanden losgegangen ist.«

»Die Irre hieß Rebecca Driver«, sagte Tanner.

»Wenn Sie das sagen, meine Liebe. In diesem Spiel werden normalerweise keine Namen genannt. Manchmal schon, aber dann sind es Usernamen. DeathGatherer, The Reaper, all dieser Mist.«

»Ich nehme an, Sie hielten das Skalpell für echt?«, sagte Thorne. »Ich meine, dass es tatsächlich von demjenigen benutzt wurde, den Sie im Angebot genannt haben?«

»Sie meinen Stuart Nicklin?«

Als sie den Namen so lässig nannte, zog sich in Thorne alles zusammen. »Genau, Nicklin.«

»Ja, soweit ich weiß. Natürlich ist es Vertrauenssache, nicht wahr? Ich meine, ich bin nicht blöd, da draußen laufen eine Menge Betrüger herum, also wird das eine oder andere ein bisschen fragwürdig sein. Ich kann nicht beschwören, dass das dämliche Stethoskop *tatsächlich* Harold Shipman gehört hat. Und was Nilsens Hundeleine angeht … na ja, vermutlich hat einfach jemand ein neues Halsband aufgeraut und *Bleep* auf den Anhänger graviert. Aber wenn man online etwas kauft, besteht immer ein Risiko. Das gilt auch, wenn Sie ein paar Hundert Pfund für ein Autogramm von Frank Sinatra hinlegen. Ich meine, wann ist man schon hundertprozentig sicher?«

»Und das Skalpell?« Die DNA-Untersuchung hatte schon zweifelsfrei ergeben, dass das Skalpell von Stuart Nicklin – oder in seinem Namen – benutzt worden war. Trotzdem wollte Thorne wissen, was die Frau über das Stück, das sie verkauft hatte, dachte.

»Doch, ich glaube schon. Es sah auf jeden Fall alt aus. Rostig, verstehen Sie? Die Leute, die mir ihre Sachen anvertrauen, klingen immer überzeugend, aber sie wissen auch, dass ich keine Idiotin bin.«

»Wer hat Ihnen das Skalpell zum Verkauf überlassen?«

Sie zögerte. »Da müsste ich in meine Unterlagen schauen, aber wie gesagt …«

»Wo sind die?«

»Um diesen Teil des Geschäfts kümmert sich mein Enkel. Früher hat das mein Sohn gemacht, vor Jahren, als ich noch im richtigen Internet war, aber Cameron hat das alles übernommen. Er war schon immer gut mit Computern, und das ist gut so, denn ich habe eigentlich keine Ahnung davon.« Mit dem Kopf deutete sie auf die Familienfotos. »Ich habe gerade erst gelernt, wie ich *die* in meinen Computer bekomme.«

»Wo wohnt Cameron?«

»Oh, das ist sehr praktisch, denn er wohnt nur fünf Minuten von hier. An den meisten Tagen kommt er, um sich alles anzuschauen … Er hält den Bestand aktuell und macht die Buchhaltung.« Sie lächelte Tanner zu. »Er ist ein guter Junge, und das Geld, das ich ihm gebe, reicht für sein Gras. So sind alle zufrieden.«

»Sie müssen ihn anrufen«, sagte Thorne. »Egal, wo er ist, Sie müssen ihn hierherrufen, sofort!«

»Ernsthaft?«

»Ernsthaft.« Tanner stand auf und ging zu dem Tisch neben Herberts Sessel. Sie griff nach einem Handy, das man als »antik« hätte anbieten können, und reichte es der Frau. »Oh, und verraten Sie ihm nicht, worum es geht.«

Herbert setzte die Brille auf und stocherte auf den riesigen Tasten herum. Dabei schüttelte sie den Kopf, als finde sie die ganze Aufregung ein bisschen albern.

»Cam, ich bin's … Kannst du kurz rüberkommen?« Beim Sprechen warf sie Thorne und Tanner grollende Blicke zu. »Oh, nichts Dringendes, Schatz, aber ich brauche bei einer Sache deine Hilfe. Bring besser deinen Computer mit …«

Sie legte das Handy auf den Tisch zurück.

»Danke«, sagte Tanner.

Die Frau zuckte die Schultern. »Es wird kein Name zu finden sein, wie gesagt.«

»Warten wir es einfach ab.«

»Wie Sie wollen.«

»Wir möchten Sie noch nach einem anderen Gegenstand auf Ihrer Liste fragen«, sagte Thorne. »Einem Tablettenfläschchen …«

»Das ist auch von Nicklin, oder?«

Thorne sagte, so stehe es in ihrem Angebot.

»Ehrlich gesagt bin ich überrascht, dass noch keiner zugegriffen hat«, sagte sie. »Bei Nicklin geht es normalerweise schnell. Vielleicht muss ich den Preis ein bisschen runtersetzen.«

»Glauben Sie, es ist echt?«

»Ja, hundertprozentig. Der Kerl, der es verkauft, klang koscher. Sagte, er hätte persönlichen Kontakt zu dem früheren Besitzer gehabt.«

Thorne beugte sich vor. »Haben Sie die Kontaktdaten dieser Person?«

»Nein, wie gesagt. Man schickt nie mehr als ein paar E-Mails, und die sind immer … verschlossen, oder wie das heißt. Cameron kennt sich damit aus, Sie können ihn gleich fragen. Ich glaube, der Kerl mit der Flasche war zusammen mit Nicklin in Frankreich.«

»Und Ihnen ist nie die Idee gekommen, mit dieser Information zur Polizei zu gehen?«, fragte Tanner. »Schließlich ist Nicklin ein flüchtiger Verbrecher.«

Zum ersten Mal schien Herbert sich unbehaglich zu fühlen. »Ich kann doch nicht beschwören, dass der Kerl mir die Wahrheit gesagt hat, oder? Ich meine, ich will nicht, dass andere Leute meinetwegen ihre Zeit vergeuden.«

»Sehr rücksichtsvoll«, bemerkte Tanner.

Es klingelte an der Tür, kurz darauf trat ein dürrer Teenager ins Zimmer. Er versuchte vergeblich, einschüchternd zu wirken, dann fragte er, wer zum Teufel Thorne und Tanner seien.

Sie erklärten ihm genau, wer zum Teufel sie waren, und gingen alles noch einmal durch, trotz der ständigen Zwischenrufe Herberts und ihrem Beharren darauf, dass es sowieso keinen Sinn habe.

Cameron hockte sich auf die Lehne des Sessels seiner Großmutter, immer noch die erbärmliche Karikatur eines harten Kerls. »Ja, dieser Typ, der das Fläschchen verscherbeln wollte, hat gesagt, er hätte sich mit Nicklin in Frankreich herumgetrieben, aber das ist auch schon alles. Ich kann noch mal nachsehen, aber es ist so, wie meine Nan gesagt hat. Alles anonym, und die E-Mails sind Ende-zu-Ende-verschlüsselt …«

»*Verschlüsselt*«, sagte Herbert. »So heißt es.«

Cameron nickte. »Es gibt also keine Möglichkeit, etwas zurückzuverfolgen. Wir reden über richtig ernsthafte Sicherheitsvorkehrungen, denn das ist den Leuten wichtig, die so etwas kaufen oder verkaufen.«

»Und wenn Sie sich weigern würden, so zu arbeiten?«, fragte Tanner. »Wenn Sie auf Realnamen und Kontaktdaten bestehen würden?«

Herbert grinste, als hätte sie es mit einer Idiotin zu tun. »Wenn wir das tun würden, meine Liebe, wären wir verdammt schnell unsere Kundschaft los. Wenn sich rumspräche, dass unsere Geschäfte nicht sicher und … diskret sind, würde uns keiner mehr trauen, ganz einfach. Die Branche ist seltsam, ich weiß, aber so sind die Regeln, und ich lebe davon. Also …«

Cameron stand auf. »Sind wir dann fertig?«

Thorne sagte, er solle sich wieder setzen.

»Was ist los?« Herbert rutschte unruhig in ihrem Sessel hin und her. »Ich muss immer noch meinen Tee aufsetzen.«

Thorne ließ sich ein paar Sekunden Zeit und tat, als dächte er nach. »Jetzt nehmen wir Sie beide fest.«

»Scheiße«, sagte Cameron.

»Okay.« Herbert seufzte und lehnte sich wieder zurück. »Aber Sie wissen so gut wie ich, wie dämlich das ist.«

»Tatsächlich?«

»Sie wollen mich nur festnehmen, um mein Haus durchsuchen und meine Sachen mitnehmen zu können. Damit ersparen Sie sich das Theater wegen eines Durchsuchungsbeschlusses. Aber Sie wissen ganz genau, dass Sie mir nichts anhängen können.«

»Na ja, Sie haben selbst zugegeben, dass Sie einiges von dem, was Sie verkaufen, für gefälscht halten«, sagte Tanner. »Da hätten wir für den Anfang schon mal Betrug.«

Thorne sah zu Cameron hinüber. »Und *Sie* können wir

wegen Besitz von Gras drankriegen, das wir, wie Ihre Großmutter uns freundlicherweise verraten hat, in Ihrer Wohnung finden.«

Cameron warf ihr einen entsetzten Blick zu. »Was soll das, verdammt?«

»Ja, aber Sie wissen, dass das alles im Sande verlaufen wird, stimmt's? Eine Menge Aufwand für nichts.« Lächelnd wartete Herbert ab. »Für mich klingt es so, als hätten Sie eine Menge wichtigere Dinge zu tun, da kann ich Ihnen ruhig ein bisschen Arbeit abnehmen.« Sie breitete die Arme aus. »Bedienen Sie sich ... Nehmen Sie alles mit, was Sie wollen. Und auch alles, was Sie in Camerons Wohnung finden.«

Cameron drehte sich zu ihr um. »Nan!«

»Schsch, mein Schatz.« Sie wandte sich wieder an Thorne und Tanner. »Ich meine es ernst. Stopfen Sie sich die Taschen voll.« Ächzend stemmte sie sich hoch. »Denken Sie ruhig kurz nach. Ich gehe zur Toilette, und das dauert mindestens zehn Minuten. Cam, du könntest dich inzwischen nützlich machen und den Kessel aufsetzen.«

Sobald die beiden das Zimmer verlassen hatten, sagte Tanner: »Sie hat nicht unrecht.«

Das Angebot wurmte Thorne, denn in seinen Augen sollte jeder, der eine noch so flüchtige Beziehung zu Stuart Nicklin hatte, dafür büßen. Aber er fand keinen vernünftigen Grund, Tanner zu widersprechen.

»Wenn sie uns das Zeug freiwillig mitnehmen lässt, warum sollten wir uns dann den ganzen Papierkram aufhalsen?«

»Okay«, sagte Thorne. »Aber ich finde, wir sollten es nicht einfach mitnehmen, sondern *benutzen.*«

Er legte Tanner seinen Plan dar. Als Herbert und ihr Enkel zurückkamen, erklärte er ihnen, wie es laufen sollte. »Wir sind äußerst dankbar für Ihre Mitarbeit und akzeptieren Ihr Angebot gern. Wir nehmen alles mit. Ihre Waren, sämtliche Computer, alles. Außerdem muss Cameron mit uns kommen, aber ich verspreche, dass wir ihn nicht lange dabehalten. Waren Sie schon mal in Wembley, Cameron?«

Cameron bleckte die Zähne und starrte ihn finster an.

»Wembley ist richtig schön«, sagte Tanner.

Mit einem Mal wirkte Herbert nicht mehr so entspannt. Die Hände, die sie in den Schoß gelegt hatte, zitterten. »Wenn Sie fertig sind, will ich alles zurückhaben.«

»Ich kann nichts versprechen«, sagte Thorne.

»Aber ich lebe davon.«

»Vielleicht sollten Sie sich in Ihrem Alter eine etwas würdevollere Beschäftigung zulegen, als auf die Gräber von Mordopfern zu pissen, Margaret. Werden Sie lieber Drogenkurierin oder Crackhure.« Thorne stand auf. »Und wenn Sie kein Problem damit haben, für ein paar Pfund alte Knacker auszupeitschen, kann ich Ihnen ein paar passende Websites empfehlen.«

30

Thorne forderte ein Team Uniformierter vom örtlichen Polizeirevier an. Sie durchsuchten Herberts Haus und nahmen sämtliche Computerausrüstung aus Camerons Wohnung mit. Währenddessen räumten andere Beamte den nahe gelegenen Lagerraum aus, der als Depot für murdermags48 diente. Sie verbrachten eine knappe Stunde damit, Dutzende Gegenstände in Kartons zu verpacken – darunter wenig erbauliche Gedichte und Zeichnungen verschiedener Serienmörder, zahllose Plastikbeutel mit Haaren, Nicklins Tablettenfläschchen und eine alte Hundeleine. Dann brachten die Beamten die Kartons und einen übellaunigen Cameron Herbert in einem Zivilfahrzeug nach London, gefolgt von Thornes Wagen.

Tanner saß am Steuer, Thorne übernahm den Anruf.

»So, wie raffiniert sind Sie *wirklich*, Greg?«

»Oh, superraffiniert«, sagte Hobbs. »Wenn es sein muss. Muss es sein?«

»Für einen guten Zweck«, sagte Thorne. »Glauben Sie, Sie können halbwegs glaubhaft in die Rolle eines nichtsnutzigen Teenagers schlüpfen? Ich meine, Sie müssen sich nicht verkleiden oder so was.«

»Gut zu hören«, sagte Hobbs.

»Es geht eher darum, online Leute davon zu überzeugen, dass Sie er sind. Zum Beispiel, wie er seine E-Mails formulieren würde. Er ist derjenige, der bei Margaret Herberts Website für den technischen Kram zuständig ist.«

»Kapiert. Klingt nicht besonders schwierig.«

»Gut, denn ich bringe Cameron – das ist der fragliche Teenager – gerade zu Ihnen, damit Sie mit ihm plaudern und sich ein Bild von ihm machen können.«

»Okay, cool.«

»Oh, außerdem müssen meine Chefs mit Ihren Chefs reden, um die finanziellen Aspekte zu klären. Wir werden etwas kaufen, für das Camerons Großmutter die Maklerin spielt. Dann kann Cameron, womit ich *Sie* in Camerons Rolle meine, die nötigen Absprachen mit dem eigentlichen Verkäufer treffen.«

»Sie sprechen von dem Pillenfläschchen, stimmt's?«

»Genau.« Hobbs schien Thornes Gedanken mitvollziehen zu können, noch ehe er sie ausgesprochen hatte, und Thorne wurde langsam klar, welchen Glücksfall der Mann für ihr Team darstellte. »Wir müssen Ihnen also das Geld für den Kauf bereitstellen und alles vorbereiten.« Im Stillen rechnete er damit, dass die finanzielle Abwicklung zwischen den Dienststellen der komplizierteste Aspekt der ganzen Operation werden könnte.

»Es läuft über Bitcoins«, erklärte Hobbs.

»Okay.«

»Bei solchen Transaktionen werden immer Bitcoins benutzt. Bei einem kleinen Geschäft wie diesem genau genommen *Bruchteile* von Bitcoins. Was wird für die Flasche verlangt … siebenhundertfünfzig Pfund? Da reden wir ungefähr von … 0,034 Bitcoins, aber natürlich ändert sich der Kurs alle paar Sekunden …«

»Ich hab jetzt schon keine Lust mehr.«

Hobbs lachte. »Keine Sorge, das ist nicht kompliziert. Ein Bitcoin-Konto eröffne ich in fünf Minuten.«

»Hauptsache, wir kriegen es hin«, sagte Thorne. »Ich schätze, dass wir in einer Stunde bei Ihnen sind.«

Drei Stunden später, um kurz nach acht, trat Thorne endlich durch seine Wohnungstür in Kentish Town. Er hatte sich ein Schisch Kebab und Chicken Wings aus dem türkischen

Imbiss um die Ecke mitgebracht und fühlte sich, als hätte er mehrere Tage am Stück durchgearbeitet.

Als er gegessen hatte, rief er Melita und anschließend Phil Hendricks an, um von dem Ausflug nach Colchester zu berichten.

»Klingt, als wäre es gut gelaufen«, sagte Melita.

»Ja, es hätte auf jeden Fall schlechter ausgehen können.«

»Den Plan finde ich übrigens gut. Vor allem, wo du deinen cleveren Hipster-Freund zum Mitmachen gebracht hast.«

»Ich musste ihn nicht lange überreden.«

»Wirklich nicht?«

»Auf keinen Fall.«

Melita konnte nicht wissen, wie begierig Hobbs darauf gewesen war, an Bord zu kommen. Aber Thorne konnte sich ausmalen, was sie gedacht und dankenswerterweise nicht gesagt hatte. Dass nämlich Thornes Überredungskunst fast so ausgeprägt war wie die des Mannes, hinter dem er her war.

Hendricks beschäftigte vor allem die Frage, warum Margaret Herbert nicht festgenommen worden war. Warum sie in seinen Augen zu gut davonkam. Thorne versuchte, es zu erklären und seine eigenen Bedenken ins Spiel zu bringen, aber so überzeugt er vom Sinn ihrer Entscheidung war, konnte er damit bei dem Mann, der das Skalpell zu spüren bekommen hatte, nicht landen.

»Ich wünschte ja nur, dass ihr sie für … einen Tag in die Zelle gesteckt hättet.«

»Das verstehe ich, Phil …«

»Bloß für zehn Minuten, verdammt. Dann könnte ich mich vor das Miststück hinstellen, mich umdrehen und mein T-Shirt hochziehen.«

Thorne war gerade dabei, vor einem Promi-Quiz einzudösen, als Greg Hobbs anrief.

»Gehen Sie eigentlich nie nach Hause?«

»Ich amüsiere mich«, erklärte Hobbs.

»Schön, dass wenigstens einer von uns Spaß hat.«

»Ich hatte ein *sehr* nützliches Gespräch mit Cameron, wobei *er* es wohl nicht so spaßig fand.« Hobbs lachte. »In einer etwas anderen Welt würde er für uns arbeiten. Aber ich habe bekommen, was ich wollte. Er sitzt im Auto zurück nach Colchester, nur damit Sie Bescheid wissen ... Und ich hab Kontakt zum Verkäufer aufgenommen.«

Jetzt war Thorne wieder hellwach. »Großartig, dann ...«

»Immer mit der Ruhe ... Ich habe die erste E-Mail geschickt, mehr nicht. Unter Camerons Namen, meine ich. Ich habe dem Verkäufer, der sich K-Man nennt, geschrieben, dass ein Angebot eingegangen ist, aber nicht zu dem Preis, den er eigentlich erzielen wollte. Ich dachte, es wäre nicht schlecht, ihn ein bisschen hinzuhalten.«

»Okay ...«

»Na ja, wenn ich ihm einfach sage, es gibt einen Käufer, dann ist das alles. Er will das Geld, ich schicke ihm die Bitcoins, fertig. Ich habe ja schon erklärt, dass es absolut keine Möglichkeit gibt, das Bitcoin-Konto von K-Man aufzuspüren, ohne Zugriff auf seinen Computer zu haben. Wir müssen so viel wie möglich mit ihm kommunizieren und schauen, ob es irgendwo eine Lücke in seinen Sicherheitsvorkehrungen gibt.«

»Sie sind noch raffinierter, als Sie bisher zugegeben haben«, sagte Thorne.

»Glauben Sie mir, ich überrasche mich selbst. Ich melde mich, wenn ich von K-Man höre.«

»Gut, danke«, sagte Thorne. »Und jetzt gehen Sie nach Hause.«

Er war gerade ins Bett gegangen, als sein Telefon noch einmal klingelte. Er stand auf und tappte quer durchs Schlafzimmer zu der Steckdose, an der er sein Handy auflud. Als er den Namen der Anruferin sah, nahm er das Gerät mit ins Bett.

»Alles in Ordnung, Nic?«

Die Pause war lang genug, um seine Frage zu beantworten. »Tut mir leid, ich weiß, dass es spät ist.«

»Kein Problem.«

»Ich bin nur ein bisschen … durcheinander.«

Thorne konnte sich denken, was Tanner beschäftigte. Und offensichtlich hatte sie mindestens so viel getrunken wie nachgedacht. »Nun komm, Nic, heute war ein guter Tag, oder?«

»Das ist meistens das Problem«, sagte sie. »Es sind die guten Tage, die einen über die schlechten nachdenken lassen. Über die richtig schlechten. Das und dein kleiner Spruch darüber, auf die Gräber der Toten zu pissen. Ich pisse jeden Tag auf das Grab von Graham French. Jeden Tag, an dem ich so tue, als wäre nichts passiert. Jeden Tag, an dem ich arbeite und das *Gesetz* vertrete.« Sie ließ ein heiseres, bitteres Lachen hören. »Das ist ein verdammter Witz, Tom. *Wir* sind ein Witz.«

»Komm schon, Nic.«

»Was soll das heißen?« Sie wurde wütend, und er wusste, worauf es hinauslief. Es war nicht das erste Mal, dass sie das Flattern bekam, und normalerweise gehörte dazu, dass sie auf Thorne losging, als wäre es seine Schuld. Am Ende würde sie weinen oder brüllen und ihm sagen, dass sie längst gestanden hätte, was sie vor langer Zeit getan hatte, wenn sie damit nicht auch seine und Phils Laufbahn ruiniert hätte. »Was soll das *heißen*, Tom?«

»Du wirst dich nicht immer so fühlen«, sagte er. »Ich weiß, wie dämlich das in diesem Augenblick klingt, aber es stimmt. Es wird leichter werden.«

»Dass wir drei unser schmutziges kleines Geheimnis bewahren, meinst du das?«

Ja, weil wir nichts anderes tun können. Weil es in dem Moment, als wir es getan haben, die einzige Möglichkeit war. Ja, es war falsch. Ja, es war schrecklich, aber Tatsache ist, dass unser Leben immer noch viel mehr wert ist als das dieses Tiers.

»Ich weiß nicht, was ich sonst sagen soll.«

»*Klingt* es so, als wäre es für mich leichter geworden?«

Jetzt spürte Tom, wie er selbst ärgerlich wurde. Aber er war klug genug, es nicht zu zeigen. »Du musst mit dem Trinken aufhören, okay? Oder weitertrinken, bis dir alles egal ist. Ich bin müde, Nic, und im Moment interessiert mich nicht, für welche Variante du dich entscheidest.«

Nach einer langen Schweigepause legte Tanner auf.

Ihr schmutziges kleines Geheimnis.

Thorne schloss die Augen. Immerhin musste er die nächsten Minuten nicht an Stuart Nicklin denken. Im Magen spürte er einen Knoten, der immer fester wurde. Thorne richtete sich auf und legte sich wieder hin. Er war so schuldig wie Tanner und noch wütender auf sich selbst, als er auf sie gewesen war. Denn in Wahrheit war es – seinetwegen – nicht mehr ihr kleines Geheimnis.

Vor etwa einem Monat hatte Hendricks spätabends angerufen, so aufgebracht und betrunken wie Tanner eben. Angefressen von der kleinen, aber bedeutungsvollen Lüge in jenem entscheidenden Autopsiebericht. Thorne hatte ihn nach und nach beruhigen können, aber hinterher war Melita aus dem Nachbarzimmer herübergekommen und hatte gesagt, sie habe das Gespräch mitangehört. Jedenfalls entscheidende Teile davon.

Also hatte er ihr alles erzählt.

Sie war schockiert gewesen, das konnte er sehen, hatte aber zum Glück schnell erklärt, dass sie ihn verstehe und ihn nie im Leben dafür verurteilen werde. Keinen von ihnen. Dann hatte sie ihn in den Arm genommen, hier, in diesem Bett, in dem er jetzt lag, und ihm gesagt, sie sei für ihn da, wenn er irgendwann darüber reden wolle.

»Es hilft«, sagte sie. »Das *weiß* ich.«

Er hatte sich bedankt, von ihrem Angebot aber nie Gebrauch gemacht. Das Letzte, was er brauchte, war, dass sie *wissend* nickte, während er zu erklären versuchte, dass er eine Freundin gerettet habe, und für Phil genau dasselbe gelte. Dass Graham French noch zehn Minuten vor seinem Tod Nicola Tanner gefoltert habe, mit dem Vorsatz, sie anschließend umzubringen. Thorne brauchte keine Therapeutin, vor allem keine, mit der er schlief, um zu begreifen, was das Wort Rechtfertigungsversuch bedeutete. Das Wort Verleugnung.

Wenn man sie im Wörterbuch nachschlug, fand man daneben sein Foto.

Thorne konnte nur daliegen und den Knoten spüren, immer fester und unauflösbar. Er dachte über Vertrauen und den Missbrauch von Vertrauen nach. Er dachte an Blut, das an einem Skalpell klebte oder an einem geschwärzten Schürhaken hinunterlief. Der Schlaf würde heute auf sich warten lassen.

31

Keine acht Kilometer entfernt war zur selben Zeit auch ein anderer Mann mit dem Thema Vertrauen beschäftigt, wobei Stuart Nicklins Gedankengänge sich – wenig überraschend – deutlich von Tom Thornes unterschieden. Das Licht, das der kleine Fernseher warf, war mehr als ausreichend, um das überteuerte Wohnklo zu beleuchten, das er gemietet hatte. Außerdem mochte er den Effekt: das Dunkelwerden, die plötzlichen Blitze, das auf die Wände geworfene Rot und Blau. Es gab immer reichlich Farbe in den Quizshows, die er sich inzwischen obsessiv ansah; jedes Mal pickte er sich einen Kandidaten heraus, dem er die Daumen drückte, jedes Mal ärgerte er sich über die flauen Witze des Moderators und sprach die Antworten laut aus, als ob jemand zuhörte.

Er sagte »Venezuela« und seufzte verzweifelt über den Vollidioten, der nicht wusste, in welchem Land der höchste Wasserfall der Erde lag. Gerade ging ihm durch den Kopf, dass sein Erfolgsrezept eigentlich immer darin bestanden hatte, niemandem zu vertrauen und gleichzeitig über eine fast übernatürliche Begabung zu verfügen, andere dazu zu bringen, *ihm* zu vertrauen.

Das war sein Markenzeichen.

Irgendwie konnte man sagen, dass er auf diesem Gebiet über Superkräfte verfügte.

Er konnte sich nicht erinnern, je einem Menschen vertraut zu haben. Nicht den anderen Kindern in der Schule, nicht seinen Freunden, nicht mal seiner Mutter. Ihr eigentlich am wenigsten von allen … Jedenfalls war er überzeugt, dass die Fähigkeit, diese Seite seiner Persönlichkeit zu unterdrücken –

wenn sie denn überhaupt je da gewesen war –, zu den Dingen gehörte, die ihm Schutz geboten hatten. Keinen Schutz davor, geschnappt zu werden und ins Gefängnis zu kommen, was bedauerlich gewesen war, aber Schutz vor den einfachen, dummen Gefühlen, die die Menschen um ihn herum verkrüppelten. Sie dazu brachten, sich zu unterwerfen. Er besaß einen Schutzschild, der ihn erfreulich immun gegen viele der potenziellen Folgen von Vertrauen machte. *Zwangsläufige* Folgen, weil das Vertrauen unweigerlich missbraucht wurde.

Enttäuschung, Schmerz, Bedauern.

Andererseits war es ihm immer lächerlich leichtgefallen, andere zum Vertrauen in *ihn* zu bewegen. Kinderkram. Es ging nur darum zu sehen, was andere Menschen wollten, auch wenn sie es manchmal selbst noch nicht sehen konnten. Ihnen klarzumachen, dass sie sich für die dunklen Gedanken, die sie verbargen und die er verstand, nicht zu schämen brauchten. Dann konnten diese Ideen und Gedanken langsam ans Licht kommen und durchatmen. Alles drehte sich um das Wissen, auf welche Knöpfe er drücken musste, welche Nerven er kitzeln musste. *Kompliziert* war es nicht.

Und doch irgendwie ironisch, sogar witzig, wenn man bedachte, was über Menschen wie ihn immer behauptet wurde. Über die Fähigkeiten, die ihnen angeblich abgingen. Denn unter dem Strich war Empathie der entscheidende Faktor.

Eigentlich war er nicht mal sicher, ob »Vertrauen« der richtige Ausdruck war. Eher ging es darum, dass sie genug an ihn *glaubten*, an ihn und seine … Perspektive auf das Leben. Und dass sie dann den nächsten Schritt machten und taten, was er ihnen vorschlug. Das Driver-Mädchen war ein typisches Beispiel gewesen. Sie hatte an ihn geglaubt, noch bevor er überhaupt von ihr gehört oder auf den Strom von kriecherischen Nachrichten reagiert hatte, die sie in verschiedenen Foren hinterlassen hatte. Er hatte immer geglaubt, dass sie tun würde, was nötig war. Das hatte er früh erkannt, denn in den seltenen und wunderbaren Momenten, wenn er jemandem begegnete, der die Fähigkeit zum Töten besaß, wusste er auf Anhieb Bescheid.

Als würde man sagen: Oh, *hallo* …

Als würde man riechen, dass jemand dieselbe Seife benutzte wie man selbst.

Die Tom-Dick-und-Harry-Idee war von ihr gekommen. Aber jeder Führer, der sein Geld wert war, musste solche Eigeninitiative fördern. Als sie es vorgeschlagen hatte, fand er es spontan ein bisschen zu dick aufgetragen. Aber schließlich war es darum gegangen, Aufmerksamkeit zu erwecken, sodass er nicht hatte sehen können, was dagegensprach. Als er ihr grünes Licht gegeben hatte, war sie glücklich wie ein Kind am Weihnachtsmorgen gewesen.

Hemmungslos dankbar und nur darauf bedacht, ihr neues Spielzeug auszuprobieren.

Ihr Secondhand-Spielzeug, wenn man es genau nehmen wollte. Aber ebendeshalb hatte sie es ja gewollt.

Er dachte, dass der Begriff »Führer« vielleicht auch nicht ganz passte. Eigentlich benutzte er ihn bis heute nicht gern, aber es ließ sich nicht leugnen, dass es Menschen gab, die ihm folgten, sodass es vermutlich Sinn ergab. Obwohl die meisten dieser Leute Idioten waren, oder verzweifelte Loser wie die arme Rebecca, durfte er dankbar für die Hilfe sein, die sie ihm über die Jahre hinweg geleistet hatten. Und für den Unterhaltungswert, gar nicht davon zu reden, dass die … Obsessiveren unter ihnen ihm ein regelmäßiges Einkommen beschert hatten.

Unglaublich, wofür sie gutes Geld gezahlt hatten. Und welche Summen!

Aber *vertrauen* würde er keinem von ihnen. Er konnte nicht wissen, was in Rebecca Drivers wirrem kleinen Kopf vorging oder was sie aussagen würde, wenn Leute wie Tom Thorne die Schrauben ein wenig anzogen. Er war weder Gedankenleser noch Hypnotiseur. Falls sie sich entschieden hatte, im Verhörraum zusammenzubrechen und zu sagen, *Stuart hat mich dazu verleitet, Stuart steckt hinter der ganzen Sache*, dann konnte er nichts dagegen tun. Eigentlich spielte es auch keine Rolle, denn sobald sie herausfanden, woher das Skalpell stammte, würden sie von selbst dahinterkommen. Was schließlich genau der Plan war. Allerdings würde es die Sache ein bisschen erschweren, wenn das Mädchen sein Herz zu früh ausschüttete. Es würde das Spiel ein bisschen aus dem Gleichgewicht bringen. Aber ohne dem großen Plan wirklich zu schaden. Er würde so lange unerreichbar bleiben, bis er sich zum Gegenteil entschloss. Schließlich hatte er weder Driver noch irgendwem sonst so weit vertraut, dass er ihnen etwas in die Hand gegeben hätte, das gegen ihn verwendet werden konnte. Das die Polizei vor die Haustür führen konnte, hinter der er sich gerade verbarg.

Aber bald würde der Moment kommen, wenn Thorne es nicht abwarten konnte, durch diese Tür zu treten. Natürlich würde es nicht Nicklins eigene Tür sein, aber darum ging es ja. Von lächerlicher, selbstgerechter Wut erfüllt würde Thorne allein an diese Tür klopfen und ein Riesentheater machen, um eingelassen zu werden. Und wenn es endlich so weit war, würde er entdecken, dass man für den Jackpot, den man am meisten ersehnte, immer einen Preis zu zahlen hatte.

Dass man der Beste sein und trotzdem alles verlieren konnte.

Er schob sich einen Schokoriegel in den Mund und biss ab; sein schwacher Punkt, falls er einen hatte. Das hatte sich spätestens herausgestellt, als die DNA auf einer weggeworfenen Verpackung – wie sie jetzt auf dem Boden neben dem Sofa lagen – damals zu seiner Verurteilung beigetragen hatte, auch wenn er inzwischen darüber lachen konnte. Er biss noch ein Stück ab und konzentrierte sich wieder auf seine Quizshow, die gerade interessant wurde. Er rasselte die sieben Weltwunder der Antike herunter und schüttelte den Kopf, als die Frau im Finale nur auf drei kam.

Wenn er ehrlich war, sprach er beinahe ununterbrochen mit sich selbst. Das war beruhigend und, auch wenn manche dabei an die Klapsmühle dachten, nicht verrückter, als mit einer Katze oder einem Hund zu reden, was die meisten Leute taten, wenn niemand in der Nähe war. Natürlich war es ihm lieber, wenn *tatsächlich* jemand da war. In den Jahren, in denen er weg gewesen war, hatte er das vermisst. Und was sprach dagegen, wenn das Gespräch sich um ein Thema drehte, das ihm wirklich am Herzen lag?

Das *allen* am Herzen lag, wenn sie ehrlich waren.

In letzter Zeit hatte er eine Menge über sich selbst geredet.

32

Thorne verbrachte einen guten Teil des Samstags damit, auf die Uhr zu schauen. Wenn er das gerade nicht tat, machte er sich seine spärlichen Mathematikkenntnisse zunutze, um auszurechnen, wie hoch seine Pension wäre, wenn er den Job hier und heute hinschmiss. Und ob das Geld reichen würde, um einen kleinen Secondhand-Plattenladen aufzumachen oder mit einem Partner eine heruntergekommene Kneipe zu kaufen oder sich als Gigolo für besonders Anspruchslose zu verdingen. Ihm war klar, dass seine Stimmung viel mit dem Telefongespräch vom Abend zuvor zu tun hatte, aber trotzdem.

Immerhin vertrieb er sich die Zeit.

Ihr Arbeitstag bestand überwiegend aus notwendigem Papierkram, der Leuten wie Nicola Tanner leicht von der Hand ging, aber nie Thornes starke Seite gewesen war. Bis zum Hals in Akten und Mappen steckend, waren sie abwechselnd frustriert, weil sie nichts von Hobbs hörten, und aufgekratzt, wenn er sich meldete. Aber jedes Mal ebbte die Aufregung schnell ab, wenn die Papierkram-Fee sich höflich räusperte und ihre Aufmerksamkeit zurückverlangte.

Und diese Aufmerksamkeit wurde gleich an verschiedenen Stellen verlangt. Die Fälle, mit denen Tanner und Thorne vor dem Richard-Sumner-Mord betraut gewesen waren, hatten sich weder in Luft aufgelöst, noch waren sie anderen Kollegen übertragen worden. Thorne musste die Arbeit an einer Messerstecherei unter Bandenmitgliedern in Finsbury Park abschließen, während Tanner auf die Ergebnisse der forensischen Untersuchungen in einem Fall häuslicher Gewalt in Hornsey wartete.

Verständlicherweise fiel die Konzentration ihnen beiden schwer.

Der erste Anruf von Hobbs kam am Vormittag. K-Man hatte nicht nur das niedrigere Angebot für das Tablettenfläschchen abgelehnt, sondern seine Forderung auf neunhundert Pfund hochgeschraubt.

»Sieht aus, als hätten wir ihn ein bisschen aufgeschreckt«, sagte Hobbs.

Thorne und Tanner hörten den Anruf in ihrem Büro über Lautsprecher. »Ist das gut oder nicht?«, fragte Tanner.

»Es kann nur gut sein«, sagte Thorne.

»Das glaube ich auch«, erklärte Hobbs. »Jetzt, wo er weiß, dass er einen Interessenten hat, probiert er, wie weit er gehen kann. Oder das niedrige Angebot ärgert ihn, und er denkt, der Käufer will ihn verarschen. So oder so hat er angebissen.«

»Sagen Sie ihm, der Käufer könnte das Interesse verlieren«, schlug Thorne vor.

»Das habe ich schon. Wir haben ein paar Nachrichten hin und her geschickt. Er sagt, der Käufer soll akzeptieren oder es vergessen.«

»Okay, gut. Dann sagen Sie, Sie hätten die Nachricht weitergegeben, und der Käufer wolle darüber nachdenken.«

»Gut«, sagte Hobbs.

Der »Käufer« dachte an kaum etwas anderes.

Natürlich brachten sie alle den Großteil ihrer Zeit mit den Vorbereitungen für Rebecca Drivers Prozess wegen der drei Morde zu. Die Verhandlung würde erst in einigen Monaten stattfinden, und einen solideren Fall hätte die Staatsanwaltschaft sich kaum wünschen können, was aber nicht bedeutete, dass die Arbeit erledigt war. In gewisser Weise hatte das Team sich selbst einen Bärendienst erwiesen, denn je besser die Beweislage war, desto gründlicher mussten sie dafür sorgen, dass die Anklage nicht durch einen dummen Verfahrensfehler torpediert wurde. Durch Sorglosigkeit oder ein trügerisches Gefühl der Sicherheit. Eine ganze Reihe von Fällen scheiterte, weil jemand vergessen hatte, dem Verdächtigen genügend Mahlzeiten anzubieten oder ihn vom Polizeiarzt auf Vernehmungsfähigkeit untersuchen zu lassen. Weil ein Formular nicht unterschrieben worden war oder vorgeschriebene Sätze auf der Aufnahme fehlten. Um es ganz einfach zu sagen: Bei einem derart wichtigen Fall mit dem entsprechenden Medieninteresse durfte so etwas nicht passieren.

I-Punkte und T-Striche mussten ergänzt werden, und anschließend musste alles noch einmal daraufhin durchgesehen werden, ob die Punkte und Striche an den richtigen Stellen gemacht worden waren.

Thorne hielt den Kopf gesenkt und hob ihn nur hin und wieder, um auf die Uhr zu schauen.

Als er sah, dass es kurz vor Mittag war, rief er Greg Hobbs an.

»Okay, *Cameron* … Sagen Sie ihm, ihr Käufer ist mit dem höheren Preis einverstanden. Nicklins Pillenfläschchen ist ihm *so* wichtig, dass er bereit ist, neunhundert zu zahlen.«

»Sind Sie sicher?«

»Mal sehen, was K-Man macht, wenn der Deal steht«, sagte Thorne. »Ob er sich anders verhält als vorher. Manche Leute machen Fehler, wenn sie Geld riechen.«

Thorne ging allein zum Mittagessen ins Royal Oak. Er hatte den Shepherds Pie aus der Mikrowelle, der mehr oder weniger am Teller festgeschweißt schien, fast aufgegessen, als Tanner, die allein im Nebenraum gegessen hatte, sich neben ihn setzte.

»Ich hoffe, du hattest nicht dasselbe wie ich«, sagte er.

»Käsesalat.«

Thorne schob den Teller von sich. »Gute Wahl.«

»Ich wollte nicht im Büro darüber sprechen.« Tanner

schwenkte ihr Glas Mineralwasser. »Natürlich nicht … Jedenfalls wollte ich mich für gestern Abend entschuldigen.«

»Schon okay, Nic.«

»Nein, es ist nicht okay, aber … Du musst dir keine Sorgen machen, klar? Ich will auf keinen Fall, dass du glaubst, es könnte irgendwelche Probleme geben. Ich hatte einfach Selbstmitleid, und der Wein hat es nicht besser gemacht. Es war dumm. Also …«

»Ich sag doch, es ist okay.« Thorne griff nach seiner Cola Light. »Und ich hab dir zugehört.«

Tanner nickte.

»Es wird sich nie gut anfühlen, natürlich nicht. Kein Grund, dir Vorwürfe machen, weil du ein Glas zu viel getrunken und dich reingesteigert hast.« Thorne beugte sich ein Stück vor und senkte die Stimme. »Genauso gut hätte es umgekehrt laufen können.«

»Das kann ich mir nicht vorstellen.«

»Glaub mir …«

»Das tue ich doch«, sagte Tanner. »Darum geht es doch. Ich weiß, dass Phil manchmal nervös wird, wenn er daran denkt, was passiert ist. Und dass es *mir* so geht, brauche ich nicht zu sagen. Aber du bist der Einzige, der nie in Panik gerät. Der damit zurechtkommt.« Sie trank einen Schluck Wasser und rang sich ein Lächeln ab. »Gott sei Dank ist wenigstens einer von uns stabil.«

Thorne richtete Messer und Gabel aus. »Ja, so bin ich wohl.«

Wortlos warteten sie, bis Thornes Teller abgeräumt wurde. Dann tranken sie aus, und Tanner zog ihren Lippenstift nach.

»Russell hat einen Anruf von der Staatsanwaltschaft bekommen«, sagte sie. »Offenbar will Drivers Anwalt auf verminderte Schuldfähigkeit plädieren.«

»Immer eine Möglichkeit«, sagte Thorne.

»Was denkst du?«

Thorne hatte mit vielen Mördern zu tun gehabt, deren Anwaltsteams auf diese Karte gesetzt hatten. In einigen Fällen war angesichts des Ausmaßes an Gewalt oder des Kontrollverlusts wenig dagegen einzuwenden gewesen. Hier allerdings lag der Fall komplizierter. Denn so überzeugt Thorne einerseits von Rebecca Drivers Verantwortung für die Morde war, wusste er doch, dass jemand anders ihr diese Verantwortung auferlegt hatte. Stuart Nicklin hatte suggeriert, durchblicken lassen, überredet … bis sie zu dem Schluss gekommen war, dass sie die Verantwortung tragen wollte. Dass es ihr Schicksal war, sie auf sich zu nehmen.

Wie üblich waren Thorne seine Gedanken vom Gesicht abzulesen.

»Wie läuft es mit Hobbs, was meinst du?«

Thorne zuckte die Achseln. »Im Augenblick ist er unsere einzige Hoffnung.« Er checkte sein Handy für den Fall, dass Hobbs eine Nachricht geschickt hatte, die ihm entgangen war. Es gab keine. »Wenn der Kerl, der das Fläschchen verkauft, uns nicht zu Nicklin führt, hab ich keine Ahnung, wie wir ihm auf die Spur kommen sollen.«

Tanner ließ seine Worte auf sich wirken. »Natürlich kenne ich Nicklin nicht so gut wie du, aber nach allem, was du sagst … Besteht nicht auch die Möglichkeit, dass er zu *uns* kommt?«

Thorne sah sie an und rutschte unruhig auf seinem Stuhl hin und her. Sein plötzliches Unwohlsein rührte wahrscheinlich von dem Shepherds Pie her, der sich in seinem Magen einnistete und dort sein Unwesen trieb. Über Tanners Bemerkung wollte er lieber nicht nachdenken.

Sie griff nach ihrer Jacke. »Wahrscheinlich sollten wir zurück an die Arbeit.«

Hobbs meldete sich eine Stunde vor Thornes Feierabend.

»K-Man ist ziemlich zufrieden«, sagte Hobbs. »Er meint,

unser geheimnisvoller Käufer hätte ein Schnäppchen gemacht.«

»Wie großzügig«, sagte Thorne. »Dann will er jetzt sein Geld, stimmt's?«

»Oh ja. Er kann es kaum abwarten, dass das Geld auf seinem Bitcoin-Konto landet.«

Thorne dachte einen Moment nach. »Halten Sie ihn noch ein bisschen hin, Greg. Sagen Sie, es gebe kein Problem, aber Sie könnten den Käufer gerade nicht erwischen.«

»Okay … cool.«

Da es sich bei dem »geheimnisvollen Käufer« um die Metropolitan Police handelte, hätte Thorne sich wahrscheinlich eine Genehmigung von oben einholen sollen, bevor er dem höheren Preis zugestimmt hatte. Er beruhigte sich mit dem Gedanken, dass er zu viel Papierkram hatte erledigen müssen. »Ziehen wir es in die Länge.«

»Ich weiß nicht, ob ich das lange durchhalten kann«, wandte Hobbs ein. »Er macht nicht den geduldigsten Eindruck.«

Thorne war sich nicht sicher, ob sein Plan mit Hobbs überhaupt zu etwas führen würde, aber er hatte keine bessere Idee. »Tun Sie einfach Ihr Bestes, Mann«, sagte er. »Sie machen übrigens einen erstklassigen Job.«

Ein paar Minuten später zog er die Jacke an und machte sich auf den Weg zum Parkplatz. Chall begegnete ihm auf der Treppe und fragte, warum er es so eilig habe. Kurz spielte Thorne mit dem Gedanken, ihn zu belügen – ein Krankheitsfall in der Verwandtschaft oder eine heiße Spur –, aber wozu der Aufwand?

»Ich muss in die Bibliothek, bevor sie schließt.«

33

Eigentlich hätte er seinen Bibliotheksausweis lieber mit einem anderen Buch entjungfert. Aber kaum, dass ihm dieser Gedanke gekommen war, musste er zugeben, dass die Liste anderer Anwärter nicht besonders lang war. Dass es eine solche Liste eigentlich nicht gab. Das war noch entmutigender als die Feststellung, dass Dutzende andere Bibliotheksbenutzer *Mord auf Befehl. Stuart Nicklin – Sein Leben, seine Verbrechen* ausgeliehen hatten, seit es vor drei Jahren veröffentlicht worden war.

Sobald er gegessen und eine Reihe von Bierflaschen bereitgestellt hatte, die er bei der Lektüre wahrscheinlich brauchen würde, nahm Thorne Platz und setzte sich die Lesebrille auf.

Am Ende war die Bibliothek seine einzige Option gewesen, denn der Autor hatte auf keinen Fall daran verdienen sollen, dass er Geld für das verdammte Buch ausgab. Natürlich hatte er damals mitbekommen, dass das »knallharte Porträt des Bösen«, wie einige Kritiker es genannt hatten, auf den Markt gekommen war. Aber er hatte keinerlei Interesse gehabt, es selbst zu lesen. Auch jetzt hätte er lieber darauf verzichtet, aber immerhin bestand die Möglichkeit, dass er auf irgendetwas Hilfreiches stieß. Natürlich war das Buch auch Teil von Rebecca Drivers Sammlung gewesen, aber dieses Exemplar – samt handschriftlicher Grübeleien und Bekundungen teenagerhafter Bewunderung – war jetzt ein wichtiges Beweisstück, das nur noch mit Nitrilhandschuhen durchgeblättert werden durfte.

Als Thorne das leicht angeschlagene Exemplar aus der Bibliothek von Kentish Town aufschlug, bekam er schnell den

Eindruck, dass er die Handschuhe besser auch jetzt tragen sollte.

»Mein Gott …«

Der Autor – Stephen J. Campbell – hatte sein Buch »allen Opfern von Stuart Nicklin und denen, die sie zurückgelassen haben« gewidmet. Thorne fragte sich, ob die »Zurückgelassenen« wohl einen Anteil am Profit erhalten hatten.

Er ging davon aus, dass er die ersten Kapitel problemlos überspringen konnte. Er hatte keine Lust, mehr über Stuart Nicklins Kindheit zu erfahren, als er schon wusste. Ob er Mädchenkleider hatte tragen müssen oder in einen Schrank unter der Treppe gesperrt worden war. Der Stammbaum des Mörders interessierte Thorne nicht die Bohne. Also machte er das, was wahrscheinlich die meisten Leute taten, wenn sie ein Buch lasen, in dem sie selbst vorkamen: Er schlug als Erstes das Register auf und suchte seinen Namen.

Er war nicht schwer zu finden.

Die Beschreibungen der Morde, auf denen Nicklins grausige Berühmtheit gründete, waren ihm schrecklich vertraut. Auf den Buchseiten wirkten die Schilderungen vielleicht unnötig drastisch, aber mehr oder weniger zutreffend. Einige Morde hatte Nicklin selbst begangen, andere waren das Werk eines vom Unglück verfolgten Individuums namens Martin Palmer gewesen. Nicklin hatte dem jungen Mann derartige Angst eingejagt, dass er schon seit der Schulzeit alles getan hatte, was er von ihm verlangte. Kurz vor Nicklins Verhaftung war Palmer erschossen worden.

Selbstmord durch eine Polizeikugel, das hatte Thorne von Anfang an geglaubt.

Im Buch fanden sich eine Menge Zitate von Thorne, auch wenn er sich an manches, was er damals gesagt haben sollte, kaum erinnerte. Die kleine Ansprache, die er nach Nicklins Verurteilung auf der Treppe vor dem Old Bailey gehalten hatte, war komplett abgedruckt, ebenso Ausschnitte aus Interviews, die er noch während der Jagd auf die Mörder gegeben hatte. Er hätte jederzeit zugegeben, dass er bei einigen dieser frühen Begegnungen mit den Medien ein wenig … gereizt reagiert hatte. Trotzdem hätte er fast sein Bier ausgespuckt, als er sah, dass der Autor ihn als »grob und überempfindlich« beschrieben hatte.

»Arschloch …«

Er blätterte so schnell und energisch um, dass dabei einige Seiten einrissen, und fragte sich, ob er dafür eine Strafe würde zahlen müssen. Als ihm der Gedanke kam, dass er sie notfalls auf die Spesenliste setzen konnte, riss er versehentlich noch mehr Seiten ein.

Die Morde, die einige Jahre später von einem Mann namens Marcus Brooks begangen worden waren, wurden nicht erwähnt. Thorne hatte die Fotos der Opfer damals aufs Handy geschickt bekommen, Stuart Nicklin hatte vom Gefängnis aus die Fäden gezogen. Dass diese Taten nicht im Buch auftauchten, war verständlich, denn Nicklins Rolle war der Öffentlichkeit niemals bekannt geworden. Auch die Strafe, die Stuart Nicklin dafür erhalten hatte – mit oder ohne Thornes Beteiligung – hatte ihn still und leise in der Gefängniskantine ereilt, in Form einer mit Glassplittern gespickten Lasagne.

Die Erinnerung brachte Thorne zum Lächeln.

Die Einzelheiten der Ereignisse auf Bardsey Island waren lückenhaft geschildert, um es freundlich auszudrücken. Er selbst hatte nicht mit Stephen Campbell gesprochen, was mit ziemlicher Sicherheit auch für Nicklin galt. Und praktisch alle, die sich sonst auf der Insel aufgehalten hatten, waren tot.

Das, was Phil Hendricks durchgemacht hatte, wurde mit keinem Wort erwähnt.

Niemand außer Thorne, Nicklin und den Männern, die Nicklin mit Geld oder womit auch immer dazu überredet hatte, wusste, wozu das Skalpell gedient hatte.

Nicklin war entkommen, das war die Quintessenz zweier

Kapitel. Wie Mr Campbell ausführte, waren nur die »Dummheit und Selbstüberschätzung« von Detective Inspector Tom Thorne dafür verantwortlich, dass ein gefährlicher Mörder nicht bloß aus dem Polizeigewahrsam entflohen, sondern weiterhin auf freiem Fuß war – eine allgegenwärtige Gefahr für die Öffentlichkeit.

Das Buch enthielt sogar ein Foto von Thorne, einen Schnappschuss, den ein Reporter aufgenommen hatte, als er aus dem Hubschrauber gestiegen war, der ihn zurück ans Festland gebracht hatte. Sein Gesicht war blutig und angeschwollen, Ergebnis der Prügel, die er von Nicklin bezogen, um die er gebettelt hatte. Im Rückblick wusste Thorne genau, dass er sich innerlich noch viel zerschlagener gefühlt hatte.

Wund, leer.

Er warf das Buch beiseite und sagte sich, dass das Etikett seiner Bierflasche wahrscheinlich der befriedigendere Lesestoff war. Was sich als zutreffend erwies.

Während er die zweite Flasche trank, fragte sich Thorne, ob er, wenn das alles vorbei war und Nicklin wieder hinter Gittern saß, bei Stephen J. Campbell vorbeischauen sollte. Vielleicht konnte er sich ein Exemplar signieren lassen – war das bei Bibliotheksbüchern erlaubt? – und höflich darauf hinweisen, dass es Zeit für eine gründlich überarbeitete Neuauflage sei. Anschließend würde er dem Autor dann seine ganze Dummheit und Selbstüberschätzung beweisen, indem er ihm sein beschissenes Buch in den Arsch schob …

Thornes Handy klingelte.

Hobbs.

»Sie haben ins Schwarze getroffen.«

»Was?« Thorne setzte sich kerzengerade auf.

»Mit Ihrer Bemerkung, dass der Geruch von Geld ihn nachlässig machen könne.« Hobbs redete schnell und aufgeregt. »Ich bin zu neunundneunzig Prozent sicher, wer K-Man ist.«

»Wie haben Sie das geschafft?«

»Ich hab ja schon erklärt, dass diese E-Mails an beiden Enden verschlüsselt sind. Dass er im Prinzip nicht aufzuspüren ist, stimmt's?«

»Ja, das haben Sie.«

»Ich bin bei jeder einzelnen Mail, die er bisher geschickt hatte, hingegangen und habe mir den Header angeschaut. Dieses Kauderwelsch, das man normalerweise nicht sieht. Das Routing, die Quelle und vor allem die IP-Adresse des Absenders. Bisher war das eine Sackgasse, weil er ein VPN benutzt hat, klar? Sie wissen, was ein VPN ist?«

»Eine verdammt perfekte Nummer?«

»Ein virtuelles privates Netzwerk.«

»Ich hab bloß Spaß gemacht«, sagte Thorne.

»Oh. Okay. Im Prinzip verschlüsselt es Ihre sämtlichen Daten, aber vor allem verbirgt es die IP-Adresse, über die sich Ihr Computer identifizieren lässt. Bei K-Mans letzter E-Mail ließ die IP sich allerdings auflösen. Verstehen Sie, was ich sagen will?«

Am liebsten hätte Thorne gesagt: *Jetzt reden Sie schon, Mann.* Aber diesen Moment hatte Hobbs sich verdient. »Ja, ich glaube schon.«

»Er hat vergessen, sein VPN zu aktivieren.« Hobbs machte eine kurze Pause, um sicherzugehen, dass Thorne die Bedeutung des letzten Satzes begriff. »Vielleicht ist aber auch im entscheidenden Moment die Verbindung zum VPN ausgefallen, denn so etwas kommt vor. So oder so lässt sich diese letzte IP zu einem regulären Provider zurückverfolgen – Virgin, falls es Sie interessiert. Der Rest war im Prinzip wie Erbsenschälen. Ich meine, so was ist für uns alltäglich. Ein Anruf bei Virgin – na ja, mehrere Anrufe –, und ich hatte den Namen des Kerls, dem der Anschluss gehört.«

»Nämlich?«

»Oh … Kevin Bartley. K-Man heißt Kevin Bartley. Und es wird noch besser, denn ich habe den Namen durch die nationale Polizeidatenbank laufen lassen. Ich weiß, dass das eigentlich nicht mein Job ist …«

»Ich verzeihe Ihnen«, sagte Thorne.

»Wir haben ihn im System.« Wieder machte Hobbs eine Pause, als warte er auf seinen Applaus. »Kevin Bartley ist *im System*. Wegen verschiedener, teilweise jahrelang zurückliegender Vergehen, meistens im Zusammenhang mit Drogen. Ich meine, wir könnten dieses Tablettenfläschchen auf seine Fingerabdrücke überprüfen … verstehen Sie? Wenn wir sichergehen wollen, dass er es ist.«

»Ja, das *könnten* wir …« Die Flasche wurde bereits forensisch untersucht, aber das würde eine Weile dauern.

Offenbar hatte Hobbs denselben Gedanken gehabt. »Also habe ich noch ein bisschen tiefer gegraben, und … jetzt kommt der gute Teil.«

»Es war doch bisher schon gut.«

»Ja, ich weiß, aber Kevin Bartley ist auch in Frankreich vorbestraft. Vor zwei Jahren hat er wegen einer Heroinlieferung sechs Monate in einem Gefängnis in Marseille verbracht. Das passt, stimmt's? Zu der Geschichte, dass er und Nicklin sich von ihrer gemeinsamen Zeit in Frankreich kennen.«

»Scheiße, Greg.« Thorne war schon auf den Beinen und überlegte, wen er als Erstes anrufen sollte. Natürlich Brigstocke, klar, aber vor allem wollte er es Phil erzählen. »Kommt noch eine Zugabe?«

»Wie wäre es mit der aktuellen Adresse?«

34

Es war drei Uhr in der Nacht auf Montag. Seit zwanzig Minuten saßen sie in der nicht als Polizeifahrzeug gekennzeichneten mobilen Kommandozentrale. Auf den Scheiben bildete sich Eis, und Thorne verlor das Gefühl in den Beinen. Er beugte sich vor und stieß die Schulter des Beamten auf dem Fahrersitz an. »Könnten wir die Heizung ein bisschen höherdrehen?«

»Höher geht nicht mehr, Kumpel.« Der Beamte drehte sich lächelnd um und klopfte sich mit beiden Händen auf die Jacke. »Hier drunter trage ich Thermounterwäsche.«

»Ich auch«, sagte Tanner.

Thorne warf ihr einen vorwurfsvollen Blick zu. »Warum hast du mich nicht daran erinnert?«

»Ich glaube, wir hatten wichtigere Sorgen.«

Zwischen ihnen auf der Rückbank saß der Kommandant des bewaffneten Spezialkommandos, ein kräftig gebauter Superintendent mit Birmingham-Akzent. Er starrte auf den Bildschirm seines Laptops; auf die Feeds von den sechs an die Helme montierten Kameras seiner Leute, die verschiedene Positionen um das Haus ihrer Zielperson herum bezogen hatten.

Er drückte eine Taste an seinem Airwave-Funkgerät. »Kommandant an alle Einheiten. Stufe Gelb, ich wiederhole: Stufe Gelb … Bereithalten.«

»Abgesehen davon«, sagte Tanner, »bin ich nicht deine Mutter.«

Dagegen konnte Thorne so wenig einwenden wie gegen die Erinnerung daran, dass sie den ganzen Tag über mit Vorbereitungen beschäftigt gewesen waren. Die Adresse von Kevin Bartley, die Hobbs ihnen genannt hatte, lag in Coventry, was bedeutete, dass sie sich schnellstens mit der West Midlands Police abstimmen und grünes Licht für eine bewaffnete Operation hatten einholen müssen. Zuerst hatte Thorne sich gefragt, ob sie es nicht vielleicht übertrieben. Er war dafür gewesen, sich mit drei anderen Leuten aus dem Team in einen Wagen zu setzen und die M1 hochzubrettern. Aber Brigstocke hatte darauf hingewiesen, dass unabhängig von den Vorstrafen ihrer Zielperson schon die mutmaßliche Verbindung zu einem derart gefährlichen Verbrecher wie Stuart Nicklin strengste Sicherheitsvorkehrungen für Beamte und Öffentlichkeit erforderte. Wenn sie ihn festnehmen wollten, durften sie kein Risiko eingehen. Und *das* bedeutete, dass ein bewaffnetes Team dabei sein musste.

»Woher sollen wir wissen, dass Kevin Bartley sich nicht immer noch mit Nicklin herumtreibt?«, hatte Brigstocke gefragt.

»Unwahrscheinlich«, hatte Thorne erwidert.

»Woher sollen wir wissen, dass Nicklin nicht *dort* ist?«

»Ist er nicht.« Thorne hatte die Diskussion weiterführen wollen, bis er die Miene seines Chefs registrierte und an das Zitat bezüglich »Dummheit und Selbstüberschätzung« dachte. Also gab er klein bei.

Neben den Absprachen mit dem Team von West Midlands hatte auch eine rege Kommunikation mit der Polizei und der Gefängnisverwaltung in Marseille stattgefunden. Wie an einem Sonntag absehbar, war dieser Teil etwas weniger *vite* verlaufen, als zu wünschen gewesen wäre. Alle Bitten um ein bisschen mehr Tempo waren mit der gallischen Variante des Schulterzuckens beantwortet worden. Erst am Abend waren sämtliche Unterlagen und vor allem ein relativ aktuelles Foto von Kevin Bartley geschickt worden.

»Der Brexit im Alltag«, stellte Tanner fest.

»Roger, Stufe Gelb bestätigt.« Die Stimme des Teamleiters drang blechern aus dem Funkgerät des Superintendent. »Halten uns bereit für Rot.«

»Worauf warten wir?«, fragte Thorne.

Der Superintendent ignorierte ihn und wandte den Blick nicht vom Monitor, von den Bildern, die von den an die SIG-Sauer-Karabiner montierten Lampen beleuchtet wurden: lückenhafter Rasen und geschwärzte Ziegel, eine Metalltür neben einer Reihe Plastikmülleimer an der Rückseite des zweistöckigen Gebäudes, der Fuß einer steinernen Treppe.

»Wiederhole: Halten uns bereit für Rot ...«

Kurz nach halb elf abends hatten Thorne und Tanner London endlich verlassen. Gegen eins hatten sie mit dem Spezialkommando in Coventry zusammengesessen. Thorne hatte schnell berichtet, was er über Kevin Bartley wusste, und erklärt, warum sie mit ihm reden mussten. Er war darüber informiert worden, dass die West Midlands Police schon am Haus der Zielperson vorbeigefahren war und es auch per Hubschrauber beobachtet hatte, wobei keinerlei Aktivitäten in der Wohnung im Obergeschoss beobachtet worden waren.

»Falls Ihr Mann dort ist, schläft er wahrscheinlich, was genau das ist, was wir uns wünschen«, hatte der Superintendent gesagt. »Wenn es gut läuft, gehen wir rein und legen ihm Handschellen an, bevor er richtig wach ist.«

Auf eine Leinwand wurde ein Grundriss des Hauses projiziert, alle Teammitglieder bekamen ihre jeweiligen Anweisungen. Der Superintendent briefte sein Team gründlich und ging jede Einzelheit der Operation mehrmals durch. Er hörte erst auf, als er Thornes Blick bemerkte.

»Tut mir leid, wenn ich Sie langweile.«

»Nein, ich hab nur ... tut mir leid.«

»Für wie viele Morde ist er verantwortlich? Ihr Mr Nicklin? Ich meine jetzt bloß die aus der letzten Zeit.«

»Für drei«, hatte Thorne gesagt. »Indirekt.«

»Also gut.«

Mit derselben ausdruckslosen Miene starrte der Superintendent nun weiter auf seinen Laptop.

Thorne schob die tauben Finger unter seine Oberschenkel.

Jetzt musste er auch noch pinkeln.

»Stufe Rot.« Der Superintendent richtete sich auf. »Gehen Sie rein, wenn Sie bereit sind.«

Thorne wusste, was jetzt passieren würde. Sie würden nicht das Chaos und die Brüllerei zu sehen bekommen, die in Krimis so gern gezeigt wurden. Er sah sich die bewegten Bilder an. Zwei bewaffnete Beamte stiegen langsam und geräuschlos zwei Treppen hoch. Im Licht ihrer Lampen tauchte eine verschrammte Wohnungstür auf, dann, als die Tür mit einer Metallramme demoliert wurde, ein kurzer dunkler Hausflur.

»Bewaffnete Polizei. Kommen Sie langsam und mit erhobenen Händen an die Tür.«

Thorne und Tanner starrten auf den Monitor.

Eine dritte Kamera fing die Umrisse eines Polizeihunds ein, der von der Leine gelassen wurde und auf der Stelle durch die Tür in die Wohnung lief. Das Tier war darauf trainiert, beim ersten Hinweis auf einen lebenden Menschen zu bellen, aber es war nichts zu hören. Nach ungefähr einer Minute kam der Hund zurück.

Der Superintendent im Wagen schüttelte den Kopf. Er warf Tanner und Thorne einen kurzen Blick zu und beugte sich zu seinem Funkgerät vor. »Okay, an alle Beamten. Zugriff …«

Jetzt ging die Brüllerei los, das Dröhnen von Stiefeln auf den Treppen, das schwere Atmen hinter den Helmen.

»Bewaffnete Polizei …«

Die Bilder auf dem Monitor des Superintendent schlingerten und kippten heftig, als die Beamten in die Wohnung eindrangen und sich schreiend verteilten.

»Zimmer links.«

»Zimmer rechts.«

»Gesichert …«

»Küche gesichert …«

Thorne hatte Mühe, die Bilder der sechs Kameras gleichzeitig im Auge zu behalten. Er sah massige Gestalten in schwarzen Panzerwesten, die sich an Wände drückten oder in Spiegeln auftauchten. Mit angehaltenem Atem beobachtete er, wie dünne Lichtstrahlen die Prägetapete abtasteten und Türen eingetreten wurden. Eine Hand riss eine Schranktür auf, eine Flasche rollte über welliges Linoleum, überall deuteten die Läufe halbautomatischer Gewehre ins Nichts und hellten die Dunkelheit für Augenblicke auf.

»Wohnung gesichert.«

»Scheiße«, sagte Thorne.

Dann: »Eine Person im hinteren Schlafzimmer. Wir brauchen einen Arzt.«

»Scheiße«, sagte Tanner.

Der Superintendent seufzte schwer und sagte: »Das ist nicht gut.« Als er seinen Laptop zuklappte, hatte Thorne bereits die Tür aufgerissen und trat hinaus in die Kälte.

Auf dem Weg die Treppe hinauf begegneten ihm mehrere Mitglieder des Spezialkommandos, die auf dem Weg nach unten waren. Der Adrenalinrausch stand ihnen noch ins Gesicht geschrieben. Als Thorne und Tanner die Überreste der Wohnungstür erreichten, schaltete drinnen jemand sämtliche Lampen ein. Gleich hinter der Tür stand ein Beamter, der ihnen zunickte und in den hinteren Teil der Wohnung deutete.

Aus einem Funkgerät drang die Meldung, der Arzt sei unterwegs.

Die Wohnung war klein und eher spartanisch eingerichtet. Gleich rechts lag die Küche, links ein unaufgeräumtes Wohnzimmer. Spritzen auf einem niedrigen Tisch, ein Laptop. Thorne hätte hier nicht wohnen wollen, aber selbst wenn man noch den Zigaretten- und Schweißgeruch einrechnete, waren Tanner und er in viele schlimmere Behausungen gerufen worden. Sie warfen einen Blick ins größere der beiden Schlafzimmer, in dem ein unbenutztes Bett stand, und gingen weiter zu dem kleineren Zimmer, wo sie von zwei Beamten erwartet wurden; wo sie den Toten vorfanden.

Das Opfer saß auf einem Stuhl mit gerader Lehne und war von der Taille aufwärts nackt. Die Arme waren in seinem Rücken gefesselt, die Füße mit etwas, das nach einer Wäscheleine aussah, jeweils an einem der Stuhlbeine fixiert. Sein Kopf war zur Seite geneigt, als dächte er nach, die langen roten Haare und der zottelige Bart waren blutverklebt.

Der Arzt brauchte sich nicht zu beeilen.

Wegen der Verletzungen der einen Gesichtshälfte – wahrscheinlich Resultat stumpfer Gewalteinwirkung, die auch zu seinem Tod geführt hatte – hätte Thorne trotz des Fotos, das er aus der Tasche zog, nicht mit Sicherheit sagen können, dass er Kevin Bartley vor sich hatte. Die Tattoos an seinen Armen waren allerdings deutlich genug: Sie entsprachen denen, die in der Polizeiakte des Mannes aufgelistet waren. Ein Acid-House-Tattoo mit Smiley; ein weiteres mit Kreuzen als Augen; *COMING ON STRONG.*

Ein Kind der Achtziger.

Die beiden Beamten, die im Zimmer geblieben waren, starrten die Leiche an. Einer schüttelte den Kopf. »Was zum Teufel soll *das da* bedeuten?«

»Keine Ahnung, Mann.« Sein Kollege wandte sich ab und nickte Tanner beim Hinausgehen zu. »Nicht unser Problem.«

Thorne kannte diese beiden Männer erst seit ein paar Stunden, es gab also keinen Grund, warum sie seinen Vornamen hätten kennen sollen. Keinen Grund, warum sie die Nachricht hätten verstehen sollen, die tief in die Brust des Toten eingeritzt war.

Tanner stellte sich dicht neben Thorne. Sie fragte, ob er zurechtkomme, und lehnte sich sanft an ihn. Gemeinsam starrten sie auf die Rinnsale von Blut, die sich über Kevin Bartleys geäderten Oberkörper zogen. Thorne begriff genau, was er las.

Er wusste, für wen die Nachricht gedacht war und wer sie geschickt hatte.

KÄUFERRISIKO, TOM.

Während die Nachbesprechung des bewaffneten Einsatzes lief, sicherte ein örtliches Mordermittlerteam den Tatort in Coventry. Im Hintergrund liefen schon Diskussionen zwischen den Leitern der Abteilungen für Gewaltkriminalität bei der Met und der West Midlands Police darüber, wie die beiden offensichtlich zusammenhängenden Ermittlungen koordiniert werden sollten.

Die hohen Tiere taten, was sie am besten konnten.

Thorne und Tanner saßen in einem ansonsten verwaisten Büro im Hauptquartier der WMP zusammen, hoch über der Stadt. Es war ihre erste Chance, ungestört miteinander zu reden. Sie tranken Kaffee und aßen Bacon-Sandwiches, während der Himmel sich zartrosa färbte und die Sonne hinter der gezackten Silhouette der Hochhäuser aufging.

»Nicklin steckt dahinter«, sagte Thorne.

»Sieht so aus.«

»Von ihm stammt das Tablettenfläschchen für Margaret Herberts Website. Er hat auf einen Käufer gewartet, sich als K-Man ausgegeben und in der letzten E-Mail absichtlich den ›Fehler‹ gemacht, der uns zu Kevin Bartley geführt hat.«

»Und ihn dann umgebracht.«

»So hat er es auch mit dem Skalpell gemacht und Rebecca Driver genau gesagt, wo sie es kaufen konnte. Wie perfekt es für ihre Pläne passen würde.« Thorne kaute einen Bissen von seinem Sandwich. »Ich könnte mir vorstellen, dass er davon mehr oder weniger gelebt hat. Dass er immer, wenn das Geld knapp wurde, ein paar Andenken zum Verkauf gebracht hat.«

»Warum auch nicht?« Tanner schüttelte den Kopf. »Wenn

ich fünfzig Pfund für ein paar Locken bekommen würde, hätte ich alle fünf Minuten die Schere in der Hand.«

Eine Weile aßen sie schweigend.

Jemand vom Reinigungspersonal steckte den Kopf durch die Tür, sah, dass das Büro benutzt wurde und zog sich schnell wieder zurück.

»Was du sagst, ergibt Sinn.« Tanner zupfte am Rand ihres Styroporbechers. »Aber wir haben ein großes Problem.«

Thorne wartete.

»Diese Nachricht …«

»Mir geht's gut«, sagte Thorne. »Na ja, nicht gerade gut, denn es ist ziemlich beängstigend. Aber wenn es um Stuart Nicklin geht, hab ich *immer* Angst.«

»Das meine ich nicht.«

»Ich wäre ja dumm, wenn ich keine Angst hätte …«

»Er wusste, dass wir kommen, Tom.« Tanner stellte ihren Becher ab und sah ihm in die Augen. »Er hat Kevin Bartley als Köder benutzt, ihn umgebracht und gewusst, dass du seine Leiche finden würdest. Er hat das alles für dich arrangiert.« Sie sprach schneller und mit finsterem Nachdruck. »Alles, was Greg Hobbs gemacht hat, war auf unserer Seite … ultrasicher, stimmt's? Er hat Cameron Herberts Computer benutzt, die richtigen Passwörter … alles komplett anonym. Klar, Nicklin hat die Flasche geliefert und gerade so viele Spuren hinterlassen, um Kevin Bartley ins Visier zu rücken. Aber letztlich hätte sein Käufer doch … jeder sein können.« Sie atmete tief durch und las an Thornes Miene ab, wie ihm dämmerte, dass es einen weiteren ernsthaften Grund gab, sich zu fürchten.

»Woher wusste er, dass wir es waren?«

TEIL DREI

Eine Wahl

35

In der Ecke des Restaurants stand ein silberner Weihnachtsbaum mit roter Dekoration. Thorne merkte, dass er ihn unwillkürlich betrachtet hatte, dass der Baum ihm in seiner simplen Schönheit gut gefiel. Natürlich war ihm eigentlich klar, dass es bis Weihnachten nur noch gut zwei Wochen waren. Denn wie jedes Jahr war die Adventszeit allgegenwärtig. Er hatte im Radio und in den Läden die üblichen Songs gehört und war an vielen festlich dekorierten Häusern vorbeigekommen, aber bisher waren das für ihn nur … Geräusche und Lichter gewesen. Im Augenblick ging ihm so viel anderes durch den Kopf, dass er die Nähe zu Weihnachten tatsächlich zum ersten Mal bewusst wahrnahm.

Wahrscheinlich war auch das Büro längst dekoriert, ein bisschen schäbiges Lametta rings um die Türrahmen und ein oder zwei Karten auf den Schreibtischen. Er hatte einfach nicht darauf geachtet.

Im Gegensatz zum tätowierten Griesgram ihm gegenüber – Phil Hendricks, der mit tadellosem Timing grinste, weil er gesehen hatte, dass ihr Essen zum Tisch gebracht wurde – mochte Thorne das Weihnachtsfest. Für dieses Jahr zeichnete sich wieder einmal ab, dass er vor lauter Arbeit nicht dazu kommen würde, all das zu tun, was er wollte, aber unter günstigeren Umständen feierte er so gern wie jeder andere. Sich ein paar Tage mit unerbetenen Socken zu beschäftigen, war allemal besser, als sich um unerbetene Leichen kümmern zu müssen. Dann sang er unmelodisch die Songs von Slade und Wizzard und den Pogues mit und musste sich nicht mal rechtfertigen, wenn er Weihnachtsalben von Johnny Cash oder Willie Nelson auflegte. Er kaufte die nötigen Geschenke für die wenigen Leute, auf die es ankam, und viele unnötige für sich selbst. Er nahm sich die Zeit für einen Besuch bei seiner Tante Eileen und bei Victor, dem einzigen noch lebenden Freund seines Vaters. Wenn der große Tag kam und er ihn allein verbrachte – es hatte tatsächlich Jahre gegeben, in denen er bei Ebeneezer Hendricks vorbeigeschaut hatte, mit Bier und Truthahnsandwiches als Geschenken –, saß er glücklich betrunken vor *Buddy – Der Weihnachtself* oder *Gesprengte Ketten* und mästete sich mit Nüssen und Quality-Street-Konfekt.

Darauf kam es letzten Endes doch an. Die Wohnung dekorierte er nur dann, wenn er mit jemandem zusammen feierte, sonst ergab es für ihn keinen Sinn. In der Hektik der letzten Zeit waren er und Melita noch nicht dazu gekommen, Pläne für das Fest zu schmieden, aber einen Baum aufzustellen wie den, den er jetzt betrachtete, würde ihn nicht allzu viel Zeit kosten.

»Na denn«, sagte Hendricks und rieb sich die Hände.

Der Kellner hatte die Pizzen auf den Tisch gestellt. Gut gewürzte Fleischberge für Thorne und Hendricks, etwas mit Rucola und Ziegenkäse für Greg Hobbs und Tanners unvermeidliche Scheußlichkeit.

Angewidert schüttelte Hendricks den Kopf. »Dafür sollte man dich verhaften.«

»Ananas auf einer Pizza ist bisher nicht illegal«, stellte Tanner fest. »Aber ich weiß, dass du und Tom euch dafür einsetzen würdet.«

»Das ist ein Verbrechen gegen die Natur.« Hendricks griff nach dem Chiliöl.

»Ein Verbrechen gegen die Menschlichkeit«, bemerkte Thorne.

Er und Tanner waren erst gegen Mittag aus Coventry zurückgekommen und sofort in eine Besprechung gerufen worden, in der Russell Brigstocke mittels PowerPoint-Präsentation dargelegt hatte, wie die beiden Dienststellen ihre Ermittlungen koordinieren wollten. Die darauffolgenden Stunden waren dann mit einer Einsatzbesprechung verstrichen, die Thorne im Stillen als »Bullshit-Bingo« bezeichnete. Die vierzig Minuten seit ihrem Eintreffen im Restaurant hatten er und Tanner dazu genutzt, Hobbs und Hendricks über die Ereignisse des frühen Morgens ins Bild zu setzen.

»Lasst uns versuchen, nicht über die Arbeit zu reden«, schlug Tanner jetzt vor.

»Kein Problem«, sagte Thorne.

»Nur die Viertelstunde, während wir essen. Lasst uns über etwas anderes reden. *Irgendetwas* anderes.«

Hendricks schien Lust zu haben, die Sache ins Rollen zu bringen. »Wie bist du eigentlich in diesem Ding gelandet?«, fragte er und deutete mit dem Kopf auf Hobbs beziehungsweise dessen Rollstuhl.

»Scheiße, Phil.« Tanner starrte ihn vorwurfsvoll an.

Hobbs lachte nur. »Es ist cool. Die meisten Leute haben nicht den Mumm, obwohl ich sehen kann, dass sie es unbedingt wissen wollen.«

»Und?« Hendricks schob sich ein riesiges Stück Pizza in den Mund.

»Es ist auf der Rückfahrt von einer Party passiert, als ich noch an der Uni war«, sagte Hobbs. »Meine eigene Schuld eigentlich, weil ich wusste, dass der Fahrer besoffen war. Er ist dabei gestorben, also …«

»Das ist ja schrecklich«, sagte Tanner.

»Ich nehme euch nur auf den Arm«, sagte Hobbs kauend. Er hatte offensichtlich Spaß. »Der Glückspilz ist mit einem gebrochenen Bein davongekommen.«

Hendricks deutete mit einem Pizzastück in Hobbs' Richtung. »Ich *mag* den Kerl … er darf wiederkommen. Und, hast du eine Freundin, Greg?«

Hobbs nickte mit vollem Mund.

»Okay. Und *sie* …?«

Thorne stöhnte auf und schüttelte den Kopf. Tanner stellte leise fest, man könne Hendricks nirgendwohin mitnehmen.

»Ich frag doch nur«, sagte Hendricks.

»Die Beine meiner Freundin sind komplett funktionsfähig.« Hobbs grinste. *»Komplett.«*

»Schön«, sagte Hendricks.

»Was ist mit dir?« Hobbs warf Hendricks einen auffordernden Blick zu. »Hast du eine Freundin?«

Thorne schnaubte, und Tanner lachte so laut, dass sie fast an einem Stück Ananas erstickt wäre. »Oh, verstehe. Sorry.«

»Wie *kannst* du es wagen.« Die zwei Flaschen Peroni, die er schnell hintereinander geleert hatte, ließen Hendricks leicht kokett klingen.

»Du kannst ihm keinen Vorwurf machen.« Thorne deutete mit der Gabel auf Hendricks. »Du wirkst ein bisschen … verklemmt.«

Danach unterhielten sie sich über verschiedene Themen, angefangen mit Fußball. Sobald Hobbs durchblicken ließ, dass er Crystal-Palace-Fan war, überboten sich die Spurs- und Arsenal-Fans am Tisch in seltener Einigkeit mit spöttischen Bemerkungen. Beim Thema Filme brach eine hitzige Diskussion darüber los, ob *Stirb langsam* als Weihnachtsfilm durchging oder nicht. Als das Gespräch auf Katzen kam, zeigten sich Tanner und Hobbs zu Hendricks' Entsetzen Fotos ihrer geliebten Haustiere. Erst als das schmutzige Geschirr abgeräumt und neue Getränke bestellt waren, brachte Hobbs das Gespräch auf das weniger kontroverse Thema Leichen zurück.

»Ist der Todeszeitpunkt von Kevin Bartley schon ermittelt?«

»Irgendwann am Samstag, nach dem Aussehen der Leiche zu urteilen.«

»Genauer, meine ich.«

Thorne sagte, sie seien noch nicht darüber informiert worden.

»Offenbar sind die Rechtsmediziner in den Midlands nicht die hellsten«, bemerkte Hendricks.

»Ich glaube, ich kann zu der Frage etwas beitragen.« Hobbs errötete leicht, als alle drei ihn ansahen. »Na ja, es gibt nur zwei Möglichkeiten, wie Nicklin die letzten E-Mails mit Bartleys IP geschickt haben könnte. Entweder hat er sich Bartleys WLAN-Zugangscode besorgt … meinetwegen, indem er bei seinem alten Freund vorbeischaut und nach dem Code fragt, weil er seinen Twitter-Account checken will oder was auch immer … Dann hat er die Mail zum Beispiel draußen in seinem Wagen geschrieben und ist anschließend in die Wohnung zurückgekehrt, um ihn umzubringen. *Oder* er ist zur Wohnung gegangen, hat ihn auf der Stelle getötet und die E-Mail von Bartleys Computer verschickt.«

»Das klingt plausibler«, stellte Tanner fest.

»Finde ich auch. Der Mann, hinter dem ihr her seid, scheint mir keine unnötige Zeit zu vergeuden. Also: Ich hab die letzte E-Mail am Samstag um 19.43 Uhr bekommen. Wenn wir also eine halbe Stunde dafür einrechnen, dass Nicklin sein Opfer gefesselt und ermordet und was auch immer hat …«

»Seine kleine Nachricht geritzt«, ergänzte Hendricks.

Thorne starrte in sein Weinglas.

»Genau, die Nachricht.« Hobbs lehnte sich zurück, als hätte er gerade die selbstverständlichste Sache der Welt erwähnt. »So gesehen glaube ich, wir können von einem Todeszeitpunkt zwischen sieben und Viertel nach sieben ausgehen. Über den Daumen.«

Tanner nickte und stieß Hendricks an. »Ich glaube, Greg ist auf deinen Job scharf.«

»Wenn man bedenkt, dass er euch erst auf Bartleys Spur gebracht hat«, erwiderte Hendricks, »könnte er auch auf eure Jobs scharf sein.«

»Nicklin hat uns zu Bartley geführt.« Thorne hob den Blick. »*Nicklin.* Er hat uns an der Nase herumgeführt.«

»Das konnten wir nicht ahnen«, sagte Tanner.

»*Ich* hätte es ahnen müssen. Er war uns die ganze Zeit schon einen Schritt voraus … Nein, mehrere Schritte, das ist er immer. Ich hätte das kapieren müssen. Als ich gesehen hab, was er in Bartleys Brust geritzt hatte, war ich nicht mal überrascht, wisst ihr? Nur wütend auf mich selbst, weil ich so ein Idiot war.« Er trank sein Glas in einem Schluck leer. »Himmel, man sollte denken, dass ich den Mistkerl inzwischen durchschaut hätte.«

Vielleicht hatte Hobbs den Stimmungswechsel nicht mitbekommen, vielleicht wollte er sich aber auch einfach nicht zu lange damit aufhalten. Jedenfalls war er derjenige, der das unbehagliche Schweigen brach.

»Nicola hat recht«, sagte er. »Niemand hätte wissen können, dass Nicklin diese E-Mails geschickt hat. Oder was wir geplant hatten. Das wirft natürlich eine entscheidende Frage auf.«

»Das ist uns klar.« Thorne klang aggressiver, als er beabsichtigt hatte. Tanner hatte ihre Sorge schon in Coventry zum Ausdruck gebracht. Die Frage hatte sie während der ganzen Rückfahrt nach London beschäftigt.

Woher hatte Nicklin gewusst, an *wen* er seine E-Mails geschickt hatte?

»Wir werden uns morgen mit unseren beiden Hauptkandidaten treffen«, sagte Tanner.

»Margaret Herbert und ihr Enkel?« Hobbs nickte. »Ich dachte mir schon, dass sie die offensichtlichen Verdächtigen sind.«

»Als Nerd sind deine Talente echt vergeudet, Mann«, sagte Hendricks. »Du solltest ernsthaft darüber nachdenken, auf Detective umzusatteln. Man sieht ja, dass sie jede Hilfe gebrauchen können.«

»Na ja …«

»Ich meine, Bullen sind nicht unbedingt die Aufgeschlossensten, wenn um es Diversität und so was geht. Nicht besonders sensibel, manche jedenfalls. Ich will nur sagen, du würdest wahrscheinlich mit ein paar Idioten klarkommen müssen, die dich Ironside nennen.«

Tanner klopfte Hendricks auf den Arm. »Okay, Phil, das reicht.«

»Was?«

»Ich glaube, du hast deine Wokeness glaubwürdig demonstriert.«

Hobbs fing an zu lachen.

»Hör mal, Mann.« Hendricks wirkte beleidigt, genoss die Aufmerksamkeit aber unverkennbar. »Ich war schon … *woke*, als die meisten dieser Generation-Z-Mimosen noch in den Windeln lagen.«

Drei der vier am Tisch Sitzenden lachten, nur Thorne drehte sich einfach um und gab dem Kellner ein Zeichen, dass sie zahlen wollten.

Sobald Hobbs winkend losgefahren war, machten Thorne, Hendricks und Tanner sich zu Fuß auf den Weg zur U-Bahn-Station Leicester Square. Es war trocken, aber der Wind war schneidend und der Bürgersteig vereist. Sobald sie unter der Erde waren – wo es minimal wärmer war und keine Rutschgefahr mehr bestand –, sagte Tanner Gute Nacht und drehte ab zur Piccadilly Line Richtung Hammersmith.

»Nur noch wir beide, Kumpel«, stellte Hendricks fest.

In einem überfüllten Waggon der Northern Line sicherten sie sich zwei Sitzplätze. Irgendwo zwischen Tottenham Court Road und Goodge Street rutschte Thorne ein Stück an Hendricks heran, um sich über den Lärm hinweg verständlich zu machen.

»Wir haben übrigens die Ergebnisse der Untersuchung des Pillenfläschchens.«

»Ist es echt?«

»Sieht so aus«, sagte Thorne. »Bartleys und Nicklins Abdrücke sind drauf.«

»Na, immerhin wollten sie niemanden abzocken.«

»Ein bisschen überraschender ist das, was wir innen gefunden haben.«

Hendricks sah ihn fragend an. »Dann war es kein Ibuprofen?«

»Es sind Spuren von MDMA entdeckt worden.«

»Meine Fresse.« Hendricks legte den Hinterkopf ans Fenster. »Dann hat Stuart also Geschmack an Disco Biscuits gefunden?«

»Gut möglich.«

»Beängstigende Vorstellung.«

Thorne sagte nichts. Er dachte daran, was er zu Tanner gesagt hatte, als sie Bacon Sandwiches gegessen und den Sonnenaufgang beobachtet hatten, als wäre alles normal. Die einzigen Gedanken an Stuart Nicklin, die er *nicht* beängstigend fand, waren solche, in denen Handschellen, eine Anklagebank oder ein Gefangenentransporter eine Rolle spielten.

Oder ein Grabstein.

Zehn Minuten später näherte sich die Bahn der Haltestelle Camden Town, und Hendricks stand auf. Thorne hob zum Abschied die Hand und versprach, sich zu melden, sobald es Neuigkeiten gab. Der Zug wurde langsamer, aber statt zur Tür zu gehen und dem großen Andrang zuvorzukommen, hielt Hendricks sich an der Haltestange fest und ließ die anderen Fahrgäste an sich vorbei.

»Alles klar mit dir, Kumpel?«

Thorne blickte auf.

»Du wirkst irgendwie … daneben.«

»Ich muss nur ein bisschen Schlaf nachholen.« Als die

Bremsen kreischten, zuckte Thorne zusammen und schloss die Augen. Aber eigentlich war das Geräusch nicht schlimmer als die täglich mehr anschwellende Kakophonie in seinem Kopf.

36

Der Samstagabend in den Midlands war vom Feinsten gewesen. Jetzt, achtundvierzig Stunden später und unterstützt von der gerade einsetzenden Wirkung einer Pille, trat jedes Detail der Erinnerung deutlich hervor, elektrisiert und grell wie Neonlicht. Nicklin kam sich vor, als könne er die Gefühle jeder einzelnen Minute erneut spüren. Die sich verändernden Farben und Geräusche. Das anfängliche dumme Lachen, den Computerkram und das Schlitzen. Als wäre er noch einmal als Zuschauer dabei, von dem köstlichen Moment an, als K-Man die Tür geöffnet und ihn angeschaut hatte, als wäre er ein Fremder.

Scheiße, was gibt's?

Er sagt: *Komm schon, Kevin, so lange ist es doch nicht her.* Grinsend hält er die mitgebrachte Flasche hoch und sagt: *Frankreich, Mann, Frankreich*, da erinnert Kevin sich, und er ist drin.

Der Gestank von Schweiß und Schimmel und Zigaretten …

Ja, Frankreich. Gute Zeiten …

… und der Essiggeruch von aufgekochtem Heroin, der ihm sagt, dass Kevin sich kaum verändert hat. Er lächelt und denkt, dass er den perfekten Zeitpunkt erwischt hat und alles viel einfacher wird, weil der Idiot *high* ist.

Als Erstes wird die Flasche geöffnet, dann sitzen sie zusammen in der ekligen Küche und quatschen, als hätten sie sich gerade gestern zuletzt gesehen.

Wir waren gute Kumpels, stimmt's?

Klar, Kevin. In den Wochen, die wir uns zusammen in Frankreich rumgetrieben haben, warst du immer ein Kum-

pel. Hast mir immer ein Fläschchen Pillen gegeben, wenn ich welche brauchte.

Bist du deswegen hier?

Ich hab Pillen genug, keine Sorge. Hör mal, ich muss dir was zeigen. Du wirst dich bepissen vor Lachen, versprochen …

Dann ins Wohnzimmer, die Flasche in der Hand, und es hätte nicht besser laufen können, denn der Computer ist schon aufgeklappt. Er steht auf dem Tisch, weil Kevin sich wahrscheinlich einen Porno angesehen oder ein dämliches Spiel gespielt hat. Jedenfalls ist er eingeloggt, das ist die Hauptsache.

Jetzt … zwei Tage später hier in seinem Bett erinnerte Nicklin sich daran, wie er abgewartet hatte. Wie er sich entspannt hatte, weil ihm klar wurde, dass er Kevin auf der Stelle hätte töten können. Stattdessen hatte er sich entschieden, sich noch ein bisschen zurückzuhalten und vorher noch etwas Spaß zu haben.

Er setzt sich hin und macht es sich gemütlich.

Eine Begegnung mit der Vergangenheit, Kev …

Ein paar Klicks auf dem schmierigen Laptop seines Gastgebers und *voilà!* Er ruft Kevin zu sich, klopft auf das Sofakissen und sieht die aufsteigende Staubwolke. Beobachtet den dämlichen Junkie, der wie weggetreten auf ihn zukommt, und deutet auf den Bildschirm.

Erkennst du das?

Ein Fläschchen, oder? Für Pillen …

Eins von deinen. Eins von den vielen, die du mir in Frankreich gegeben hast.

Kevin beugt sich vor, liest mit zusammengekniffenen Augen und kapiert es nicht. *Wer ist K-Man?*

Du, schließlich ist es deine Flasche. Na ja, eigentlich bin ich es, der sich für dich ausgibt.

Nicklin lacht, und Kevin lacht mit, obwohl er offensichtlich nicht begreift, worüber.

Ich weiß noch immer nicht, was ich mir da ansehe …

Lies mal, was da über die Flasche geschrieben steht. Wem sie gehört hat.

Dir, stimmt's? Ich hab sie dir gegeben, das hast du doch gesagt.

Lies nach.

Also liest Kevin die komplette Beschreibung auf der Website und schüttelt verwirrt den Kopf. Beim ersten Mal nimmt er den Namen gar nicht richtig wahr. Er merkt nur, dass es nicht der ist, den er erwartet hat.

So heißt du nicht.

In Frankreich hab ich einen anderen Namen benutzt. Im Laufe der Jahre hatte ich eine Menge Namen. Das da ist der richtige …

Wieder schaut Kevin hin und endlich *sieht* er den Namen. Natürlich erkennt er ihn wieder. Plötzlich verändert sich seine Miene. Nicklin genießt den krampfartigen Ausdruck der Panik, aber nicht so lange, dass Kevin Zeit zum Abhauen hätte. Dass er auch nur *versuchen* könnte abzuhauen. Nicklin hebt schon die Weinflasche über den Kopf und lässt sie seitlich gegen Kevins Schädel krachen. Danach läuft alles so, wie er es sich vorgestellt hat.

Er verschickt die E-Mail, schließlich steht der Computer schon bereit.

Der Computer, der sie in diese Wohnung führen wird.

Er zerrt Kevin in das rückwärtige Schlafzimmer und fesselt ihn an den Stuhl, damit er hübsch gerade sitzt. Damit er gesehen wird.

Er zieht Kevin das Hemd aus und nimmt das Messer heraus.

Er muss ihn noch einmal mit der Flasche schlagen, denn Kevin wacht auf, bevor Nicklin mit der Klinge fertig ist. Er schlägt ihn viel öfter, als eigentlich nötig wäre. Er ärgert sich, weil Kevin, als er zu sich kommt, an den Fesseln zerrt und sich wehrt, sodass das *M* im letzten Wort nicht so perfekt wird, wie er es geplant hatte.

Jetzt, in der Dunkelheit auf seinem Bett liegend, spürte Nicklin sein Herz rasen. Dafür hätten die Pillen sowieso gesorgt, aber diesmal lag es auch am Rausch der Erinnerung, an der Vorstellung von Tom Thornes Gesichtsausdruck, als er das Zimmer betrat und die Nachricht las.

Sein nicht ganz perfektes *Tom*.

37

Thorne wollte nicht, dass die Herberts sich wohlfühlten, dass sie sich *sicher* fühlten. Kein Lieblingssessel, in den Margaret sich zurücklehnen konnte, kein Hündchen, um das sie Umstände machen konnte. Und keine Chance für Cameron, Schutz bei seiner Großmutter zu suchen.

Obwohl die alte Frau ihn beim letzten Mal verpfiffen hatte.

Ein schneller Anruf am Morgen hatte dafür gesorgt, dass auf dem Revier in Colchester Räume für sie freigehalten wurden. Dann waren zwei Zivilfahrzeuge losgeschickt worden, um ihre Gäste ohne Vorankündigung abzuholen. Als Thorne und Tanner kurz vor Mittag auf dem Parkplatz eintrafen, hatten Margaret und Cameron Herbert fast eine Stunde in separaten Vernehmungsräumen zugebracht.

Thorne beschloss, dass eine weitere halbe Stunde nicht schaden konnte. Er und Tanner machten sich Tee und blätterten am Empfang ein paar eselsohrige Broschüren durch. Sie tauschten mit dem Sergeant den neuesten Klatsch aus und aßen die Sandwiches, die sie unterwegs gekauft hatten.

»Du nimmst die alte Frau«, sagte Thorne, als sie fertig waren. »Ich probiere es bei ihrem bekifften technischen Betreuer.«

»Bin ich verhaftet?«

Tanner hatte gerade erst die Tür des Verhörraums hinter sich geschlossen. Sie lächelte Margaret Herbert zu und ging hinüber zum Tisch. Dort zog sie die Jacke aus, setzte sich und informierte die Frau, dass das Gespräch, auch wenn es nicht beweiserheblich war, aufgenommen würde. »Was haben Sie noch gefragt, als ich zur Tür reinkam?«

»Sie haben mich gut verstanden.«

»Wenn Sie verhaftet wären, würden Sie das wissen, Margaret. Sie schienen mir bei unserer letzten Begegnung über solche Dinge gut informiert zu sein. Falls Sie immer noch unsicher sind, kann ich nur sagen, dass jemand erklärt hätte: ›Ich verhafte Sie wegen …‹ Keine Ahnung, weswegen. Wofür auch immer derjenige Sie hätte verhaften wollen.« Wieder lächelte Tanner. »Ist das passiert?«

Herbert sah aus, als wolle sie sie anspucken.

»Ich meine, wir *könnten* Sie natürlich verhaften, und vielleicht werden wir das noch tun. Ich denke, es hängt vom weiteren Verlauf dieses Gesprächs ab.«

Die alte Frau starrte sie an. Sie war weder in der Stimmung für Nettigkeiten noch dafür, sich verarschen zu lassen. »Dann kann ich also jederzeit gehen.«

»Absolut«, sagte Tanner.

»Vielleicht tue ich das.«

»Ich fürchte, dann müssen Sie den Bus nehmen.«

»Ich rufe ein Taxi.« Mit einem Mal wirkte Herbert ein Stück selbstsicherer. »Oder Cameron kann uns mit seinem Handy ein Uber bestellen.«

»Wie Sie wünschen, aber vergessen Sie nicht, dass wir uns fragen würden, warum Sie bei einer Mordermittlung nicht helfen wollen.«

»Ich habe schon mit Ihnen kooperiert.« Die Frau wirkte erschrocken. »Ich habe Ihnen meine ganzen Sachen überlassen, falls Sie sich erinnern.«

»Ich begreife Ihre Verwirrung«, sagte Tanner. »Neulich ging es um eine andere Mordermittlung. Um die drei Männer, die mit dem Skalpell ermordet wurden, das Sie verkauft haben … falls Sie sich erinnern. Unglücklicherweise ist nach unserem letzten Gespräch ein weiterer Mord geschehen, und leider muss ich sagen, dass er wiederum direkt mit einem Gegenstand von Ihrer Website in Verbindung steht.«

Herbert stieß den Atem aus und sackte auf ihrem Stuhl zusammen.

»Ich meine, das wird Ihre Userbewertungen in den Keller treiben, was meinen Sie? Na ja, vielleicht auch nicht, wenn man bedenkt, an welche Kundschaft Sie sich wenden. So oder so, jetzt verstehen Sie sicher, warum wir uns noch mal mit Ihnen unterhalten wollen.«

»Geht es um dieses Pillenfläschchen, an dem Sie so interessiert waren?«

»Das ist korrekt.« Trotz ihrer äußeren Erscheinung und ihrer eingeschränkten Mobilität hatte Tanner in Margaret Herbert keinen Moment die harmlose alte Dame gesehen, als die sie auf den ersten Blick durchgehen mochte. Die Frau war offenbar bestens bei Verstand. Trotzdem schadete es nicht, hin und wieder daran erinnert zu werden, *wie* scharfsichtig sie war.

Natürlich war es auch denkbar, dass sie die ganze Zeit schon gewusst hatte, wohin der Verkauf der Flasche führen würde. Vielleicht hatte sie Kevin Bartleys Mörder genau darüber informiert, mit wem er E-Mails wechselte und wer auf dem Weg war, die Leiche zu entdecken. Samt in die Brust geritzter Nachricht.

»Was ist passiert?«, fragte Herbert. »Wer wurde ermordet?«

Tanner schob ihren Stuhl ein wenig vor. Ob Herbert Bescheid wusste oder nicht, es gab keinen Grund, in die Einzelheiten zu gehen. »Haben Sie jemals irgendeinen direkten Kontakt zu Stuart Nicklin gehabt?«

»Was?«

»Wir glauben, dass er den letzten Mord selbst begangen und bei den drei vorausgegangenen mitgewirkt hat. Außerdem ist er für zahllose weitere Morde und Mordkomplotte über zwanzig Jahre hinweg verantwortlich.« Tanner sah Herberts Kopfschütteln, machte aber weiter. »Er ist extrem gefährlich und hält sich zurzeit an einem unbekannten Ort auf.«

»Du meine Güte, ich weiß, wer er ist. Und Sie wissen, dass ich es weiß. Schließlich verkaufe ich seine Sachen.«

»*Seine* Sachen?«

»Sachen … die mit ihm in Verbindung stehen. Ich verkaufe alles Mögliche, was mit Spinnern und Psychos wie ihm in Verbindung steht. Viele sind noch *schlimmer* als er, glauben Sie mir.«

»Das würde ich bezweifeln«, erklärte Tanner.

»Oh, die Welt ist voller kranker Mistkerle.« Herbert nickte mit trauriger Miene. Weise Worte einer alten Frau, die einiges erlebt hat.

Tanner widerstand der Versuchung, sie darauf hinzuweisen, dass die Kränksten dieser Mistkerle ihr den größten Gewinn bescherten. Stattdessen holte sie tief Luft. »Ich frage Sie noch einmal: Hatten Sie jemals irgendeinen direkten Kontakt zu Stuart Nicklin?«

»Natürlich nicht. Wozu auch?«

»Nun ja, Sie haben schon zugegeben, dass der Mann, der Ihnen dieses Fläschchen verkauft hat, ein Bekannter von ihm war.«

»Das ist wohl kaum dasselbe.«

»Und ich hatte Sie gefragt, warum Sie die Polizei nicht informiert haben, obwohl Sie wussten, dass Nicklin ein gesuchter Verbrecher ist.«

»Ja, und den Grund habe ich Ihnen genannt, stimmt's? Weil ich dachte, es wäre wahrscheinlich Blödsinn. Der Kerl würde versuchen, sein dämliches Fläschchen künstlich interessant zu machen. So was passiert immer wieder.«

Tanner lehnte sich zurück und versuchte es ein letztes Mal: »Dann haben Sie also nie mit Stuart Nicklin telefoniert?«

»Nie.«

»Niemals schriftlich mit ihm kommuniziert?«

»Nein.«

»SMS oder E-Mails?«

»*Nein.* Verdammt noch mal …«

»Margaret, ich muss Ihnen sagen, dass dies Ihre letzte Chance ist, offen zu mir zu sein. Falls wir im weiteren Verlauf der Ermittlungen herausfinden, dass Sie uns in diesem Punkt belogen haben, können wir nichts für Sie tun.« Sie wartete, bis die Frau ihre wässrig blauen Augen auf sie richtete. »Glauben Sie mir, wir *wollen* dann auch nichts für Sie tun.«

»Sind Sie fertig?« Als Tanner nicht sofort antwortete, griff Herbert in ihre Tasche und nahm das Handy heraus. Sie zeigte es Tanner, als wüsste diese möglicherweise nicht, worum es sich handelte. »Denn ich rufe jetzt entweder die Taxizentrale oder meinen Anwalt an. Entscheiden Sie!«

»Ich möchte gleich zu Anfang betonen, wie sehr wir Ihre bisherige Hilfe zu schätzen wissen.«

Cameron zuckte die Achseln. »Ich hatte keine Wahl, stimmt's?«

»Greg Hobbs war von Ihren Computerkenntnissen sehr beindruckt.«

»Wer?«

Thorne sah zu, wie Cameron vom einen Ende des Raums zum anderen tigerte und sich dann an die Wand lehnte, als langweilte ihn das alles schrecklich. »Es wäre leichter für uns beide, wenn Sie sich hinsetzen«, sagte Thorne.

»Ach ja?«

»Ich glaube schon.«

»Aber ich muss doch nicht sitzen?«

»Mir wäre es lieber.«

»Wann bekomme ich meine Sachen zurück?«

»Setz dich hin!« Thornes Vorrat an Höflichkeit war relativ schnell erschöpft, und jetzt war der Punkt erreicht. Er genoss die schockierte Miene des Jungen, sah, wie er schluckte, ehe er mit einem Leck-mich-doch-Grinsen zum leeren Stuhl schlenderte, als täte er Thorne einen Gefallen.

Cameron nahm Platz, streckte die Beine aus und strich sich über den Flaum am Kinn. »Zufrieden?« Er lehnte sich zurück und verschränkte die Arme. »Also, wann bekomme ich die Sachen wieder? Meinen Computer und alles.«

»Das wird noch eine Weile dauern«, sagte Thorne. »Ich schätze, Sie werden ein Update brauchen, um es mal so auszudrücken.«

»Ach du Scheiße.«

»Nicht meine Entscheidung, Cam. Wahrscheinlich wird Ihr Computer ein wichtiges Beweismittel in einem Mordprozess. Offenbar sogar in mehreren.«

Cameron schüttelte den Kopf, gedankenverloren oder darum bemüht, gedankenverloren zu wirken.

Thorne sagte ihm mehr oder weniger dasselbe, was Tanner in einem Raum auf der anderen Seite des Gangs zu seiner Großmutter sagte. Zu sehen, wie sich der Gesichtsausdruck des Jungen veränderte, als er die Implikationen dessen begriff, was er gerade gehört hatte, verschaffte Thorne einen kurzen Moment des Vergnügens, wie sie in letzter Zeit selten gewesen waren.

»Ich habe doch sicher Anrecht auf eine Entschädigung?«, fragte Cameron.

»Wofür?«

»Für meinen Computer. Es ist nicht meine Schuld, dass Sie ihn brauchen.«

»Das wissen wir noch nicht.«

Cameron kniff die Augen zu schmalen Schlitzen zusammen. »Ich kann Ihnen nicht folgen, Mann.«

»Ja, Sie könnten möglicherweise die Kosten für den Ersatz Ihrer elektronischen Geräte erstattet bekommen«, sagte Thorne. »Aber erst, wenn wir sicher sind, dass Sie nicht an dem Mord beteiligt waren, bei dessen Vorbereitung diese Geräte eine Rolle gespielt haben.«

»Was soll das heißen, beteiligt?«

»Genau das will ich herausfinden.«

»Wie kann ich … *beteiligt* gewesen sein?«

»Sie kannten den Plan.«

Cameron brauchte ein paar Sekunden. Er rieb sich das Gesicht. »Ja, schon … Ich meine, eigentlich nicht.«

»Sie wussten, dass wir uns online für Sie ausgeben und mit dem Mann kommunizieren wollten, der dieses Pillenfläschchen angeboten hat. Sie sind dem Mann, der diesen Plan für uns umgesetzt hat, sogar persönlich begegnet. Sie haben ihm sämtliche Passwörter überlassen und sind mit ihm die technischen Details durchgegangen.«

»Okay, ich wusste, was Sie vorhaben. Ja und?«

»Jemand anders hat von diesem Plan erfahren, und wir wollen unbedingt herausfinden, wie das möglich war. Verstehen Sie mich, Cameron?«

»Schon, ich begreife nur nicht, was das mit mir zu tun hat.«

»Wirklich nicht?«

»Ehrlich gesagt, weiß ich bis jetzt nicht, was ich hier soll.«

»Sie können uns helfen. Das hoffe ich jedenfalls.«

»Ich wüsste nicht wie.«

»Erinnern Sie sich, wem dieses Fläschchen gehört hat?«

Cameron nickte und stieß einen Seufzer aus. »Nicklin, stimmt's? Ja, er ist eine der Top-Marken meiner Nan.«

Bei der lässigen Bemerkung des Jungen drehte sich Thornes Magen um, er spürte, wie sein ganzer Körper unter Spannung geriet. »Ja … genau. Eine Top-Marke. Das Problem ist, dass er von jemandem über unseren Plan mit dem Fläschchen informiert wurde. Vermutlich können Sie mir dazu nichts sagen?«

Jetzt fiel der Groschen. »Moment mal, Mann …«

»Ich spreche von dem Plan, den Sie kannten, wie Sie gerade eingeräumt haben …«

»Niemals.« Er lehnte sich zurück und schüttelte den Kopf. »Niemals … Das hängen Sie mir nicht an. Warum zum Teufel sollte ich es ihm verraten? Ich meine, wenn ich wüsste, *wie*, denn davon hab ich keinen Schimmer … Warum sollte ich?«

»Weil Sie Angst vor ihm haben.« Thorne lauerte auf eine Reaktion des Jungen. »Vielleicht hat er Ihnen auch gesagt, Sie sollten ihm einen Tipp geben, sobald jemand wie ich vor Ihrer Tür steht. Dass es sich finanziell für Sie lohnen würde. Er weiß sehr gut, wie man Leute überredet.«

»Wenn Sie es sagen.«

»Hat er *Sie* überredet, Cameron?«

»Sind Sie taub oder was?«

»Ich sage nur, es klingt plausibel.«

»Ganz egal, denn so war es nicht, ich schwör's.«

»Falls Sie es *doch* waren, müssen Sie mit mir reden«, beharrte Thorne.

»Ich *rede* doch mit Ihnen. Himmel …«

Jetzt war es Thorne, der seufzend den Kopf schüttelte. »Dann haben wir ein Problem, denn ich bin nicht davon überzeugt, dass Sie mir die Wahrheit sagen. Und Sie sollten wissen, dass ich Sie und Ihre Großmutter nicht in Ruhe lasse, solange ich nicht überzeugt bin. Ich werde ihre armseligen Existenzen auf den Kopf stellen und deswegen keine schlaflosen Nächte haben. Wahrscheinlich fange ich damit an, dass ich den Behörden mitteile, dass Sie zusätzlich zu der Unterstützung, die Sie kassieren, noch einen hübschen kleinen Nebenjob bei Ihrer Großmutter haben. Dann verrate ich, dass Sie diese Einkünfte nicht nur nicht angeben, sondern für Drogen ausgeben. Hören Sie zu, Cameron? Ich nehme keine Rücksicht. Ich sorge dafür, dass jeder Kollege in Ihrer Gegend dreimal täglich vor Ihrer Tür steht und Sie einbuchtet, sobald er auch nur ein extragroßes Päckchen Zigarettenblättchen findet.«

»Scheiße.« Der Junge grinste. »Sie sind wirklich verzweifelt, was …?«

Thornes Stuhl kippte hintenüber, als er brüllend aufsprang. In Windeseile wich der Junge vom Tisch zurück und drückte sich an die Wand.

»Du willst gar nicht wissen, *wie* verzweifelt.«

38

Während Margaret noch mit dem Sergeant am Empfang über die Erstattung der Kosten für ihr Uber diskutierte, fuhren Thorne und Tanner schon auf der A12 Richtung Süden.

»Ich kann es mir nicht vorstellen.« Thorne wechselte auf die Überholspur und zog an einem weißen Lieferwagen vorbei. »Glaub mir, ich wünschte, ich könnte es. Aber das Einzige, was die beiden zu interessieren scheint, ist Geld.«

Tanner nickte. »Ich glaube nicht, dass Margaret so wenig von Technik versteht, wie sie uns weismachen will. Aber dass sie geheime Botschaften an Stuart Nicklin schickt, sehe ich auch nicht. Und Cameron scheint kaum zu wissen, welcher Wochentag gerade ist. Also …?«

»Weiß der Himmel. Ich hab keine Ahnung, wer sonst noch infrage kommt, aber irgendwie hat Nicklin herausbekommen, was wir vorhatten. Es sei denn … Ich meine, ihm war klar, dass wir über Driver auf dieses Skalpell stoßen würden, richtig? So hatte er es von Anfang an geplant. Wahrscheinlich konnte er sich ausrechnen, dass wir murdermags48 und das Fläschchen irgendwann entdecken würden.« Er klopfte auf das Lenkrad, starrte auf die weißen Linien, die unter dem Wagen verschwanden, und suchte nach irgendeiner Erklärung, die die Ereignisse der letzten Tage in einem weniger bedrohlichen Licht erscheinen lassen würde. »Als dann plötzlich ein Käufer für das Fläschchen auf der Bildfläche erschien, könnte er davon ausgegangen sein, dass wir es sind.« Er sah zu Tanner hinüber. »Und in dem Moment lockt er Bartley in die Falle.« Wieder ein Seitenblick. »Was meinst du?«

»Er *wusste* es«, sagte Tanner. »Er hat nichts vermutet und ist von nichts ausgegangen.«

Thorne drückte auf die Hupe, bis der Fahrer vor ihnen blinkte und einscherte. »Nein, natürlich … Ich wollte nur …«

Tanner sah, wie Thorne das Lenkrad umklammerte. »Es wäre immerhin möglich, dass Margaret oder Cameron oder alle beide mit uns spielen, genau wie Nicklin. Vielleicht war es *doch* einer von ihnen, und in dem Fall stehen die Chancen nicht schlecht, dass er oder sie noch einmal Kontakt mit Nicklin aufnimmt.«

»Ich wüsste nicht, warum.«

»Ich auch nicht, aber wir sollten die Möglichkeit wenigstens nicht außer Acht lassen«, sagte Tanner. »Damit wir auf der sicheren Seite sind.«

»Okay.«

»Ich denke, wir sollten sie überwachen lassen.«

»Glaubst du, dass Nicklin auf ein Schwätzchen bei Margaret vorbeischaut? Oder sich mit Cameron im Pub trifft?«

Tanner beachtete ihn nicht. »Wir haben den Computer des Jungen, sodass Hobbs jede Aktivität auf seinen Konten oder mit seinen Passwörtern mitbekommen würde. Das bedeutet natürlich nicht, dass nicht einer von ihnen zum Hörer greift. Ich finde, wir sollten uns die Verbindungsdaten ihrer Festnetzanschlüsse vornehmen und beide Handys überwachen lassen.«

»Sie waren es nicht«, beharrte Thorne.

»Aber es kann nicht schaden, oder?« Tanner wertete das Brummen, mit dem er reagierte, als die gewünschte Antwort und griff auf der Stelle zum Handy, um alles Nötige zu veranlassen.

Beim Fahren hörte Thorne mit einem Ohr zu. Er hielt die Überwachung mit ziemlicher Wahrscheinlichkeit für Zeitverschwendung, war aber zu akzeptieren bereit, dass es das richtige Vorgehen war. Er hatte schon so oft das Offensichtliche übersehen, dass es ihm langsam wie ein Muster vorkam.

Nach einer Weile sagte er: »Ich bin da drin ein bisschen ausgerastet. Im Verhörraum. Mit Cameron.«

Tanner sah zu ihm herüber. »Okay.«

»Ich meine, nicht … *schlimm.*«

»Okay.«

»Ich hab einfach rotgesehen, weißt du.« Thorne registrierte Nicola Tanners Gesichtsausdruck. Als sie sich abwandte, wünschte er, eine andere Formulierung gewählt oder gar nichts gesagt zu haben. Sie wussten beide, dass auch sie rotsehen konnte; mit welch drastischen Konsequenzen. »Ehrlich gesagt, hab ich schon länger damit gerechnet. Seit … na ja, seit wir wissen, mit wem wir es zu tun haben.«

»Verständlich, Tom.«

»Glaub mir, ich bin richtig sauer auf mich selbst, denn … wir sind schließlich nicht in einer Folge von *Die Füchse*.« Er lachte, aber nur kurz und mit wenig Überzeugung.

Eine ganze Weile starrten sie beide auf die vor ihnen liegende Fahrbahn. Sie kamen an einem Schild vorbei, das verkündete, sie seien nur noch eine halbe Stunde von London entfernt.

»Glaubst du, du solltest mit jemandem reden?«, fragte Tanner.

Thorne warf ihr einen langen Blick zu. »Ich rede doch mit dir.«

39

Wie jedes Mal, wenn sie den Abend bei Melita verbrachten, setzten sie sich zum Essen an ihre Kücheninsel. Melita hatte ein Baguette besorgt – einen »Franzosenstock«, wie Thornes Vater immer gesagt hatte – und mehrere Käsesorten bereitgestellt, obwohl Thorne mit Cheddar bestens bedient war. In der Ecke stand ein kleiner Fernseher, auf dem sie sich während des Essens eine Dokumentation über ein Programm für Führungskräfte ansahen, das sich am Ende als Sex-Kult entpuppt hatte. Währenddessen überlegte Thorne, seit wann Kücheninseln dermaßen in waren.

Was hatte er übersehen?

Er konnte sich nicht erinnern, dass sie während seiner Kindheit irgendeine Rolle gespielt hätten. In dem Haus, in dem er aufgewachsen war, hatte es einen Küchentisch gegeben. Wie später auch in dem Haus, das er mit Jan nach ihrer Hochzeit bewohnt hatte. Wenn er jetzt darüber nachdachte, war es vermutlich derselbe Tisch gewesen, den er heute in seiner Wohnung hatte. Also: Wann hatten sich die Leute entschlossen, ihre bestens funktionierenden Küchentische rauszuwerfen und stattdessen Inseln einbauen zu lassen? Vermutlich ungefähr zur selben Zeit, als Laken und Decken durch Federbetten ersetzt worden waren – die sein Vater immer »Kontinentalquilts« genannt hatte. Und als die Leute beschlossen hatten, lieber zu duschen als zu baden.

Melita sah, wie er dick Butter auf sein Brot schmierte und sich dann eine üppige Scheibe Käse abschnitt. »Das ist ziemlich unfranzösisch«, stellte sie fest.

»Was?«

»Butter *und* Käse. Das finden die Franzosen grausig.«

»Genau deshalb mache ich es ja«, sagte Thorne.

Die Dokumentation war an dem Zeitpunkt angelangt, als das Programm ins Gerede gekommen war, nachdem einigen der weiblichen Mitglieder die Initialen des Leiters in die Haut eingebrannt worden waren. Melita stöhnte empört auf.

»Wahrscheinlich sollte ich es inzwischen besser wissen«, sagte sie. »Aber ich staune noch immer.«

Als Thorne sie fragend ansah, deutete sie mit dem Kopf Richtung Fernseher.

»Was die Leute über sich ergehen lassen oder anderen antun, wenn sie nur genug an etwas glauben.«

Thorne griff nach einer neuen Scheibe Brot. Er wunderte sich nicht.

»Wie geht es jetzt weiter?«, fragte Melita.

»Du hast nicht zufällig Branston Pickle im Haus?«

Sie lachte. »Mit dem Fall, meine ich.«

Es war ihr erstes Treffen nach dem Desaster in Coventry. Er hatte sie auf dem Rückweg nach London angerufen und ihr erzählt, wie es gelaufen war. Sie hatte ziemlich besorgt wegen der an ihn gerichteten Nachricht auf Kevin Bartleys Leiche reagiert und ihn gefragt, wie es ihm damit ginge. Da Tanner neben ihm im Wagen saß, hatte er die Frage mit dem dummen Witz abgebügelt, dass eine einfache Postkarte allen Beteiligten viel Ärger erspart hätte.

»Vielleicht wollte er sich das Porto sparen.«

Während Melita den Wein entkorkt und Brot und Käse auf den Tisch gestellt hatte, hatte er von dem fruchtlosen Ausflug nach Colchester und den Gesprächen mit Margaret und Cameron Herbert erzählt. Kein Wort davon, dass er im Verhörraum die Beherrschung verloren hatte.

Wie gut es sich angefühlt hatte.

Dass er gelogen hatte, als er Tanner gegenüber behauptet hatte, deswegen sauer auf sich selbst zu sein.

»Wahrscheinlich müssen wir wieder auf Rebecca Driver zurückkommen«, sagte er. »Sie ist immer noch die einzige echte Verbindung zu Nicklin, die wir haben.«

»Meinst du? Beim letzten Mal schien sie wenig Lust zu haben, auf deine Fragen zu antworten.«

»Vielleicht zeigt sie jetzt nach einer Woche im Knast ein bisschen mehr Bereitschaft.«

»Vergiss nicht, dass es genau das ist, was sie will. Dass du sie besuchst. Die Macht, Informationen zurückzuhalten – falls sie überhaupt über welche verfügt –, ist die einzige Macht, die ihr geblieben ist.«

»Ich weiß«, sagte Thorne. »Falls du eine bessere Idee hast …?«

»Sorry.«

Ein paar Minuten später, beim Beladen der Spülmaschine, fragte Melita: »Alles in Ordnung mit dir?«

Thorne fragte sich sofort, ob Tanner ihr etwas gesagt hatte. Sie angerufen oder eine E-Mail geschickt hatte. Warum hätte er mit irgendjemandem *reden* sollen, obwohl seine Freundin ein Profi auf diesem Gebiet war?

»Alles bestens«, sagte er.

Sie nickte lächelnd, klappte die Spülmaschine zu und kehrte zur Kücheninsel zurück. »Du warst einfach ein bisschen ruhig. Ich dachte, du wärst vielleicht aus irgendeinem Grund auf mich sauer.«

»Oh. Ich dachte, *du* wärst sauer auf *mich*.«

»Weswegen?«

»Ich weiß nicht. Du kamst mir ein bisschen … distanziert vor.«

»Oh, tut mir leid.«

Thorne schüttelte den Kopf. »Vergiss es, ich rede Unsinn. Ernsthaft, ich hab mich seit Tagen nicht so gut gefühlt.«

»Schön.« Sie beugte sich vor und küsste ihn, dann nahm sie ihr Weinglas. »Bei dir weiß man manchmal nicht.«

Die Dokumentation ging zu Ende, sie suchte nach etwas anderem zum Anschauen.

»Ich hab über Weihnachten nachgedacht«, sagte Thorne.

»Okay.«

»Was du vorhast.«

Sie nickte.

»Ich meine, du hast wahrscheinlich irgendwelche Familientreffen.« Melitas Eltern waren vor ein paar Jahren zurück nach Sri Lanka gezogen, aber es gab eine Schwester, die Thorne noch nicht kennengelernt hatte. Neffen und Nichten. Er vermutete, sie hätte irgendwelche Verpflichtungen.

»Nur am zweiten Weihnachtstag, aber wenn du mich nach Barbados entführen willst, würde ich mich nicht beschweren.«

»Um ehrlich zu sein, glaube ich das nicht«, sagte Thorne.

»Na ja, Crouch End würde es auch tun. Oder Kentish Town. Ganz egal.«

»Was immer am einfachsten ist … Aber ich koche gern das Weihnachtsessen.«

»Ich koche«, sagte sie.

Thorne nickte erleichtert. »Schön. Dann suche ich den Baum aus.«

»Einverstanden«, sagte sie. »Bloß keinen von diesen schrecklichen silbernen.«

40

Falls Rebecca Driver froh war, Thorne zu sehen, wie Melita vermutet hatte, dann wusste ihr Gesicht noch nichts davon. Thorne vermutete, es liege daran, dass sie von Dutzenden ihrer Mitgefangenen und deren Besuchern umgeben waren, obwohl niemand auch nur ansatzweise an ihm oder der Frau, die er besuchte, Interesse zeigte. Nach Melitas Worten am gestrigen Abend hatte er sich bewusst für die »öffentlichere« Umgebung des Besucherbereichs entschieden. Die Befragung war nicht offiziell, außerdem war er allein. Ein privates Besuchszimmer war also nicht nötig. Vor allem aber sollte Rebecca Driver sich nicht wie etwas Besonderes fühlen.

Sie saß ihm gegenüber und starrte abwechselnd auf ihre Füße oder hoch an die Decke. Ein- oder zweimal sah sie zu einer Frau auf der anderen Seite des Raums hinüber. Thorne fragte sich, ob sie eine Mitgefangene war, mit der Driver sich angefreundet oder verkracht hatte. Er achtete nicht weiter darauf, weil er keine Zeit vergeuden wollte.

»Ich möchte über Stuart Nicklin sprechen«, sagte er.

Jetzt sah sie ihn an. In ihrem letzten Gespräch, bevor Driver offiziell beschuldigt und hierhergebracht worden war, hatte Thorne vergeblich versucht, ihr zu entlocken, woher sie das Skalpell bekommen hatte – wobei ihm längst klar gewesen war, wem es früher gehört hatte. In ihrem ersten Gespräch mit Tanner und Chall hatte Driver kein Problem damit gehabt, über die Person zu sprechen, die sie so stark beeinflusst hatte. Und vor dem abrupten Ende der Sitzung mit Melita schien sie nur zu bereit, noch einmal auf diesen besonderen Menschen zurückzukommen.

Jetzt hatte Thorne den Namen dieses besonderen Menschen zum ersten Mal ausgesprochen.

»Natürlich wollen Sie das«, sagte sie. »Er geht Ihnen nicht aus dem Kopf.«

»Warum sagen Sie das?«

»Ich habe alles darüber gelesen.«

Thorne nickte. »Das Buch von Campbell.«

»Haben Sie es gelesen?«

»Ich hab Besseres zu tun«, sagte Thorne.

»Sie sind ein Lügner.«

Sie lehnte sich zurück und verschränkte die Arme. Es war nur eine Woche her, sodass die Veränderung kaum merklich war, aber Thorne nahm sie wahr. Besser gesagt, er nahm die Mühe wahr, mit der Driver sie zu überspielen versuchte; die düsteren Blicke und die hängenden Schultern. Die Einheitsmiene, passend zum grauen Einheitssweatshirt und dem blauen Overall. Ganz kurz kam das verlorene und einsame Mädchen zum Vorschein, das zur teuflischen Mörderin geworden war.

Sie war erst eine Woche hier, hatte aber einen Vorgeschmack bekommen.

Von dem Lärm und dem Gestank und dem tödlich langsamen Verstreichen der Zeit, das sie für den Rest ihres Lebens quälen würde.

Thorne spürte ihre Angst und hoffte, sie werde ihm eine Chance geben.

»Ich bin nicht gekommen, um über meine Beziehung zu Nicklin zu sprechen«, sagte er.

»Wie schade.«

»Was mich interessiert, ist Ihre.«

Sie zwinkerte ihm zu. »Das würden Sie nicht verstehen.«

»Glauben Sie, Sie sind die Erste? Wahrscheinlich halten Sie sich für die Einzige, die er je ausgewählt hat? Offenbar haben Sie das Buch nicht besonders gründlich gelesen.« Als sie den Blick wieder abwandte, bemerkte Thorne, wie ihre Kiefermuskeln arbeiteten. »Wahrscheinlich haben Sie ausschließlich über E-Mails kommuniziert. Natürlich hätten Sie handschriftliche Briefe mit dem Geruch seines Aftershaves bevorzugt, aber man kann nicht alles haben.«

Sie sah ihn wieder an, lächelnd. »Ich habe bekommen, was ich wollte.«

Thorne sah sich um. »Ernsthaft? Das hier haben Sie gewollt, Rebecca?«

Sie hielt das Lächeln durch, wandte den Blick aber ab. »Ich habe bekommen, was ich wollte.«

»Das freut mich für Sie. Was sollte es dann schaden, wenn ich mir diese E-Mails einmal anschaue? Ich weiß, dass sie alle auf dem USB-Stick gespeichert sind, den wir gefunden haben, warum lassen Sie uns nicht einen Blick darauf werfen? Ich brauche nur das Passwort, dann kenne ich die ganze Geschichte. *Ihre* Geschichte. Hatten Sie es darauf nicht abgesehen? Ich weiß, wie stolz Sie sind.«

»Ja, das bin ich, aber das heißt nicht, dass ich Sie daran teilhaben lassen will. Es ist eine Sache zwischen Stuart und mir.«

»Dann würde ich auf dem Stick also Dinge finden, von denen Stuart nicht will, dass ich sie sehe?«

»Sie werden das sehen, was er Sie sehen lassen will. Zu dem Zeitpunkt, den er für richtig hält.«

»Was soll das bedeuten?«

Sie schüttelte den Kopf und kaute an ihren Fingernägeln, die, wie Thorne sehen konnte, schon bis aufs Fleisch abgenagt waren. »Ist das nicht die Stelle, an der Sie mir etwas anbieten sollten?«

»Was wollen Sie denn?«

»Nichts, was Sie mir geben könnten. Ich meine, eine kürzere Haftstrafe können Sie mir kaum anbieten, oder?«

»Nein, das kann ich nicht.«

»Weil ich *drei* erledigt hab.« Sie hielt drei Finger hoch, nur für den Fall, dass Thorne es vergessen hatte.

Richard Sumner, Hari Reddy, Thomas Bristow.

Am liebsten hätte Thorne ihr jeden einzelnen Finger gebrochen. Er wünschte, in ihr schmerverzerrtes Gesicht blicken und sie fragen zu können, wie *besonders* und *anders* sie sich jetzt fühle. Stattdessen bestätigte er mit einem Nicken ihre Leistung. »Ich weiß, dass Sie alles tun, um Ihre Strafe in einem Krankenhaus absitzen zu können, aber auch von denen gibt es gute und schlechte. Eine geschlossene Abteilung ist immer noch ein Gefängnis, nur mit mehr Ärzten und ein paar Sitzsäcken. Wir können dafür sorgen, dass Sie in ein angenehmeres Krankenhaus kommen.«

»Das könnten Sie?«

»Wenn Sie uns helfen, tue ich mein Bestes.« Das hatte er natürlich nicht vor, aber im Augenblick hätte er ihr alles versprochen.

Aber das spielte keine Rolle.

Sie legte sich eine Hand vor den Mund, als wollte sie ein Lachen unterdrücken. »Sie sind wirklich ein beschissener Lügner, aber Respekt für den Versuch. Am Ende kommt es aufs selbe heraus, denn auch wenn Sie ein Wunder bewirken und für meinen Freispruch sorgen könnten, würde ich Ihnen nicht geben, was Sie wollen.« Mit weit aufgerissenen Augen beugte sie sich zu Thorne vor. »Ich würde nie und nimmer etwas über ihn verraten.«

»Sicher würde Ihre Loyalität ihn tief bewegen.«

»Er hat sie verdient.«

»Leute, die weniger sensibel sind als ich, würden sagen, es zeigt nur, wie dumm Sie in Wirklichkeit sind … Schließlich läuft er immer noch draußen herum, während Sie für den Rest Ihres Lebens eingesperrt bleiben.«

Sie starrte Thorne an, als wäre er der Dumme. »Dass er draußen ist … genau darum geht es doch.«

Thorne erinnerte sich an Melitas Worte über das Machtgefühl, das mit dem Zurückhalten von Informationen einherging. Er beugte sich ebenfalls vor und sagte: »Ich bin nicht überzeugt davon, dass Sie irgendetwas wissen, was mir nützlich sein könnte, aber selbst wenn … Behalten Sie es für sich. Finden Sie selbst heraus, was es Ihnen in sechs Monaten noch nützt, wenn Ihnen täglich jemand in den Tee pinkelt oder eine Frau, der sie einen falschen Blick zugeworfen haben, sich ungeschickt mit einem Kessel voll kochendem Wasser anstellt.« Thorne griff zur Jacke, die er über die Stuhllehne gelegt hatte.

»Stuart hat Pläne mit Ihnen.« Sie genoss es, wie Thorne in der Bewegung innehielt und sich langsam wieder zu ihr umdrehte. »Nur für den Fall, dass Sie sich ein bisschen vernachlässigt gefühlt haben.«

»Sprechen Sie von Kevin Bartley?«

»Vom wem?«

»K-Man. Die Botschaft.« Thorne wartete auf eine Reaktion, konnte aber sehen, dass ihr der Name nichts sagte.

»*Spaßige* Pläne. Vergeuden Sie jetzt nicht Ihre Zeit, indem Sie danach fragen, denn ich will Ihnen die Überraschung nicht verderben. Wie gesagt, alles zu seiner Zeit.«

Thorne stand auf und zog die Jacke an.

Sie blieb sitzen und beobachtete ihn. »Warum sind Sie überhaupt hier?« Sie winkte einem der Wärter zu, um zu demonstrieren, dass sie zurück in den Trakt gebracht werden wolle. »Wie kommen Sie auf die seltsame Idee, dass ich Ihnen helfen würde?«

Das war eine gute Frage. »Weiß der Himmel.« Als er den Wärter auf sie zukommen sah, hatte Thorne das Gefühl, er selbst wäre derjenige, der jeden Moment in seine Zelle geführt werden würde. Für einen Moment erschien der Gedanke ihm völlig einleuchtend, als hätte er genau das verdient. »Weil ich ein Idiot bin. Weil ich geglaubt habe, es gäbe vielleicht noch einen kleinen Teil in Ihnen, einen Rest, der nicht … vergiftet ist. Was natürlich Blödsinn ist, denn nichts, was dieser Mann einmal berührt, wird jemals wieder gut sein.«

Der Wärter kam, stellte sich hinter den Stuhl der Gefangenen und wartete, dass sie sich in Bewegung setzte. Aber erst musste Driver noch das letzte Wort haben.

Sie sah zu Thorne hoch. »Gilt das auch für Sie?«

41

Thorne war um kurz nach zehn zum Bronzefield-Gefängnis aufgebrochen, aber auch wenn Ashford nur eine Autostunde entfernt lag, erwartete Tanner ihn erst am Nachmittag zurück. Sie hatte keine Ahnung, wie lange sein Gespräch mit Rebecca Driver dauern würde, dafür wusste sie umso besser, dass angesichts der Sicherheitsmaßnahmen niemand schnell ins Gefängnis hinein- oder wieder herauskam. Nicht mal Polizeibeamte. Sie überlegte gerade, wo sie zu Mittag essen sollte, als Phil Hendricks anrief und fragte, ob sie Lust aufs Oak habe.

Tanner war vor ihm im Pub, bestellte eine Cola Light und einen Teller Suppe und setzte sich an einen Tisch in der Ecke. Plötzlich wurde ihr bewusst, dass ihr letzter Besuch hier an dem Tag gewesen war, nachdem sie Thorne völlig aufgelöst angerufen hatte. Jetzt wartete sie ausgerechnet auf den einzigen Menschen, der genau verstanden hätte, warum sie so durcheinander gewesen war.

Nicht dass sie im Entferntesten vorhatte, über *dieses Thema* mit ihm zu sprechen.

Es war nicht *ganz* wie in einem Saloon, in dem die Musik verstummte, als Hendricks durch die Tür trat, aber der Mann wusste eindeutig, wie man einen Auftritt hinlegte. In einer überwiegend von Polizisten oder Geschäftsleuten in Anzügen besuchten Kneipe wurde sein Erscheinen zwangsläufig registriert. Tanner winkte, um ihm zu zeigen, wo sie saß. Dann sah sie zu, wie er an die Theke ging, um seine Bestellung aufzugeben.

Als er sich setzte, hob er sein Glas in Richtung der beiden

Frauen am Nebentisch, die ihn anstarrten. Dann schob er die Zunge hinter die Unterlippe, um mit dem Piercing-Spike herumzuspielen.

»Du bist so kindisch«, stellte Tanner fest.

»Glaub mir, ich könnte ihnen Schlimmeres zeigen.«

»Bitte setz mir nicht solche Bilder in den Kopf.«

»Du weißt doch, dass du es lieben würdest.« Hendricks beugte sich vor und senkte die Stimme zu einem Flüstern. »Du würdest jeden Abend im Bett liegen, an die Stecker in meinem Hodensack denken und bis in den frühen Morgen an deiner Erdnuss spielen ...«

Er hielt inne und lehnte sich grinsend zurück, als der Barmann mit seinem Essen auftauchte. Der Mann brachte den Teller, übergroße Pfeffer- und Salzmühlen und das mit einer Papierserviette umwickelte Besteck.

Dann lächelte er und sagte: »Guten Appetit!«

Hendricks starrte auf die vor ihm stehende Scheußlichkeit. »Soll das ein Witz sein?« Er drehte den Teller, als könnte die Mahlzeit aus einem anderen Blickwinkel appetitlicher wirken. »Das sieht aus, als wäre der Schäfer selbst mit verarbeitet.«

»Oh.« Tanner lachte. »Ich hätte dich vorwarnen sollen.«

»Genau deswegen sollte man in Pubs nur Snacks bestellen.« Er schüttelte den Kopf. »Na gut, was soll's?« Er nahm einen Bissen, zuckte zusammen, machte aber tapfer weiter.

»Ich fühle mich geehrt, dass du den ganzen Weg hierher für ein Mittagessen auf dich nimmst«, sagte Tanner.

Hendricks schluckte und zog eine Grimasse. »Inzwischen wünschte ich, ich hätte es nicht getan.«

»Gehst du nicht normalerweise in dieses billige Schnellrestaurant gegenüber dem Krankenhaus?«

»Ich wollte einfach mal was anderes ... außerdem hatte ich vergessen, wie warmherzig man hier empfangen wird.« Er schaute zur Seite, um den beiden Frauen noch einmal zu-

zulächeln, aber sie hatten das Interesse verloren. »Also, wie läuft's?«

Während des Essens berichtete Tanner von den wenigen Neuigkeiten, die es gab. Auf dem Computer aus Kevin Bartleys Wohnung in Coventry waren die Fingerabdrücke von Stuart Nicklin gefunden worden. Das bestätigte Greg Hobbs' Theorie über den Zeitpunkt von K-Mans Tod. Die Gehirnmasse auf der leeren Weinflasche im Wohnzimmer gab ihnen eine klare Vorstellung vom Ablauf des Geschehens.

»Der Rechtsmediziner dort oben glaubt, dass Bartley noch gelebt hat, als Nicklin mit dem Schneiden angefangen hat.«

»Ja, auf so etwas steht er«, sagte Hendricks.

»Jetzt weißt du jedenfalls, am welchem Punkt wir sind.«

»Nämlich …?«

Tanner hob die Hände. »Wir wissen ganz genau, nach wem wir suchen, aber wir haben keinen Schimmer, wo wir anfangen sollen.« Sie nahm ihr letztes Stück Brot, um den Rest Suppe vom Teller aufzustippen. »Er ist schon eine ganze Weile nicht mehr Stuart Nicklin, das ist unser Hauptproblem. Es hat keinen Sinn, nach Telefondaten, Kfz-Zulassung oder Steuerunterlagen zu suchen, wie wir es normalerweise tun würden. Denn wir haben keinen Namen. Im Prinzip wissen wir nicht, wer er *ist*.« Sie wischte sich Krümel vom Schoß und lehnte sich zurück. »Wir wissen nicht mal mehr, wie er aussieht.«

»Dann glaubt ihr, er hat sein Äußeres verändert?«

»Nur ein Idiot hätte das nicht getan, und ein Idiot ist er auf keinen Fall. Tom hat mir erzählt, dass er ihn bei seinem ersten Besuch im Gefängnis kaum wiedererkannt hat.«

»Das bringt der Knast manchmal mit sich.«

»Gut, aber ein paar Jahre später auf Bardsey Island sah er wieder anders aus. Er hatte sich alle Mühe gegeben, obwohl dazu eigentlich kein Grund bestand. Ich will nur sagen, wenn er genug Geld und einen plastischen Chirurgen hat …«

»Ja, verstehe.« Die Stimmung verdüsterte sich ein wenig. Als plötzlich ein Ruck durch Hendricks ging, war Tanner klar, dass er Anlauf nahm, sie wieder zu heben. »Und, wie würdest *du* aussehen, wenn du die Wahl hättest?«

»Dazu fehlt mir das Geld.«

»Aber wenn du es hättest?«

Tanner dachte kurz nach. »Elle Macpherson vielleicht?«

»Mein Gott, von *so* viel Geld hab ich nicht gesprochen.«

Tanner lachte und zeigte ihm den Finger. »Und du?«

Hendricks hob die Hände und hielt sie rechts und links von seinem Gesicht. »Perfektes kann man nicht verbessern.«

Beide lachten, und sie hatten es nötig. Während der Barmann das schmutzige Geschirr abräumte, grinsten sie sich an. Als er fragte, ob sie die Dessertkarte sehen wollten, schüttelten beide den Kopf.

»Und, wie geht es jetzt weiter?«

»Die meisten Verdächtigen nehmen uns irgendwann die Arbeit ab«, sagte Tanner. »Sie machen einen Fehler. Aber Nicklin ist nicht die meisten Verdächtigen. Ich weiß nicht … Vielleicht nimmt er eine Ecstasy-Pille zu viel, und wir greifen ihn irgendwo mitten auf der Straße auf. Total weggetreten und herumtanzend.«

»Vielleicht holt Tom aus Rebecca Driver irgendwas raus.«

Tanner nickte. »Genau.«

Hendricks wusste also von Thornes Ausflug zum Gefängnis, wahrscheinlich hatte er es erwähnt. Das bedeutete aber auch, dass Hendricks, als er sie angerufen hatte, klar gewesen war, dass Thorne zur Essenszeit nicht in der Stadt sein würde. Als sie sah, wie er Anlauf nahm, beschleunigte sich ihr Atem, sie spürte die ersten Anzeichen von Panik. Es war offensichtlich, dass Hendricks ein Gespräch über genau das Thema suchte, das sie unbedingt vermeiden wollte.

»Ich muss dich etwas fragen.«

»Bitte nicht, Phil …«

»Glaubst du, mit Tom ist alles in Ordnung?«

Tanner verbarg ihre Erleichterung. »Wie meinst du das?«

»Er wirkte neulich abends ein bisschen … daneben. Natürlich hat er gesagt, alles wäre bestens, aber du kennst ihn ja.«

Tanner kannte ihn tatsächlich, wenn auch nicht annähernd so gut wie Phil Hendricks. Also nahm sie die Besorgnis des Rechtsmediziners nicht auf die leichte Schulter. »Gestern ist er ein bisschen explodiert, jetzt, wo du es sagst.«

»Explodiert?«

»Er hat die Beherrschung verloren, aber das passiert uns allen mal …« Sie schaute weg und wartete ein paar Sekunden, bis die Doppeldeutigkeit ihrer harmlos gemeinten Bemerkung nicht mehr so schwer lastete.

»Ich glaube, der Fall setzt ihm richtig zu.«

Tanner nickte. »Diese Botschaft hat ihn auf jeden Fall erschüttert. Na ja, eigentlich ist er schon ein bisschen nervös, seit klar ist, wen wir suchen. Aber wer wäre das nicht? Ich bin selbst nicht unbedingt entspannt.« Sie registrierte, dass Hendricks an einem der vielen Ringe in seinem Ohr herumspielte. »Was ist mit dir?«

»Was soll mit mir sein?«

»Wie geht es *dir*? Wenn außer Tom irgendjemand ein Recht darauf hat, wegen Nicklins Rückkehr Angst zu haben, dann doch wohl du.«

»Mach dir um mich keine Sorgen.« Hendricks zuckte schnaufend die Achseln und kümmerte sich weiter um das Metall in seinem Ohr. »Ich fühle mich pudelwohl.«

»Sicher?«

»Behalt ihn einfach im Auge, okay? Du hast am meisten von allen mit ihm zu tun. Wofür du eigentlich einen Orden verdient hättest.«

»Nicht nötig, Phil.«

Als sie bezahlt hatten und vom Tisch aufgestanden waren,

hängte Hendricks sich bei Tanner ein. »Glaub mir, Nic, du bist viel heißer als Elle Macpherson.«

»Und du bist völlig bescheuert.«

»Ich sag's dir.« Er grinste anzüglich. »Wenn ich hetero wäre …«

»Klar, und ich auch.«

»Wenn wir *beide* spektakulär betrunken wären.«

Auf dem Weg zur Tür bemerkte Tanner, dass Hendricks immer noch die Aufmerksamkeit einiger Gäste auf sich zog. Sie öffnete die Tür, und die nachmittägliche Kühle schlug ihnen entgegen. Sie zitterten und fluchten.

»Sag mir, dass du keine Stecker am Sack hast«, sagte sie.

»Ich kenne die Antwort, und du könntest sie herausfinden.«

Tanner zog einen Schal aus ihrer Handtasche. »So viel Alkohol gibt es gar nicht.«

42

Verdammt, was soll *Pläne* überhaupt bedeuten?«, fragte Thorne.

»Es bedeutet gar nichts«, sagte Tanner. »Genau das will sie ja … Dass du dir Sorgen machst.«

»Wer macht sich Sorgen?«

»Nicola hat recht«, sagte Brigstocke. »Für mich klingt es, als wüsste sie überhaupt nichts. Sie führt Sie bloß an der Nase herum.«

Zu dritt waren sie in Brigstockes Büro zu einer nachmittäglichen Besprechung zusammengekommen. Thorne hatte für die Zusammenfassung der Höhepunkte seines Ausflugs zum Gefängnis Ihrer Majestät Bronzefield nicht lange gebraucht. Der Besuch bei Rebecca Driver hatte mit dem Sicherheitsscanner und einem übermäßig enthusiastischen Abtasten begonnen und war von da an immer schlechter gelaufen.

»Das hab ich ihr auch gesagt«, erklärte Thorne. »Dass ich nicht glauben würde, sie wüsste irgendwas Nützliches. Aber um ehrlich zu sein, würde ich meine Hand nicht dafür ins Feuer legen. Ich wollte einfach aus ihr schlau werden.«

»Das sind Spielchen«, sagte Tanner. »So machen es … Leute wie Driver und dieses Arschloch, vor dem sie auf die Knie geht.«

»Ganz genau«, stimmte Brigstocke zu.

»Frag Melita, was sie davon hält.«

Thorne war verwirrt und aus einem Grund, den er nicht hätte benennen könnten, auch verärgert. Dann begriff er, dass Tanner von einer professionellen Einschätzung gesprochen hatte.

»Ja, das denkt sie auch«, sagte er.

»Dieser Hobbs von der DFU ist doch mit dem Fall beschäftigt«, sagte Brigstocke. »Falls es irgendeinen Weg gibt, ohne Passwort auf Drivers USB-Stick zuzugreifen, findet er ihn.«

»Ich würde jedenfalls nicht dagegen wetten«, sagte Tanner. »Es gibt Nerds und … *Supernerds*, nicht wahr?« Sie lächelte Thorne zu, aber seine Miene blieb unbewegt. Das war sie seit seiner Rückkehr aus Ashford mehr oder weniger ständig. Sie konnte sich nicht erinnern, ihn häufiger so gesehen zu haben, denn, um die Wahrheit zu sagen, er wirkte eingeschüchtert.

»Selbst wenn er es schafft, bezweifle ich, dass diese E-Mails uns Nicklin irgendwie näherbringen.«

»Einen Versuch ist es jedenfalls wert«, sagte Brigstocke.

»Wenn Sie es sagen.«

Falls Brigstockes Seufzer nicht laut genug war, machte seine Miene unzweifelhaft klar, wie gereizt er war. Dass er die Brille abnahm, war ohnehin kein gutes Zeichen. »Tut mir leid, Tom … Ich hatte tatsächlich gedacht, wir würden eine Strategiebesprechung abhalten. Einen Austausch zwischen den leitenden Teammitgliedern. Mir war nicht klar, dass wir vor allem zu Ihrer Aufmunterung hier sind. Ich meine, Sie können sich gern mit ein paar Buntstiften in die Ecke setzen, während Nicola und ich hier … na ja, ein bisschen arbeiten.«

Thorne murmelte eine Entschuldigung und brachte sogar ein »Sir« über die Lippen.

»Hören Sie, mir ist klar, dass Sie den Fall persönlich nehmen. Unser Verdächtiger macht es nun einmal zu etwas Persönlichem. Das respektiere ich, aber wenn ich den Eindruck bekomme, dass es Ihre Arbeit beeinträchtigt …«

»Das tut es nicht.«

Brigstocke warf Tanner einen fragenden Blick zu. »Oder die von jemand anderem.«

»Wir kommen klar.« Tanner sah zu Thorne hinüber. »Stimmt's?«

Thorne starrte nur vor sich hin, verwirrt und mit einem Mal panisch angesichts des Verlaufs, den das Gespräch nahm. Er wusste nicht, was er falsch gemacht hatte.

Tanner verdrehte die Augen. »Vielleicht haben die Spurs gestern wieder verloren«, sagte sie zu Brigstocke.

»Können wir einfach weitermachen?«, drängte Thorne.

»Auf jeden Fall.« Brigstocke setzte die Brille wieder auf. »Die Kollegen von West Midlands sind immer noch mit den Kameras rund um Bartleys Wohnung beschäftigt. Sie lassen jedes einzelne Kennzeichen durch den Computer laufen, in der Hoffnung, dass wir ein Fahrzeug identifizieren können. Außerdem überprüfen sie die örtlichen Taxifirmen, für den Fall, dass Nicklin mit dem Zug nach Coventry gefahren ist und sich am Bahnhof ein Taxi genommen hat.«

»Wie sieht es mit Zeugen aus?«, fragte Tanner.

Brigstocke nickte und schaute auf seine Notizen. »Die Haustürbefragung in dem Block, in dem Bartley wohnte, hat zwei Zeugenaussagen ergeben. Ein Anwohner glaubt, zur fraglichen Zeit einen Mann kommen gesehen zu haben, ein anderer könnte ihn beim Weggehen beobachtet haben. Sie erstellen ein Phantombild.«

»Das wäre eine große Hilfe«, sagte Tanner.

Thorne erweckte den Anschein, als wäre er voll bei der Sache, aber innerlich hatte er sich schon verabschiedet, weil er nicht damit rechnete, etwas wirklich Spannendes zu hören. Hin und wieder steuerte er einen positiven Kommentar bei und nickte an den richtigen Stellen. Es war, als würde er Schnipsel einer vage vertrauten Melodie durch eine Kulisse aus konstantem Rauschen und Rückkopplungen hören. Er konnte sich auf kaum etwas anderes konzentrieren als auf die Bemerkung von Rebecca Driver. Schon auf dem Rückweg nach London hatte er ständig darüber nachgedacht.

Spaßige Pläne.

Ja, natürlich hatte sie ihre Spielchen abgezogen, und natürlich glaubte Thorne keine Minute, dass sie genauer über diese Pläne Bescheid wusste.

Aber er zweifelte auch nicht daran, dass Nicklin solche Pläne hatte.

Vor Brigstockes Büro blieb Thorne stehen und sagte: »Was zum Teufel sollte das eben?«

»Was meinst du?«

»›Vielleicht haben die Spurs gestern wieder verloren‹ … Als müsstest du dumme Entschuldigungen für mich suchen. Als ob ich … erklärt werden müsste.«

»Jetzt mal langsam …«

»Als wäre es ein Witz, dass ich mich so fühle.«

»Niemand hält es für einen Witz, Tom.«

»Und dieser Blödsinn von wegen ›Wir kommen klar‹, was wahrscheinlich beruhigend klingen sollte. Einer für alle und alle für einen und so weiter. Für mich klang es mehr wie ›Keine Sorge, ich behalte ihn im Auge.‹«

Tanner sah ihn herausfordernd an. »Bist du jetzt fertig?«

»So etwas ist nicht verboten, weißt du? Sich anzuschauen, wo wir stehen … die Leichen zu zählen. Und sich dann all die brandheißen Spuren in Erinnerung zu rufen, die wir haben, mit dem Ergebnis, dass wir vor einem großen Problem stehen. Was übrigens eine ziemlich optimistische Sichtweise ist.«

»Ich widerspreche dir ja nicht«, sagte Tanner. »Ich hab zu Phil praktisch dasselbe gesagt.«

»Wann hast du mit Phil gesprochen?«

»Wir haben zusammen gegessen«, sagte Tanner. »Im Oak.«

»Okay.« Thorne gab sich Mühe, so zu wirken, als wäre es wirklich okay. Es musste schon eine Menge passieren, um ihn – wenn auch nur kurz – von dem Shitstorm namens Nicklin abzulenken, der ihm bevorstand. Aber dass Tanner und Hendricks bei einem gemütlichen Mittagessen möglicherweise über ein ganz anderes Desaster plauderten, war Grund genug. »Wie geht's ihm?«

»Wie immer«, sagte Tanner. »Er hat versautes Zeug gequatscht und die Pferde scheu gemacht.«

Thorne sagte nichts.

Nach einem kurzen Blick in beide Richtungen des Gangs schüttelte sie den Kopf. »Wir haben nicht …«

Thorne nickte und ging Richtung Einsatzraum. Wenige Sekunden später folgte Tanner nach, wobei sie sich keine Mühe gab, ihn einzuholen.

Als sie sich fünfzehn Minuten später begegneten, stand Thorne vor dem Getränkeautomaten und überlegte, ob der widerliche Kaffee ihn für eine Weile auf andere Gedanken bringen würde.

Tanner stellte sich dicht neben ihn. »Tu es nicht«, sagte sie. »Wie wär's mit einem Drink nach Dienstschluss?«

»Ich glaube nicht, dass ich die angenehmste Gesellschaft wäre.«

»Oh, hör auf, dich zu bemitleiden, du alberner Trottel.« Sie lehnte sich an ihn, doch er kam ihr kein Stück entgegen. »Komm, ein paar Bier kannst du wahrscheinlich gebrauchen. Das gilt jedenfalls für mich.«

Thorne war klar, dass er das Bier später brauchen würde, aber er bezweifelte, dass er jemanden in seiner Nähe haben wollte, wenn er es trank. »Ehrlich, Nic … ich muss heute passen.«

»Wie du willst.«

»Übrigens hatten die Spurs gestern Abend gar kein Spiel«, sagte Thorne ohne jedes Grinsen. Was nicht weiter von Bedeutung war, denn Tanner hatte ihm schon den Rücken zugekehrt.

43

Es gab nettere Pubs als das Railway, *viel* nettere, wenn man den Weg ins Zentrum von Ashford auf sich nahm. Aber für ihn war es praktisch. Zehn Minuten Fußweg von der Arbeit und – nachdem er sein Pint oder maximal zwei getrunken hatte – nur fünf Minuten bis zur Bushaltestelle.

So betrachtet lag das Pub auf seinem Heimweg.

Gordon Ames besuchte das Railway nicht jeden Tag, nicht mal annähernd, aber manche Tage waren eben schwieriger als andere. Das lag in der Natur seiner Arbeit, was er akzeptierte. Heute war jedenfalls einer dieser Tage gewesen, die ein gewisses Maß an … Entlastung nötig machten. Als er durch die verkratzten Holztüren der Bar trat, lächelte er in sich hinein, denn damit zog Jill ihn immer auf. Bei den seltenen Gelegenheiten, wenn er mehr als ein oder zwei Gläser trank und angeschickert zu Hause auftauchte, erwartete sie ihn immer mit diesem speziellen Gesichtsausdruck. Dann schüttelte sie den Kopf, bastelte aus dem Inhalt des Kühlschranks eine schnelle Mahlzeit zusammen und fragte, ob er sich angenehm *entlastet* fühle.

Sturzentlastet.

Seiner Frau machte es allerdings nichts aus, wie sie ihm immer wieder versicherte. Sie wusste, wie schwer der Job sein konnte.

Heute würde es allerdings bei dem einen bleiben, denn Jill machte dieses Pasta-Hühnchen-Gericht, das er so liebte. Außerdem hatte er seinem ältesten Sohn versprochen, dass sie zusammen ein bisschen *FIFA 22* spielen würden. Tatsächlich fand er eine Runde an der PlayStation genauso entspannend wie sein Bier, und er riss gegenüber den Kollegen schon Witze darüber, dass er Gefahr liefe, süchtig zu werden.

»Ein Pint vom Üblichen, Gordon?«

Auch das genoss er an seinen kurzen Besuchen im Pub. Er kam sich wie in einer Episode von *Cheers* vor, auch wenn die Sprüche nicht dasselbe Niveau erreichten. Es gefiel ihm, dass der Barkeeper seinen Namen kannte und wusste, was er am liebsten trank. Auf der Arbeit musste er sich so einiges anhören, da wurde er derart mit Scheiße beworfen – was in Einzelfällen wörtlich zu verstehen war –, dass es einfach schön war, wieder als Mensch wahrgenommen zu werden.

Er ging mit seinem Pint Black Swan an einen leeren Tisch und riss eine Chipstüte auf. Das war okay, denn Jill würde das Essen frühestens in einer Stunde fertig haben. Dann griff er zum Handy und schickte seinem Sohn eine Nachricht.

Ich hoffe, du bist bereit, dich plattmachen zu lassen.

Noch bevor er die Chips aufgegessen hatte, kam die Antwort.

versuch's doch, loser

»Darf ich …?«

Ames blickte auf und sah, dass ein Mann den Stuhl ihm gegenüber unter dem Tisch hervorzog. Er schüttelte den Kopf und brummte: »Nur zu.« Als der Mann sich setzte, wandte er den Blick ab.

Natürlich störte es ihn. Es war, als hätte man sich im Zug einen Tisch mit vier leeren Plätzen geangelt, und dann kommt irgendein Kerl und setzt sich gegenüber, obwohl genügend andere Sitze frei sind. Ames hob sein Glas und sah sich um. Es war noch früh, sodass der Typ die freie Auswahl gehabt hatte. Aber es machte ihm nicht allzu viel aus. Sobald er das Glas leer hatte, würde er verschwinden.

»Harten Arbeitstag gehabt?«

Ames sah auf. »Wie bitte?«

Der Mann schüttelte den Kopf, als hätte es nichts weiter zu bedeuten, als hätte er nur Blödsinn geredet. Er hob das Glas und sagte: »Prost.« Um nicht unhöflich zu wirken, erwiderte Ames die Geste, ehe er sich wieder seinem Handy zuwandte.

»Besser Sie als ich.«

Wieder blickte Ames auf.

»Ich meine, ich kann mir vorstellen, dass *jeder* Tag hart ist.«

Wie im Zug machte es die Angelegenheit schlimmer, wenn die ungebetene Gesellschaft den Mund nicht halten konnte. Ames fragte sich, wie grob es wirken würde, wenn er einfach aufstand und sich einen anderen Tisch suchte. Er kam zu dem Schluss, dass es einfacher war, sein Bier auszutrinken und zu gehen. Schade eigentlich, denn er hatte es genießen und sich ein bisschen entspannen wollen. Aber das Letzte, was er jetzt gebrauchen konnte, war eine handfeste Auseinandersetzung.

Er nahm einen kräftigen Zug.

»Ich meine nur, dass es kein Kindergeburtstag sein kann, jeden Tag da drinnen festzuhängen.«

Ames sah, wie der Mann eine Kopfbewegung machte, wahrscheinlich Richtung Gefängnis. »Was?«

»Ich beneide Sie auf keinen Fall, Gordon.«

»Tut mir leid … kennen wir uns?«, fragte Ames.

Der Mann deutete ein Lächeln an und trank einen Schluck. »Jetzt schon.«

Ames musterte ihn zum ersten Mal genauer. Der Mann trug eine dunkle Daunenjacke und eine Baseballkappe. Sein Gesicht wirkte seltsam. Nase und Kinn waren … irgendwie verkehrt, seine Haut viel zu glatt. Fast glänzend. Ames schätze ihn auf ungefähr vierzig, aber sicher war er nicht. Allmählich wünschte er, dem ersten Impuls nachgegeben und die Kneipe verlassen zu haben.

»Hören Sie, ich weiß nicht, was Ihr Problem ist, aber ich denke …«

»Muss schwierig sein, unbeschadet davonzukommen, wenn man in so einem Laden arbeitet. Sie müssen doch ständig am Anschlag sein. Die ganzen angestauten Aggressionen, und Frauen sind schlimmer als Männer … glauben Sie mir, ich weiß, wovon ich rede. Ich meine, es kann einem nicht bekommen, ständig gehasst zu werden, oder?« Der Mann rückte seinen Stuhl ein Stück vor, krümmte die Schultern und beugte sich über den Tisch. »Denn war mag schon einen Schließer?« Traurig schüttelte er den Kopf. »Keiner, der bei klarem Verstand ist.«

Ames war klar, dass er verschwinden musste. Was immer hier ablief, konnte kein gutes Ende nehmen. Er schaute zum Tresen, in der Hoffnung, dem Barkeeper signalisieren zu können, dass es ein Problem gab.

»Ich verstehe schon, warum Sie am Ende des Tages einen Schluck brauchen, ich meine, wer würde das nicht? Um sich ein bisschen besser zu fühlen, um sich normal zu fühlen. Damit Sie den ganzen Hass nicht nach Hause zu Jill und den Jungs mitschleppen.«

»*Was* haben Sie gesagt?«

Ames wollte aufstehen, aber der Mann packte sein Handgelenk und drückte gerade fest genug zu.

»Um Himmels willen, beruhigen Sie sich, Gordon.« Der Mann lachte leise und klang völlig entspannt, völlig vernünftig. Eigentlich hatte er die ganze Zeit über leise gesprochen. Jetzt wartete er, bis Ames sich gesetzt hatte, dann ließ er los und klopfte ihm beruhigend auf den Arm. »Also gut. Bleiben Sie einfach sitzen und essen Sie Ihre Käse-Zwiebel-Chips, während ich uns noch etwas zu trinken hole.«

Als der Mann aufstand, konnte Gordon Ames ihn nur anstarren.

»Black Swan, nicht wahr …?«

An manchen Tagen schaffte es nicht mal Hank Williams.

Ja, Hanks Leben war von körperlichen Schmerzen und einer jahrelangen Medikamentenabhängigkeit geprägt gewesen. Von einer toxischen Beziehung, aus der er sich viel zu spät gelöst hatte. Von Tausenden Flaschen, in denen er sich zu verlieren versucht hatte. Er hatte wie ein Besessener gearbeitet, war im Alter von neunundzwanzig gestorben und hatte zu diesem Zeitpunkt doppelt so alt ausgesehen. Thorne bezweifelte allerdings, dass Williams je mit einem Mann zu tun gehabt hatte, der ihm in menschliches Fleisch geritzte Nachrichten zukommen ließ.

Traurigkeit hatte Hank drauf wie kein anderer, aber über Angst schrieb er nicht.

Eine Zeit lang versuchte Thorne, sich mit der Frage abzulenken, wie der Hillbilly-Shakespeare die grausigen Machenschaften eines Irren wohl in einen munteren Jukebox-Hit verpackt hätte. Ein jodelnder Serienmörder. Er gab auf, als er nur ein Wort fand, das sich auf Nicklin reimte, nämlich Picklin' – das Pökeln. Der kurze Moment der Heiterkeit verpuffte schnell und wurde unerträglich.

Er stand vom Sofa auf und stellte die Musik ab.

Dann ging er in die Küche, machte sich ein Sandwich, aß es aber nur zur Hälfte, weil das Brot altbacken schmeckte.

Er kehrte ins Wohnzimmer zurück und legte sich wieder aufs Sofa.

Nach einer Weile rief Melita an, aber er konnte sich nicht überwinden, das Gespräch anzunehmen oder die Nachricht abzuhören, die sie hinterlassen hatte.

Hör auf, dich zu bemitleiden, du alberner Trottel.

Tanner hatte natürlich recht, in beiden Punkten, aber dieses Wissen machte sein Selbstmitleid nicht geringer. Es riss ihn nicht aus seiner Stimmung heraus. Stattdessen blieb er einfach liegen und versuchte, sich in ein paar Flaschen weniger zu verlieren, als Hank wahrscheinlich gebraucht hatte. Er gab sich dem Alkohol hin, bis sein Selbstmitleid noch größer wurde und er sich noch mehr als Trottel fühlte. Immerhin tröstete ihn der Gedanke, dass sein eigener Schmerz – im Gegensatz zu dem von Hank – wohl nicht sein ganzes Leben anhalten würde.

Er spielte mit dem Gedanken, Tanner anzurufen und sich zu entschuldigen, ließ es aber bleiben.

Er spielte mit dem Gedanken, Phil anzurufen, bloß um ihn reden zu hören.

Er sinnierte über *Pläne.*

Vielleicht schlief er irgendwann sogar ein, er hätte es nachher nicht sagen können. Vielleicht träumte er, aber die Dunkelheit, die um ihn herumwirbelte, sich verfestigte und auf sein Gesicht legte, hätte er sich genauso gut im Wachzustand ausmalen können. So oder so: Als Thorne irgendwann auf die Uhr sah, waren seit dem letzten Mal mehrere Stunden vergangen, und er starrte noch immer auf die Stelle, wo Wand und Decke sich trafen.

Er sah noch immer dem verdammten Spinnennetz beim Tanzen zu.

44

Als Thorne das Büro betrat, sah er auf den ersten Blick, dass Tanner schon dort gewesen war. Er schlenderte zum Einsatzraum, wo sie zusammen mit Dipak Chall an HOLMES arbeitete. Sie speisten Informationen über den Mord nach einem häuslichen Streit ein, den sie bearbeiteten.

Er hielt die Schachtel Buntstifte hoch, die er auf seinem Schreibtisch vorgefunden hatte. »Witzig«, bemerkte er mit unbewegter Miene.

»Das fand ich auch«, sagte sie.

»Russells Idee?«

»Meine.«

Thorne hielt die nichtssagende Miene nicht lange durch. Er grinste, nickte und rappelte mit der Schachtel. »Echt witzig.«

Chall sah auf. »Was ist witzig?«

»Um darüber lachen zu können, hätten Sie dabei sein müssen«, sagte Thorne, der eigentlich ziemlich froh war, dass niemand außer Brigstocke und Tanner die Szene mitangesehen hatte.

Er schämte sich für sein Verhalten und hatte das Gefühl, Tanner habe zumindest eine Entschuldigung verdient.

»Wie war dein Abend?«, fragte Tanner.

»Ich hatte schon bessere. Und du?«

Sie wartete, bis Chall wieder auf seinen Monitor starrte. Dann warf sie Thorne einen Blick zu und deutete mit dem Kopf in Richtung ihres gemeinsamen Büros. Thorne redete mit Chall noch eine Weile über alles und nichts. Dann sagte er: »Ich lasse Sie mal allein«, kehrte ins Büro zurück und wartete auf Tanner.

»Was ist das große Geheimnis?«, fragte er, als sie die Tür hinter sich schloss.

Sie setzte sich an ihren Schreibtisch und rückte ein paar Papiere gerade. »Ich hatte ein Date.«

»Verdammt, ich glaub's nicht«, sagte Thorne.

»Tja, genau deshalb war ich nicht sicher, ob ich dir davon erzählen soll. Ich dachte mir schon, dass du ein Riesen-Trara darum machen würdest.«

»Mache ich nicht«, sagte er. »Ich finde nur … Ich finde es toll.«

Tanner warf ihm einen zweifelnden Blick zu. Ob er ihm oder dem Date galt, war schwer zu erkennen.

»Wo habt ihr euch getroffen?«

Tanner entdeckte noch einige Unterlagen, die nicht ganz gerade lagen, dann musste ein Stift in den Becher gestellt werden, wo er zusammen mit einem Dutzend anderer Stifte wohnte. »Ich hab eine Dating-App benutzt.«

»Okay …«

»Sie heißt *Scissr*, falls es dich interessiert.« Als es Thorne nicht gelang, ein Grinsen zu unterdrücken, schüttelte sie den Kopf. »Fick dich.«

»Tut mir leid, es ist nur wegen dem Namen.«

»Ich hab mich sogar bei mehreren registriert«, sagte Tanner. »Als wir uns diese ganzen Apps angeschaut haben, die Rebecca Driver benutzt hat, hab ich damit angefangen. Mich einfach angemeldet und mit dem Wischen angefangen. Es kam mir ein bisschen gruselig vor, wenn ich ehrlich bin … Dass ich eine Serie grässlicher Morde als Sprungbrett benutzt hab, um mich wieder auf den Markt zu bringen. Findest du das schlimm?«

Thorne zuckte die Achseln. »Ich hab mal mit einem DC gearbeitet, der die Ehefrau des Opfers gebumst hat, als der Typ gerade einen Tag unter der Erde war. Ich meine, das Paar hatte sich nicht mehr nahegestanden, aber trotzdem.« Er klatschte in die Hände. »Egal … Lass mal ein paar Einzelheiten hören. Blondine? Brünette? Jünger oder älter als du? Okay, vergiss das alles … war sie heiß?«

»Ja, allerdings. Das dachte ich jedenfalls.«

Thorne bemerkte ihr Zögern. »Aber …?«

»Ich wusste mehr oder weniger von Anfang an, dass es nicht funktionieren würde.«

»Erzähl mir nicht, dass sie keine Katzen mag. Oder nicht abwäscht, bevor sie die Wohnung verlässt. Oh, ich weiß. Sie räumt nicht einmal pro Woche ihre Handtasche auf.«

»Sie ist Polizistin«, sagte Tanner.

»Ah …«

»Streifenpolizistin, drüben in Hackney.« Sie schüttelte den Kopf. »Ich schätze, das würde zwangsläufig zu Problemen führen. Ständig würde der Job im Raum stehen. Aber das weißt du besser als jeder andere.«

Thorne konnte Tanners Hypothese kaum widersprechen. Sie hatte aus der Nähe mitangesehen, wie seine Beziehung mit Detective Inspector Helen Weeks den Bach runtergegangen war. Er hatte sich bei Tanner ausweinen können. Besser gesagt: Sie hatte Verständnis aufgebracht, wenn er seine schlechte Laune ausgelebt hatte.

Thorne war nicht sicher, ob er sich dafür je richtig bedankt hatte.

»Traurigerweise schon«, sagte er. Er sah zu, wie Tanner sich in ihren Computer einloggte, als sei die Unterhaltung für sie beendet. »Jetzt warte mal … Vielleicht hast du keine Hochzeitsglocken läuten gehört, aber du hast selbst gesagt, sie ist heiß. Also, ich meine, hattest du keine Lust …?«

»Nein«, sagte Tanner. »Ich hatte *keine Lust*, und selbst wenn, kam es mir nicht so vor, als hätte sie es darauf abgesehen.« Sie zuckte die Achseln. »Aber das Essen war schön.« Sie fing an zu tippen.

Thorne sah ihr eine Weile zu, dann sagte er: »Ich möchte

mich dafür entschuldigen, dass ich gestern so ein Arschloch war. Noch mehr Arschloch als sonst, sollte ich sagen. Ich war aus dem Tritt.«

Tanner blickte nicht auf. »Schon gut«, sagte sie. »Auf die Art hatte ich bei meinem Date etwas zu erzählen. Und? Hast du nichts zu tun?«

Grinsend loggte Thorne sich ein.

»Vor dem Rausgehen abzuwaschen, ist übrigens einfach gesunder Menschenverstand.«

Bis zum Mittag schafften sie ein ordentliches Pensum: in Tanners Beziehungs- und Thornes Banden-Messermord; mit den Zeugenaussagen in einem Fall schwerer Körperverletzung, bei dem das Opfer laut Bericht des Krankenhauses im Koma lag, sodass auch hier ein potenzielles Tötungsdelikt im Raum stand; in einem tödlichen Unfall mit Fahrerflucht, der sich in der Nacht ereignet hatte. Sie schafften es, fast drei Stunden lang kein Wort über Stuart Nicklin oder die Fälle zu verlieren, die seine Handschrift trugen. Als sie in der Kantine saßen und fast zu Ende gegessen hatten, klingelte Thornes Telefon.

Im Bronzefield-Gefängnis war es zu einem schweren Zwischenfall gekommen.

Während die Mehrheit derer, die im Gebäude arbeiteten, schon auf den Parkplatz, zum Bus oder zur U-Bahn strömten, reichte Russell Brigstocke an einem großen Tisch im Konferenzraum Blätter mit ersten Informationen herum. Im Lauf des Nachmittags waren häppchenweise teils widersprüchliche Einzelheiten von der Gefängnisleitung und den örtlichen Mordermittlern eingegangen. Aber jetzt hatten er und der Rest des Teams zum ersten Mal die Möglichkeit, sich einen Überblick zu verschaffen.

Zumindest darüber, was nach Ansicht der Beamten vor Ort geschehen war.

»Rebecca Driver wurde kurz nach Mittag tot in ihrer Zelle im Gefängnis Ihrer Majestät Bronzefield aufgefunden.« Brigstocke sah auf das hastig zusammengestellte Blatt mit den wichtigsten Eckpunkten. »Sie scheint mit einer selbst gebastelten Waffe erstochen worden zu sein. Da das Opfer eine halbe Stunde zuvor noch im Trakt gesehen worden war, gehen die Kollegen davon aus, dass die Tat zwischen elf und Mittag verübt wurde. Das mit dem Fall befasste Team aus Kent hat eine Neununddreißigjährige in Gewahrsam genommen und befragt zurzeit Personal und Gefangene. Im Augenblick scheint kein offensichtliches Tatmotiv erkennbar zu sein.« Der DCI legte das Blatt auf den Tisch und lehnte sich zurück. »Himmel, was für ein Albtraum.«

Was immer sie persönlich über Rebecca Drivers Schicksal denken mochten, bezweifelte niemand am Tisch, dass der DCI sich auf die logistischen Probleme bezogen hatte. Die komplexe Abstimmung von inzwischen drei verschiedenen Dienststellen, die an den offensichtlich zusammenhängenden Fällen arbeiteten.

»Vielleicht ist sie nur der falschen Person auf die Nerven gegangen«, bemerkte Chall.

»Keine Chance«, erwiderte Thorne. Die Verbindung zwischen den drei Fällen lag auf der Hand, ebenso wie die Tatsache, dass ein bestimmter Mann das Bindeglied darstellte. Thorne glaubte nicht, dass die Kollegen in Kent lange nach einem Motiv suchen mussten. »Sie wurde umgebracht, weil ich sie besucht habe.«

»Das können wir nicht wissen, Tom«, wandte Brigstocke ein.

»Sicher können wir das.«

»Es ist möglich, das will ich gar nicht bestreiten … Aber vielleicht hat Dipak trotz allem recht.« Brigstocke ignorierte Thornes Kopfschütteln. »So oder so müssen wir das Team in Kent seine Arbeit machen lassen. Wir geben natürlich alle relevanten Informationen und Einschätzungen weiter, aber wir schreiben ihnen nicht vor, wie sie ihren Job zu erledigen haben. Wenn wir das versuchen, bin ich der Trottel, der die Konsequenzen zu spüren bekommt.«

»Das verstehe ich, Russell.« Tanner konnte sich vorstellen, in welcher heiklen Position er sich befand. »Aber ich glaube, Tom hat recht. Nicklin muss dahinterstecken.«

Brigstocke nickte. »Ja, gut, aber ich bin nicht davon überzeugt, dass Toms Besuch notwendigerweise eine Rolle gespielt hat. Vielleicht hatte Nicklin die ganze Zeit geplant, Driver zu töten.«

»Das kann ich mir nicht vorstellen«, sagte Thorne. »Wenn er das gewollt hätte … was ich nicht glaube … wäre es viel einfacher gewesen, sie zu ermorden, *bevor* sie ins Gefängnis kommt.«

Tanner brummte zustimmend. »Vielleicht hat Driver tatsächlich mehr gewusst, als sie verraten hat. Vielleicht hat Nicklin sie umgebracht, weil er glaubte, sie hätte Tom etwas Bestimmtes verraten. Oder sie könnte es bei einem nächsten Besuch tun.«

»Er wusste, dass ich sie besuchen würde.« Thorne sah erst Tanner an, dann Brigstocke. »Klar, er hätte im Nachhinein von meinem Besuch erfahren können, weil er eine Kontaktperson im Gefängnis hat, aber das kommt mir unwahrscheinlich vor … Er kann seine Augen nicht *überall* haben, stimmt's? Vielleicht hat er auch durch Driver selbst davon erfahren, aber ich sehe nicht, wie sie das gemacht haben sollte. Und abgesehen davon war ich erst *gestern* da, um Himmels willen.« Er wartete ein oder zwei Sekunden. »So schnell kann er das alles nicht arrangiert haben. Schließlich musste er jemanden bestechen oder bedrohen oder was auch immer, sodass derjenige bereit war, mit dem Messer auf sie loszugehen.« Thorne umklammerte die Tischkante. »Er wusste im Voraus, dass ich nach Bronzefield fahren würde.«

»So wie er auch in Coventry Bescheid wusste«, sagte Tanner.

Thorne glaubte, seinen schneller werdenden Puls hören zu können. Nachdem er die Herberts abgeschrieben hatte, war es ihm ein Rätsel, woher Nicklin seine Informationen bezog.

»Okay, gut, wir sollten das im Kopf behalten«, sagte Brigstocke. »Und fürs Erste … Tom, Sie müssen gleich morgen früh nach Ashford und mit dem Team aus Kent sprechen.«

»Keine Sorge, ich werde bei den Kollegen nicht den Klugscheißer spielen«, versprach Thorne.

»Hoffentlich, wenn es so weit ist … Aber erst einmal sollen Sie als Zeuge vernommen werden.«

»Wie bitte?«

»Wie gesagt, die Kollegen tun einfach ihren Job. Abgesehen von den Wärtern und ihren Mitgefangenen waren Sie der Letzte, der mit Rebecca Driver gesprochen hat.«

45

Nicklin war nicht so arrogant zu glauben, dass ihm keine Fehler unterlaufen konnten. Leute, die so dachten, machten für gewöhnlich eine Menge Fehler. Natürlich war er immer vorsichtig, aber wer hätte beschwören können, dass sich bei seiner Kommunikation mit Rebecca nicht ein Moment der Unaufmerksamkeit eingeschlichen hatte? Zum Bespiel konnte seine Aufmerksamkeit unter dem Einfluss der wunderbaren gelben Pillen abgeschweift sein, sodass ihm etwas durchgegangen war.

Er glaubte es nicht, war aber nicht hundertprozentig sicher. Darum war es gegangen.

Deshalb war es ihm nötig erschienen, im Gefängnis gewisse Vorkehrungen zu treffen.

Enttäuschend war nur, dass es nicht ein bisschen schneller gegangen war. Natürlich hatte er sein Bestes gegeben, aber er konnte keine Wunder wirken. Deshalb hatte er so lange warten müssen, bis der Gefängnisbeamte durstig genug gewesen war, um auf dem Heimweg im Pub vorbeizuschauen. Im Idealfall hätte seine kleine Helferin sich mit ihrem Klappmesser genau am Tag von Thornes Besuch zu schaffen gemacht.

Tut mir schrecklich leid, Detective Inspector, aber ich fürchte, Sie haben sich umsonst auf den Weg gemacht. Er musste sich nur Thornes Gesicht vorstellen …

Es kam häufiger vor, dass er an Thornes Gesicht dachte.

Nach einer Sitzung fühlte er sich immer gut und entspannt, im Reinen mit sich und der Welt. Er drehte den Kopf und sah vom Oberdeck nach draußen. Es war schon dunkel, und er schaute in jedes erleuchtete Zimmer, an dem der Bus vorbeifuhr, in der Hoffnung auf eine kleine Entdeckung, die seine Phantasie beflügeln würde, wenn er nach Hause kam. Solche Momente waren immer etwas Besonderes: Arme und Beine, die sich hinter den Scheiben bewegten; Umrisse, die sich durch dünne Vorhänge abzeichneten; ein Torso, der sich quer durchs Bild bewegte; in ein oder zwei Fällen sogar ein Gesicht, das ihm ausdruckslos entgegenstarrte. Später würde er diese Schnappschüsse von ganz gewöhnlichen Existenzen als Ausgangspunkte nehmen und sich ausmalen, was er tun könnte, um sie in etwas ganz und gar nicht Gewöhnliches zu verwandeln.

Bis jetzt hatte er nichts entdeckt, aber er hielt weiter Ausschau.

Die Restzweifel über mögliche Unvorsichtigkeiten waren nicht der einzige Grund gewesen, warum er zu dem Schluss gekommen war, dass Driver verschwinden musste. Wenn er ehrlich war, musste er zugeben, dass dieser ganze Blödsinn über verminderte Zurechnungsfähigkeit ihn verärgert hatte. So war es nicht abgemacht gewesen. Außerdem hatte er das Gefühl, dass sie möglicherweise ein bisschen von sich eingenommen war, und das durfte er nicht zulassen. Er hatte ihr die einmalige Chance verschafft, Teil seines Spiels zu werden, eine Zeit lang an seiner Seite zu arbeiten. Aber es war nicht zu tolerieren, wenn jemand anfing, sich für die Hauptattraktion zu halten. Er konnte die Vorstellung nicht ertragen, dass sie wie eine Bienenkönigin durch ihr Hochsicherheitskrankenhaus stolzierte und seinen Namen fallenließ, um zu sehen, wie die Leute darauf reagierten. Dass sie es genoss, von allen für gefährlich gehalten zu werden. Unverschämtes kleines Miststück.

Wenn sie gefährlich war, dann nur, weil er sie dazu gemacht hatte.

Ja, er musste zugeben, dass beim Entschluss, Rebecca Driver umbringen zu lassen, eine gewisse … Bockigkeit eine

Rolle gespielt hatte. Wie könnte er das leugnen? Schließlich war ihm das schon früher vorgeworfen worden.

Lächelnd dachte er an den Lehrer, der es ihm in dieser Formulierung ins Zeugnis geschrieben hatte.

Stuarts Verhalten wirkt oft bewusst bockig.

Er hatte dafür bezahlen müssen, als seine Mutter es gelesen hatte. Aber später hatte auch der Lehrer seinen Preis bezahlt. Nicklin hatte herausgefunden, wo der Mann wohnte, und eine Weile sein Haus beobachtet. Dabei hatte er herausgefunden, dass der Mann jeden Abend zur selben Zeit seinen Hund ausführte. Eines Tages, als der Lehrer und sein Köter im Park waren, war Nicklin in den Garten hinter dem Haus eingedrungen und hatte ein bisschen Rattengift verstreut. Von da ab war es mit dem Gassigehen vorbei gewesen.

Als der Bus an der U-Bahn-Station Kensal Green vorbeifuhr, stand Nicklin auf, drückte den Knopf und stieg langsam die Treppe hinunter.

Es würde eine Zeit kommen, in der er sich mit wärmeren Gefühlen an Rebecca Driver erinnerte, das wusste er aus Erfahrung. Irgendwann empfand er für sie alle so, vielleicht ganz ähnlich, wie die Leute mit einer gewissen Distanz an ihre Verflossenen dachten. Er jedenfalls dachte an Martin Palmer und Marcus Brooks und den armen alten Jeffery Batchelor, der bei seinem Abenteuer auf Bardsey Island eine so wichtige Rolle gespielt hatte.

Auch wenn es für die meisten Menschen seltsam klingen mochte, dachte er hin und wieder auch mit warmen Gefühlen an Tom Thorne. *So* seltsam war es vielleicht gar nicht, wenn man bedachte, wie viel Vergnügen der Mann ihm über die Jahre hinweg verschafft hatte. Und ihm bald wieder verschaffen würde.

Nicklin bedankte sich beim Fahrer und stieg aus. Er zog seine Baseballkappe ein bisschen tiefer in die Stirn und ging los.

Bei Thorne bezweifelte er ernsthaft, dass das Gefühl auf Gegenseitigkeit beruhte.

Melita erreichte Thorne auf dessen Heimweg.

»Ich hab dich gestern Abend angerufen«, sagte sie.

Thorne wollte nicht erklären, warum er nicht abgenommen hatte. »Da muss ich wohl unter der Dusche gewesen sein.«

»Ich hab eine Nachricht hinterlassen.«

Thorne hatte sie bis jetzt noch nicht abgehört. Er hatte es vorgehabt, dann aber vergessen. Schließlich hatten die Ereignisse des Tages seine Aufmerksamkeit in Anspruch genommen. Zuletzt hatte es mehrere Gelegenheiten gegeben, wo er *sie* nicht hatte erreichen können, wo sie nicht auf seine Nachrichten reagiert hatte. Er hatte keine große Sache daraus gemacht und einfach vermutet, sie brauche Zeit für sich selbst, sie müsse nach einer stressigen Sitzung herunterkommen. Das war verständlich. »Tut mir leid …«

»Schon gut.« Sie lachte. »Du sollst mich nicht für bedürftig halten.«

»Ziemlich viel los gerade.« Er erzählte ihr von Rebecca Driver. Von seinem Besuch und davon, was am Tag darauf passiert war.

»Fühlst du dich schuldig?«

»Warum sollte ich?«

»Du hast gerade gesagt, sie sei wegen deines Besuchs getötet worden.«

Thorne beschleunigte, um noch über die Ampel an der Archway Road zu kommen. Aber er schaffte es nicht, bremste scharf und fluchte in sich hinein. »Ja. Ich meine … das vermute ich. Aber das bedeutet nicht, dass ich mich deswegen schuldig fühle.«

»Weil du nicht die Verantwortung trägst?«

»Natürlich trage ich nicht die Verantwortung.« Thorne hatte den ganzen Tag darüber nachgedacht. Er glaubte noch immer, dass Nicklin im Voraus von seinem Besuch erfahren hatte, bedauerte aber inzwischen, dass er sich nicht für ein Gespräch in einem privaten Besuchsraum entschieden hatte. Driver wäre jetzt so oder so tot, trotzdem trieb ihn der Gedanke um.

»Tut sie dir leid?«

»Wird das eine Art inoffizielle Therapiesitzung?«

Wieder lachte Melita. »Ich will nur sagen, dass es eine völlig normale Reaktion wäre, egal was sie getan hat.«

»Genau deshalb tut sie mir nicht leid.« Er dachte daran, wie er versucht hatte, ihr Angst einzujagen; an seine kleine Rede darüber, wie unsicher es im Gefängnis für sie sei. »Ich sage ja nicht, dass sie es verdient hätte, in ihrer Zelle abgestochen zu werden … Aber andererseits glaube ich auch nicht, dass die drei Männer, die sie ermordet hat, ihr Schicksal verdient hatten.«

»Trotzdem hatte sie Freunde und Familie, Tom. Menschen, die sie geliebt haben. Sie werden genauso trauern wie die Angehörigen ihrer Opfer.«

»Ich weiß«, sagte Thorne. Ihm war klar, dass die Eltern von Menschen, die schreckliche Verbrechen begangen hatten, sich zwar jede Nacht fragen mochten, was *sie selbst* falsch gemacht hatten, dass sie ihre Kinder aber trotzdem nicht weniger liebten. Nein, er freute sich nicht, dass Rebecca Driver ermordet worden war, aber das lag vor allem an der Tatsache, dass jetzt seine einzige direkte Verbindung zu Stuart Nicklin gekappt war. »Können wir über etwas anderes reden?«

»Bist du sauer auf mich?«

Thorne war *tatsächlich* sauer, allerdings auf die Frau im Audi vor ihm, die während der letzten Minuten immer wieder vor Querstraßen abgebremst, geblinkt, sich dann aber umentschieden hatte. Er wollte nach Hause. »Tut mir leid … ich bin heute ein Motzkopf.«

»Ein *was*?«

»Das hat meine Mum immer gesagt.« Die Erinnerung brachte Thorne zum Lächeln. Es war der Familienbegriff für jemanden gewesen, der ohne erkennbaren Anlass schlechte Laune hatte. »Ich bin einfach völlig geschafft.«

»Ich hatte gehofft, du würdest heute Abend rüberkommen.«

»Können wir das auf morgen verschieben?«, fragte Thorne. »Ich muss frühmorgens nach Kent. Worauf ich gern verzichten würde, wenn ich ehrlich bin.«

»Okay, ich koche.«

»Klingt großartig.« Endlich fuhr der Audi von der Hauptstraße ab, sodass Thorne Gas geben konnte. »Einen Abend abhängen könnte ich gut gebrauchen … mich mal für ein paar Stunden ablenken.«

»Oh, dafür sorge ich schon«, sagte sie.

46

Anfangs hatte Thorne den Eindruck, er werde gut mit Clive Coleman zurechtkommen.

Sein Gegenpart bei der Mordkommission der Kent Police hatte ihn am Empfang im Revier von Ashford erwartet. Er war Thorne mehr oder weniger entgegengeeilt, um ihm die Hand zu schütteln, und hatte sich für sein Kommen bedankt. *Wirklich sehr dankbar … ist natürlich unglaublich lästig* und so weiter und so weiter. Er war groß – mindestens eins fünfundneunzig – und hatte die Figur eines Mannes, der nicht viel trank und selten in die Nähe eines Full English Breakfast oder eines Päckchens Hobnobs kam. Trotz dieser offensichtlichen Charakterfehler wirkte der Mann auf ungekünstelte Weise herzlich, sodass Thorne bereit war, ihm eine Chance zu geben. Auch der billige Anzug und die entsprechenden Schuhe waren ein gutes Zeichen. Thorne hatte gelernt, dass man um Polizisten, die ein Monatsgehalt für maßgeschneiderte Kleidung hinblätterten, am besten einen Bogen machte.

»Gut hergekommen?«, fragte Coleman auf dem Weg zum Befragungsraum. Sein Akzent klang nach Themsemündung: klassenlos und ohne scharfe Kanten.

»Kinderspiel. Vierzig Minuten von Tür zu Tür.«

»Ich habe gehört, Sie sind Spurs-Fan.«

Thorne stimmte zu und wunderte sich, woher der Mann so gut Bescheid wusste. Stand es irgendwo in seiner Akte? Neben seinen Festnahmeprotokollen, den Stationen seiner Laufbahn und den disziplinarischen Einträgen, die wahrscheinlich eine ganze Schublade füllten?

»Ich stehe auf Man United«, sagte Coleman.

»Da kann man nichts machen.«

»Na ja, wir sind nicht gerade verwöhnt hier, was die Auswahl an regionalen Teams angeht.«

»Dann haben Sie sich also eine Mannschaft ausgesucht, bei der Sie häufiger Grund zum Feiern haben.«

Coleman lachte. »Ja, wahrscheinlich.«

»Und im Job? Auch so ehrgeizig?«

»Himmel, nein. Ich halte mich hübsch bedeckt.«

»Weiser Entschluss.«

Coleman blieb vor einer Tür stehen. »Da sind wir.«

»Wie geht's denn voran?«, fragte Thorne beiläufig und in freundlichem Ton.

Falls Coleman überhaupt zögerte, dann nur kurz. »Wir haben einen Gefängniswärter vernommen ... Gordon Ames. Am Mittwochabend wurde er im Pub angesprochen und für den Fall, dass ein Anschlag auf Driver verübt würde, zum Wegschauen ermuntert. Es gab Drohungen gegen seine Familie.«

Thorne nickte. Damit war zumindest die aberwitzige Idee aus der Welt, Driver könnte zufällig zu diesem Zeitpunkt ermordet worden sein. »Und die Frau, die auf sie eingestochen hat?«

»Karen Sinclair«, sagte Coleman. »Lebenslänglich, also die ideale Kandidatin.«

»Dann muss Nicklin sich auch an sie rangemacht haben.«

»Er oder jemand anderer, aber wir wissen noch nicht genau, wie und wann. Sinclair streitet den Mord nicht ab, ist ansonsten aber wenig gesprächig.«

Thorne dachte an die Frau, zu der Driver während seines Besuchs hinübergeschaut hatte, und fragte sich, ob sie es gewesen war, die Driver am Tag darauf ermordet hatte. Obwohl er Brigstockes warnende Worte noch im Kopf hatte, konnte er es nicht lassen: »Ich nehme an, Sie haben überprüft, wer Sinclair am Mittwoch besucht hat.«

Diesmal wartete Coleman ein wenig länger mit der Antwort. Lange genug, um das kurze Aufblitzen von Ärger sichtbar werden zu lassen, bevor es in ein angestrengtes, ungeduldiges Lächeln überging. »Natürlich«, sagte er. »Aber Karen Sinclair hatte an dem Tag, an dem Sie im Gefängnis waren, keinen Besuch.«

»Oh.«

»Allerdings am Tag vorher.«

»Und …?«

»Ihre Mutter.« Coleman packte den Griff und stieß die Tür auf. »Können wir?«

Sobald sie den Raum betreten hatten, gab sich der Detective Inspector aus Kent ganz geschäftsmäßig. Er trat an einen Tisch und nahm Platz. Während er wartete, dass auch Thorne sich setzte, zog er sein Notizbuch aus der Tasche und sagte: »Es ist immer ein bisschen unangenehm, einen Kollegen zu befragen, auch wenn es nur um eine Zeugenaussage geht.« Er besaß genug Anstand, um ein bisschen zerknirscht zu wirken. »Sie wissen natürlich, wie es läuft. Das Bla-bla-bla, das ich über Ihre Rechte und über die Aufnahme loswerden muss, bevor wir zur Sache kommen.«

»Legen Sie los.«

Sobald Thorne sich gesetzt hatte und das Bla-bla-bla hinter ihnen lag, fragte Coleman: »Sie waren also vorgestern im Gefängnis Ihrer Majestät Bronzefield, um das Opfer zu besuchen, ist das korrekt?«

Thorne sagte, das sei korrekt.

»Würde es Ihnen etwas ausmachen, mir zu erzählen, worüber Sie gesprochen haben?«

»Wir haben über einen Mann namens Stuart Nicklin gesprochen.«

»Okay. Also über den Mann, von dem Sie glauben, dass er …« – er griff nach der Brille und sah in seine Notizen – »… dass er Kevin Bartley ermordet hat.«

»Ich *glaube* nicht, dass er Bartley ermordet hat, ich *weiß* es.«

Coleman brummte, als wolle er ausdrücken, dass die Unterscheidung im Moment unwichtig sei.

»Er hat eine Menge Leute auf dem Gewissen.«

»Oh, keine Sorge, ich weiß, wer er ist.«

»Das ist ja schon mal ein Anfang«, bemerkte Thorne.

»Können Sie ein bisschen mehr ins Detail gehen? Über Ihr Gespräch mit dem Opfer?«

»Ich wollte sie überreden, mir das Passwort für einen USB-Stick zu verraten, den wir in ihrer Wohnung gefunden haben. Ich vermute, wir würden dort Kopien ihrer Kommunikation mit Stuart Nicklin finden. Sie hat Nein gesagt.«

»Hat sie sonst noch etwas gesagt?« Coleman wartete. »Außer Nein?«

»Eigentlich nicht.«

»Sie waren fast vierzig Minuten bei ihr.«

Thorne rutschte auf dem Stuhl hin und her. »Wir haben über ihre Beziehung zu Nicklin gesprochen. Ihre unangebrachte Loyalität. Sie hat ein Buch über ihn erwähnt, das wir in ihrem Regal gefunden haben.«

Coleman nickte. »Das, in dem Sie vorkommen.«

»Genau.« Thorne fühlte sich angespannt und kribblig. Er wurde ein wenig kurzatmig. »Wir haben darüber gesprochen, wie ihr Alltag im Gefängnis aussehen würde. Ich habe versucht, sie ein bisschen nervös zu machen, ihr ein Gefühl für die Gefahren zu vermitteln, die auf sie zukommen könnten.«

Coleman notierte sich etwas.

Thorne beruhigte sich, jedenfalls versuchte er es. »Schauen Sie, mir wird nicht ganz klar, was das mit dem Mord zu tun hat und inwiefern es hilfreich sein könnte. Rebecca Driver ist tot, weil ich sie besucht habe … weil Nicklin herausgefunden hat, dass ich zu ihr wollte. Ganz einfach. Sie haben die Frau, die es getan hat, und Sie haben den Justizbeamten, der mitgespielt hat, was wollen Sie also noch von mir?«

»Wenn Ihr Besuch, wie Sie sagen, wirklich der Grund für dieses Verbrechen war …«

»Das war er.«

»… dann bin ich der Ansicht, dass die Einzelheiten Ihres Gesprächs *eine Menge* mit dem Fall zu tun haben.«

»Ich habe sie um Hilfe gebeten«, sagte Thorne. »Sie hat sich geweigert. Scheiße, was wollen Sie sonst noch?«

Coleman sah bei dem Schimpfwort auf, als hätte er es zum ersten Mal im Leben gehört. Er nahm die Brille ab, was allerdings weniger bedrohlich wirkte, als dieselbe Geste es bei Brigstocke tat. Der Mann wirkte stattdessen vage amüsiert. Er lehnte sich zurück und sagte: »Man hat mich vorgewarnt, dass es schwierig werden könnte.«

Die Sekunden schleppten sich dahin, und plötzlich fühlte der Raum sich ziemlich warm an.

»Wer hat Sie vorgewarnt?«

»Das spielt doch keine Rolle, oder?«

»Ich denke schon«, entgegnete Thorne.

»Ich will nur sagen, dass allgemein bekannt ist, dass … dieser Fall Ihnen nähergeht als manche andere. Dass Sie ihn vielleicht ein bisschen persönlich nehmen.«

»Worauf Sie wetten können.«

»Na sehen Sie.«

Thorne beugte sich über den Tisch, bemühte sich aber um einen ruhigen Ton. Bemühte sich nach Kräften. »Wir reden über einen hochgefährlichen Mann, den ich eingesperrt habe, als Sie noch Uniform trugen.«

Coleman lächelte.

»Und mit dem ich seitdem noch mehrmals zu tun hatte.«

»Ich habe das Buch gelesen«, sagte Coleman immer noch lächelnd.

Jetzt gab Thorne sich keine Mühe mehr. »Wir reden über jemanden, der Kollegen von mir ermordet und andere schwer verletzt hat. Der mich in der Vergangenheit mehrmals bedroht hat … ernsthaft bedroht. Und gerade erst hat Rebecca Driver angedeutet, dass er diese Drohungen wiederholt hat.«

»Angedeutet?«

Später konnte er sich nicht erinnern, wie es genau abgelaufen war, aber plötzlich war Thorne auf den Beinen. Obwohl Colemans Gesicht ein wenig unscharf war, erkannte er doch, dass der Mann die Augen und seinen dämlichen dicken Mund aufriss, sodass sein eigener Speichel hineinspritzte.

Von dem Moment an lief es schlecht.

47

Diesmal packten sie es klüger an und gingen vor dem Essen ins Bett.

»Eine Frage des Timings«, sagte Melita.

»Eine Frage der Prioritäten«, sagte Thorne.

Melita hatte schon ein Hühnchen in den Ofen geschoben, sodass, als sie im Schlafzimmer fertig waren, nur noch der Salat zu machen war. Thorne wollte helfen, aber die Küche war nicht allzu groß – schon weil die verdammte Kücheninsel so viel Platz einnahm. Während Melita also die Tomaten und Frühlingszwiebeln schnitt, bat sie Thorne, sich um die Getränke und die Musik zu kümmern.

Thorne schenkte ein Glas Wein ein und öffnete ein Bier, dann ging er vorsichtig in die Zimmerecke und näherte sich Alexa, als hätte er ein gefährliches Tier vor sich. Kürzlich hatte er das Undenkbare getan und sich selbst so einen Sprachassistenten zugelegt, wobei er zu seiner Verteidigung vorbringen konnte, dass er es überwiegend für die neuesten Nachrichten und für die Klärung von Fußball-Streitfragen mit Phil Hendricks nutzte. Und zum Stellen des Weckers.

Alexa, weck mich um 8 Uhr mit »Folsom Prison Blues«.

»Was möchtest du hören?«

Melita schaute nicht mal von ihrem Hackbrett auf. »Etwas Singer-Songwriter-mäßiges?«

Das war eine Herausforderung, und Thorne war klar, dass er sich auf wackligem Boden befand. Seine und Melitas Vorstellungen von großartigen Singer-Songwritern lagen weit auseinander, also musste ein Kompromiss her. Er entschied sich für Tim Hardin und beobachtete ihre Reaktion auf das

Gitarrenintro von »If I Were a Carpenter«. Da Melita sich nicht umdrehte und das Gesicht verzog, hatte er wohl einen Treffer gelandet.

»Tut mir leid, dass ich dich neulich Abend genervt hab«, sagte sie.

»Red keinen Blödsinn.« Er trat hinter sie und küsste sie in den Nacken.

»Dieses ganze Geschwafel über Schuld und Scham.« Sie griff nach hinten und streichelte seinen Hinterkopf. »Du hattest recht. Es war *tatsächlich*, als hätte ich eine Gratis-Therapiesitzung mit dir abgehalten. Und dafür war nicht der richtige Zeitpunkt, wo du dir wie ein … Wie hast du es noch genannt?«

»Motzkopf«, sagte Thorne. So fühlte er sich im Augenblick definitiv nicht. Er war entspannt und zufrieden. Abgesehen davon war Hühnchen mit Salat ein leichtes Abendessen, sodass die Chance bestand, dass sie nachher noch mal Sex haben würden.

Aber vielleicht spuckte er nur große Töne.

»Ich muss es besser schaffen, die Arbeit hinter mir zu lassen«, sagte sie.

»Schlechter als ich kannst du das sicher nicht.«

»Niemand kann das schlechter als du.« Sie suchte die Zutaten für die Sauce zusammen und nickte im Takt der Musik. »Abzuschalten ist nicht immer so leicht. Vor allem, wenn ich einen … problematischen Klienten habe.«

»Dann vermute ich, dass du im Augenblick einen hast.« Thorne war klar, dass die Männer und Frauen, mit denen Melita zu tun hatte, nicht die einfachsten waren. Dass einer dieser Klienten sie auch nur ansatzweise beunruhigte, muss bedeuten, dass *problematisch* mit Sicherheit ein Euphemismus war. »Willst du darüber sprechen?«

»O Gott, nein.« Ihre Miene verhärtete sich für einen Moment, dann aber schüttelte sie ab, was sie beunruhigte, und brachte den Ansatz eines Lächelns zustande. »Genau das will ich vermeiden. Und selbst wenn ich wollte …«

»Ich weiß, die Schweigepflicht.«

Sie schnitt die letzte Tomate und starrte auf ihr Werk. »Ich *will* mit diesen Leuten arbeiten. Das verstehst du doch? Ich muss es.«

»Ja, das verstehe ich.«

Sie stand reglos da, das Messer in der Hand. »Die meisten Menschen mit psychischen Problemen greifen niemals zur Gewalt. Und selbst diejenigen, die wirklich schreckliche Dinge getan haben … Ihre Gehirne unterscheiden sich nicht besonders von deinem oder meinem. Das ist genau das Faszinierende, die schwierige Balance.« Sie dachte kurz nach und schüttelte den Kopf. »Der Grat ist wirklich schmal.«

Thorne trank einen Schluck von seinem Bier und beobachtete sie.

»Ich kann nicht sagen, dass es einfach ist oder viel Spaß macht. Ich meine, selbst bei Leuten, die keine Verbrechen begangen haben … spielen sich im Kopf oft Dinge ab, die schwer zu ertragen sind.« Sie gab das Gemüse von ihrem Schneidebrett in eine Schüssel. »Verstehst du?«

Thorne sagte nichts. Aber wie um zu unterstreichen, dass Melita richtig mit dem lag, was sie eben über ihn gesagt hatte, dachte er: *Die keine Verbrechen begangen haben* – noch nicht!

Er legte Untersetzer, Messer und Gabeln auf den Tisch, während Tim Hardin »Reason to Believe« sang.

Sie waren gerade fünf Minuten beim Essen, als Brigstocke anrief.

Ein Anruf des DCI um diese Uhrzeit konnte nur dienstlich sein. Thorne fragte sich kurz, ob Greg Hobbs das nächste Wunder vollbracht hatte. Aber der Ton, in dem Brigstocke seinen Namen aussprach, erstickte jeden Optimismus im Keim.

»Was ist los?«

»Als Sie heute Nachmittag zurück ins Büro gekommen sind und ich Sie gefragt habe, wie es in Ashford gelaufen war, haben Sie gesagt – ich zitiere: ›Prima‹.«

»Ja.«

»Definieren Sie *prima*.«

»DI Coleman hat mir ein paar Fragen gestellt, und ich hab sie beantwortet.«

»Ernsthaft? Da war sonst nichts, was Sie vielleicht hätten erwähnen sollen?«

Thorne war klar, worauf die Sache hinauslief; er hatte es von dem Moment an gewusst, als Brigstocke seinen Namen ausgesprochen hatte, als wäre er ansteckend. »Es war nichts Besonderes, Russell. Wir haben uns ein bisschen gekabbelt …«

»Sie haben ihn als ›nutzlosen Arsch‹ bezeichnet.«

»Das ist er ja auch.«

»Sie haben die Fäuste geballt.«

»Das glaube ich nicht.«

»Ich hab das verdammte Video gesehen, Tom. Meine Güte …«

Thorne sah zu Melita hinüber, die ihn beobachtete. Ohne jeden Zweifel war ihr klar, dass etwas nicht stimmte. *Was ist?*, fragte sie lautlos, aber Thorne schüttelte den Kopf und drehte sich um.

»Um es kurz zu sagen: Er hat Beschwerde eingereicht.«

»Um Himmels willen.«

»Und es ist ja nicht die erste, stimmt's? Sie verlieren die Nerven.«

Thorne sagte nichts. Er wusste, was jetzt kam.

»Ich bin überrascht, dass dieser kleine Scheißer Cameron Herbert sich nicht auch beschwert hat, denn er hätte jedes Recht dazu gehabt.«

»Wer hat Ihnen davon erzählt?« Thorne hatte eine ziemlich klare Vorstellung, aber er wollte es von Brigstocke persönlich hören.

»Ich leite dieses Team.« Brigstocke war auf hundertachtzig. »Wie sollte ich *nicht* davon erfahren haben?« Thorne konnte fast hören, wie die Brille abgenommen wurde. »Jedenfalls muss ich eine Entscheidung treffen.«

»Langsam, Russell, bitte nicht das.«

»Nein, *Sie* machen jetzt langsam. *Sie* haben mich in diese Lage gebracht. Und es ist ja nicht so, als hätten Sie nicht genug andere Fälle zu bearbeiten.«

Kaum hatte Brigstocke aufgelegt, wählte Thorne die Nummer von Nicola Tanner. Er landete direkt auf dem Anrufbeantworter, hinterließ aber keine Nachricht.

48

Bei der morgendlichen Teambesprechung brachte Russell Brigstocke die Entscheidung, zu der er sich gezwungen gesehen hatte, schnell hinter sich. Er erklärte, mit sofortiger Wirkung gelte eine … Neuverteilung der zu bearbeitenden Fälle. Manchmal zahle es sich aus, das Personal zu tauschen, ein frischer Blick könne nur nützen. DI Thorne werde diesen frischen Blick auf die tödliche Unfallflucht richten, die bisher von DI Tanner bearbeitet worden sei. Und auf den Mord nach einem häuslichen Streit, den er gemeinsam mit DS Chall bearbeiten werde.

»Wie gesagt, nur eine kleine Umverteilung.« Jemand hob den Arm, aber Brigstocke ließ keine Frage zu. »Ich habe keine Bedenken. Schließlich sind Sie alle fähige Beamte. Deshalb ist es egal, wer welchen Fall bearbeitet.«

Thorne saß in der letzten Reihe, hörte mit gesenktem Kopf zu und ignorierte die heimlichen Blicke, die in seine Richtung geworfen wurden. Er dachte: *Alle sind fähig, aber manche werden im Augenblick für weniger fähig gehalten. Weniger zuverlässig und nicht ganz auf der Höhe ihres Schaffens.*

Nicht zu gebrauchen …

Was die Ermittlung betraf, mit der Thorne ab sofort nicht mehr so viel zu tun haben würde, erklärte Brigstocke, dass es streng genommen keine Ermittlung gebe. Jedenfalls nicht im herkömmlichen Sinne. Der Mord an Kevin Bartley in Coventry werde von den Kollegen in den West Midlands bearbeitet, der Gefängnismord von den Beamten in Kent. Und aus offensichtlichen Gründen sei es nicht mehr nötig, den Prozess gegen Rebecca Driver vorzubereiten. Das alles bedeute nicht, dass die Jagd auf Stuart Nicklin keine hohe Priorität mehr besitze, im Gegenteil. Jedem einzelnen Team der Met sei die Bedeutung eingeschärft worden, jeder Fund von Nicklins DNA oder Fingerabdrücken an einem Tatort werde sofort gemeldet, jeder Hinweis aus dem gesamten Stadtgebiet ausgewertet.

»Wir lassen nicht locker«, erklärte Brigstocke. »Verstehen Sie mich nicht falsch: Dass wir diesen Mann finden, ist von allergrößter Bedeutung, aber bis sich die Möglichkeit ergibt … haben wir eine Menge anderer Fälle zu erledigen. Also los, machen Sie sich an die Arbeit.«

Gehorsam strömten die Beamten aus dem Raum. Währenddessen ignorierte Thorne die Blicke von Nicola Tanner, die unausgesprochene Einladung zu einem Gespräch. Er achtete darauf, immer möglichst viele Kollegen zwischen ihr und sich zu haben. So hatte er es schon beim Betreten des Raums gemacht. Am frühen Morgen hatte er mehrere Anrufe von ihr weggedrückt und sorgsam darauf geachtet, ihr während der halben Stunde zwischen seiner Ankunft und dem Beginn der Besprechung aus dem Weg zu gehen.

Er hatte kein Interesse.

Als er an seinem Schreibtisch saß, widmete er sich den Beweismitteln im Fall der Unfallflucht. Ein junger Mann namens Alistair Savage war auf der Stelle gestorben, nachdem ein Auto, wahrscheinlich ein Vauxhall Insignia, ihn in Dalston erfasst hatte. Zwar gab es keine Anzeichen dafür, dass der Unfall beabsichtigt gewesen sein könnte, für die Flucht allerdings galt das ohne jeden Zweifel. Es ging also um fahrlässige Tötung, der Täter war bislang nicht ermittelt. Ein Zeuge hatte einen Teil des Kennzeichens gesehen. Solange die automatische Nummernschilderkennung keinen Treffer in der Umgebung des Unfallorts meldete, würde Thorne sich mit den Tücken des Computers herumschlagen und stundenlang mit der Zulassungsbehörde telefonieren müssen.

Immerhin würde ihn das ablenken.

Irgendwann im Lauf des Vormittags näherte Dipak Chall sich betont unauffällig Thornes Schreibtisch. Er blieb neben ihm stehen und sagte leise: »Haben Sie was dagegen, wenn ich frage … ob zwischen Ihnen und Nic alles okay ist?«

»Ja.«

»Das ist gut, denn …«

»Ja, ich habe etwas dagegen.«

Chall nickte und schniefte. Er schob die Hände in die Taschen und wartete ab. »Nic hat Sie verteidigt«, sagte er dann. »Nur damit Sie Bescheid wissen.«

Thorne starrte weiter auf seinen Monitor und hämmerte auf die Tastatur.

»Als sie rausgefunden hat, was der Boss vorhatte, hat sie gesagt, es sei ein Fehler. Sie wollte ihn umstimmen. Sie hat gesagt, Sie seien nur …«

»Nur *was*?«

»Nur ein bisschen unter Druck oder so etwas.« Wieder wartete Chall auf eine Reaktion. Als Thorne keinerlei Anstalten machte, das Gespräch fortzusetzen, zog er ab.

Thorne war nicht überzeugt.

Er konzentrierte sich wieder auf seine Akten, jedenfalls versuchte er es.

Was immer Tanner Chall erzählt haben mochte, Thorne hatte eine klare Vorstellung davon, was sich am gestrigen Abend abgespielt hatte. Sicher hatte Brigstocke die Lage mit ihr besprechen wollen. Sie hatte denselben Rang wie Thorne, stand ihm bekanntermaßen nahe, also war sie die offensichtliche Wahl. Nachdem sie von dem Vorfall in Ashford erfahren hatte, würde sie die Angelegenheit mit Cameron Herbert zumindest erwähnt haben, unabhängig davon, ob Brigstocke schon vorher davon gehört hatte. Sie würde ihm klargemacht haben, auf welcher Seite sie stand, wenn es um ernsthafte disziplinarische Verstöße wie diesen ging.

Sir, wahrscheinlich sollten Sie erfahren, dass …

Natürlich würde sie es erwähnt haben, so war Tanner nun mal. Von Vorschriften besessen. Vielleicht hatte sie am Ende, nach der Entscheidung ein bisschen Widerstreben gezeigt, eine Spur Resignation, vielleicht sogar Traurigkeit.

Er griff zum Hörer, um die Zulassungsstelle anzurufen, legte aber gleich wieder auf.

Konnte er ihr wirklich einen Vorwurf machen? Schließlich hatte Tanner nur ihren Job gemacht, und zwar deutlich besser als er seinen. Sie war eine gute Polizistin, er hatte sich wie ein schlechter Bulle benommen. Mehr gab es nicht zu sagen. Wenn er wirklich ehrlich zu sich war, hätte er an ihrer Stelle wahrscheinlich genauso gehandelt und den betreffenden Beamten ohne Skrupel aufs Abstellgleis geschoben.

Er begriff, warum Tanner so gehandelt hatte.

Er würde ihr nie verzeihen.

Kurz vor dem Mittagessen trat Thorne aus der Herrentoilette und sah, dass Tanner ihn erwartete. Kurz hielt er inne, dann setzte er seinen Weg fort.

»Tom …?«

Thorne ging weiter. Es war kindisch, aber er konnte nicht anders.

Sie ging schnell an ihm vorbei und stellte sich ihm in den Weg. »Das ist doch lächerlich.« Ihre Wangen röteten sich, sie klang nervös und atemlos. »Ich will nur eine Minute mit dir reden, mehr nicht …«

»Ich hab keine Minute.« Er trat so nahe heran, dass sie praktisch keine Wahl hatte, als ihm aus dem Weg zu gehen. »Ich muss arbeiten.«

Tanner rief ihm hinterher und fragte, ob sie später reden könnten, aber Thorne drehte sich nicht um.

Was die Arbeit betraf, hatte er gelogen. Es gab nichts, was nicht hätte warten können. Aber er musste los, aus Gründen, die viel dringender waren.

Er würde mit einem alten Freund zu Mittag essen.

49

Kommt es vor, dass die Leute hier weinen?« Der Mann, der Melita gegenübersaß, deutete auf den niedrigen Tisch zwischen ihnen, auf dem eine Schachtel mit Papiertaschentüchern stand. »Ob sie wirklich die Beherrschung verlieren, meine ich. Nicht bloß ein bisschen schniefen.«

»Manchmal«, sagte Perera.

»Weinen *Sie*?«

Perera antwortete nicht.

»Ich meine, Sie müssen doch erschütternde Dinge zu hören bekommen.«

»Ich glaube, es sagt etwas aus, dass ich Sie bei jeder Sitzung mindestens einmal daran erinnern muss, dass wir nicht hier sind, um über mich zu reden.«

»Entschuldigung.«

»Akzeptiert. Mal wieder.«

Der Mann lächelte. »Dass ich es versuche, sollten Sie mir aber nicht zum Vorwurf machen. Es hat nichts damit zu tun, dass ich von mir ablenken möchte, ehrlich … Ich meine, deswegen bin ich ja hier. Ich bin einfach interessiert.« Er starrte sie an. »Na los, beantworten Sie mir einfach diese eine Frage, und ich verspreche, dass es von jetzt an nur noch um mich, mich, mich gehen wird.«

Seufzend schüttelte Perera den Kopf. »Na ja, ich bin kein Roboter. Aber ich glaube nicht, dass ich meinen Job anständig machen könnte, wenn ich hier herumsitzen und heulen würde. Das wäre nicht unbedingt … professionell.«

Der Mann nickte und sagte: »Danke.« Dann lehnte er sich zurück und sah eine Zeit lang durch Pereras bodentiefes

Wohnzimmerfenster hinaus in den Garten. »Irgendwo habe ich gelesen, dass es eine Art Durchbruch sein soll. Wenn man in der Therapie weint, meine ich. Ich habe noch kein einziges Mal geweint, sodass ich mich frage, ob ich tatsächlich weiterkomme.«

»Beim letzten Mal habe ich gedacht, Sie würden anfangen zu weinen«, sagte Perera. »Es gab da einen Moment, als wir über Ihre Mutter gesprochen haben.«

»Da haben Sie falsch gedacht.«

Perera wartete.

»Wenn, dann hätte ich vor Lachen geweint. Sie hatten angedeutet, ich könnte sie vermissen.«

»Ich habe nichts angedeutet. Es war nur eine Frage.«

»Ich möchte wirklich nicht mehr über sie sprechen.«

»Das ist in Ordnung. Worüber möchten Sie dann sprechen?«

»Muss ich hier die *ganze* Arbeit leisten?«

»Sie waren mal verheiratet, ist das richtig?«

»Vor langer Zeit.«

»Möchten Sie mir ein bisschen darüber erzählen?«

»Eigentlich nicht.«

»Sie machen es uns nicht leicht«, sagte Perera.

Der Mann zuckte die Achseln. »Wenn es *leicht* wäre, hätten wir beide nichts davon. Kommen Sie, ganz ehrlich: Würden Sie hier lieber mit irgendeinem Loser sitzen, der wie ein Baby plärrt und über seine Kindheit klagt? Jemand wie Sie hat doch sicher mehr von einem Kunden, der ein bisschen … schwieriger ist?«

»Es heißt Klienten, nicht Kunden.«

»Das war nur so ein Ausdruck.«

»Wahrscheinlich frage ich mich einfach immer noch, warum Sie hier sind. Was Sie sich von der Therapie erhoffen.«

»Sie ist eine faszinierende Reise, um mich selbst zu entdecken, nicht wahr?«

»Ich kenne Ihre sarkastische Seite, aber es interessiert mich wirklich. Sie sind zu mir gekommen, was mich freut, aber ich glaube tatsächlich, dass die Sitzungen mehr bringen würden, wenn ich wüsste, was Sie eigentlich wollen. Ich glaube nicht, dass Sie unglücklich sind.«

»Da haben Sie recht«, sagte er. »Ich bin nicht unglücklich.«

»Dann sind Sie hier, weil es Ihnen Spaß macht?«

»Oh, wahrscheinlich. Ich tue mir gern etwas Gutes … Na ja, das ist sicher nichts Neues für Sie. Ehrlich gesagt, war ich über längere Zeit nicht gerade verwöhnt mit interessanten Gesprächen.«

»Schön zu hören, dass Sie wenigstens … Freude daran haben.«

»O ja. Ich habe nie einen Sinn darin gesehen, auf Dinge zu verzichten, wenn man die Möglichkeit hat, Sie sich zu holen. Ich begreife den Wert einer solchen Haltung nicht. Ich finde Menschen, die sich für Heilige oder bessere Menschen halten, weil sie auf bestimmte … Vergnügungen verzichten, einfach nur überflüssig. Das Leben will gelebt werden, meinen Sie nicht? Ansonsten zählen wir nur die Uhr herunter.«

»Wo wir davon sprechen«, Perera sah zur Uhr an der Wand hinüber, »der nächste Klient kommt in fünf Minuten.«

»Auch das ist ein gutes Zeichen«, sagte der Mann. »Wie schnell die Zeit zu verstreichen scheint. Eigentlich würde ich gern häufiger als einmal wöchentlich kommen, wenn Ihnen das passt. Natürlich nur, wenn Sie noch einen Termin frei haben.«

»Das können wir machen«, sagte Perera.

Der Mann wirkte erfreut, auch wenn er während der letzten Minuten nicht mehr viel zu sagen hatte. Er saß einfach völlig entspannt da, bis er sah, dass Perera noch einmal zur Uhr schaute. Dann beugte er sich vor und deutete auf die Schachtel mit Taschentüchern.

»Ich wette, ich könnte Ihnen Sachen erzählen, die Sie zum Weinen bringen.«

50

Du willst doch nicht ernsthaft so tun, als wäre es das erste Mal, dass dir ein Fall entzogen wurde? Damals, in den alten Zeiten, hab ich immer gedacht, du wärst stolz darauf gewesen.«

Thorne fiel auf Anhieb keine bissige Erwiderung ein, und selbst wenn, hätte er sie wahrscheinlich für sich behalten. Wenn es einen Menschen gab, dem er im Hinblick auf seine disziplinarischen Verstöße nichts vormachen konnte, dann seinem früheren Detective Constable Dave Holland, der inzwischen selbst Detective Inspector war.

»Allerdings hat dich das niemals davon abgehalten, einfach inoffiziell weiterzumachen. Ehrlich gesagt glaube ich nicht, dass du dich diesmal ausbremsen lässt. Vor allem, wenn man bedenkt … hinter wem du her bist.«

»Du kannst seinen Namen ruhig aussprechen, Dave. Wir reden nicht über Voldemort.«

Thorne hatte Holland am Tag zuvor angerufen und auf den Stand der Dinge gebracht. Sie hatten verabredet, sich in einem Café in Islington zu treffen. Mit seinen Sauerteig-Sandwiches und dem Verzicht auf Ketchupflaschen in Tomatenform war es etwas gehobener als der Laden, den Phil Hendricks so liebte, aber nicht übertrieben.

»Vielleicht solltest du aufhören, dich zu bemitleiden«, sagte Holland. »Mach dich nicht fertig, weil du vom Fall abgezogen wurdest, sondern schnapp dir den Kerl. Das ist meine Meinung.«

»Genau die interessiert mich ja, Dave.«

»Oh.« Holland mühte sich um eine traurige Miene. »Und

ich dachte schon, du wolltest mich treffen, weil du mich vermisst.«

In den alten Zeiten …

Es fiel Thorne nicht leicht, in dem Mann auf der anderen Seite des Tischs den Frischling mit den verstrubbelten Haaren zu sehen, der an ihrem ersten gemeinsamen Arbeitstag vor fast zwanzig Jahren mit beschwingten Schritten auf ihn zugekommen war. Inzwischen waren die Haare zu spärlich, um noch verstrubbelt zu sein, und außerdem grau. Aber viele Falten hatte Holland noch nicht, und er machte einen relativ fitten Eindruck. Alles in allem wirkte er so dynamisch wie vor ihrer letzten Zusammenarbeit, auch wenn er nach der Rückkehr von Bardsey Island nicht weniger ramponiert und ausgebrannt gewesen war als Thorne.

Nur ein Mann hatte Bardsey unbeschadet verlassen.

Als sie gegessen hatten, sagte Thorne: »Ich weiß, dass wir nie wirklich darüber geredet haben, aber ich hab mich immer gefragt, ob du wegen der Sache auf Bardsey weggegangen bist. Ob du deswegen um deine Versetzung gebeten hast. Ich meine, ich könnte dir keinen Vorwurf machen.«

Holland schüttelte den Kopf. »Versteh mich nicht falsch, Bardsey hat sicher seinen Teil dazu beigetragen. Es war … nicht besonders toll, stimmt's?«

»Nein, ganz bestimmt nicht.«

»Aber ich hatte vorher schon darüber nachgedacht, aus London wegzugehen. Sophie und ich hatten uns auf die Scheidung verständigt … Das weißt du, oder?«

Thorne nickte. Die Frau, die sich später von Dave Holland getrennt hatte, hatte Thorne vom ersten Moment an gehasst. Er war also nicht sonderlich erschüttert gewesen, als Holland erwähnt hatte, sie würden eine schwierige Zeit durchmachen. Hätte er geahnt, dass die Krise schließlich zu Hollands Abschied von der Met führen würde, hätte er sicher anders reagiert.

»Also mussten wir das Haus verkaufen. Ich hatte gehört, dass die Chancen auf eine Beförderung in Bedfordshire besser standen, und ein Haus in Milton Keynes konnte ich mir gerade so leisten. Also …«

»Scheint alles gut funktioniert zu haben«, stellte Thorne fest.

»Ja, ich denke schon. Die Kollegen sind in Ordnung, und vor allem ist es kein Riesenakt, Chloe zu besuchen. Heute Abend treffe ich mich übrigens mit ihr.«

Hollands Tochter. »Sie muss jetzt … sieben sein?«

»Neun«, sagte Holland grinsend.

»Verdammte Scheiße.«

»Ja, sie kommt ein Wochenende im Monat zu mir, das ist großartig. Sophie wohnt mit einem neuen Typen zusammen, aber es läuft alles ziemlich zivilisiert. Oh, und ich bin verlobt.«

»Was? Sag mir, dass sie keine Polizistin ist.« Thorne erinnerte sich an sein letztes Gespräch mit Tanner. Als Tanner und er noch miteinander gesprochen hatten …

»Zivile Mitarbeiterin«, sagte Holland.

»Dann geht es ja.«

»Pippa.« Holland lächelte. »Sie ist ein bisschen … lockerer als Sophie, ich schätze also, du *könntest* eine Einladung zur Hochzeit bekommen.«

»Ich bin dabei.«

»Wie sieht's bei dir aus?«

»Na ja, Helen und ich haben uns getrennt.«

»Ja, das hab ich gehört. Niemand Neues seitdem?«

Thorne erzählte Holland, er sei jetzt mit Melita Perera zusammen, die bei bestimmten Fällen einen unschätzbaren Beitrag leiste. Das gelte ganz besonders für den aktuellen Fall. Jetzt aber, wo ihm die Unterstützung durch das Team genommen worden sei, habe er das Bedürfnis, mit jemandem zu sprechen, der Stuart Nicklin fast so gut kannte wie er selbst.

Holland hatte auf Bardsey Island Kollegen sterben sehen, hatte vergeblich versucht, wenigstens ein Menschenleben zu retten. Aber er war auch schon drei Jahre zuvor dabei gewesen, als Nicklin verhaftet worden war. Als eine Kollegin, zufälligerweise Hollands Geliebte, auf einem Spielplatz niedergeschossen worden war.

Dave Holland wusste nur zu gut, wozu Nicklin fähig war.

»Willst du einen Kaffee oder irgendwas?«, fragte Thorne.

»Nein, alles bestens.«

Einen kurzen Moment sahen sie sich nur an, während die Gäste an den umliegenden Tischen lachten, plauderten und sich über köstliche Kuchenstücke hermachten. Plötzlich schien die Vergangenheit mit ihren gemeinsamen Erinnerungen aus dem Dunkel aufzutauchen und sich wie ein ungebetener Gast zu ihnen zu setzen. Heftiger Schmerz und viel Blut – das meiste vergossen von einem bestimmten Mann.

»Was denkst du?«

»Ich denke, du wirst ihn schnappen«, sagte Holland. »Weil du es musst und weil du es draufhast, egal ob dir jemand auf die Finger klopft oder nicht. Und wenn es so weit ist, wenn er zufällig aus einem Fenster oder vor einen Zug stürzt oder wenn er versehentlich zu Tode geprügelt wird, spendiere ich dir sofort einen Drink. Und wahrscheinlich bin ich nur der Erste in einer langen Reihe.«

Thorne nickte dankbar. »Das Problem ist, dass Nicklin den Takt vorgibt. Die Grundregeln oder wie immer man es nennen soll.«

»Natürlich. So macht er es immer.«

Wieder nickte Thorne. Dann atmete er tief aus und dachte an das Blut auf Kevin Bartleys Brust.

»Wir müssen etwas tun, um das zu ändern.«

Thorne freute sich über das *Wir*, auch wenn ihm klar war, dass Holland es nicht wörtlich meinte. »Er scheint jedes Mal im Voraus zu wissen, was ich vorhabe.«

»Ja.« Holland dachte einen Moment nach. »Das hast du gesagt.«

»Während ich nur weiß, dass er *irgendetwas* tun wird.«

»Diese ›Pläne‹, von denen Driver gesprochen hat …?«

»Ich komme mir vor, als würde die ganze Scheiße auf mich einprasseln, und ich weiß nicht, aus welcher Richtung sie kommt. Ich weiß nicht, ob ich stark genug bin, mich dagegen zu wehren, physisch und …« Thorne rieb über einen alten Fleck auf der Tischplatte und beugte sich zu Holland vor. »Ganz unter uns: Was mit diesem Kerl in Ashford passiert ist, hätte noch viel schlimmer laufen können.«

Hollands Miene verriet, dass er Thorne verstanden hatte, dass er ihn zumindest nicht verurteilte. Schließlich sagte er: »Er wird die Menschen angreifen, die dir nahestehen. So wie er es beim letzten Mal mit Phil gemacht hat. Wenn er dich umbringen wollte, hätte er das in Bardsey erledigen oder aus dem Gefängnis heraus jemanden auf dich ansetzen können. Ich glaube nicht, dass er das vorhat. Vor allem geht es ihm darum, dass du leidest.«

»Das ist ihm schon gelungen.«

»Nein, das ist es nicht. Ich rede nicht von der Angst vor dem Leiden oder dass du darunter leidest, von dem Fall abgezogen worden zu sein.« Holland schüttelte den Kopf. »Das wird ihm nicht annähernd reichen.«

Thorne brachte ein klägliches Lächeln zustande. »Du heiterst mich wirklich auf.«

»Du hast mich gefragt.«

Natürlich war ihm klar, dass Holland recht hatte. Falls Nicklin davon wusste, dass Thorne nicht mehr die Verantwortung trug – und nach den bisherigen Ereignissen war davon auszugehen –, hatte er seinen Spaß daran. Das Wissen, dass er sich so tief in Thornes Gedanken eingenistet hatte, dass dieser die Kontrolle verlor, würde er genießen, aber das war nicht mehr als ein Extra. Zu sehen, dass Thorne die

Orientierung verlor, dass er gestresst war und kaum schlafen konnte, würde Nicklin zusätzlich Auftrieb geben, aber kein Ersatz dafür sein, ihm wirkliche Schmerzen zuzufügen.

»Mehr fällt mir nicht ein«, sagte Holland. »Natürlich denke ich weiter darüber nach, aber im Moment kann ich dir nur raten, gut auf die Menschen aufzupassen, an denen dir was liegt.«

Als sie das Café verlassen hatten, bedankte Thorne sich bei Holland für dessen Kommen und erklärte, er habe sich gefreut, ihn wiederzusehen.

»Beim nächsten Mal mit ein paar Pints«, schlug Holland vor. »Wenn wir angenehmere Themen haben.«

Thorne stimmte sofort zu.

Sie plauderten noch fünf Minuten auf dem Bürgersteig. Holland sagt, er werde Chloe über Weihnachten zu sich holen, dann sprach er noch ein bisschen über Pippa und die Hochzeitspläne. Er erkundigte sich nach alten Kollegen und wollte unbedingt wissen, wie es seinem Lieblingsrechtsmediziner ging. Thorne sagte, von ein paar neuen Piercings und Tattoos abgesehen habe Hendricks sich nicht verändert, was er mit ein paar Anekdoten illustrierte. Aber die ganze Zeit über dachte er an den Rat, den Holland ihm gegeben hatte.

Als sie sich verabschiedeten, sagte Thorne: »Pass auf dich auf, Mann.«

Die Menschen, an denen dir was liegt.

Die Liste mochte nicht lang sein, aber Dave Holland gehörte auf jeden Fall dazu.

Holland reckte den Daumen hoch, dann gingen sie in entgegengesetzte Richtungen zu ihren Autos.

51

Kurz nach acht Uhr abends klingelte es an Thornes Tür. Da er niemanden erwartete, hätte er das Klingeln normalerweise ignoriert, aber von Normalität fühlte er sich zurzeit weit entfernt. Also marschierte er in den Flur, stieß die Tür auf und wappnete sich für eine Auseinandersetzung mit einem mürrischen Vertreter, einem Zeugen Jehovas oder einem durchgeknallten Nachbarschaftswächter, der dumm genug gewesen war, bei ihm zu klingeln. Als er sich Nicola Tanner gegenübersah, war er kurz davor, ihr die Tür vor der Nase zuzuschlagen. Dann gewann das Gefühl überhand, sich für den heutigen Tag genug kindisches Verhalten geleistet zu haben. Abgesehen davon hielt sie, bevor er überhaupt reagieren konnte, eine Plastiktüte hoch, aus der das unverwechselbare Geklapper von Flaschen und Dosen klang.

Also drehte er sich an der offenen Tür um und ging zurück in die Wohnung.

Tanner folgte ihm in die Küche, nahm eine Flasche Wein und vier Bierdosen aus der Tüte und stellte sie auf den Tisch. »Alles für dich«, sagte sie. »Ich muss fahren.«

»Den Wein kannst du mit nach Hause nehmen.«

Sie steckte die Flasche wieder in die Tüte. »Ich bin bei diesem Inder vorbeigefahren, von dem du immer redest, aber ich wusste nicht, ob du schon gegessen hast.«

»Ich hätte es fürs Frühstück aufbewahren können«, sagte Thorne.

»Ich hab Russell nichts von Cameron Herbert gesagt.« Sie sah ihn herausfordernd an. »Ich weiß, dass du mir nicht glaubst, aber es ist so. Er wusste es schon, klar?«

Thorne dachte einen Moment darüber nach. »Hast du dich wenigstens ein bisschen für mich eingesetzt?«

»Natürlich, aber es hatte nicht viel Sinn«, sagte Tanner. »Er hatte sich schon entschieden. Nur damit du es weißt: Russell war selbst nicht glücklich damit, aber du hast ihm praktisch keine Wahl gelassen.«

»Ich wünschte, ich hätte den kleinen Scheißer aus den Latschen gehauen. Cameron Herbert, meine ich, nicht Russell.« Thorne öffnete eine der Dosen und nahm einen Schluck. »Und dieses Arschloch in Ashford.«

»Dann wärst du suspendiert worden.«

»Warum auch nicht. Dann müsste ich meine Zeit nicht mit einer dämlichen Unfallflucht vergeuden.«

»Den Fahrer zu schnappen, ist genauso wichtig, wie Stuart Nicklin zu schnappen.«

»Das glaubst du selbst nicht«, sagte Thorne.

»Okay, aber die Eltern des Jungen haben Gerechtigkeit für ihren Sohn verdient, so wie die Eltern von Hari Reddy. So wie Richard Sumners Frau oder die Tochter von Thomas Bristow. Die Familie von Kevin Bartley …«

»Botschaft angekommen.« Thorne griff nach einer zweiten Dose und streckte sie ihr entgegen. »Eins kannst du sicher trinken.«

Tanner zögerte, dann griff sie zu. »Ich muss dir was zeigen.«

Während Thorne die verbliebenen Dosen in den Kühlschrank brachte, klappte Tanner ihren Laptop auf. Als Thorne zurück am Tisch war, hatte sie gefunden, was sie suchte. Thorne entdeckte sofort, was sie sich ansah: Schwarz-Weiß-Bilder aus einem Pub, in dem ein Mann allein an einem Ecktisch saß.

»Das sind Bilder der Überwachungskamera im Railway, dem Pub in Ashford«, erklärte Tanner. »Vom Abend vor dem Mord an Driver. Der Mann heißt Gordon Ames und arbeitet im Bronzefield-Gefängnis.« Sie drückte auf *Play*, und nach dreißig Sekunden setzte sich jemand zu Ames an den Tisch. »Und das ist der Mann, der Ames' Familie bedroht hat.«

»Mir ist schon klar, wer das ist«, sagte Thorne.

Tanner sah ihn an. »Tatsächlich? Ich hätte vermutet, dass er jemanden für die Drecksarbeit bezahlt.«

»Vielleicht hatte er einfach Durst.« Thorne beugte sich dichter an den Monitor. Das Bild war alles andere als gestochen scharf, aber er zweifelte keinen Moment daran, Stuart Nicklin vor sich zu haben. »Als ich ihn das letzte Mal gesehen hab, hatte er deutlich mehr Kilos drauf. Es muss auf dem Fitness-Trip sein.« Sie sahen weiter zu, aber das Bild veränderte sich kaum, bis Nicklin aufstand und zum Tresen ging. »Meine Güte, was hat er mit seinem Gesicht gemacht?«

»Plastische Chirurgie? Darüber habe ich mit Phil gesprochen …«

»Sind das … *Haare*?« Thorne deutete auf Büschel, die hinten und an den Seiten gerade eben unter seiner Baseballkappe herausschauten. »Auf Bardsey war er kahl wie ein Ei, mit Narben und … Kratern auf dem Kopf. Fett und kahl. Alles in allem sah er damals trotzdem besser aus.«

»Immerhin haben wir jetzt eine Vorstellung von seinem Äußeren«, sagte Tanner. »Wir können die Aufnahme vergrößern und an sämtliche Kollegen weitergeben.«

Sie sahen sich den Rest des Videos an, ein zwanzigminütiges Gespräch, bis Ames aufstand und ging. Nicklin blieb noch ein paar Minuten sitzen und leerte sein Glas. Als er schließlich aufstand, hielt er den Kopf gesenkt. »Das überrascht mich«, sagte Thorne. »Ich war ziemlich sicher, dass er in die Kamera schaut, wie Driver. Dass er uns zuzwinkert.«

»Vielleicht ist er schüchtern und introvertiert geworden.«

»Das kann ich mir beim besten Willen nicht vorstellen.«

Tanner klappte ihren Laptop zu. »So …«

»Was passiert jetzt?«, fragte Thorne.

»Wie gesagt, wir geben das Bild an sämtliche Dienststellen weiter …«

»Nein, ich meine, wie soll es generell laufen? Was ist meine Rolle?«

»Du hast keine Rolle«, sagte Tanner. »Jedenfalls keine offizielle. Ich sorge dafür, dass du als Erster von jeder neuen Entwicklung erfährst, okay? Um ehrlich zu sein, glaube ich, dass Russell sich darüber keine Illusionen macht. Lass es dir nur nicht zu deutlich anmerken.«

»Du kennst mich doch.«

»Deshalb sage ich es ja.«

Eine Zeit lang saßen sie schweigend beisammen. Thorne registrierte, dass Tanner ein wenig unbehaglich auf der Kante des Küchenstuhls hockte, seinem Blick auswich und winzige Schlucke von ihrem Bier trank. Nicht mal den Mantel hatte sie ausgezogen. »Es ist Samstagabend«, sagte er schließlich. »Solltest du nicht unterwegs zu einem heißen Date sein?«

»Was? Nach der Katastrophe von neulich?«

»Für mich klang es nicht nach Katastrophe.«

»Na ja …« Jetzt sah sie ihn an, gerade so lange, dass Thorne den Anflug eines Lächelns bemerkte. »Zufälligerweise habe ich *tatsächlich* Kontakt zu jemandem aufgenommen.«

»Na also. Du steigst wieder in den Sattel.«

»So hätte ich es nicht ausgedrückt.«

»Wann trefft ihr euch?«

»Wir haben noch nichts Konkretes geplant«, sagte sie. »Noch sind wir in der Kennenlernphase.« Sie zuckte die Achseln, ihr Lächeln wurde breiter. »Hoffentlich nächste Woche.«

»Schick mir alle fünfzehn Minuten ein Update«, sagte Thorne.

»Auf jeden Fall.«

»Und Fotos.«

Tanner brummte, stand auf und griff nach ihrer Plastiktüte. »Ich mache mich besser auf den Weg.«

»Okay.« Sie hatte ihr Bier kaum angerührt, was Thorne nicht anders erwartet hatte. Wenn er eine Bemerkung darüber hätte machen wollen oder auch nur einen Moment geglaubt hätte, sie wollte seinen Kommentar hören, hätte er sich wahrscheinlich darüber ausgelassen, wie dumm es sei, sich wegen ein paar Schlucken harmlosen Biers verrückt zu machen.

Bei näherem Hinsehen war es geradezu lächerlich, wenn man bedachte, was sie bei einer anderen Gelegenheit getan hatte.

»Ich bin froh, dass ich dich besucht habe, Tom.«

»Okay.«

Tanner sah ihm in die Augen. »An der Stelle müsstest du eigentlich sagen, dass du auch froh bist.«

»Ja, wahrscheinlich«, sagte Thorne. »Ich hatte tatsächlich kein Bier mehr.«

52

Thorne war alles andere als ein Spaziergänger. Jedenfalls wenn das Gehen der Sinn und Zweck der Sache war. Er hatte kein Problem, zu seinem Auto oder zum Kühlschrank zu gehen, und konnte einen Fußmarsch ausnahmsweise tolerieren, wenn ihn am Ende etwas zu essen oder zu trinken erwartete. Ansonsten konnte er sich tausend angenehmere Arten denken, einen freien Tag zu verbringen. Es war sein verdammtes Pech, dass er es in allen wichtigeren Beziehungen seines Lebens mit Frauen zu tun gehabt hatte, die es geradezu liebten, durch den Wald oder eine Heidelandschaft zu latschen. Melita war keine Ausnahme. Er war nach Crouch End gefahren und hatte mit ihr in einem mediterranen Café in der Nähe ihrer Wohnung gefrühstückt. Dann hatte sie seiner guten Laune mit dem Vorschlag, einen Spaziergang im Priory Park zu machen und die Kalorien zu verbrauchen, einen Dämpfer versetzt.

Er hatte vergeblich versucht, begeistert zu wirken.

»Es tut dir gut«, hatte sie gesagt.

»Es ist kalt.«

»Es ist *frisch*.«

»Das ist nur ein anderes Wort für kalt.«

»Komm schon, du Miesepeter. Es ist … weihnachtlich.«

Thorne war klar, dass er als Verlierer vom Platz gehen würde, deshalb zwang er sich, einen gewissen Eifer zu demonstrieren. »Also los.«

Es fühlte sich tatsächlich ein bisschen festlich an, was vor allem dem Weihnachtsbaumverkauf gleich hinter dem Eingang an der Middle Lane zu verdanken war. Sie spielten sogar mit dem Gedanken, hier und jetzt einen Baum zu kaufen und ihn zu Melitas Wohnung zu tragen. Am Ende entschieden sie sich für einen Kranz, zu dem Melita ein wenig »Bio«-Dekoration kaufte. Thorne konnte sich die Bemerkung nicht verkneifen, sie habe für ein paar zusammengeklebte Kiefernzapfen und getrocknete Früchte ein kleines Vermögen bezahlt.

Sie drückte seinen Arm und sagte, er sei ein Spielverderber.

Er widersprach und erklärte, er lasse sich halt nicht gern über den Tisch ziehen.

Sie besprachen ihre Festtagspläne – unter dem Vorbehalt, dass die Arbeit nicht dazwischenkam – und verabredeten, dass Thorne am Heiligabend nach Crouch End kommen und zweimal übernachten würde, bevor Melita am Zweiten Weihnachtstag zu ihrer Schwester fahren wollte. Sie stimmten darin überein, dass sie Truthahn nicht besonders mochten – schließlich würden sie ihn sonst das Jahr über essen –, aber trotzdem einen zubereiten würden. Melita schlug vor, Phil Hendricks und Liam einzuladen, und Thorne versprach, die beiden zu fragen.

Sie gingen am Spielplatz und am Philosopher's Garden vorbei. Dann hatten sie Lust auf Kakao, suchten sich einen Außentisch vor dem Café und kuschelten sich aneinander.

»Ich bin froh, dass du die Sache mit Nicola ausgeräumt hast.«

Es war ihr erstes Treffen seit Brigstockes Anruf. Thorne hatte ihr von dem Streit und von Tanners Besuch am Abend zuvor berichtet. Sein Schmollen hatte er lieber nicht erwähnt, weil ihm klar war, wie Melita reagieren würde. Sie würde es pubertär finden und nicht zögern, ihm das zu sagen.

»Alles in allem ist es ganz gut gelaufen«, sagte er. »Nicola wird mich auf dem Laufenden halten. Und dass ich nicht zum Team gehöre, verschafft mir ein paar Freiheiten.«

»Wozu?«

Das wusste Thorne selbst nicht. So weit hatte er noch nicht

gedacht. »Um möglichen Hinweisen auf meine Art nachzugehen.«

»Du meinst, du willst Nicklin ohne Rückendeckung jagen?«

»Wie sollte das denn funktionieren?«

»Sag du es mir. Du klangst gerade, als wolltest du auf eigene Faust losziehen. Was eine ziemlich schlechte Idee wäre.«

»Auf jeden Fall«, sagte Thorne. »Dazu wird es nicht kommen. Denn davon abgesehen, dass ich nicht wüsste, wo ich nach ihm suchen soll, bin ich nicht dämlich.«

Sie tranken ihren Kakao, und Melita reckte ihr Gesicht genüsslich der Wintersonne entgegen. Thorne schaute sich um, nicht ganz so entspannt wie sie. Viele Menschen genossen den Tag, wahrscheinlich konnten die meisten von ihnen mit der frischen Luft und der Weite des Parks mehr anfangen als er. Leute, die ihre Hunde ausführten, Paare, Jogger. Das Planschbecken gleich vor ihnen war abgedeckt, aber rechts von ihm spielten ein paar Idioten Tennis, wenn auch in Trainingsanzügen, Handschuhen und Wollmützen. Er sah einen Mann, der allein unter einem Baum stand; langer dunkler Mantel und Baseballkappe. Thorne wandte der Blick erst ab, als eine junge Frau mit Heißgetränken sich in seine Richtung bewegte.

»Ich halte dich nicht für dämlich«, sagte Melita.

»Gut zu wissen.«

»Aber ich mache mir Sorgen.«

»Wo wir gerade davon reden …«

»Was?«

Thorne erzählte ihr von seinem Treffen mit Dave Holland, von dessen Idee, Nicklin könne versuchen, Thorne auf indirekte Weise anzugehen. »Ich halte die Möglichkeit für realistisch«, sagte er. »Er könnte mich über eine andere Person verletzen wollen.«

»Warum bist du so überzeugt, dass er es überhaupt auf dich abgesehen hat?«

»Es ist der Antrieb hinter allem, was er bisher getan hat. Selbst wenn Driver kein Wort gesagt hätte … Ich hab mit so etwas gerechnet.«

»Vielleicht reicht es ihm schon, dass du damit rechnest«, gab Melita zu bedenken. »Es könnte alles sein, was er will. Dich ein bisschen nervös machen.«

»Keine Chance.«

»Was schlägst du also vor?«

»Ich schlage vor, wir sollten das Risiko nicht aus den Augen lassen, dass die Menschen, denen ich am nächsten stehe, in Gefahr sind. Zu denen gehörst du auch, gerade eben.« Sie schien es nicht witzig zu finden. Überhaupt reagierte sie ganz anders, als er es erwartet hatte. Er wollte sie nicht erschrecken, aber ihm war wichtig, dass sie seine Sorgen ernster nahm.

»Willst du, dass ich aufhöre zu arbeiten?«

»Nein … Aber es würde nicht schaden, wenn du dir des Risikos bei der Arbeit bewusst bist.« Thorne deutete mit dem Kopf in Richtung ihrer Wohnung. »Wenn jemand klingelt, drück nicht einfach auf den Summer.«

»Nur für meine Klienten.«

»Aber das kannst du nicht immer wissen.«

»Doch. Außerdem sollte dir klar sein, dass ich meine Klienten gründlich prüfe, bevor ich mich entschließe, sie zu behandeln. Bevor ich jemanden persönlich zu Gesicht bekomme, habe ich viel mit ihm telefoniert, außerdem wird er mir im Normalfall von einem Hausarzt überwiesen. Müssen wir dieses Gespräch wirklich noch einmal führen?«

Sie hatten sich einige Monate zuvor darüber gestritten. Anschließend hatte Thorne sich geschworen, das Thema nicht mehr aufzubringen. Allerdings war Nicklin damals noch nicht auf die Bildfläche zurückgekehrt.

»Es geht auch darum, wenn du draußen unterwegs oder nachts allein bist. Ich bitte dich ja nur, ein bisschen vorsichtiger zu sein als sonst. Zum Beispiel weiß ich, dass du deine Alarmanlage nicht immer einschaltest …«

»Ich kann auf mich aufpassen, Tom.«

»Ich kann auch auf mich aufpassen«, erwiderte er. »Wahrscheinlich kann ich es viel besser als du, und trotzdem mache ich mir vor Angst in die Hose.« Er griff nach ihrer Hand, die sie ihm nur zögerlich reichte. »Behalt es einfach im Hinterkopf.« Er drückte ihre Hand. »Warum solltest du die Einzige sein, die sich Sorgen machen darf?«

Schließlich nickte sie widerstrebend, aber Thorne bemerkte ihren Ärger. Auch er war gereizt, denn keiner seiner Vorschläge war unvernünftig gewesen. Im Gegenteil. Er verhielt sich nur fürsorglich und untypisch vernünftig. Sie suchte sich den denkbar schlechtesten Moment aus, um sich gegenüber seinen guten Ratschlägen stur zu stellen. Um ihm zu demonstrieren, wie stark und unabhängig sie war.

»Siehst du diese Idioten beim Tennis?«

Sie schaute nicht mal hin. »Ihre Entscheidung, oder?«

Thorne war überzeugt, dass sie nach einer Weile merken würde, wie sinnvoll seine Vorschläge waren. Schließlich war auch *sie* nicht dämlich. Trotzdem ging er davon aus, dass die Atmosphäre noch eine Zeit lang *frisch* bleiben würde.

53

Wenn er die Wahl hätte, würde er sich jeden Tag wärmeres Wetter wünschen. In den letzten Jahren hatte es ihn auch an Orte gezogen, wo die Chancen darauf besser standen. Aber ein kalter Tag wie der heutige hatte sicher Vorteile, wenn man nicht erkannt werden wollte. Es gab gute Gründe, einen dicken Mantel und eine Kappe zu tragen. Der Sonnenschein tat ein Übriges, weil auch die Sonnenbrille nicht fehl am Platz wirkte.

Nicklin war klar, dass Thorne die Aufnahme aus dem Pub gesehen hatte, also war es besser, keine Risiken einzugehen. Er würde Abstand halten. Noch hatte er nicht vor, sich auf dem Silbertablett zu präsentieren.

Er sah den beiden zu, wie sie sich auf dem Weihnachtsmarkt umsahen, wie Turteltauben in einem widerlichen Film. Es machte Spaß zu beobachten, wie sie ihr Geld so sinnlos ausgaben, nicht nur weil dieses ganze Weihnachts-Chichi überteuert war. Wenn es tatsächlich ein Film *wäre*, dürfte man ihn – angesichts dessen, wie er ausgehen würde – allerdings erst im Spätprogramm zeigen.

Für Granny und die Kinder wäre er ein bisschen zu heftig.

Er war knapp zwanzig Meter hinter ihnen, als sie am Spielplatz vorbeigingen und auf das Café zusteuerten. Also blieb er unter einem Baum stehen und sah zu, wie sie sich draußen an einen Tisch setzten. Beinahe waren sie ein attraktives Paar. Es war schon komisch, dass Thorne beim anderen Geschlecht anscheinend immer gute Karten gehabt hatte. Komisch deshalb, weil wohl niemand ihn für einen guten Fang halten würde. In Nicklins Leben hatte es eine Zeit gegeben, lange war es her, als er sich durch Sex mit Männern ein bisschen dazuverdient hatte. Sogar ein oder zwei Bullen waren darunter gewesen, aber wenn er sich Thorne anschaute … So dringend würde er niemals Geld brauchen.

Nicht dass Sex, in welcher Form auch immer, ihn noch sonderlich interessierte. Die Art Sex, die er wollte, war in einer konventionellen Beziehung nicht zu bekommen. Deshalb war er bereit, in die Tasche zu greifen und gutes Geld zu zahlen, wenn er den Drang verspürte. Sich ein- oder zweimal im Jahr etwas zu gönnen. Er dachte gerade darüber nach, dass er es vielleicht wieder tun würde, wenn die Sache mit Thorne hinter ihm lag, als er merkte, dass er von einer Frau beobachtet wurde.

Sie hatte ein Baby in einer Trage vor der Brust und sprach leise mit einer zweiten Frau mit Kinderwagen. Sie warf einen Blick auf den Spielplatz, dann auf ihn, dann wieder auf den Spielplatz. Sie wirkte nervös.

Plötzlich trat sie auf ihn zu.

»Haben Sie ein Kind da drinnen?«

»Wie bitte?«

Aus der Nähe wirkte sie noch nervöser. »Auf dem Spielplatz.«

Unter anderen Umständen hätte Nicklin vielleicht anders reagiert. Er beschloss, das Bild ihres verkniffenen kleinen Gesichts mit nach Hause zu nehmen und sich dort ein paar Dinge auszumalen, die ihr sicher nicht gefallen würden. Trotzdem lächelte er sie an und sagte: »Oh, ich verstehe, was Sie meinen … ja.« Er zeigte auf einen kleinen Jungen auf einer der Schaukeln. »Das ist mein Neffe.«

Die Frau nickte erleichtert und murmelte eine Entschuldigung.

»Kein Problem, ehrlich.« Die Frau entschuldigte sich nochmals wortreich und sagte, sie hoffe auf sein Verständnis. »Wahrscheinlich hätte ich es genauso gemacht.«

»Lächerlich, stimmt's?« Das Baby der Frau hatte zu plärren begonnen, und sie fing an, mit dem Oberkörper zu wippen. »Eigentlich ist es schockierend, dass man solche Fragen überhaupt stellen muss, aber … in der heutigen Zeit? Man kann gar nicht vorsichtig genug sein.«

»Nein, das kann man nicht«, sagte Nicklin. »Wir leben in einer kranken Welt.«

54

An diesem Montagmorgen war die Stimmung im Einsatzraum so positiv wie schon lange nicht mehr. Wenigstens würde es Thorne in den langen, schrecklichen Wochen, die folgen sollten, im Rückblick so vorkommen. Es war ein Tag, an dem die Angst ein wenig in den Hintergrund rückte und das Gefühl von Hilflosigkeit nicht mehr alles durchdrang. An dem es den Anschein hatte, ein positives Ergebnis könne mehr als ein Wunschtraum sein.

Der letzte Tag, bevor alles den Bach runterging.

Thorne betrachtete das Bild von Stuart Nicklin, das aus dem Video im Pub kopiert worden war. Es war optimiert, vergrößert und ins Zentrum der Pinnwand geheftet worden. Pfeile wiesen zu den Fotos von Kevin Bartley und Rebecca Driver. Natürlich war die Aufnahme an die Kollegen der West Midlands Police geschickt worden, außerdem hatte jedes Revier im Bereich der Met eine Kopie bekommen. Nicklins Name würde in jeder morgendlichen Einsatzbesprechung an erster Stelle genannt werden – und als Letztes vor Feierabend. Man würde das Foto so lange herumreichen, bis sein Gesicht sich jedem Detective, jedem Nachbarschaftspolizisten und jedem Streifenbeamten in der Stadt fest eingeprägt hatte.

»Es ist kein Gesicht, das man leicht vergisst, stimmt's«, sagte Dipak Chall, der sich neben Thorne gestellt hatte.

»Hoffentlich nicht.«

»Übrigens machen Sie keinem was vor.« Chall wartete, bis Thorne ihn ansah, dann zwinkerte er. »Ich weiß, dass Nic es Ihnen gestern Abend gezeigt hat.«

Im Lauf des Vormittags kam ein Anruf, dass der Fahrer des

Wagens, durch den Alistair Savage zu Tode gekommen war, möglicherweise identifiziert worden war. Der Zeuge machte einen glaubwürdigen Eindruck und arbeitete in Wood Green. Thorne und Chall bekamen den Auftrag, zu ihm zu fahren und ihn zu befragen.

»Wie ist er eigentlich?«, fragte Chall, als sie im Wagen saßen.

Thorne brauchte nicht zu fragen, wen Chall meinte. »Sie wissen, was er getan hat, oder? Ich meine, es ist alles im Computer, in den entsprechenden Akten, also müssten Sie sich eine ziemlich gute Vorstellung machen können.«

»Aber Sie haben ihn persönlich kennengelernt.«

»O ja.«

»Ich meine … Wenn man nicht wüsste, was er getan hat, würde er einem dann ganz normal vorkommen? Ich meine, klar ist er *nicht* normal, aber wirkt er … *durchschnittlich*?«

Für einen Moment spielte Thorne mit dem Gedanken, Chall zu sagen, er solle mit den dämlichen Fragen aufhören und das Meisterwerk von Stephen Campbell lesen, wenn es ihn so interessierte. Vielleicht hätte er das sogar getan, wenn er nicht gewusst hätte, dass Chall, wie jeder Polizist, sich mehr für die Beschreibung eines gewissen Ermittlers interessiert hätte als für die des Mörders.

Grob, überempfindlich, dumm.

»Ich glaube nicht, dass ein Mensch böse geboren wird«, sagte Thorne. »So wie man auch nicht gut geboren wird.«

»Sie sprechen in Kategorien von Gut und Böse?«

»Ja … wenn Sie so wollen.«

»Und daran glauben Sie nicht?«

»Nein, eigentlich nicht.«

»Ich schon«, erklärte Chall. »Und wenn Sie sich umhören, werden Sie feststellen, dass die meisten von uns so denken. Ich bin nicht religiös oder irgendwas, aber wie sollte man nicht daran glauben? Wie man an die bösartigen Mistkerle denkt, mit denen wir manchmal zu tun haben.«

»Das ist nur ein Wort, finde ich. Das übliche Gerede halt. Ich glaube nicht, dass mir jemals ein durch und durch *bösartiger* Mistkerl über den Weg gelaufen ist.« Thorne bremste langsam ab und blieb an einer Ampel stehen. Er wandte den Kopf und betrachtete die Menschen, die in Autos saßen, in die Geschäfte hinein- und wieder herausströmten oder fröhlich über den Gehweg spazierten. Männer und Frauen, die das Glück hatten, dass ihr Leben niemals durch Menschen wie Stuart Nicklin in Mitleidenschaft gezogen wurde. »Aber er kommt dieser Charakterisierung wahrscheinlich am nächsten.«

Als sie in Wood Green vor der angegebenen Adresse hielten, stieg Chall aus. Er ging ein paar Schritte, blieb stehen und drehte sich um. Dann klopfte er verwirrt ans Beifahrerfenster, weil Thorne keine Anstalten machte, ihm zu folgen.

Thorne drückte auf den Knopf, der das Fenster heruntergleiten ließ. »Hätten Sie was dagegen, allein mit dem Kerl zu sprechen?«

»Nicht unbedingt.« Chall beugte sich interessiert zum Fenster hinunter. »Was ist los?«

»Ich muss nur etwas erledigen.«

»Darf ich fragen was?«

»Fragen dürfen Sie«, sagte Thorne. »Aber ich würde mir nur irgendwas ausdenken.«

»Na los.«

»Ich habe eine heiße Spur zur Identität von Jack the Ripper.«

Thorne ließ das Fenster hochfahren und öffnete es erneut, als Chall rief: »Und wie soll ich zurückkommen?«

Thorne sagte, er solle ein Uber oder den Bus nehmen. Oder einen Autofahrer anhalten und »Dringende Polizeiangelegenheit« sagen, wie man es sonst nur im Fernsehen sah. Dann schloss er das Fenster, wendete und fuhr in Richtung Crouch End.

Er hielt auf einem Anwohnerparkplatz und legte seinen Dienstausweis bereit, für den Fall, dass eine Politesse vorbeikam. Er brauchte eine Stelle, die ihm gute Sicht auf Melitas Haustür gestattete. Auf das Kommen und Gehen.

Kurz nach elf Uhr ging die Tür auf, und eine junge Frau trat heraus. Melitas Zehn-Uhr-Termin. Thorne wusste, dass die Bewohner der anderen Etagen tagsüber arbeiteten, sodass er ziemlich sicher sein konnte, dass jeder, der das Haus betrat oder verließ, zu Melitas Klienten gehörte. Er wusste auch, dass Melita an ihren arbeitsreicheren Tagen eine Viertelstunde Pause zwischen den Terminen machte – um einen Kaffee zu trinken, Notizen zu machen oder welche zu lesen. Also vermutete er, dass der nächste Klient bald kommen würde. Tatsächlich dauerte es nur zehn Minuten, bis ein Mann mittleren Alters sich dem Haus näherte.

Thorne sah sich den Mann gründlich an, als er zur Haustür ging und klingelte. Dabei wurde ihm klar, wie lächerlich seine ganze Aktion war. Er fragte sich, was er eigentlich erwartete. Wenn nicht gerade Nicklin persönlich zu Melitas Haustür schlenderte, woran sollte er einen gefährlichen Besucher dann erkennen? Und was könnte er in diesem Fall unternehmen? Ihr Elf-Uhr-fünfzehn-Klient wirkte jedenfalls ziemlich harmlos, sodass Thorne sich nur fragen konnte, ob es sich um den berühmten Einlauf-Mann handeln mochte …

Um die Stunde bis zum nächsten Klienten totzuschlagen, stieg er aus und besorgte sich ein paar Zeitungen.

Immer noch trieften die Blätter vor Empörung über Rebecca Driver und ihre Geschichte. Die Morde selbst hatten schon Dutzende von Schlagzeilen geliefert: *Aus dem Klassenzimmer des Monsters; Date-Killerin hortet Mordbücher; Drivers grausige Souvenirs.* Ihr Tod in der Untersuchungshaft lieferte einen zusätzlichen Aufhänger. Während anspruchsvollere Zeitungen die Sicherheitsmängel in einem unterfinanzierten Gefängnissystem beklagten, schäumten einige

Boulevardblätter angesichts des Umstands, dass den Familien der Opfer keine Gerechtigkeit widerfahren werde: *Sie hätte im Knast verrotten sollen.* Wieder andere waren einfach zufrieden, dass sie genau das bekommen habe, was sie verdiente.

Immerhin waren die Journalisten bisher nicht auf die Verbindung zu Stuart Nicklin gestoßen.

Um Viertel nach zwölf trat der Mann, der höchstwahrscheinlich kein Einlauf-Fetischist war, aus dem Haus. Kurz vor halb tauchte ein neuer Klient auf. Er ging direkt an Thornes Wagen vorbei, und obwohl der sich mühte, den Kopf gesenkt zu halten – voll und ganz auf eine Sportseite konzentriert, die er bereits gelesen hatte –, wurde er das Gefühl nicht los, der Mann habe zu ihm hineingeschaut, bevor er die Straße zu Melitas Haus überquerte.

Thorne sah von der Zeitung auf und warf einen Blick auf den Mann. In den Vierzigern, klein, aber kräftig gebaut, rote Daunenjacke und Turnschuhe. Der Mann klingelte und drehte sich, während er darauf wartete, dass die Tür geöffnet wurde, noch einmal in Richtung von Thornes Wagen um.

In die Richtung oder tatsächlich zum Wagen selbst? Thorne war nicht sicher. Kurz spielte er mit dem Gedanken auszusteigen, über die Straße zu marschieren und es herauszufinden. In diesem Moment betrat der Mann das Haus.

Normalerweise hätte Thorne frustriert reagiert. Wahrscheinlich wäre er hinübergegangen und hätte an die Tür gehämmert. Aber ausnahmsweise war er froh, sich nicht zum Idioten machen zu können.

Mal wieder …

Er ging ein zweites Mal bis zur Hauptstraße, um sich ein Sandwich und eine Dose Cola Light zu besorgen. Während er die Mahlzeit im Auto zu sich nahm, lauschte er den Anrufern in einer Radiosendung, die sich über Verschwörungstheorien stritten. Nach einer Weile schweiften seine Gedanken zu dem Gespräch ab, das er mit Dipak Chall geführt hatte, und kam zu dem Schluss, dass er mit seinem Standpunkt recht gehabt hatte. Von allem anderen einmal abgesehen war er sicher, dass Stuart Nicklin es genießen würde, als böse betrachtet zu werden. Den Gefallen wollte Thorne ihm nicht tun. Plötzlich fiel ihm etwas ganz anderes ein: Falls der Zeuge in Wood Green nicht schrecklich viel zu erzählen gehabt hatte, dürfte Chall inzwischen zurück im Büro sein. Brigstocke würde wissen wollen, wo Thorne gewesen war, also musste er sich etwas ausdenken. Wahrscheinlich war Ehrlichkeit der sinnvollste Weg. Brigstocke hatte vermutlich kein Problem damit. Schließlich war das, war er hier machte, keine unmittelbare Arbeit an dem Fall. Eher ging es um eine Art *seelsorgerische* Tätigkeit, und auf so etwas standen die höheren Dienstgrade.

Die Sonne war wieder herausgekommen, vielleicht war er sogar ein paar Minuten eingenickt. Als er sich wieder gerade aufsetzte und zum Haus hinüberschaute, sah er den Mann in der roten Daunenjacke aus dem Haus kommen. Er blieb unruhig auf der Schwelle stehen, sah zu Thornes Wagen hinüber und klingelte noch einmal. Kurz darauf öffnete sich die Tür, aber diesmal kam Melita selbst heraus. Mit schnellen Schritten nahm sie den Weg zum Bürgersteig, überquerte die Straße und marschierte direkt auf Thorne zu.

Ohne jeden Zweifel wirkte sie bedrohlicher als jede andere Person, die Thorne seit seiner Ankunft beobachtet hatte.

55

Und dann sagt dieses neugierige kleine Arschloch tatsächlich: ›Ich glaube, jemand beobachtet Ihr Haus.‹ Das Nächste, was ich sehe, ist, dass sie über die Straße kommt und mir die Hölle heißmacht, als würde *sie* eine Therapie brauchen.«

Phil Hendricks mühte sich nicht ganz erfolgreich um eine unbewegte Miene.

»Was ist?«

»Das war sicher ziemlich traumatisch für dich, Mann, aber ich kann einfach nicht fassen, wie dämlich du dich bei einer Beschattung anstellst. Hast du in der Ausbildung an dem Tag gefehlt?«

»Es war keine … *Beschattung*«, sagte Thorne. »Nicht richtig. Ich wollte einfach auf sie aufpassen.«

»So formuliert klingt's eher durchgeknallt.«

»Ich weiß ehrlich nicht, warum sie so sauer war. Ich bilde mir doch nicht bloß ein, dass Stuart Nicklin da draußen rumläuft. Sie weiß so gut wie jeder andere, wozu er fähig ist. Wahrscheinlich noch besser.«

»Vielleicht liegt da das Problem«, sagte Hendricks.

Begierig wartete Thorne auf eine mögliche Erklärung für Melitas aggressive Haltung. Für ihre Weigerung zu akzeptieren, dass sie in Gefahr schweben könnte.

»Sie verbringt so viel Zeit mit Irren wie ihm, dass sie keine Angst mehr vor ihnen hat. Wie diese Spinner, die sich wilde Tiere halten, Löwen, Tiger, was auch immer. ›Oh, Simba würde mir nie etwas tun, ich hatte ihn schon als ganz junges Tier.‹«

»Genau, und es endet immer damit, dass sie gefressen werden«, sagte Thorne.

Gerade war Halbzeitpause zwischen Everton und West Ham. Die vergangenen fünfundvierzig Minuten hatten wenig Aufregendes zu bieten gehabt. Hendricks war mit Fish & Chips und Bier vorbeigekommen, was Thornes Stimmung deutlich aufgehellt hatte.

Gleich nach Wiederanstoß sagte Thorne: »Wir haben nie richtig über das gesprochen, was du durchgemacht hast. Als ich von der Insel zurückgekommen bin.«

Hendricks wandte den Blick nicht vom Spiel ab. »Doch, haben wir.«

»Nur mit dummen Witzen«, wandte Thorne ein. »Wie immer. Ich hab dich nie gefragt, wie du dich gefühlt hast.«

Jetzt drehte Hendricks sich zu ihm um. »Was glaubst du denn?«

»Ich spreche nicht … von den Schmerzen.« Thorne gab sich einen Ruck. »Ich weiß, dass du mir die Schuld dafür gibst, was sie getan haben, und ich will eigentlich nur sagen, dass ich das verständlich finde.«

Hendricks wandte sich wieder dem Fernseher zu und sagte eine Weile nichts, obwohl er offensichtlich über Thornes Worte nachdachte. »Ich hab dir nie die Schuld gegeben.«

»So kam es mir aber vor«, sagte Thorne.

»Das kann ich nicht ändern, oder? Ich kann es nicht ändern, wenn du aus irgendwelchen Schuldgefühlen heraus übertrieben sensibel warst.«

Thorne nickte nur. Übertriebene Sensibilität wurde ihm selten vorgeworfen.

»Ich hab den beiden Arschlöchern die Schuld gegeben, die mich aufgeschlitzt haben«, sagte Hendricks. »Ich hab sie Nicklin gegeben, weil er sie dazu angestiftet hat. Aber er war nicht in der Nähe, du schon. Also …«

»Verstehe.«

»Tut mir leid, wenn du den Eindruck bekommen hast, Mann. Vielleicht hilft es dir, wenn du weißt, dass ich sofort begriffen hab, dass du ihn meinetwegen hast entkommen lassen. Du hast dich also nicht als Einziger schuldig gefühlt. Wenn man es so sieht, bin ich der Grund, warum er immer noch frei rumläuft und alle vor ihm zittern.«

»Nein, das …« Plötzlich wurde es laut, weil Everton aus dem Nichts ein Tor geschossen hatte. Die Moderatoren plapperten aufgeregt, dann erhob der Video-Assistent Einspruch, und die Stimmung schlug wieder um. Thorne und Hendricks kehrten auf vertrauteren Boden zurück.

Dumme Witze, wie immer.

Eine Stunde später, beim Aufräumen, stellte Thorne die Frage, die ihm während der ganzen zweiten Halbzeit, in der jede Mannschaft ein Tor erzielte, auf der Zunge gelegen hatte. »Wie kommt es, dass du der Einzige bist, der *nicht* vor Nicklin zittert? Du scheinst dir nicht annähernd die Sorgen zu machen, die du dir machen könntest.«

Hendricks zuckte die Achseln. »Wir im Norden sind aus härterem Holz geschnitzt, Kumpel. Ganz einfach.«

Sein Freund hatte sich während der Antwort zu seiner Jacke umgedreht, sodass Thorne sein Gesicht nicht sehen konnte. Er war nicht wirklich überzeugt davon, dass Hendricks weniger Angst hatte als er selbst. Vielleicht war er einfach der Ansicht, dass niemandem damit gedient wäre, wenn er die Angst an sich heranließe. Womit er natürlich recht hatte. Sämtliche Befürchtungen über Stuart Nicklins mögliche Pläne würden nichts ändern und kein einziges Menschleben retten. Doch sooft er sich das vor Augen führen mochte – wenn er nachts schweißgebadet wach lag, wenn er mit jemandem Streit suchte, wenn er kaum einen klaren Gedanken formulieren konnte –, änderte es doch nichts.

Genauso gut hätte er sich vornehmen können, nicht zu atmen.

Als Hendricks nach seinem Hut griff, sagte Thorne: »Lass uns noch ein paar Dosen aufmachen und uns richtig besaufen. Du kannst auf dem Sofa schlafen.« Er griff zur Fernbedienung. »Vielleicht finde ich irgendwo ein bisschen Axtwerfen …«

»Ich gehe besser nach Hause«, sagte Hendricks.

»Sicher?«

»Ja. Liam fährt morgen zu irgendeiner Konferenz, und ich will ihn vorher noch sehen.« Nach einem kurzen Blick auf Thornes Miene fügte er hinzu: »Na ja … Ich könnte ihn vielleicht anrufen … wenn du wirklich Gesellschaft brauchst. Ich weiß, dass dein kleines Herz jedes Mal ein bisschen bricht, wenn ich mich verabschiede, aber was soll ich sagen? Ich bin halt erstklassige Gesellschaft.«

Thorne grinste: »Verpiss dich nach Hause.« Aber fünf Minuten später, als Hendricks die Haustür hinter sich geschlossen hatte, bedauerte er seine Worte.

Nicola Tanner versuchte, ihre Aufregung zu zügeln, aber Fiona Bridges machte wirklich einen vielversprechenden Eindruck.

Sie war sechsunddreißig, stammte ursprünglich aus Edinburgh und arbeitete als Krankenschwester in einer Privatklinik in Bushey. Sie mochte »gutes Essen und schlechtes Fernsehen« und verzichtete auf die vorhersehbaren Witze, als sie erfuhr, dass Tanner Polizistin war. Außerdem ließ sich nicht leugnen, dass sie fit wirkte, was kein Nachteil sein konnte. Natürlich gefiel Tanner auch, wie Fiona Bridges *aussah*. Sie hatte kurze dunkle Haare, und ihr leicht nervöses Lächeln wirkte absolut sexy.

Natürlich war es von Vorteil, dass sie Susan kein bisschen ähnelte.

Bleibt's bei morgen?

Tanner textete sofort zurück. *Auf jeden Fall.*

Ich bin nicht sauer, wenn du es dir anders überlegst.

Gilt auch umgekehrt.

Bisher hatten sie nur elektronisch kommuniziert, über Textnachrichten und E-Mails, sobald sie sich außerhalb der App bewegten. Zuerst schüchtern, auf beiden Seiten ein bisschen vorsichtig, aber ganz klar … zum Flirten aufgelegt. Was vielleicht offensichtlich war, schließlich hatten sie sich über eine Dating-App kennengelernt. Aber es blieb auf einer spielerischen Ebene, niemals plump, was Tanner entgegenkam. Gerade tauschten sie sich über die Details des ersten persönlichen Treffens aus, das sie für den folgenden Tag anvisiert hatten. Ein Pub, anschließend vielleicht etwas essen, aber nur dann, wenn sie beide Lust hatten. Kein Druck. Noch ein großes Plus.

Kein Druck, trotzdem überlegte Tanner schon, was sie anziehen und sagen sollte – am besten kein Wort über die verstorbene Ex. Außerdem hoffte sie, nicht durch die Arbeit aufgehalten zu werden. Tanner versuchte, möglichst gelassen zu bleiben, was natürlich nicht leicht war, nachdem sie einmal beschlossen hatte, dass es Zeit war, nach vorn zu schauen, sich hinauszuwagen. Zumindest ein wenig auf die Suche zu gehen.

Dann bis morgen.

Freue mich, textete Tanner.

Ich mich auch x

In Tanners Augen war es ein gutes Zeichen, dass sie es nicht für nötig befunden hatte, Susan nach ihrer Meinung zu fragen. Noch besser war, dass Susan sich nicht von sich aus gemeldet hatte. Vielleicht würde sie am nächsten Tag eine Bemerkung machen, wenn Tanner ihr Make-up vermasselte oder sich nicht für ein Outfit entscheiden konnte. Vielleicht würde sie einen bissigen Kommentar abgeben und einen unwillkommenen Rat beisteuern. Aber wie immer würde Tanner wissen, dass es liebevoll gemeint war, denn Susan wollte, dass sie glücklich war.

Sie überflog noch einmal die Textnachrichten, die sie mit Fiona ausgetauscht hatte.

Trotz ihrer Tränen musste sie lächeln.

Sie war sicher, dass Susan ihr alles Gute wünschte.

56

Thorne hatte für den nächsten Vormittag nicht mit so viel anerkennendem Rückenklopfen gerechnet, aber generell entsprach wenig von dem, was an diesem Dienstag, dem 17. Dezember, passieren sollte, seinen Erwartungen.

Ein gutes Ergebnis war jedenfalls ein gutes Ergebnis, egal wie es erreicht worden war. Das Routine-Interview mit dem Zeugen in Wood Green am Tag zuvor war unerwartet unkompliziert gelaufen. Wie sich herausstellte, war der sogenannte Zeuge ein Freund des Mannes, der den Unfall verursacht hatte und vom Schauplatz geflüchtet war. Nachdem der Fahrer dem Freund in Panik alles gestanden hatte, war dieser – selbst erst kürzlich aus dem Gefängnis entlassen und darauf bedacht, nicht erneut in Konflikt mit dem Gesetz zu geraten – zu dem Entschluss gelangt, dass die Freundschaft es nicht wert sei, dafür seine Bewährung zu riskieren. Also hatte er die Polizei verständigt.

Dipak Chall hatte die Initiative ergriffen und den Zeugen gebeten, seinen »Freund« anzurufen, um ihm zu sagen, die Polizei hätte ihn irgendwie als Fahrer des Unfallwagens identifiziert und wäre mit unangenehmen Fragen bei ihm aufgetaucht. »Nein, keine Ahnung, wie sie es herausgefunden haben«, hatte er gesagt, während Chall nickend zugehört hatte. »Aber sie wissen, dass du es warst, und je länger sie suchen müssen, desto schlechter stehst du am Ende da.«

Der Fahrer hatte sich gestellt und war noch am Abend offiziell beschuldigt worden.

Den ganzen Vormittag hatten Thorne und Chall sich die

Glückwünsche und die damit verbundenen Einladungen auf Drinks angehört. Thorne war klar, dass Chall diese Drinks verdient hatte. Und wahrscheinlich noch ein paar mehr, denn er hatte nicht durchblicken lassen, dass er die Befragung allein durchgeführt hatte, während Thorne sich kilometerweit entfernt vor der Wohnung seiner Freundin zum Affen gemacht hatte.

Chall wirkte nicht glücklich darüber, spielte aber mit.

Abgesehen von Russell Brigstocke war Nicola Tanner die Einzige, die Bescheid wusste. Thorne war ziemlich sicher, dass sie niemandem etwas verraten würde. Sie teilten weit gefährlichere Geheimnisse. Als sie morgens im Einsatzraum an ihm verbeigekommen war, hatte sie nur die Augen verdreht und gemurmelt: »Tu einfach, als ob.« Später, als sie allein in ihrem Büro saßen, schien sie vor allem daran interessiert zu sein, pünktlich nach Hause zu können.

»Wäre schön, wenn wir abhauen könnten«, sagte sie. Und: »Hoffentlich ist bald Feierabend.« Und: »Mit unserem Glück kriegen wir auf die letzte Minute noch einen großen Fall.«

»Ah«, bemerkte Thorne.

Tanner zuckte die Achseln, als wäre nichts Besonderes, aber sie konnte sich ein Grinsen nicht verkneifen. Jetzt, wo die Katze aus dem nicht ganz fest verschlossenen Sack war, sprach sie viel enthusiastischer über ihr bevorstehendes Date als beim letzten Mal.

»Sie heißt Fiona, und ich versuche, nicht zu viel zu erwarten, und selbst wenn es nicht gut läuft … Es ist ja nur ein Date, also kein Problem … Natürlich hoffe ich, *dass* es gut läuft, denn sie scheint wirklich nett zu sein, Tom, deshalb verschwinde ich um die Mittagszeit, damit ich mir noch die Haare machen kann …«

Sie redete weiter, aber die Worte schienen ein Echo zu entwickeln, sich übereinanderzuschichten und fortzutreiben. Thorne sah Tanners Mundbewegungen – sah sie sprechen, lächeln –, verstand aber kein Wort. Er begann zu zittern und bekam das Zucken in seinen Beinen nicht unter Kontrolle. Plötzlich war ihm kalt, er bekam kaum Luft. Es schien, als würde er die vertrauten Gegenstände im Raum aus seltsamen Blickwinkeln wahrnehmen, sodass sie fremd wirkten. Als wäre er nie in diesem Büro gewesen, was natürlich Unsinn war. Seine Finger kribbelten, und als er vergeblich aufzustehen versuchte, glaubte er, sich übergeben zu müssen …

Stattdessen war plötzlich Tanner auf den Beinen.

»Tom …?«

Noch einmal nannte sie seinen Namen, jedenfalls schien es so zu klingen. Dann eilte sie zu ihm herüber und sagte, er solle atmen. Er wollte ihr versichern, alles wäre in Ordnung, er wäre nur … Scheiße, er wusste ja nicht mal, *was* … Aber er brachte kein Wort heraus. Sein Magen brannte, ihm wurde wieder übel, keuchend schloss er die Augen. Er griff nach Tanners Arm, damit sie niemanden holen, niemandem etwas sagen konnte, und ließ sie erst wieder los, als er sicher war, dass sie bei ihm bleiben würde.

Sie legte eine Hand auf seine, drückte zu, und er nickte.

Dann legte er die Wange auf den Schreibtisch und wartete, dass es aufhörte.

»Beim letzten Mal haben Sie gesagt, wie sehr Sie die Sitzungen genießen.«

»Ja, so ist es.«

»Das freut mich zu hören, aber ich wüsste gern, ob Sie auch den Eindruck haben, dass Sie Ihnen helfen.«

Der Mann ihr gegenüber lächelte. »Auf jeden Fall.«

»In welcher Hinsicht?«

»Um mich selbst zu verstehen, glaube ich.«

Perera wartete. Nichts zu sagen, machte einen großen Teil ihrer Arbeit aus.

»Schauen Sie, ich bin bestimmt nicht der Erste, der hier

sitzt und sich Sorgen macht, ob er *tatsächlich* verrückt ist, nachdem so viele Leute es behauptet haben.«

»Das Wort mag ich nicht besonders …«

Er lachte prustend. »Ich weiß, das Wort ist albern. Man denkt sofort an jemanden, der sich für Napoleon hält. Ich halte mich ganz sicher nicht für jemanden, der ich nicht bin. Ich glaube, was ich sagen will, ist, dass diese Sitzungen mir geholfen haben zu verstehen, wer ich bin, und dass *anders* nicht dasselbe ist wie … gibt es ein besseres Wort für verrückt?«

»Unter psychischen Problemen leidend, könnte man sagen.«

»Ja, aber darunter leiden wir wahrscheinlich in gewissem Umfang alle, oder? Von leicht ängstlich bis hin zu … rasendem Irrsinn. Ich bin ziemlich sicher, dass Sie selbst irgendwo dazwischenliegen.«

»Womit wir wieder bei mir wären.«

Der Mann hob eine Hand. »Tut mir leid, ich kann es nicht lassen.«

»Wie fühlen Sie sich nachher? Nach unseren Sitzungen?«

»Aufgedreht«, sagte der Mann. »Total motiviert.«

»Das ist gut, aber ein Punkt macht mir immer noch Sorgen.«

»Nämlich?«

»Die Medikamente.«

Der Mann wirkte verblüfft. »Darüber wussten Sie von Anfang an Bescheid.«

»Ja, Sie waren ehrlich zu mir, und das ist immer positiv. Aber ich frage mich, wie viel von Ihrem guten Gefühl sich einem tieferen Verständnis verdankt und wie viel den Tabletten.«

»Das könnte ich nicht sagen.«

»Haben Sie heute eine genommen?«, fragte Perera.

»Mehrere.«

»Das höre ich ungern, denn ich glaube, wir würden ohne die Tabletten besser vorankommen. Ich glaube, wir haben noch viel Arbeit vor uns.«

Der Mann zuckte die Achseln. »Leider glaube ich nicht, dass wir die Zeit dafür haben.«

»Das ist schade«, sagte Perera.

»So ist es halt.« Der Mann zog einen Schokoriegel aus der Jackentasche, hielt ihn hoch und fing an, das Papier abzuwickeln. »Stört es Sie?«

»Nun, normalerweise ...«

»Ah, verstehe.« Er strich über den Platz, auf dem er saß. »Machen Sie sich Sorgen um Ihre wunderschönen beigen Kissen?« Er biss ein Stück ab und begann zu kauen. »Keine Sorge, ich esse die Dinger so schnell, dass nichts an meinen Fingern kleben bleibt.«

57

Vor nicht allzu langer Zeit hätte sich eine Umarmung mit Helen Weeks unbehaglich angefühlt. Natürlich hätten sie sich instinktiv umarmt, was wegen ihrer gemeinsamen Geschichte nicht ungewöhnlich gewesen wäre. Aber trotzdem mit einer gewissen Befangenheit, denn ihre Beziehung *war* nun einmal Geschichte. Aber als Helen jetzt die Tür öffnete und Thorne auf sie zutrat, kam ihm die folgende Umarmung ganz natürlich vor, unbefangen. Er hielt seine Ex-Partnerin sogar einen Moment länger fest als üblich, weil er sich danach fühlte.

Dann trat er einen Schritt zurück und hob das mit Geschenkpapier umwickelte Päckchen auf, das er vor dem Klingeln abgestellt hatte.

»Komm«, sagte Helen. »Alfie ist schon ganz aufgeregt …«

Thorne war schon eine ganze Weile nicht mehr in der Wohnung gewesen, in der sie einige Jahre als Paar gelebt hatten. Hier schien sich kaum etwas verändert zu haben. Vielleicht wirkte alles ein bisschen aufgeräumter, was Thorne darauf zurückführte, dass weniger Actionfiguren und Legosteine herumlagen. Alfie war erst sieben, aber Thorne vermutete, dass er inzwischen mehr Zeit in seinem eigenen Zimmer verbrachte und nicht mehr so viel Spielzeug benutzte.

Wohl eher Computerspiele. Das hoffte Thorne jedenfalls.

Während Helen Kaffee machte, tauchte Alfie in der Wohnzimmertür auf. Er wirkte leicht nervös, und Thorne bekam ein flaues Gefühl im Magen. Alfies Vater war noch vor seiner Geburt gestorben, und Thorne war lange eine Vaterfigur für ihn gewesen. Auch wenn er Melita nicht jedes einzelne Mal davon erzählt hatte, hatte er Helen nach der Trennung einigermaßen regelmäßig getroffen, außerdem hatten sie alle paar Wochen telefoniert. Aber es war fast sechs Monate her, dass er ihren Sohn gesehen hatte.

Alfie nickte. Seine Hände steckten in den Taschen seines Avengers-Schlafanzugs, und er richtete den Blick auf seine Pantoffeln. »Wie lange bleibst du?«

»Ich weiß nicht«, sagte Thorne. »Eine Weile.«

Der Junge nickte wieder und sah zu ihm auf.

»Einmal drücken wäre schön.« Thorne wartete. »Aber, ich weiß nicht … Vielleicht bist du für so etwas jetzt zu erwachsen.«

Alfie nickte ernsthaft. Er wollte Thorne auf den Arm nehmen.

»Na gut«, sagte der. Er seufzte theatralisch und breitete die Arme weit aus, als der Junge auf ihn zurannte. Auch diese Umarmung brauchte Thorne dringend. Er ließ erst los, als Helen mit dem Kaffee kam und Alfie in seinen Armen zu zappeln begann.

»Schön, Onkel Tom wiederzusehen, stimmt's?«, stellte Helen fest.

»Ja.«

»Onkel Phil lässt euch auch grüßen«, sagte Thorne.

Wieder grinste Alfie. »Stachliger Onkel Phil.«

»Stachlig, genau.« Thorne sah zu dem kleinen Weihnachtsbaum in der Ecke neben dem Fernseher. Ein echter Baum wie der, den er Melita versprochen hatte. Er deutete auf das Geschenk, dass er daruntergelegt hatte. »Der Weihnachtsmann hat dir ein vorzeitiges Geschenk gebracht.«

Alfie verdrehte die Augen und stützte die Hände in die Hüften. »*Mummy* ist der Weihnachtsmann.«

Helen sah Thorne achselzuckend an. »Na ja, jetzt ist Onkel Tom auch der Weihnachtsmann, was sagt du dazu?«

»Darf ich es jetzt schon aufmachen?«

»Nein, das darfst du nicht.«

Als klar war, dass keine Hoffnung auf ein unerwartetes Geschenk bestand, schien Alfie in sein Zimmer zurückkehren zu wollen. Er wirkte rastlos und einsilbig, bis Helen ihn aus seiner Not erlöste. Sie sagte, er solle die Zähne putzen. Tom werde Gute Nacht sagen, bevor er ging.

»Immer dieser verdammte Computer«, sagte Helen, als er gegangen war. »Ich meine … er ist erst sieben.«

Thorne nickte. »Ich hab ihm ein paar Spiele und einen Kopfhörer mit Mikrofon besorgt.«

»Du bist keine große Hilfe.« Helen schüttelte den Kopf, dann lächelte sie. »Danke, er wird es toll finden.«

»Oh, außerdem könnte er auch ein neues Spurs-Trikot in dem Päckchen finden. Für den Fall, dass er aus dem alten rausgewachsen ist.«

Eine Zeit lang sprachen sie darüber, wie Alfie sich in der Schule machte, über Helens Probleme mit ihrer neugierigen Nachbarin, über alles und nichts. Erst als Thorne den Kaffee getrunken hatte, rückte er mit dem wahren Grund heraus, warum er gekommen war.

»Ja, klar«, sagte Helen. »Bei deinem Anruf wusste ich sofort, worum es ging.«

Natürlich, dachte Thorne. Helen arbeitete als Detective Inspector bei einer Einheit, die sich dem Schutz von Kindern widmete. Natürlich war auch auf ihrer Dienststelle von Nicklin die Rede gewesen, natürlich hing auch dort sein Bild an der Wand.

»Warum kommst du erst jetzt?«, fragte sie.

Das war eine gute Frage. Helen hatte auf ihn gewartet, als er von Bardsey Island zurückgekommen war, sie hatte mit dem Mann leben müssen, zu dem Thorne danach für eine Weile geworden war. Sie hatte unmittelbar mitangesehen, wozu Nicklin fähig war. Thorne war klar, dass er es ihr früher hätte sagen, dass sie dieses Gespräch schon vor zwei Wochen hätten führen sollen, als Nicklins Name zum ersten Mal gefallen war.

Er dachte: *Ich bin ein verdammter Schwachkopf.* Er sagte: »Ich wollte dich nicht beunruhigen.«

»Und warum beunruhigst du mich jetzt?«

»Er hat gedroht.«

»Womit?«

»Mit nichts Speziellem, aber es könnte auch um die Menschen gehen, die mir nahestehen, also ... Also solltest du überlegen, ob du etwas organisieren willst.«

Helen nickte, als denke sie darüber nach. »Zum Beispiel? Soll nachts zweimal pro Stunde ein Streifenwagen vor dem Haus vorbeifahren?«

»Ja, genau. Etwas in der Art.«

»Genau deshalb läuft es bereits.« Ihr Gesicht war zum Teil von der Kaffeetasse verdeckt, die sie in beiden Händen hielt. Aber Thorne war klar, dass sie grinste. »Gut, dass zumindest manche von uns etwas von ihrem Job verstehen.«

Natürlich hätte Thorne nicht überrascht sein dürfen, denn wann immer er in der Vergangenheit so dumm gewesen war, Helen zu unterschätzen, war er regelmäßig auf den Arsch gefallen. Gleichzeitig wunderte er sich noch immer, dass Melita so entgegengesetzt reagiert hatte. Vielleicht lag es einfach daran, dass sie keine Polizistin war und kein Kind hatte, auf das sie aufpassen musste.

»Von Nicklin mal abgesehen, wie läuft's auf der Arbeit?«, fragte Helen.

Kurzzeitig verspürte Thorne das dringende Bedürfnis, ihr alles zu erzählen.

Weiß der Himmel, wann ich das letzte Mal anständig geschlafen habe. Die meiste Zeit bekomme ich kaum einen klaren Satz heraus. Aber abgesehen davon und von der Panikattacke, die ich heute Morgen hatte, läuft alles prächtig ...

Die Panikattacke hatte keine fünfzehn Minuten gedauert,

Thorne aber heftig erschüttert. Tanner hatte ihm gesagt, es bestehe kein Anlass zur … Panik. Sie hatte gelacht und gesagt, sie habe selbst einige durchgemacht, in der Zeit nach Susans Tod. Sie habe gelernt, sich nicht mehr vor ihnen zu fürchten, er solle im Internet für alle Fälle nach den geeigneten Gegenmaßnahmen suchen, aber höchstwahrscheinlich sei es eine einmalige Sache gewesen.

Ja, außerdem stand ich kurz davor, einen Zeugen zu verprügeln. Und einen Kollegen.

Er sagte: »Alles okay. Und bei dir?«

Helen sprach ein paar Minuten über ihren Job. Aber Thorne wusste, dass sie nicht gern außerhalb des Reviers über ihre Arbeit mit Menschen sprach, die Kinder missbrauchten oder töteten. Also war er nicht überrascht, als sie das Thema wechselte.

»Alles noch gut zwischen dir und Melita?«

Thorne ließ sich Zeit. Helen wartete.

»Ja, ich glaube schon.« Er hoffte es, aber manchmal war es schwer zu sagen. Mit Helen war immer alles schwarz oder weiß gewesen. Wenn er Helen auf die Nerven gegangen war, hatte er das ziemlich schnell zu spüren bekommen, und wahrscheinlich würde sie das auch über ihn sagen. Bei Melita wusste er nie so genau. Er wusste, dass auch in ihrem Kopf Dinge herumschwirrten, die sie sorgsam vor allen anderen verbarg. »Und du? Bist du mit jemandem zusammen?«

Helen schüttelte den Kopf und deutete nach oben. »Bin zu beschäftigt mit Seiner Lordschaft.«

»Ja, das glaube ich gern«, sagte Thorne und fragte sich, warum ihn das so freute.

Zwanzig Minuten später hatte Thorne bei Alfie vorbeigeschaut, um sich zu verabschieden. Als Helen ihn zur Tür brachte, sagte er: »Ich hab ihn vermisst.«

»Dann warte nicht so lange mit dem nächsten Mal.«

»Auf keinen Fall.«

»Warte nicht, bis wieder ein Serienmörder herumläuft. Nur ein Vorschlag, Tom …«

Diesmal fiel die Umarmung eine Spur förmlicher aus, eine Spur weniger verzweifelt. Trotzdem fühlte Thorne sich auf dem Rückweg zu seinem Auto so gut wie seit Tagen nicht mehr. So glücklich, wie er sich unter den gegebenen Umständen fühlen konnte.

58

Sie hatten sich für ein Pub in unmittelbarer Nähe des Trafalgar Square entschieden und einen freien Tisch im Obergeschoss gefunden, wo es ein bisschen ruhiger war.

»Ja, das ist besser«, sagte Fiona und zog ihre Jeansjacke aus. »Ich hasse es, wenn man schreien muss, um sich verständlich zu machen.«

»Ich auch.« Tanner fragte sich im Stillen, ob sie ein wenig overdressed war.

»Ich meine, ich will nicht vorgreifen, aber man kann sich schlecht näherkommen, wenn man brüllen muss.«

Da die Frau ihr gegenüber in natura noch appetitlicher aussah als auf dem Foto ihres Onlineprofils, durfte sie, was Tanner betraf, so weit vorgreifen, wie sie wollte. Außerdem klang ihr Akzent ziemlich sexy.

Tanner mahnte sich zur Ruhe.

Sie waren beide mit der U-Bahn in die Stadt gekommen. Daher konnte es nicht schaden, sich nach dem ersten schnell heruntergestürzten Bier eine Flasche Rotwein zu teilen. Tanner überließ Fiona die Auswahl.

»Ich will nicht, dass du mich für eine Säuferin hältst«, sagte Fiona, als sie ihnen beiden einschenkte. »Ich werde halt immer ein bisschen nervös.«

»Besonders entspannt fühle ich mich auch nicht«, sagte Tanner.

»Was kann schon passieren?« Fiona hob ihr Glas, beugte sich vor und stieß mit Tanner an.

»Dann hast du so etwas schon mal gemacht?«, fragte Tanner. »Weil du gesagt hast, du wirst *immer* nervös …«

»Ein paarmal.« Fiona lächelte. »Und du?«

»Erst einmal.«

»Und?«

»Eine Katastrophe.« Tanner lachte. »Na ja, das ist vielleicht ein bisschen übertrieben. Sie war wirklich nett, aber leider Polizistin, also …«

»Keine gute Idee?«

»O Gott, nein.«

»Wie sieht es mit einer Polizistin und einer Krankenschwester aus?«

»Nur … so zum Beispiel, meinst du?«

»Genau. Nur als Beispiel.«

»Klingt für mich ziemlich gut«, sagte Tanner.

»Na, wunderbar.«

Fiona erzählte, sie sei vor anderthalb Jahren aus Edinburgh hergezogen. Vorher sei ihre Beziehung in die Brüche gegangen, und sie habe einfach weggewollt. Sie sprach über ihren Beruf und wie sehr sie ihn liebe. Indem sie eine witzige Anekdote an die andere reihte, rekapitulierte sie eine scheinbar ziemlich hektische Abfolge von Dates seit ihrem Umzug in den Süden. Dann fragte sie Tanner nach ihrem Liebesleben.

»Ich war ziemlich lange mit jemandem zusammen.« Tanner hielt inne, weil sie nicht wusste, wie sie weitermachen sollte.

»Was ist passiert?«

Tanner hatte mit dem Thema gerechnet, wusste aber, dass es nicht gut für sie wäre, darüber zu sprechen, was damals passiert war. Im schlimmsten Fall würde es das Date vermasseln, das sich ansonsten so gut angelassen hatte. Zumindest könnte Fiona den Eindruck bekommen, mit einer Toten konkurrieren zu müssen. Tanner hatte ein heftiges Schuldgefühl verspürt, als sie beschlossen hatte, nichts zu sagen. Sie hatte versucht, sich vorzustellen, wie Susan ein Date angegangen wäre, wenn Tanner einige Jahre zuvor ermordet worden wäre.

Sie glaubte fast, Susans Lachen zu hören.

Machst du Witze? Wenn du so lange tot wärst, hätte ich wahrscheinlich längst deinen Namen vergessen.

»Ich würde lieber nicht darüber sprechen«, sagte Tanner. Wenn es gut lief, würde sie Fiona später davon erzählen. »Es war alles ein bisschen ... beschissen. Ich würde es für den Moment lieber vergessen und es mir einfach schön machen.«

Fiona lächelte. »Dann findest du es also schön?«

»Sehr schön, bis jetzt.« Tanner erwiderte das Lächeln. »Ich meine, *ich* will natürlich auch nicht vorgreifen.«

»Deine Frisur ist übrigens toll.« Fiona streckte die Hand aus, bis sie Tanners Haare fast berühren konnte, dann zog sie sie wieder zurück. »Ganz anders als auf deinem Foto.«

»Danke.« Tanner war komplett erleichtert. Immerhin hatte sie einen Nachmittag in einem Salon in Hendon zugebracht und jede Spur von Grau entfernen lassen. Dann war ihr die Sache ein bisschen zu Kopf gestiegen, und sie hatte sich auch noch blonde Strähnchen machen lassen. Aus ihrer chaotischen Strubbelfrisur war am Ende ein glatter Bob geworden. Die junge Frau im Salon hatte gesagt, sie sehe großartig und um Jahre jünger aus. Aber Tanner sorgte sich immer noch, es möglicherweise übertrieben zu haben. Bis zu Fionas Kompliment hatte Tanner das Gefühl gehabt, ein großes Schild um den Hals zu tragen: *Alte Schachtel macht auf Küken.* »Deine Haare übrigens auch. Ehrlich gesagt, sind Sie mir gleich als Erstes aufgefallen.«

Fiona zwinkerte ihr zu. »Also doch nicht meine Welpenaugen?«

»Okay, als Zweites.« Tanner grinste und senkte den Blick demonstrativ auf Fionas Brust. »Oder vielleicht als Drittes.« Das Gelächter verbarg den Schreck, den Tanner wegen ihrer eigenen ... Unverblümtheit empfand, aber das Geplauder lief so ungezwungen, und der Wein trug sicher seinen Teil dazu bei. Obwohl sie sich schon lange nicht mehr so betrunken gefühlt hatte, spürte sie nicht das Bedürfnis, sich zurückzuhalten.

Eine halbe Stunde später zog Fiona die Jeansjacke wieder an.

»Hast du Lust, etwas essen zu gehen?«

»Ja, das *könnten* wir tun.«

»Was schlagen Sie vor, Detective Inspector?«

»Na ja … Ich hab Essen zu Hause.« Tanner spürte, wie sie errötete. »Es sei denn, du gehst lieber aus?«

»Nein, Essen bei dir klingt perfekt … und billiger ist es auch.«

»Auf jeden Fall«, sagte Tanner. »Wenn man es richtig bedenkt, ist es eine echte Sparmaßnahme.«

»Das denke ich auch«, sagte Fiona. »Und außerdem denke ich, es schmeckt noch besser, wenn wir dafür sorgen, dass wir richtig Appetit haben.«

Lachend machten sie sich auf den Weg zur U-Bahn.

59

Auf der Heimfahrt tat Thorne sein Bestes, um sich die Umstände in Erinnerung zu rufen, die dazu geführt hatten, dass Helen und er sich getrennt hatten. An manche Streite erinnerte er sich nur zu gut, auch wenn ihm die Anlässe nicht mehr klar waren. Mit ziemlicher Sicherheit war er schuld gewesen – weil er sich zur falschen Zeit zu sehr um die falschen Dinge gekümmert hatte oder nicht bereit gewesen war, sich endgültig zu binden. Wahrscheinlich hatte Helen einfach genug von ihm gehabt. Das Einzige, woran er sich erinnerte, war, dass sie eine Trennung auf Probe vorgeschlagen hatte und dass sie nach einigen Monaten beide nicht sonderlich begierig darauf gewesen waren, die Trennung rückgängig zu machen. Falls Helen es je für einen Fehler gehalten hatte, war ihr das zumindest nicht anzumerken gewesen. Er selbst hatte es manches Mal bereut. Zwar hatte die Vorstellung, wieder Single zu sein, ihn vorübergehend gereizt – das Versprechen von Freiheit, was immer das konkret bedeutete. Als der erste Glanz verblasst war, war es zu spät gewesen.

Bis Melita aufgetaucht war, hatte er mit sich selbst zurechtkommen müssen.

Alles noch gut zwischen dir und Melita?

Ja, ich glaube schon.

Bis vor Kurzem war alles gut gewesen … mehr als gut. Und wenn es im Moment nicht ganz so toll lief – wenn zwischen ihnen eine Spannung herrschte, die sie beide nicht recht anerkennen wollten –, lag es natürlich an ihm. Seit Stuart Nicklin sich bemerkbar gemacht hatte, war er nicht mehr ganz er selbst. Sein Verhalten hatte sich verändert, nicht nur, weil er mehrfach die Beherrschung verloren hatte und weniger Selbstvertrauen ausstrahlte. Schlaflosigkeit und Panikattacken waren nur die Spitze des Eisbergs. Melita hatte die subtilen Veränderungen gleich gespürt, was auch sonst. Sie hatte ihm sogar ihre Hilfe angeboten, aber idiotisch, wie Thorne war, hatte er sie ignoriert. Jetzt schien sie sich begreiflicherweise von ihm zurückzuziehen. Zumindest ein Stück in Deckung zu gehen.

Wenn das alles erst hinter ihnen lag, würde er Melita fragen, ob sie bereit war, den nächsten Schritt zu gehen. Dann würde er wissen, wo er stand. Falls sie Ja sagte, könnte er seine Wohnung wieder vermieten und bei ihr einziehen. Das Geld würde er zu Melitas Hypothek beisteuern. Natürlich könnten sie es auch umgekehrt machen … oder, wenn es ihr lieber war, alles beim Alten belassen.

Wie auch immer: Obwohl ihm bis heute rätselhaft war, warum sie überhaupt mit ihm hatte zusammen sein wollen, würde er alles dafür tun, dass es dabei blieb.

Als er auf eine Ampel zufuhr, hörte er den Signalton seines Handys. Bevor er das Gerät in die Hand nahm, wartete er, bis der Wagen stand. Sicher wäre Nicola Tanner stolz auf ihn.

Eine SMS von einer unterdrückten Nummer.

Hat Alfie sich über das Geschenk gefreut?

Thorne kam sich vor, als säße er auf dem Meeresgrund, sodass die Geräusche nur gedämpft zu ihm durchdrangen. Als er schließlich begriff, dass die Fahrer hinter ihm hupten, überquerte er schnell die Kreuzung, wechselte auf die Busspur und hielt wieder an.

Er schaltete die Warnblinkanlage ein und starrte auf Nicklins SMS.

Dass sie von Nicklin stammte, bezweifelte er keine Sekunde. Er fragte sich auch nicht lange, woher Nicklin die Nummer haben mochte, denn so etwas war ein Kinderspiel. Was seine Atemzüge beschleunigte und sein Herz zum Stolpern brachte, war das, was Nicklin darüber hinaus in Erfahrung gebracht hatte.

Natürlich war Nicklin ihm schon die ganze Zeit einen Schritt voraus gewesen, aber das hatte sich nur auf die Ermittlungen bezogen. Das Darknet, die Operation in Coventry. Thorne hatte die Geschenke für Alfie erst vor ein paar Tagen gekauft und sie am Abend zuvor eingepackt, nachdem Hendricks sich verabschiedet hatte. Woher zum Teufel hatte Nicklin davon gewusst?

Jedenfalls nicht durch eine undichte Stelle im Team oder eine gehackte E-Mail.

Thorne fuhr zusammen, als das Handy auf dem Beifahrersitz klingelte. Er griff danach und war beinahe sicher, dass Nicklin der Anrufer war. Als er auf dem Display sah, dass er sich geirrt hatte, spürte er gleichzeitig Erleichterung und Enttäuschung, denn irgendwie wurde es Zeit.

»Hi, Dave …«

Einige Sekunden verstrichen, dann fragte Holland, ob alles in Ordnung sei. »Du klingst ein bisschen … gestresst.«

Thorne nannte ihm den Grund.

»Irgendwie rufe ich genau deswegen an«, sagte Holland. »Ich hab darüber nachgedacht, was du mir erzählt hast … Dass Nicklin über eure Pläne Bescheid wusste.«

»Dass er über *alles* Bescheid weiß.«

»Okay, also … Er hat dich die ganzen Jahre im Auge behalten, stimmt's? Oder andere dafür bezahlt. Hat er nicht früher sogar mal deine Mülltonnen durchwühlt?«

»Ja.« Thorne erinnerte sich nur zu gut, wie Nicklin ihm schadenfroh entgegengehalten hatte, er esse zu viele Takeaway-Mahlzeiten.

»Deshalb vermute ich, dass er seine Informationen aus

deinen Telefongesprächen hat. Wenn du mit Tanner oder Brigstocke oder wem auch immer gesprochen hast.«

»Du meinst, er hat mein Telefon verwanzt?«

»Nein. Es ist nur so eine Idee …«

»Dave, er wusste, dass ich Geschenke für Alfie besorgt hab. Das lässt sich nicht mit einem abgehörten Telefon erklären.«

»Ich dachte auch eher an Kameras«, sagte Holland.

60

Sie waren nicht gleich ins Bett gestiegen.

Erst hatte Tanner noch eine Flasche Wein geöffnet und Musik aufgelegt, dann hatten sie sich eine halbe Stunde unterhalten. Über Filme, die sie beide mochten – *GoodFellas, Brautalarm, Girls Club* –, über Fernsehgrößen, die sie hassten – Piers Morgan, Jeremy Clarkson. Bei alldem hatte Tanner keinen Moment das Gefühl, einen Fehler zu begehen, im Gegenteil. Vor allem, weil sie den Eindruck hatte, es gehe Fiona genauso. Sie war so aufgeregt wie Tanner selbst – das sagte sie ausdrücklich –, wirkte aber gleichzeitig komplett mit sich im Reinen. Sie erzählte noch einige witzig-bissige Geschichten über ihre Freundinnen und Kolleginnen. Und sie ließ sich nicht anmerken, ob sie neugierig wegen der Frau war, deren Fotos Tanners Wohnzimmer zierten.

Tanner fragte sich, ob sie die Aufnahmen von Susan abgehängt hätte, wenn sie gewusst hätte, dass sie jemanden mit nach Hause bringen würde.

Sie dachte nicht lange über die Frage nach.

Und sie versuchte, nicht an Susan zu denken, als sie und Fiona im Bett waren, aber das war unmöglich. Jedenfalls anfangs. Es war das erste Mal seit Susans Tod, dass sie Haut an Haut neben einem anderen Menschen lag. Es ließ sich kaum vermeiden, dass sie die verschiedenen Körper verglich. Fiona war schlanker als Susan, und es gab spitze Kanten, wo Tanner Weichheit gewöhnt gewesen war. Fiona schmeckte anders und gab andere Geräusche von sich, lächelte mehr, während sie es taten. Als sie sich schließlich voneinander lösten, grinsend und klebrig, dachte Tanner nur noch an Fiona.

»Das war eine richtig gute Idee«, sagte Fiona und rieb ihren Fuß an Tanners. Beide atmeten noch schwer.

»Und auch vernünftig«, ergänzte Tanner. »Preiswert.«

»Absolut.« Fiona drehte sich auf die Seite und stützte sich auf den Ellbogen. »Aber ich habe noch immer keinen Hunger.«

»Ich auch nicht.«

»Nicht erschöpft?«

Tanner lächelte. »Na ja, ein paar Minuten werde ich brauchen.«

»Mach dir deswegen keine Sorgen.« Fiona legte ihr Bein über Tanners und setzte sich rittlings auf sie. »Diesmal übernehme ich die ganze Arbeit.«

»Klingt gut«, sagte Tanner.

Fiona starrte auf sie hinunter. Dann beugte sie sich vor und griff nach Tanners Armen. »Das wird es auch.« Wieder lächelte sie, aber diesmal wirkte es auf Tanner ein bisschen unheimlich und … wölfisch. Ohne Tanners Arme loszulassen, sah Fiona sich im Zimmer nach etwas um, das sie benutzen konnte. »Denn ich werde dich fesseln.«

61

Thorne zog nicht mal die Jacke aus.

Er begann mit einer gründlichen Sichtkontrolle im Wohnzimmer: in den Ecken, an den Lampen, an den Kanten des Fernsehers und des Satellitenreceivers. Er wusste, dass Kameras inzwischen wie alles Mögliche aussehen und so klein sein konnten, dass sie praktisch nicht versteckt werden mussten. Nach einer Weile tigerte er immer schneller, wütender und ungeduldiger durch das Zimmer, wobei er sich den Kopf darüber zerbrach, wie Nicklin oder ein Helfer überhaupt in die Wohnung gekommen war, um die Kamera zu installieren.

Bei ihm war nicht eingebrochen worden.

Es hatte keine unangekündigten Besuche von British Gas oder British Telecom gegeben.

Außer Leuten, die er kannte, hatte ihn niemand besucht.

Aber je länger er darüber nachdachte, desto mehr Sinn ergab Hollands Idee. Thorne erinnerte sich, wie er mit Hobbs wegen des Pillenfläschchens telefoniert hatte, über Kevin Bartley und die Operation in Coventry. Die meisten dieser Kameras verfügten über integrierte Mikrofone …

Nach fünfzehn Minuten mehr oder weniger methodischen, aber erfolglosen Suchens interessierte es Thorne nicht mehr, welches Chaos er anrichtete. Er stampfte durch die Wohnung, schrie die Wände an. Er fegte Bücher von den Regalen und durchwühlte die Schränke. Er kippte Schubladen aus und warf allen möglichen Nippes, der ihm plötzlich wie Müll vorkam, auf den Boden. Er verteilte seine sorgfältig geordneten Schallplatten und CDs auf dem Boden, kippte Zeitschriftenstapel um und spürte bei alldem nichts. Er war zu dem Schluss gelangt, dass Nicklin irgendwo eine Kamera versteckt haben musste, und er würde sie finden, auch wenn er dafür die ganze Wohnung auseinandernehmen musste.

Als er in der Küche fertig war, musste er sich vorsichtig seinen Weg durch die auf dem Boden verstreuten Gegenstände bahnen.

Vierzig Minuten später saß Thorne schwitzend und völlig fertig am Fußende seines Betts, inmitten des Schlachtfelds, das seine vergebliche Suche hinterlassen hatte. Der Staub und seine Wut erschwerten ihm das Atmen, überall lagen seine zerbrochenen oder zersplitterten Besitztümer. Es dauerte einen Moment, bis er begriff, dass das, was er für eine Art Tinnitus oder ein Pfeifen in seiner Brust gehalten hatte, von einem elektrischen Gerät im Nebenzimmer stammen musste, das er beschädigt hatte und das jetzt leise vor sich hin piepste.

Jetzt sah seine Wohnung wirklich wie nach einem Einbruch aus. Oder nach einer kleineren Explosion.

Er ließ den Kopf erst nach hinten und dann nach links sacken. Als er sich gerade fragte, wo er mit dem Aufräumen beginnen sollte, entdeckte er sie.

Die Kamera befand sich am Boden.

Er krabbelte über den Teppich und schob Kleidungsstücke aus dem Weg, um sie besser sehen zu können. Jetzt wurde ihm klar, wie dumm er sich angestellt hatte. Er hatte weiter oben gesucht, aber hier war der perfekte Ort, im Spalt zwischen der Kommode und seinem Kleiderschrank. Wenige Zentimeter breit, aber das reichte völlig … Ein Kabel verlief zu einer Steckdose hinter der Kommode, deren Existenz Thorne völlig vergessen hatte.

Wie oft hatte er hingesehen und nichts bemerkt?

Thorne musste sich auf den Bauch legen, um in den Zwischenraum greifen und das Ding herausziehen zu können.

Es war schwarz und hatte die Ausmaße eines Golfballs, die Linse war nicht größer als sein Fingernagel. Dort, wo sie versteckt war, konnte der Blickwinkel nicht ideal sein, trotzdem dürfte sie ihren Zweck erfüllt haben. Verdammt, er *wusste* ja, dass sie ihren Zweck erfüllt hatte. Thorne drehte das Gerät zwischen den Fingern und entdeckte ein Mikrofon, das jedes Gespräch im Schlafzimmer und vermutlich auch im Wohnzimmer aufgenommen haben musste.

Ächzend drückte er sich auf die Knie hoch, starrte auf die Linse und sah nur das verzerrte Spiegelbild seines blassen, verquollenen Gesichts. Thorne war klar, was kommen würde, aber seltsamerweise ließ seine Anspannung nach, das Ohrgeräusch wurde leiser. Auf einmal fühlte er sich ganz ruhig. Als wären sämtliche Angst, Panik und Wut der vergangenen Wochen und die Raserei der letzten vierzig Minuten auf diesen unausweichlichen Moment der Stille und des Innehaltens hinausgelaufen.

Er starrte weiter auf die Kamera, hielt den Atem an und fragte sich, ob Stuart Nicklin seinen Blick erwiderte.

Die Frage wurde praktisch auf der Stelle beantwortet, als sein Telefon klingelte.

»Na, da hat jemand ein ziemliches Chaos angerichtet«, stellte Nicklin fest.

Thorne schluckte, atmete, schluckte noch einmal. Er hatte viel darüber nachgedacht, was er zu Nicklin sagen würde, wenn sich die Gelegenheit ergab. Jetzt war sie da, und ihm fiel nichts ein. Es gab nur die leblose schwarze Linse der Kamera und das Handy, das heiß an seinem Ohr brannte.

»Übrigens sehen Sie beschissen aus.«

»Das kann ich von Ihnen auch sagen«, brachte Thorne schließlich über die Lippen. »Ich hab die Fotos gesehen.«

Nicklin lachte. »Neid ist eine schreckliche Sache, Tom.«

»Schluss damit.« Thorne griff nach dem Kabel hinter der Kamera und riss es heraus.

»Warum haben Sie das gemacht?« Nicklin klang enttäuscht. »Ich hab Ihnen wirklich gern zugesehen, auch wenn Sie ein bisschen … unscharf waren. Wobei ich vermute, dass Sie in letzter Zeit ständig unscharf waren.«

Thorne stand auf, machte ein paar Schritte rückwärts und ließ sich auf die Kante seines verwüsteten Betts fallen. »Was wollen Sie?«

»Wahrscheinlich glauben eine Menge Leute, dass ich mir den Kopf untersuchen lassen sollte. Und zu denen gehören Sie sicher auch.«

»Dafür ist es ein bisschen zu spät.«

»Oh, es ist nie zu spät.« Wieder nickte Nicklin, wobei ein ungleichmäßiges Pfeifen zu hören war. »Außerdem ist die Person, die die Untersuchung durchführt, ein *sehr* erfreulicher Anblick.« Er wartete. »Hallo …?«

Thorne kam langsam auf die Beine und schnappte nach Luft. Als er sich gerade zum Sprechen in der Lage fühlte, hörte er Melita schreien: »Bitte …«

Dann wieder Nicklin: »Sind Sie noch da, Tom?«

»Hören Sie zu …«

»Fangen Sie jetzt nicht mit der Liste all der Schrecklichkeiten an, die Sie mir zufügen werden, wenn ich ihr ein Haar krümme. Verschonen Sie mich mit diesem Racheengel-Scheiß. Sie können es besser.«

Thorne hatte sich schon in Bewegung gesetzt. Auf der Suche nach seiner Jacke mit den Autoschlüsseln wühlte er sich durch das Chaos.

»Gut«, sagte Nicklin. »Ich werde auch *Sie* nicht beleidigen, indem ich sage, Sie sollen keine Dummheiten machen. Welche Konsequenzen es hätte, wenn Sie nicht allein kommen oder Ihre Kollegen Ihnen folgen. Bei jedem anderen würde ich das alles zur Sicherheit aussprechen. Ich würde genauestens erklären, was mit dieser wunderschönen jungen Frau passiert, wenn meine einfachen Anweisungen nicht befolgt werden. Aber ich glaube, das alles liegt hinter uns beiden. Ich meine, Sie *wissen Bescheid*, nicht wahr …?«

Thorne fand seine Jacke, zog die Autoschlüssel aus der Tasche und lief zur Wohnungstür.

Immer noch hielt er das Handy dicht ans Ohr.

»Sie sagen nicht viel, aber wahrscheinlich haben Sie es eilig, was schon in Ordnung geht.« Nicklin stieß einen tiefen Seufzer aus, der in ein leises Summen überging. »Dann also bis bald, und … fahren Sie vorsichtig. Wenn Sie hier nicht heil ankommen, wird Ihre Freundin ausgeweidet.«

62

Zehn Minuten später, als Thorne schon auf halber Strecke war, rief Nicklin wieder an.

»Nur interessehalber, Tom, wie viele der sieben Weltwunder könnten Sie aufzählen?«

»Was?«

»Na kommen Sie, ein paar fallen Ihnen sicher ein.«

Thorne fluchte lautstark auf sich selbst und auf Nicklin. Am Archway-Kreisverkehr überfuhr er zwei rote Ampeln. Er ignorierte das Hupkonzert der Fahrer, die er geschnitten hatte, und beschleunigte auf dem Weg den Hügel hinauf.

»Zu schwer?«

»Was reden Sie überhaupt?«

»Okay, dann etwas anderes. In welchem Land liegt der höchste Wasserfall der Welt?«

»Ich bin unterwegs, klar? Was wollten Sie sonst noch?«

»Nicht viel. Das Warten wird uns nur langweilig. Was ich übrigens eben vergessen habe: Bringen Sie unbedingt ein Paar Handschellen mit.«

Beim Eintreten klang der Türsummer unnatürlich laut, und Thorne zuckte zusammen, als die Tür hinter ihm ins Schloss fiel. Er stand in dem mit Parkett ausgelegten Hausflur und lauschte. Nur sein eigener Atem und leises Verkehrsrauschen von der Hauptstraße waren zu hören. Irgendwo rumpelte ein Boiler. Er sah keinen Grund, warum die Bewohner der beiden Obergeschosswohnungen nicht zu Hause sein sollten. Von seinen Besuchen bei Melita wusste er, dass das Gebäude hellhörig war. Am wichtigsten war jetzt, dass, was immer auch passierte, leise vonstattenging.

Sollte einer der Bewohner oben etwas Ungewöhnliches hören und die Polizei verständigen, bliebe Thorne nicht die Zeit, zu erklären, dass er nichts damit zu tun habe. Beim ersten Heulen einer Sirene oder dem Aufblitzen eines Blaulichts war bei Nicklin mit allem zu rechnen. Er war ein Mann, der seine Versprechen hielt, und Thorne wusste genau, was das für Melita bedeutete.

Wie Nicklin gesagt hatte: Thorne *wusste Bescheid.*

Es überraschte ihn nicht, dass die Tür zu Melitas Wohnung nur angelehnt war. Er nahm einen kräftigen Zug von der nach Bohnerwachs riechenden Luft und drückte sie auf. Nach ein paar zögerlichen Schritten verharrte er. In Melitas kleinem Wohnungsflur lag ein dicker Teppich, aber offensichtlich war er nicht so leise gewesen, wie er geglaubt hatte.

»Wir sind hier drin.«

Nicklin sprach in lockerem Ton, als wäre Thorne verspätet zu einer Dinnerparty aufgetaucht.

Er ging an der Küche und am Schlafzimmer vorbei, bis er vor der Tür des kleineren Zimmers stand, das Melita vor einigen Jahren in ihren Praxisraum umgewandelt hatte. Er wartete, spürte das Zittern in Armen und Beinen. Diesmal allerdings war Thorne vollkommen klar, weshalb er zitterte. Da er nicht wusste, was ihn auf der anderen Seite der Tür erwartete, war es möglich, dass er einen schrecklichen Fehler begangen hatte. Er hätte Tanner nur Bescheid geben müssen, dann wären schon vor seinem Eintreffen Beamte mit Spezialausbildung vor dem Haus postiert worden. Eine bewaffnete Einheit, Überwachungsspezialisten, ein Verhandlungsführer für Geiselnahmen. Hätte nicht zumindest die Chance bestanden, dass Nicklin geschnappt wurde, ohne Melita in Gefahr zu bringen?

»Sie brauchen nicht zu klopfen, Tom. Lassen wir die Förmlichkeiten.«

Die stille Zuversicht in Nicklins Stimme bestätigte Thorne

darin, dass seine Angst berechtigt war. Aber auch, dass es keine Alternative zu seinem Vorgehen gab. Falls Nicklin wieder ins Gefängnis musste, würde er zu den wenigen Straftätern gehören, bei denen »lebenslänglich« tatsächlich wörtlich zu verstehen war. Ein weiterer Mord auf seinem Konto würde keine Rolle spielen. Nicklin hatte nie einen Grund gebraucht, um einen Menschen zu töten. Melita umzubringen, einfach um Thorne leiden zu lassen, wäre in jedem Fall Grund genug.

Thorne schob die Tür auf.

Das Zimmer war klein und darauf ausgerichtet, Ruhe und Offenheit zu ermöglichen. Teppiche auf den Bodendielen, gerahmte Landschaftsfotos an den Wänden, gedämpfte Farben. In einer Ecke stand ein Schreibtisch, Bücherregale zu beiden Seiten des Fensters. Aber der Raum wurde von zwei gemütlichen Sesseln dominiert, die sich an einem niedrigen Glastisch gegenüberstanden.

Melita saß in dem weiter von der Tür entfernten Sessel. Nicklin stand hinter der Rückenlehne und hielt ein Küchenmesser in der Hand, nur Zentimeter von ihrem Hals entfernt. Thorne trat ins Zimmer.

»Da sind wir also«, stellte Nicklin fest.

Die Überwachungsaufnahmen aus dem Pub hatten die ganze Absonderlichkeit von Stuart Nicklins neuem Gesicht nicht richtig vermittelt. Seine Nase war viel zu schmal, aber vielleicht wirkte es auch nur wegen der absurd dicken Lippen so. Nicht minder bizarr waren die tiefe Spalte im Kinn und der blutige, verkrustete Haaransatz. Thorne sah von Nicklins entstelltem Gesicht zu Melitas perfektem. Zu dem Messer, das sanft gegen die Kante der Rückenlehne klopfte.

»Geht's dir gut?«

Melita nickte, hielt den Blick aber auf den Teppich gerichtet.

»Ihr geht's bestens«, erklärte Nicklin. »Das stimmt doch, oder?«

Wieder nickte Melita und murmelte leise vor sich hin.

»Sie müssen schon lauter sprechen«, sagte Nicklin.

Jetzt hob Melita den Blick. Kopfschüttelnd sah sie Thorne an. »Es tut mir so leid, Tom. Er hat versprochen, dir nichts zu tun.«

»Das werde ich auch nicht.« Nicklin fixierte Thorne. »Jedenfalls nicht auf die Weise, in der sie es meint.«

Thorne sah, dass Nicklins Pupillen geweitet waren, dass er nach dem Sprechen den Kiefer zusammenpresste. »Sind Sie high, Stuart?«

»High vom Leben.« Nicklin grinste. »Aber die Pillen tun ihren Teil dazu.«

»Es kommt keine Polizei«, sagte Thorne. »Ich habe getan, was Sie wollten. Also lassen Sie sie einfach gehen.«

»Ich soll sie gehen lassen?«

»Dann sind wir beide unter uns, und solange Sie das Messer haben, mache ich keine Dummheiten.«

Nicklin beugte sich hinunter, bis sein Mund direkt an Melitas Ohr war. »Er ist in letzter Zeit ein bisschen schwer von Begriff, oder?«

»Es tut mir so leid«, sagte Melita. »Ich wusste nicht, dass er es war, jedenfalls am Anfang, ich schwöre es. Als ich es begriffen hab, war es zu spät …«

»Wie kann ich sie gehen lassen, wenn ich sie überhaupt nicht … festhalte?« Nicklin nahm das Messer von Melitas Hals und trat einen Schritt hinter den Sessel. »Sehen Sie? Sie kann gehen, wann immer sie will, die ganze Zeit schon. Aber ich glaube nicht, dass sie das tut. Sie … nimmt die Sache inzwischen persönlich.«

»Das verstehe ich nicht«, sagte Thorne.

Melita starrte ihn mit aufgerissenen Augen an, als wäre sie genauso high wie Nicklin. »Alles wird gut, Tom. Das verspreche ich dir. Ich *verspreche* …«

»Wir brauchten nur einen kleinen Trick, um Sie hierherzulocken. Ein bisschen Schreien und so.« Thornes entsetzte und verwirrte Miene brachte Nicklin zum Lächeln. »Ich sehe, dass Sie viel zu verarbeiten haben. Warum setzen Sie sich nicht einfach? Wir haben jede Menge zu bereden.«

Mit unsicheren Schritten trat Thorne zu dem Sessel und ließ sich hineinfallen, ehe seine Knie weich werden konnten. Er wandte den Blick nicht von Melita ab, die demütig aufstand, um Nicklin ihren Platz zu überlassen, und sich dann auf die Armlehne setzte.

»Warum?«, brachte Thorne mit Mühe heraus. »Warum hast du …?«

»Lassen Sie sich davon nicht ablenken.« Nicklin deutete mit dem Kopf auf Melita. »Sie sind schockiert, natürlich. Aber eigentlich ist das alles ganz normal. Ich glaube, am Anfang, als sie herausgefunden hat, wer ich bin, war es einfach professionelle Neugier. Was man ihr nicht zum Vorwurf machen darf, oder? Später … Ich weiß nicht recht. Vielleicht dachte sie, sie könnte … mich ändern. Oder mir auf den Grund gehen, so etwas. Vielleicht hat sie geglaubt, ein Wunder bewirken zu können, sodass ich mich selbst stelle. Aber was immer sie gedacht haben mag, wir sind uns … nahegekommen.«

Thorne starrte die Frau an, der er vertraut und die er so dringend hatte beschützen wollen; deren professionelle Ratschläge ihm mehr als einmal geholfen hatten, Menschen wie Stuart Nicklin zu verhaften. Eine Frau, mit der er so viel mehr geteilt hatte als nur das Bett. Seine Überraschung verwandelte sich in etwas Abgründigeres.

Langsam begriff er das Ausmaß ihres Verrats.

Er stellte die Frage trotzdem.

»Wie sind Sie in meine Wohnung gekommen, um die Kamera zu installieren?«

»Jemand hatte einen Schlüssel«, sagte Nicklin. »Weil Sie ihn ihr gegeben haben.«

»Das Darknet, die Operation bei Kevin Bartley …«

Ein erneuter Blick zu Melita, ein Zwinkern. »Ich hatte eine Quelle. Haben Sie etwa geglaubt, ich hätte das alles durch die Kamera erfahren? Nein, das war nur das i-Tüpfelchen.« Er grinste. »Es hat mir gefallen, Sie nackt zu sehen.«

Noch vor wenigen Minuten hatte Thorne sich ausgehöhlt und unsicher gefühlt. Jetzt aber spürte er, wie seine Kräfte zurückkehrten. Er kochte vor Wut und Adrenalin, sein Kampfgeist erwachte.

Er nahm sein Handy heraus und deutete mit dem Kopf abschätzig auf Melita. »Wenn sie nicht in Gefahr ist, warum sollte ich dann keine Verstärkung anfordern?«

Nicklin hielt das Küchenmesser hoch. »Das hier hab ich noch immer.«

Thorne stand auf. Wegen des Messers machte er sich keine Sorgen.

Auch Nicklin wirkte unbeeindruckt. »Sie sollten wirklich das Telefon weglegen und sich beruhigen, Tom. Wenn wir fertig sind, kann es sein, dass Sie Unterstützung anfordern wollen, aber Sie müssen begreifen, welchen Preis Sie dafür zahlen. Erst mal sollten Sie Ihre Optionen kennen, glauben Sie mir.« Er deutete auf den Sessel. »Setzen Sie sich hin und hören Sie zu.«

Thorne setzte sich, aber er stand unter Strom und war begierig loszuschlagen. Er wollte die Sache zu Ende bringen. Seine eigene Sicherheit bedeutete ihm nichts mehr. Er war zuversichtlich, Nicklin im richtigen Moment in Sekundenschnelle überwältigen zu können. Eine Messerklinge würde ihn nicht davon abhalten.

»Im Wesentlichen haben Sie zwei Optionen«, sagte Nicklin. »Erstens: Ich stehe einfach auf und verschwinde. Natürlich kann ich nicht versprechen, dass Sie mich niemals wiedersehen, aber sicher nicht in nächster Zeit. Option zwei: Sie … verhaften mich. Ich muss mich nicht besonders anstrengen, um zu erraten, dass Ihnen diese Möglichkeit viel lieber wäre.«

Thorne schwieg, weil ihm klar war, dass noch mehr kommen würde.

»Ich gehe davon aus, dass Sie noch eine dritte Option sehen, die Ihnen letztlich viel lieber wäre. Das begreife ich, schließlich sind Sie ernsthaft provoziert worden. Aber bevor Sie sich ausmalen, wie ich hier in einem Leichensack herausgetragen werde, sollten Sie sich ein paar Dinge klarmachen.« Er tätschelte Melitas Arm. »Für den Anfang hätten Sie schon mal eine Zeugin, was nicht ideal wäre. Zweitens gab es ein Sonderangebot, wenn man zwei Kameras kauft, und da musste ich zuschlagen. Deshalb werden wir aus dem Bücherregal hinter meinem Rücken gefilmt.« Nicklin wartete, während Thorne den Blick schweifen ließ. »Gleich neben dem Lautsprecher … sehen Sie? Sämtliche Aufnahmen werden automatisch in die Cloud hochgeladen, auf die mehrere Freunde von mir Zugriff haben. Das Video wird an verschiedenen Stellen veröffentlicht, falls Sie Ihren … mörderischen Impulsen nachgeben wollen. Nicht dass es das erste Mal wäre … Was mich zurück zur äußerst attraktiven Option zwei bringt.«

Wieder sah Melita zu Boden. Thorne spürte, dass die Verletzung, die Nicklin angekündigt hatte, nicht mehr lange auf sich warten lassen würde.

»Für den Fall, dass Sie mich nicht gehen lassen wollen und mich lieber verhaften, schwöre ich, dass ich keinen Widerstand leiste. Ich bin sanft wie ein Lamm. *Allerdings* werde ich mir zu gegebener Zeit etwas von der Seele reden müssen … die schreckliche Geschichte eines gewissen Graham French. Dieser Mann war bereits festgenommen und mit Handschellen gefesselt worden, an eine Heizung, wenn ich mich richtig erinnere. Dann wurde er von Ihrer Freundin Nicola Tanner mit einem Schürhaken erschlagen. Sie beide haben die Tat mit dem Lügenmärchen vertuscht, Tanner hätte Ihr Leben retten wollen. Am Ende eilte Ihnen Dr Hendricks mit einem sehr gelegen kommenden Obduktionsbericht zu Hilfe, nach dem der arme Mann nur wegen einer ungewöhnlich dünnen Schädeldecke zu Tode gekommen ist. Puh! Was für ein Glück.«

Thorne sah, wie Nicklin einen Arm um Melitas Schultern legte.

»Nur drei Menschen wussten, was Graham French wirklich zugestoßen ist. Bis Sie beschlossen haben, sich Ihrer wunderschönen Freundin anzuvertrauen. Da sie beschlossen hat, sich *mir* anzuvertrauen, weiß *ich* es jetzt auch. Falls Sie also beschließen, mich zu verhaften und Gerechtigkeit für den armen Kevin Bartley zu üben, sorge ich dafür, dass auch Graham French Gerechtigkeit widerfährt.« Nicklin lehnte sich zurück und holte tief Luft. »Um es auf den Punkt zu bringen: Sie können mich laufen lassen, was bei einem Detective, der mich schon mal hat laufen lassen, nicht besonders gut aussähe. Oder Sie können mich verhaften und den Preis dafür zahlen. Gefängnis für DI Tanner, vermute ich … und vielleicht auch für Sie. Ganz sicher das Ende für Dr Phils glänzende Karriere. Ich glaube, das wird ihm mehr wehtun als ein dämliches herausgeschnittenes Tattoo.«

Er beugte sich vor und sagte in sachlichem Ton: »Die Entscheidung liegt bei Ihnen, Tom.«

Thorne öffnete den Mund, aber nur aus einem Reflex heraus. Im Moment hätte er nicht mal sagen können, wie er hieß oder wo er war. Er fühlte sich taub, als hätte sein Hirn den Betrieb eingestellt. Er konnte kaum einen Gedanken fassen, der nicht sofort von dem Schrei in seinem Kopf übertönt wurde. Von dem Lärm und der Dunkelheit.

Er konnte weder denken noch sich bewegen noch sprechen.

»Nicht leicht, das verstehe ich«, sagte Nicklin. »Ich persönlich glaube immer, dass große Entscheidungen leichterfallen, wenn es ein Zeitlimit gibt, finden Sie nicht? Auf jeden Fall macht es viel mehr Spaß.«

Nachdem er Thorne eine Weile angestarrt hatte, griff er plötzlich nach Melitas Hand. Sie sah ihn an, er lächelte. Er stand auf, zog sie hoch, riss an ihrem Arm, bis er ausgestreckt war, und zog ihr das Messer tief über das Handgelenk.

Alles passierte gleichzeitig: Melita schrie und ging in die Knie; das Blut spritzte, floss, spritzte erneut im Rhythmus ihres Pulsschlags; Thorne sprang auf, Nicklin legte die Klinge an Melitas Hals.

»Stopp!«

Thorne blieb stehen, hielt die Hände hoch.

»Gut.« Ohne Thorne aus den Augen zu lassen, deutete Nicklin auf sein Werk. »Das nenne ich eine tickende Uhr.« Er legte die Hand um ihre Wunde und lockerte sie wieder. Drückte und ließ los. Als das Blut über die Teppiche und die gläserne Tischplatte lief, schrie Melita noch einmal auf. »Tut mir leid wegen der Flecken.« Nicklin sah zu Melita hinunter und verdrehte die Augen. »Sie hat sich schon über ein bisschen Schokolade auf ihren Kissen geärgert, da ist es kein Wunder, wenn sie jetzt aus dem Häuschen gerät.«

Thorne sah zu, wie Melita stöhnte und sich loszureißen versuchte. Dann griff sie nach oben und tätschelte Nicklins Hand.

»Um Himmels willen«, sagte Thorne.

Kein Kratzen, ein Tätscheln.

»Es ist Zeit für die Entscheidung«, sagte Nicklin.

»Bitte, sie braucht …«

Wieder löste Nicklin den Druck und ließ das Blut strömen. Es bildete eine Pfütze zu seinen Füßen. Thorne hätte nicht sagen können, ob Melita das Bewusstsein verlor oder einfach aufgab. Nicklin sah ihn an und wartete auf die Entscheidung.

»Festnahme, klar? Ich nehme Sie fest, verdammt.«

»Gute Wahl.«

»Und jetzt …«

»Lassen Sie schon hören«, forderte Nicklin ihn auf.

»Was?«

»Sagen Sie es.«

Seit Bardsey hatte Thorne sich immer wieder ausgemalt, diese Sätze auszusprechen. In jedem anderen Zusammenhang wären sie ihm automatisch über die Lippen gekommen, als würde er ein- oder ausatmen. Aber als er sich jetzt zuhörte, klangen die Worte wie eine tödliche Diagnose.

»Stuart Anthony Nicklin, ich verhafte Sie wegen Mordes an Kevin Bartley. Sie müssen nichts sagen …«

Für ungefähr zehn Sekunden schien die Welt stillzustehen, aber sobald er fertig war, setzte die Zeit wieder ein. Die Situation war unverändert. Drei Menschen in einem Raum, das Schluchzen, das Messer. Und all das Blut.

»Gut, das ist erledigt«, sagte Thorne. »Jetzt braucht sie medizinische Hilfe.«

»Haben Sie an die Handschellen gedacht?«

»Um Himmels willen …«

»Wir sollten es schon ordentlich machen.«

Thorne tastete nach den Handschellen in seiner Tasche, dann starrte er auf Nicklins Hände. In der einen hielt er das Messer, die andere umklammerte noch immer Melitas Handgelenk. Die klaffende Wunde, aus der das Blut gepumpt wurde. Er trat einen Schritt vor und zögerte.

»Ja, kompliziert«, bemerkte Nicklin. »Das begreife ich. Okay, vielleicht machen wir es so …?« Er zog Melita hoch, zerrte sie zur Wand, ließ sie wieder herunter und setzte sich neben ihr auf den Boden. Sie wimmerte und versuchte erfolglos, sich zu befreien. »Fesseln Sie mich an die Heizung.« Nicklin lächelte und klopfte mit dem Messer ans Heizungsrohr. »Genau wie Graham French.«

Thorne folgte ihm schnell, hing in die Hocke und stützte sich an den Bodendielen ab. Sobald er die Handschellen am Heizungsrohr befestigt hatte, ließ Nicklin Melitas Handgelenk los. Thorne sah zu, wie sie sich aufrichtete und stolpernd aus dem Zimmer lief.

Nicklin streckte sein eigenes Handgelenk aus, das von Melitas Blut klebrig war. »Na los.«

Thorne fesselte ihn und starrte auf das glänzende, entstellte Gesicht. Nicklin klapperte mit seiner Fessel am Metallrohr. Mehr als alles andere wünschte Thorne sich, ihm wehzutun. Auf ihn einzuschlagen und erst wieder aufzuhören, wenn er keine Kraft mehr zum Schlagen hatte. In der freien Hand hielt Nicklin immer noch das Messer, und auch die Kamera durfte er nicht vergessen … Gleichzeitig stand Melita, was immer sie getan haben mochte, kurz vor dem Verbluten.

Mühsam richtete Thorne sich auf und griff in die Tasche, um das Funkgerät herauszuziehen, das er vor dem Betreten der Wohnung auf lautlos gestellt hatte.

»O *nein.*« Nicklin stieß das Messer in Thornes Richtung wie ein spielendes Kind. »Sie haben mich. Sie haben mich …«

Thorne lief aus dem Zimmer und drückte den Notfallknopf des Geräts. Hinter sich hörte er Nicklin lachen und rufen.

»Oder ist es andersherum, Tom?«

Er hatte auf dem Weg hierher die Adresse, an der der Verdächtige zu finden war, an die Zentrale gefunkt. Der rote Knopf verschaffte ihm fünfzehn Sekunden Zeit für eine Durchsage an sämtliche Einheiten im Stadtgebiet. Er folgte der Blutspur in die Küche, aber von Melita war nichts zu sehen.

Thorne ratterte seinen Namen und seine Dienstnummer herunter. »Ich brauchte ein Team für eine Festnahme und den Notarzt, *sofort* …«

Er riss die Schlafzimmertür auf. Nichts.

Dann kehrte er in den Flur zurück, wo er fast in einer Blutlache ausgerutscht wäre, und rief ihren Namen.

Wenige Sekunden später hämmerte Thorne gegen die verschlossene Badezimmertür. Er rief Melitas Namen, bekam aber keine Antwort. Er trat auf die Tür ein. Zwei Minuten später, als er die erste Sirene hörte, trat er noch immer.

TEIL VIER

Drei Besuche

63

Liam war immer noch bei seiner Konferenz. Als Thorne um ein Treffen gebeten hatte, ohne den Anlass am Telefon näher erklären zu wollen, hatte Hendricks bereitwillig seine Wohnung angeboten.

»Zu einem vorweihnachtlichen Besäufnis bin ich immer bereit.«

Als Thorne vor der Wohnung stand und wartete, dass ihm geöffnet wurde, deuteten das Lachen und die Musik darauf hin, dass Tanner und Hendricks ohne ihn angefangen hatten. Hendricks öffnete die Tür, nahm ihn in den Arm und verschwand dann in der Küche. Thorne trat ins Wohnzimmer, wo Tanner ihn mit einem Lächeln begrüßte. Auf dem Tisch stand schon eine geöffnete Flasche Wein.

»Worüber habt ihr euch amüsiert?«

Hendricks tauchte mit einem Bier auf, reichte es Thorne und setzte sich wieder. »Nic hat mir gerade ein paar pikantere Details über das schlimmste erste Date aller Zeiten geliefert. Über die abgefahrene Fiona.«

»Tatsache?« Thorne setzte sich neben Tanner auf das Sofa. Die Jacke behielt er an. »Wie läuft es denn?«

»Na ja, erst mal ist sie nicht abgefahren«, erklärte Tanner. »Sie steht nur ein bisschen auf harmloseren SM. Aber sie hat Verständnis dafür, dass ich nichts damit anfangen kann. Sie ist sexuell … flexibel.«

»Oh, das ist immer praktisch«, sagte Hendricks. »Dann legt sie sich für dich voll ins Zeug, was?«

Tanner lächelte. »Alles prima. Wir werden uns wieder treffen, mehr musst du nicht wissen.«

»Spielverderberin.«

Thorne sah sich um und schob das schmerzhafte Thema hinaus, über das er mit ihnen sprechen wollte. Wie bei jedem Besuch hier staunte er darüber, wie sauber und aufgeräumt Hendricks' Wohnung war – was sicher auch mit Liam zu tun hatte. Natürlich kein Vergleich zu Tanner, aber angesichts von Hendricks' oftmals chaotischem Lebensstil doch überraschend. Wahrscheinlich war *minimalistisch* der passende Begriff. Wenige ultramoderne Möbel aus Chrom und Leder, ein Kuhfellteppich. In der Ecke stand ein kleiner schwarzer Weihnachtsbaum – wieder Liams Einfluss – neben dem riesigen Fernseher mit Spielekonsole. Ein oder zwei ausschließlich dekorative Gegenstände gab es tatsächlich: einen kunstvoll gearbeiteten Metall-Kronleuchter, eine ausgestopfte Elster und, aus Gründen, die Thorne nie ganz klar geworden waren, ein lebensgroßer Kopf des Monsters aus *Alien*, der sie von der Wand mit finsterem Blick beobachtete. Trotzdem war es … ordentlich, vor allem im Vergleich zu Thornes eigener Wohnung, die trotz aller Mühe, die er sich gab, immer ein wenig aussah, als wäre sie von einem lokal begrenzten Tornado heimgesucht worden.

»Wie läuft's?«, fragte Hendricks.

Seit den Ereignissen in Melita Pereras Wohnung in Crouch End waren ziemlich genau achtundvierzig Stunden vergangen. Zwei Tage, seit Polizei und Rettungssanitäter die Wohnung betreten und Thorne dabei geholfen hatten, die Badezimmertür aufzubrechen. Stuart Nicklin war sehr schnell des Mordes an Kevin Bartley beschuldigt worden, aber niemand schien so recht zu wissen, in welchem Umfang er für Pereras Tod verantwortlich war. Er hatte eine Arterie aufgeschlitzt, die andere hatte sie selbst geöffnet, nachdem sie sich aus der Küche ein Messer geschnappt und sich im Bad eingeschlossen hatte.

»Ich weiß es nicht genau«, sagte Thorne.

Das war die ganze Wahrheit.

»Jedenfalls …« Hendricks wirkte ein bisschen unbehaglich. »Tut mir leid wegen Melita.«

»Ja.«

»Ziemlich heftig, wie alles gelaufen ist.«

Tanner nickte und legte die Hand auf Thornes Arm. »Hast du irgendeine Idee …« Sie brauchte den Satz nicht zu Ende zu bringen.

Warum?

Thorne blinzelte langsam. Er spürte eine Enge in der Brust, ein Pfeifen. Dann legte er den Kopf in den Nacken und sah zum Kronleuchter hoch, wobei ihm klar war, dass Tanner und Hendricks ihn anstarrten und auf eine Antwort warteten, die er ihnen nicht geben konnte.

Seit dem Abend in Melitas Wohnung hatte es kaum einen Moment gegeben, in dem er sich nicht gefragt hätte, warum sie sich so verhalten hatte. Er hatte sich gefragt, ob Nicklin vielleicht ihre Familie bedroht hatte, die Nichten und Neffen, die sie so liebte. Die Möglichkeit, dass sie auf diese Weise unter Druck gesetzt worden war, ließ sich jedenfalls nicht von der Hand weisen. Trotzdem kam es ihm vor, als klammere er sich an einen Strohhalm. Natürlich wusste er ansatzweise über Nicklins einzigartige Überredungskünste Bescheid, aber was sich in Melitas Kopf abgespielt hatte, würde er wahrscheinlich niemals ganz verstehen.

Vielleicht *hatte* er sie nie verstanden.

Er erinnerte sich an eine Bemerkung, die sie vor ungefähr einem Monat in seiner Wohnung gemacht hatte. Als er sich das Fußballspiel ansehen wollte.

»Es gibt noch so einiges, das du nicht von mir weißt, Tom.«

Aus seiner langen Erfahrung mit Nicklin wusste er, dass die Menschen, die er für seine Zwecke ausnutzte oder die freiwillig zu ihm gekommen waren, normalerweise auf der Suche waren. Verzweifelte und zum Scheitern verurteilte Menschen wie Rebecca Driver. Menschen, denen etwas genommen worden war; die *Leblosen*, deren verzweifelte Sehnsucht nach einem Ziel sie anfällig für Manipulationen machte.

Was hatte Melita gefehlt? Wonach könnte sie gesucht haben?

Die Erkenntnis, dass er sie einfach nicht gut genug gekannt hatte, um auch nur eine Vorstellung davon zu haben, ernüchterte ihn. Was waren ihre Dämonen gewesen, wenn es denn wirklich welche gegeben hatte? Sie hatten zusammen gegessen, zusammen geschlafen und über ihre Arbeit gesprochen. Aber je länger Thorne darüber nachdachte, desto mehr ging ihm auf, dass sie weniger eine Beziehung gehabt hatten als ein … Arrangement.

Er wusste nicht, wie ihre Nichten und Neffen hießen. Nicht weil er es vergessen hätte, sondern weil Melita es ihm nie gesagt hatte. Er hatte ihre Freunde nie kennengelernt. Er hatte kein einziges Mal mit ihrer Schwester oder ihren Eltern gesprochen, war nie dabei gewesen, wenn sie mit ihnen telefoniert hatte.

Die Familie hatte nicht zu ihrem Arrangement gehört.

Für einen kurzen Moment hatte Thorne geglaubt, er könnte das ändern – und vielleicht sogar ein paar Antworten finden –, wenn er beim Begräbnis mit Melitas Familie sprach, mit den Menschen, die ihr am nächsten standen. Inzwischen war er nicht mal mehr sicher, ob er überhaupt hingehen sollte.

Er würde sich wie ein Fremder vorkommen.

»Tom …?«

Hendricks' Stimme klang, als käme sie aus der Ferne. Thorne erinnerte sich, wie dieselbe Stimme ihm spöttisch und angetrunken die Frage gestellt hatte, die er sich immer wieder vorlegte, seit er sich Melitas Blut abgewaschen hatte.

Was zum Teufel sieht sie in dir?

Natürlich hatte die Antwort damals, als Hendricks ihn einfach hatte aufziehen wollen, keine Rolle gespielt. Aber inzwischen fragte sich Thorne, ob sie sich bei Stuart Nicklin von etwas Ähnlichem angezogen gefühlt hatte. Ob es einen Punkt gegeben hatte, an dem die professionelle Faszination sich in etwas anderes verwandelt hatte. Körperliche Anziehung war es in seinem Fall sicher nicht gewesen. Und soweit er es beurteilen konnte, hatten er und Nicklin keinerlei relevante Gemeinsamkeiten.

So gut wie keine.

Also …

»Tom …?«

Vielleicht war Melita einfach von Kaputtheit angezogen worden.

Thorne sah Hendricks an. Und Tanner, die ihn anlächelte.

»Hast du eine Ahnung, wie lange es lief?«, fragte sie. »Mit den beiden?«

Mit genau dieser Frage hatte Thorne sich herumgequält. Wann genau Nicklin und Melita sich begegnet waren und wie lange *ihr* kleines »Arrangement« gelaufen war. Seit wann war ihr klar gewesen, wen sie in Behandlung hatte? Seit ein paar Wochen? Schon länger? Nur ein einziger Mensch kannte die Antwort, und Thorne hoffte von Herzen, ihn nie mehr sehen und nie mehr mit ihm sprechen zu müssen.

»Das ist eigentlich egal, oder?«, sagte Thorne.

»Trink schon, Mann.« Hendricks deutete auf Thornes noch unberührte Flasche.

Thorne griff nach dem Bier. »Könnten wir den Lärm vielleicht etwas leiser stellen?«

Hendricks machte eine entsetzte Miene. »Dieser *Lärm* ist ›Merry Shitmas‹ von der wunderbaren schwedischen Black-Metal-Combo Gehennah.«

»Meine Ohren fangen jeden Moment an zu bluten«, erklärte Thorne.

Leise protestierend stand Hendricks auf und drehte leiser. Sobald er wieder saß, hob er die Flasche. »Feiern können wir trotzdem, oder?«

Tanner starrte ihn an. »Phil …«

»Ich weiß ja, dass sie tot ist und alles, aber komm schon.« Mit dem Kopf deutete er auf Thorne. »Sie hat ihn *verraten*, verdammt noch mal.« Er trank einen riesigen Schluck und schüttelte den Kopf. »Ehrlich gesagt, tut es mir nicht besonders leid … aber Nicklin … ja!« Er hob die Flasche. »Der Wichser ist endlich im Knast, darauf trinke *ich* auf jeden Fall.«

Tanner nippte an ihrem Wein, ließ Thorne aber nicht aus den Augen.

Thorne nickte, als wäre alles in bester Ordnung. Schließlich hob auch er die Flasche und trank. Einen guten kräftigen Zug, weil er ihn brauchte. Weil er ihnen allen das Weihnachtsfest versauen würde.

Weil er alles versauen würde.

Er stellte die Flasche hin und erzählte die ganze Geschichte. Welchen Preis sie alle für Stuart Nicklins Verhaftung würden zahlen müssen. Welches Geheimnis Nicklin offenlegen würde, und wie er dahintergekommen war.

Es war Hendricks, der das nachfolgende Schweigen brach. »Jetzt tut es mir wirklich nicht leid, dass sie tot ist.«

Thorne sah ihn an. Kurz blitzte ein Zorn in ihm auf, der nicht gerechtfertigt war und den er nicht mal ansatzweise hätte erklären können. Trotz allem, was Melita Perera getan hatte, trauerte er um sie. Sein Inneres war gründlich auf den Kopf gestellt, so wie die Wohnung, die ihn erwartete, wenn er nach Hause kam. Er sagte: »Es war meine Schuld, dass ich es ihr erzählt habe.«

»Du hattest kaum eine Wahl«, stellte Tanner fest. »Nachdem sie es schon mitangehört hatte.«

»Wenn jemand schuld ist, dann ich«, sagte Hendricks. »Dich einfach anzurufen und rumzujammern.«

»Das haben wir alle getan«, sagte Tanner.

Wieder herrschte Schweigen. Sie schauten auf den Boden, auf die Wände. Tanner brummte und lächelte, als von der

Camden Road unmelodische, aber mit Inbrunst gesungene Weihnachtslieder zu hören waren.

»Wann?«, fragte sie.

»Wann was?«

»Wann wird Nicklin sein Herz ausschütten?«

»Das hat er nicht gesagt.«

»Er wird es genießen«, sagte Hendricks. »Dass wir warten und nicht wissen, wann das Beil fällt. Bei ihm geht es immer um Macht.«

»Ich schätze, er bringt es bei der Verhandlung auf den Tisch«, sagte Thorne. »Wenn sämtliche Medien dabei sind. Die Bühne wird er sich nicht entgehen lassen.«

»Wenn überhaupt«, sagte Hendricks. »Vielleicht reicht es ihm ja, dass wir drei uns vor Angst in die Hose scheißen.«

»Auf keinen Fall«, sagte Thorne. »Er wird sein Versprechen halten.«

»Scheiße.«

»Dann war's das also.« Tanner zuckte die Achseln und lehnte sich zurück. »In gewisser Weise bin ich sogar erleichtert.« Sie sah von Thorne zu Hendricks und wieder zurück. »Vielleicht sollten wir ihm den Spaß verderben und selbst dazu stehen, bevor er den Mund aufmacht.«

»Vielleicht«, sagte Thorne.

»Was passiert, wenn er es wirklich verrät?« Hendricks klang mit einem Mal optimistisch. »Die einzige andere Person, die seine Aussage stützen könnte, ist tot, und Nicklin dürfte kaum als besonders zuverlässig gelten, oder? Gut möglich, dass niemand ihn ernst nimmt.«

»Falls es zu einer zweiten Obduktion kommt, sieht die Sache anders aus, Phil«, bemerkte Tanner. »Wenn sich herausstellt, dass Frenchs Schädel wesentlich dicker war als von dir angegeben, bricht das ganze Kartenhaus zusammen.«

»Es tut mir so leid.« Thorne sah Tanner in die Augen. »Neulich hast du dich noch gefreut, dass wenigstens einer von uns stabil wäre. Dass ich der Zuverlässige wäre, weißt du noch? Dabei hatte ich es längst versaut.«

»Dir muss nichts leidtun«, sagte Tanner. »Ich war es, die ihn … getötet hat. Wie immer die Sache ausgeht, ich sorge dafür, dass dieser Punkt allen klar wird. Ich werde tun, was möglich ist, damit ich die Sache allein ausbaden muss.«

Hendricks starrte sie an. »Was? Du meinst, Tom und ich kommen mit einem blauen Auge davon?«

»Ich gebe mir jedenfalls Mühe.«

»Red nicht so albernes Zeug, Nic.«

Wieder kehrte Stille ein. Irgendwo unten auf der Straße ließen die Weihnachtssänger nicht locker, aber hier im Zimmer war niemandem zum Singen oder Jubilieren zumute.

»Scheiß drauf«, sagte Hendricks schließlich. »Ich finde einen anderen Weg, meine Brötchen zu verdienen. Immer nach Formaldehyd zu stinken, ging mir langsam sowieso auf die Nerven.«

Thorne warf ihm einen fragenden Blick zu. »Wie denn?«

»Vielleicht als Luxus-Stricher.« Hendricks nickte und schien die Vorstellung zu genießen. »Als bezahlte Gesellschaft für etwas … anspruchsvollere homosexuelle Gentlemen.«

»Das soll dein Businessplan sein?«

Hendricks breitete die Arme aus. »Dafür würden eine Menge Kerle richtig Schotter hinlegen.«

»Wahrscheinlich müsstest *du* bezahlen«, bemerkte Thorne.

Beide sahen zu Tanner hinüber, die zur gleichen Zeit lachte und weinte.

64

Margaret Herbert wusste, dass das Belmarsh-Gefängnis im Fokus der Öffentlichkeit stand. Berüchtigte Straftäter hatten dort eingesessen. Aber die Sicherheitsvorkehrungen und Kontrollen entsprachen im Wesentlichen dem, was sie von ihrem letzten Besuch in einem Gefängnis kannte. Scanner und Durchsuchungen, sie hatte gewusst, was sie erwartete.

Vor einigen Wochen erst war sie in Bronzefield gewesen und hatte sich als Mutter von Karen Sinclair ausgegeben. Noch immer wunderte sie sich, dass niemand ihre Behauptung infrage gestellt hatte. Einen gefälschten Ausweis mit dem richtigen Namen hatte sie sich problemlos besorgen können, und natürlich hatte sie dem Foto ähnlich gesehen. Karen Sinclair hatte natürlich den Mund gehalten, weil die dämliche Kuh geglaubt hatte, sie wäre gekommen, um über Geld zu sprechen; genauer gesagt über die Summe, die Sinclair bekommen würde, wenn sie sich Rebecca Driver vorknöpfte.

Tatsächlich hatte Margaret das Geld mit keinem Wort erwähnt. Stattdessen hatte sie sich praktisch mit der Frau unterhalten, als wäre sie tatsächlich ihre Mutter. Sie hatte die richtigen Fragen gestellt. Wie geht's den Kindern, Karen? Wie kommen sie in der Schule zurecht? Dabei hatte sie deutlich durchblicken lassen, dass gewisse Leute genau wussten, um wessen Kinder es sich handelte, wo sie wohnten und zur Schule gingen. Über Geld zu sprechen, war nicht mehr nötig gewesen. Anfangs waren ihre Nerven zum Zerreißen gespannt gewesen, aber zum Ende hin hatte Margaret es genossen und war in die Rolle hineingewachsen.

Der Mann, den sie in Belmarsh besuchen wollte, war hocherfreut gewesen und hatte gesagt, an ihr sei eine Schauspielerin verloren gegangen. So weit wäre sie selbst nicht gegangen, aber dass sie einen guten Job gemacht hatte, ließ sich nicht bestreiten.

Heute allerdings war sie ganz sie selbst. Und aufgeregt.

Als die Gefangenen in den Besuchsbereich strömten, schaute sie sich um. Natürlich gab es hier einige Schwerkriminelle. Terroristen, Mörder und was nicht alles. Die Sorte Menschen, mit deren Namen sie ein paar Pfund verdienen konnte, wenn sie an die richtigen Gegenstände kam.

Schade eigentlich, dass sie keine Visitenkarten verteilen konnte.

Dass Stuart gekommen war, merkte sie daran, dass andere Häftlinge sich nach ihm umdrehten und zu flüstern begannen. Welche Berühmtheiten hier über die Jahre hinweg auch gelebt haben mochten – Ronnie Biggs, Ian Huntley und so weiter –, im Vergleich mit diesem Mann spielten sie in der zweiten Liga. Natürlich würde er nicht lange hierbleiben, nur während der Untersuchungshaft bis zum Prozess, aber so lange war er der Star. Margaret genoss die Blicke, als er herüberkam und sich ihr gegenübersetzte. Sicher fragten die Leute sich, wer sie war …

Nicklin stellte eine Flasche Wasser ab und lächelte.

»Schön, dich zu sehen, Mags.«

»Danke gleichfalls, mein Lieber.« Sie hatte ihn schon lange nicht mehr gesehen, seit seiner Rückkehr nach London kein einziges Mal. Natürlich hatte er sich verändert. »Gut siehst du aus.«

Nicklin lächelte erneut und schüttelte den Kopf. »Ist lange her.«

»Wie geht's dir?«, fragte Margaret. »Tut mir leid, dumme Frage.« Sie schaute sich um. »Ich meine, angesichts der Umstände.«

»Nein, ist schon in Ordnung. Ich bin nicht … unglücklich darüber, wie es gelaufen ist. Für andere ist es schlimmer ausgegangen, um es mal so auszudrücken.«

»Das ist die Hauptsache. Ich meine, solange du dich hier nicht langweilst. Ein intelligenter Mann wie du, und dann eingesperrt.«

»Ich könnte mir vorstellen, ein Buch zu schreiben.«

»Oh, das ist eine gute Idee.«

»Es gibt ein oder zwei Dinge, die ich mir von der Seele reden will, warum soll ich nicht ein paar Missverständnisse ausräumen?«

»Dann möchte ich ein signiertes Exemplar.«

»Ja, ich denke, ich komme schon klar.« Nicklin sah sie an. »Ich behaupte nicht, dass ich nicht ein oder zwei Dinge vermissen werde.« Er senkte die Stimme. »Ein paar Delikatessen.«

Margaret nickte und beugte sich vor. »Deswegen hab ich dir eine Kleinigkeit mitgebracht. Um dich ein bisschen in Schwung zu bringen.«

»Du bist ein Schatz«, sagte Nicklin.

»Das ist doch wohl das Mindeste.« Sie zog ein Papiertaschentuch aus der Tasche und ließ die knallgelbe Tablette, die darin eingewickelt war, in ihre Handfläche gleiten. Dann putzte sie sich die Nase. Schließlich griff sie nach Nicklins Hand.

»Keine Berührungen.«

Nicklin sah, dass der Wärter sich näherte, und zog die Hand zurück. Er hustete, warf die Tablette ein und spülte sie mit einem Schluck Wasser aus der Flasche herunter. Kinderspiel.

»Cameron hat sie dir besorgt, stimmt's?«

»Nein, eigentlich hab ich sie von einem Kerl vor dem Knast geschenkt bekommen, der gesagt hat, ich soll dafür sorgen, dass du sie bekommst. Du hast da draußen eine Menge Fans. Manche sehen wirklich seltsam aus.«

Nicklin zuckte die Achseln, aber sie merkte, dass es ihn freute.

»Ehrlich gesagt weiß ich nicht, warum sie da rumhängen. Natürlich ist es nett von ihnen, aber sie können ja nicht mal eben reinkommen und sich ein Autogramm von dir holen, stimmt's?«

»Im Gegensatz zu dir, hm?«

Margaret spürte, dass sie errötete. »Ja.«

»Wo wir davon sprechen: Ich versuche, dir so bald wie möglich noch ein paar Sachen zu schicken.«

»Das wäre wunderbar.«

»Dass ich hier sitze, oder wo immer ich nach dem Prozess hinkomme, bedeutet nicht, dass die Geschäfte ruhen müssen.«

»Du warst immer mein Liebling«, sagte Margaret.

»Weil du mit mir das meiste Geld verdienst.«

»Nicht nur deswegen.«

»Du bist eine gute Schauspielerin, Mags. Und eine großartige Geschäftsfrau.« Nicklin grinste. »Aber eine beschissene Lügnerin.«

Herbert schüttelte den Kopf und schaute sich wieder um. Die Leute sahen immer noch herüber. Sie konnte sich nicht erinnern, wann sie sich zuletzt so bedeutend vorgekommen war.

Als Nicklin zu husten begann, sah sie wieder zu ihm hin.

»Huste es aus. Es könnte eine goldene Uhr sein.« Das hatte ihre Mutter immer gesagt, und sie sagte es zu Cameron. Aber das Husten wurde schlimmer, und dann sah es aus, als würde Nicklin keine Luft mehr bekommen. Sie stieß die Wasserflasche in seine Richtung. »Hier, trink das …«

Sie lehnte sich zurück, als er sich kerzengerade auf dem Stuhl aufsetzte und zu zucken begann, als stände er unter Strom.

»Mein Gott … alles in Ordnung, mein Lieber?«

Margaret sprang auf, als Nicklin seitlich vom Stuhl fiel.

Alle sahen zu, wie die Wärter angelaufen kamen. Bevor der erste ihn erreichte, bekam Nicklin einen Krampfanfall. Sein Gesicht wurde rot, seine Beine traten wild aus, er presste die Hände seitlich an den Kopf.

Als sie schnell weggeführt wurde, drehte sie sich um, damit sie besser sehen konnte. Immer mehr Wärter tauchten auf, brüllten herum und räumten den Besuchsbereich.

»Kommt er wieder auf die Beine?«

»Gehen Sie bitte zum Ausgang«, sagte der Wärter.

Zwei seiner Kollegen hockten jetzt neben Nicklin auf dem Boden und brüllten panisch herum. Das war das Letzte, was Margaret sah, bevor sie mit allen anderen aus dem Raum gedrängt wurde. Noch einmal fragte sie nach Stuarts Zustand, aber sie bekam keine Antwort.

Mehr als alles andere hoffte sie, dass er wieder gesund werden würde.

Sie konnte den Gedanken nicht ertragen, was sein Tod sie kosten würde.

65

Phil Hendricks rauchte nur noch selten, aber diese Zigarette genoss er ungemein. Er trieb sich auf dem Parkplatz herum und behielt das Tor im Auge. Erst als er die Besucher alle auf einmal herausströmen sah, schlenderte er zurück zu seinem Auto. Ein paar Gesichter, die er vor einer halben Stunde hatte hineingehen sehen, erkannte er wieder. Jetzt waren fast alle in Gespräche vertieft.

Es war eindeutig etwas passiert.

Als zwei Besucherinnen an ihm vorbeikamen und sich leise beschwerten, weil das Gefängnis geschlossen worden war, musste er grinsen.

Hendricks warf den Rest seiner Zigarette weg.

Als er den Wagen anließ, sah er die alte Frau, mit der er vor dem Einlass der Besucher gesprochen hatte. Der er ein ganz spezielles Geschenk für den Mann, den sie besuchen wollte, in die Hand gedrückt hatte. Das Geschenk eines anderen Bewunderers. Sie hatten nett miteinander geplaudert, wobei er sich mühsam eine spontane Reaktion hatte verkneifen müssen, als sie ihm anvertraut hatte, womit sie ihr Geld verdiente.

Die Versuchung, etwas zu sagen, war riesig gewesen.

»Im Darknet, sagen Sie? Sehr zu empfehlen, wenn man auf die letzte Minute noch ein Weihnachtsgeschenk braucht. Etwas Ausgefallenes …«

Das Geld war nicht das Problem gewesen, aber natürlich hatte er auch kreativ werden müssen. MDMA war in der Regel ein bisschen … interessanter als eine Nullachtfünfzehn-Zyankalitablette. Also hatte er ein Paar Nitrilhandschuhe übergezogen, sich in der Küche ans Werk gemacht und mit

Lebensmittelfarbe experimentiert, bis er es richtig hinbekam. Bei den ersten Versuchen war die Tablette zerbröselt, aber schließlich hatte er es geschafft. Dann musste er nur noch mit einer chirurgischen Nadel von der Arbeit einen hübschen Smiley in die Oberfläche ritzen, was ein bisschen knifflig war. Allerdings bezweifelte er, dass Nicklin Gelegenheit bekommen würde, seinen Gratis-Disco-Biscuit allzu genau zu untersuchen. Und wenn irgendein Job die Mühe wert war …

Sobald er den Parkplatz verlassen hatte, rief er Thorne an.

»Hey, Kumpel … Hab mich gerade gefragt, ob du später Lust auf ein Bier hast.«

»Vielleicht.« Wie es sich anhörte, war auch Thorne mit dem Auto unterwegs. »Ich kann es noch nicht sagen, aber in ein oder zwei Stunden weiß ich Bescheid. Kann ich dich zurückrufen?«

»Klar, kein Problem. Ich würde mich jedenfalls freuen.«

»Und dann? Ertränken wir unseren Kummer?«

»Was das angeht, haben wir unser Soll erfüllt.«

Thorne beendete das Gespräch und fuhr in südlicher Richtung über die Lambeth Bridge. Nachdem Hendricks ihn bei seiner George-Jones-CD unterbrochen hatte, drehte er die Lautstärke wieder hoch. Etwas trinken klang gut, aber Thorne konnte noch nicht fest zusagen, denn die Alternative, falls es denn dazu kam, war noch verlockender.

Er wollte nicht denselben Fehler begehen wie beim letzten Mal. Deshalb hatte er, sobald Nicklin in Gewahrsam genommen worden war, Helen angerufen und ihr gesagt, sie könne ab sofort auf die nächtlichen Kontrollfahrten der Kollegen von der Streife verzichten. Sie und Alfie seien in Sicherheit. Helen hatte gesagt, wie leid es ihr wegen Melita tue. Thorne versicherte ihr, er werde ihr noch die komplette Geschichte erzählen, aber es tue ihm auch leid.

Dabei hatten sie es belassen.

Da es bis zum großen Tag nur noch eine Woche war, hatten sie über ihre Weihnachtspläne gesprochen. Helen wollte zu ihrem Dad nach Sydenham fahren und dem alten Mann die Chance geben, seinen Enkel zu verwöhnen. Thorne hatte gesagt, bei ihm hänge, was Weihnachten angehe, alles ein bisschen »in der Luft«. Dabei war ihm klar, dass er einen großen Teil der Feiertage damit zubringen würde, seine Wohnung wieder in Ordnung zu bringen. Die Trümmer zu entsorgen und die Gegenstände, die er zerstört hatte, zu ersetzen. Dass er sich an den Feiertagen ständig fragen würde, wann sich die Dienstaufsicht melden würde, hatte er Helen nicht erzählt.

Und ob erst die Kündigung oder die Festnahme kommen würde.

Helen hatte ihn eingeladen vorbeizukommen, wenn alles vorbei war. Für einen Moment hatte Thorne nach Luft geschnappt, dann war ihm klar geworden, dass sie von Weihnachten gesprochen hatte, nicht von seiner Karriere.

»Die Zeit zwischen Weihnachten und Neujahr ist immer ziemlich tot. Schau mal abends vorbei, dann können wir in Ruhe reden.«

Thorne hatte gesagt, das klinge sehr gut.

Bis zu ihrem Anruf gestern war nichts fest vereinbart worden. Sie hatte erklärt, Alfie werde bei einem Freund übernachten, und gefragt, ob Thorne immer noch Lust auf einen Ausflug nach Tulse Hill habe. Er hatte zugesagt und sich Mühe gegeben, nicht allzu eifrig zu klingen. Wahrscheinlich machte er sich etwas vor, aber …

Eine halbe Stunde später parkte Thorne vor Helens Haus und nahm die Plastiktüte vom Beifahrersitz. Sie hatte vorgeschlagen, Essen beim Lieferservice zu bestellen, sodass er nur Wein mitgebracht hatte. Zwei Flaschen.

Er klingelte und beugte sich schnell vor, um sein Spiegelbild im kleinen Fenster der Haustür zu begutachten.

Er brauchte einen Haarschnitt.

Am Hals hatte er ein paar Bartstoppeln übersehen.

Helen öffnete die Tür und lächelte ihm zu. Dann nahm sie ihn in den Arm, und es fühlte sich alles andere als unangenehm an. Sie sagte, es sei schön, ihn zu sehen. Ohne besonderen Grund oder aus allen Gründen der Welt brach Thorne in Tränen aus.

Danksagungen

Bei manchen Büchern macht das Schreiben mehr Spaß als bei andern. Natürlich ist mir bewusst, dass die, die am wenigsten Spaß machen, sich am Ende als die besten entpuppen können. Trotzdem gebe ich gern zu, dass ich diesmal das Schreiben richtig genossen habe. Ich hoffe von Herzen, dass Ihnen das Lesen genauso viel Vergnügen bereitet hat. In diesem Fall möchte ich in aller Bescheidenheit darauf hinweisen, dass eine Menge großartiger Menschen dazu beigetragen haben, dass *Die Handschrift des Bösen* viel besser geworden ist, als es ohne ihre Hilfe gewesen wäre. Diesen Menschen sollten Sie so dankbar sein, wie ich es bin. Wo dieser Punkt nun geklärt ist, möchte ich nur noch hinzufügen, dass Sie gern Kuchen oder … Bargeld oder eine Dankes-E-Mail direkt an mich schicken können, falls Sie den unbezwingbaren Drang verspüren …

Wie immer danke ich meiner wundervollen Agentin Sarah Lutyens und Wendy Lee, der Königin des Gehe/ging/begangen. Allen bei Little, Brown/Sphere, vor allem: David Shelley, Charlie King, Catherine Burke, Robert Manser, Callum Kenney, Tamsin Kitson, Thalia Proctor, Tom Webster, Sean Garrehy, Hannah Methuen, Gemma Shelley und Sarah Shrubb. Danke an Nancy Webber, die mir wieder manche Peinlichkeit erspart hat, vor allem bei der korrekten Schreibweise von Gehennah. In diesem Zusammenhang auch ein ohrenbetäubendes, knurriges *Daaaanke* an Jack

Brookmyre für sein enzyklopädisches Wissen über alles, was aus Metall ist.

(Täglichen) Dank schulde ich meinem brillanten Lektor Ed Wood sowie Laura Sherlock, der Besten in der Branche. Ich habe großes Glück gehabt.

Ich danke der Nordamerika-Filiale des Teams Tom, womit ich natürlich die tollen Leute bei Grove Atlantic meine: Morgan Entrekin, Sara Vitale, Justine Batchelor und Deb Seager. Ich weiß nicht, ob es einen amerikanischen Begriff für »Motzkopf« gibt. Falls nicht, betrachtet ihn ruhig als mein Geschenk. Gern geschehen.

Wenn es um Polizeiarbeit geht, durfte ich mich nicht zum ersten (und mit einiger Sicherheit auch nicht zum letzten) Mal auf Graham Bartletts Rat und Kreativität verlassen. Sein Namensvetter Graham Lewendon war mir hinsichtlich der trüberen Gewässer des Darknets eine große Hilfe. Seine »Tour« hat mir wirklich die Augen geöffnet, wobei ich 500 Euro für *gewisse* Dienstleistungen ziemlich angemessen finde – *meine* Liste ist übrigens viel länger als die von Tom Thorne. Wo wir von trübe sprechen … Bei der Entwicklung von Stuart Nicklins »Geschäftsmodell« konnte ich auf die Arbeit zweier Freunde und Kollegen zurückgreifen. *Murderabilia* von Craig Robertson und *Der Kreis des Todes* von Steve Mosby waren mir eine enorme Hilfe, vor allem aber sind es phantastische Romane, die ich gar nicht genug empfehlen kann.

Für ihre Kenntnisse der Abläufe und Mitgliedschaftsregeln in Bibliotheken danke ich Jo Neville, Caroline (alias @librarylady), Mobeena Khan, Melanie Noland und Robin Miller. Für das, was Tom mit dem Buch aus der Bibliothek anstellt, kann ich nur um Verzeihung bitten. Mir ist bewusst, dass ich nur durch die fiktionale Verletzung fiktionaler Tiere größeren Zorn einer bestimmten Lesergruppe auf mich ziehen könnte als durch die fiktionale Beschädigung fiktionaler Bücher.

Mir fällt ehrlich nichts ein, wodurch ich diese Leute noch mehr auf die Palme bringen könnte. Höchstens durch fiktionale Morde an fiktionalen Menschen.

Oh, warten Sie …

KAMPA VERLAG

Michael Connelly

Wüstenstern

Ein Fall für Renée Ballard und Harry Bosch

Kriminalroman

Aus dem amerikanischen Englisch von Sepp Leeb

Ein Jahr ist vergangen, seit Detective Renée Ballard den Dienst quittiert und die Late Show verlassen hat. Nun holt niemand Geringerer als der Polizeichef persönlich sie zurück zum LAPD – als Leiterin der neuen Einheit Offen-Ungelöst. Der Druck auf Ballard ist groß: Der Stadtrat, dem sie die Finanzierung der Abteilung zu verdanken hat, will Ergebnisse sehen. Seine Schwester wurde ermordet, der Fall nie geklärt. In Ballards Team aus Reservisten und Ehrenamtlichen darf einer nicht fehlen: Harry Bosch. Viel ist es nicht, womit Ballard ihren einstigen Kollegen locken kann: keine Waffe, keine Dienstmarke, aber ein eigener Schreibtisch – und stapelweise Akten. Doch Bosch verfolgt ohnehin seine eigenen Ziele. Zwar hat er in seiner dreißigjährigen Karriere mehr Morde aufgeklärt als die meisten anderen, aber ein *cold case* lässt ihn auch nach seiner Pensionierung nicht los: Finbar McShane hat eine vierköpfige Familie ausgelöscht und die Leichen in der Mojave-Wüste verscharrt – was Bosch ihm aber nie beweisen konnte. Als Mitglied der neuen Abteilung für ungelöste Fälle, mit den Ressourcen des LAPD im Rücken und Renée Ballard an seiner Seite, will Bosch den Mörder endlich überführen.

»Ein großartiges Buch. Ich habe Wüstenstern gelesen
und dabei alles um mich herum vergessen. Pure Magie!«

Stephen King

KAMPA VERLAG

Patricia Cornwell
Leichenblass

Ein Fall für Kay Scarpetta

Kriminalroman
Aus dem amerikanischen Englisch von Karin Dufner

Forensikerin Dr. Kay Scarpetta ist Hauptzeugin in einem Mordprozess – und setzt ihre Reputation aufs Spiel.

Proteste vor dem Gerichtsgebäude, Live-Berichterstattung, Blitzlichtgewitter – der aufsehenerregende Mordprozess, in dem Dr. Kay Scarpetta als Hauptzeugin aussagen muss, ist nicht nur ein Medienspektakel, er gleicht einer Hexenjagd. Für die Öffentlichkeit und den Staatsanwalt steht das Urteil längst fest: Gilbert Hooke hat nach einem Streit seine Verlobte brutal ermordet, ihre Leiche geschändet und sie in den Atlantik geworfen. Doch die erfahrene Forensikerin Scarpetta kann beweisen, dass ihr inzwischen verstorbener Kollege, der die Autopsie durchgeführt hat, wichtige Beweise übersehen hat: das Fehlen von Totenflecken, welche die Leiche aufweisen müsste, wenn sie länger an der Luft gelegen hätte, und die Kieselalgen in der Lunge der jungen Frau, die auf den Tod durch Ertrinken hinweisen. Der Staatsanwalt zieht alle Register, um Scarpettas Glaubwürdigkeit zu demontieren. Und es kommt noch schlimmer: Die Schwester der Richterin, eine Mitarbeiterin der CIA, wird tot aufgefunden. Obwohl man es ihr von höchster Stelle untersagt, stellt Scarpetta Nachforschungen an, denn sie kennt die Familie persönlich …

»Die erfolgreichste Thriller-Autorin der Welt.«
Spiegel

KAMPA VERLAG

Piergiorgio Pulixi
Die Insel der Seelen
Sardiniens dunkle Seite
Kriminalroman
Aus dem Italienischen von Barbara Engelmann,
Barbara Neeb und Katharina Schmidt

Sardinien – Insel der verlorenen Töchter

Die Kommissarinnen Mara Rais und Eva Croce sind nicht begeistert, als sie in die Abteilung für ungeklärte Verbrechen des Polizeipräsidiums von Cagliari im Süden Sardiniens zwangsversetzt werden. Die eine ist gebürtige Sardin, nicht auf den Mund gefallen und damit schon manches Mal angeeckt. Die andere, eine Mailänder Spezialistin für Ritualmorde, steht privat vor einigen Herausforderungen und wurde suspendiert. Das Büro der neu gegründeten Abteilung Cold Cases: ein staubiger Keller voller alter Akten. An der Seite der beiden Ermittlerinnen: der todkranke Moreno Barrali, seinerseits Ispettore capo der Polizia di Stato. Er will in den wenigen Monaten, die ihm noch bleiben, einen alten Fall lösen: Vor Jahrzehnten wurden zwei Frauen am Tag der Toten in der Nähe von nuraghischen Brunnentempeln brutal ermordet. Ritualmorde, denkt Moreno Barrali. Doch seine Vorgesetzten glauben nicht an seine Theorie. Das Team begibt sich auf die Spur eines uralten Kults – und auf einmal wird der Cold Case brandheiß: Eine zweiundzwanzigjährige Frau ist seit einigen Tagen spurlos verschwunden. Ein drittes Opfer?

»Wir können es kaum erwarten, das Ermittlerduo
in einem neuen Fall wiederzusehen, der hoffentlich genauso
düster und mitreißend wird wie der erste!«
Closer